戲非戲04

鬼吹燈

之二 龍嶺迷窟

天下霸唱◎著

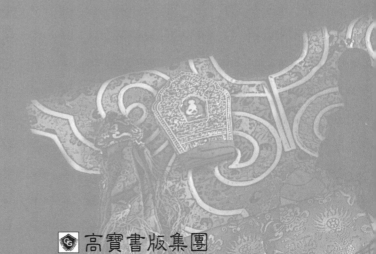

高寶書版集團

戲非戲　DN004

鬼吹燈（二）龍嶺迷窟

作　　者：天下霸唱
總 編 輯：林秀禎
編　　輯：李欣蓉
校　　對：張天韻、蘇芳毓
出 版 者：英屬維京群島商高寶國際有限公司台灣分公司
Global Group Holdings, Ltd.
地　　址：台北市內湖區洲子街88號3樓
網　　址：gobooks.com.tw
E-mail：readers@gobooks.com.tw＜讀者服務部＞
Pr@gobooks.com.tw＜公關諮詢部＞
電　　話：（02）27992788
電　　傳：出版部　(02) 27990909　行銷部　（02）27993088
郵政劃撥：19394552
戶　　名：英屬維京群島商高寶國際有限公司台灣分公司
發　　行：希代多媒體書版股份有限公司 Printed in Taiwan
初版日期：2007年4月

國家圖書館出版品預行編目資料

鬼吹燈（二）龍嶺迷窟 /天下霸唱著；-- 初版. --
臺北市：高寶國際出版：希代多媒體發行, 2007[民96]
面；　公分. -- (戲非戲；DN004)

ISBN 978-986-185-055-9(平裝)

857.7　　　　96005726

第五一章　十萬古墓

以當時的古玩行市來看，這種明代包括清代早期的小腳繡花鞋，在很多民俗愛好者以及搞收藏的玩家眼中，是件不錯的玩意兒，而且市面上保存完好的雖然不少，但幾乎都是民國晚清時期的。

我問李春來能不能把另一隻也搞來，這一隻顯得有點單薄，古玩行講的就是個全，東西越是成套的完整的越值錢，有時一件兩件看起來不起眼，要是能湊齊全套，價錢就能隨著往上漲。

李春來面露難色，另一隻繡鞋早不知道哪去了，就這一隻還費盡千辛萬苦才拿到北京來的。

我說：「就這樣吧，我呢，跟您交個朋友，我對農民兄弟特別有好感，當年我爹就是為了中國農民翻身才得以解放，才毅然放棄學業投入革命事業的，他老人家幹了一輩子革命工作，咳咳，咱們就不提他了，就連中國革命都是走農村包圍城市的路線，才取得了最後的勝利，所以我可以拍著胸口說，我絕對不會因為你是從農村來的就欺騙你，這隻鞋在市面上，若是賣的好的能賣六七百，再多就不容易了，老哥您要是願意，這隻鞋六百我就拿了，就算咱們交個朋友，以後您還有什麼好玩意兒，就直接拿我這來，怎麼樣？」

李春來吃驚的說：「啥？六百？沒聽錯吧。」

我說：「怎麼？嫌少？再給你加五十。」

李春來連連搖手：「不少，不少，當初我以為最多也就值三百。」

我當時就付給了他六百五，李春來把錢數了十多遍，仔細的將它藏在身上，我請他小心點，喝了這麼多酒，別再不小心把錢弄丟了。

隨後，我又跟李春來聊了不少他們老家的事。李春來的老家在陝西省黃河以北的甘源溝，是那一帶最窮的一個縣，那附近有個龍翔縣，多山多嶺，據說在以前是一片國葬區，那古墓多得數都數不清。

龍翔縣的古墓多到什麼程度呢？一畝地大的地方，就有六七座墓，這還都是肉眼看得見的，深處還有更多。

從裡邊挖出來的唐代粉彩製品，一件就能賣到上萬元，當地好多農民家裡都有幾件，他們就是靠從田裡挖出來的東西發財致富，從民國那時，就有好多文物販子都去收購，一些好的都已經被收的差不多了。

過了黃河往南是秦嶺，聽說那邊大墓更多，就是不好找，好找的都給挖空了，有一座最出名的漢墓，墓上光是那盜洞就讓人打了二百八十多個，這些盜洞從古到今的都有。

那邊也流出來很多價值連城的好東西，不過具體是什麼，李春來就說不清楚了，這些事他也只是聽來的。

看看天色不早，李春來的酒勁兒也過去了，就起身告辭，臨走前千叮嚀萬囑咐，希望將來有機會一定要去他家做客，我又跟他客套了半天，這才把他送走。

回到古玩市場，胖子和大金牙已經等得不耐煩了，看見我回來，便急忙問說今天收穫如何？有沒有什麼好東西？

我把繡鞋拿給他們看，胖子大罵：「這是怎麼一回事?出去繞了半天，就拿來這麼隻鞋啊?」

大金牙說：「哎，這鞋做的多講究，胡爺多少銀子收的?」

我把價錢說了，大金牙連聲稱好：「胡爺這段時間眼力增長不少，這隻繡鞋賣兩千塊錢一點問題都沒有。」

我挺後悔：「這話怎麼說，要知道能賣這麼多，我就多給那老哥點錢了，我還以為就值個六七百塊，唉，還是看走眼了。」

大金牙說：「今兒個是星期一，星期一買賣比較少，我看咱們倆也別在這耗著了，好久沒吃涮羊肉了，我說二位，咱們把東西收拾收拾一起去東四吧。」

胖子說：「偉大的頭腦總是不謀而合，我這兩天正好也想吃這個，您說怎麼就吃不膩呢?」

＊　＊　＊

還是以前常去的東四那間館子，下午四點，仍然是沒有半個食客，我們就著牆角靠窗的桌子坐了，服務員將火點著爐子放好，把東西擺好，菜上來，便都回櫃檯那邊聊天說地去了。

我掏出煙來給大金牙和胖子點上，問大金牙說：「金爺，您給我們哥兒倆說說，這鞋值錢值在什麼地方了?」

大金牙把那隻繡鞋拿過來說：「這鞋可不是一般人的，您瞧見沒有，這是牡丹花，自唐代以來，世人皆以牡丹為貴，一般的普通百姓雖然也有在鞋上繡牡丹的，但肯定不像這樣，鑲得起金線。另外您再瞧，這花蕊上還嵌有六顆小珠子，雖然不是太名貴，但是就整體的藝術價值就高了，最主要的是這隻鞋的主人，那老哥是陝西過來的，陝西民風樸實，自古民間不習慣裹腳的習俗，我估計這鞋子的主人，極有可能是外省調去的官員家眷，或者是大戶豪門嫁過去的貴婦，總之非富即貴啊，所以這鞋很有收藏價值，我在市場上說兩千，是沒敢聲張有意見的，依我看最少值六千，要是有一對，那價格肯定就能再飆個幾倍。」

我和胖子吐了吐舌頭，真沒想到能這麼值錢，我心裡打定了主意，回頭一定要去一趟陝西，再給李春來補一部分錢，要不然他太吃虧了。

邊吃邊談，不經意間，話題就說到了陝西一帶的古墓上去了。

大金牙說：「我雖然沒親自去過陝西，但是聽一些去那邊收過玩意兒的同行講起過，八百里秦川文武盛地，三秦之地水土深厚，地下埋的好東西，數都數不清，僅僅龍翔一縣，就將近有不下十萬座古墓，有些地方，土下一座古墓壓著一座古墓多達數層，秦嶺大巴山一帶，傳說也有不少大墓。我就想著，有機會一定得去一趟，收點好東西，就算不能收到什麼，開開眼界也是好的，可是身體不太好，一直沒機會去。」

我說：「我剛才還想著什麼時候有空去一趟，要不咱們一起去玩一次，順便收點玩意兒，你跟我們倆去，咱們一路上也好有個照應。」

三人一拍即合，便商量著幾時動身啓程，我早聽說秦嶺龍脈眾多，想去實地勘察一番，最好能找個像樣的大斗倒，也好還了那美國妞子的高利貸，背著債的日子真不好受。

不過並沒有明確的目標，只是準備到那邊之後看看再說，所以也沒打算帶什麼裝備，只隨身帶把鏟子，手電筒，簡易防毒口罩等幾樣東西，便足夠了，再隨身多帶些現金，希望能收幾件寶貝回來。

大金牙說：「那邊挖出來的東西，都是地下交易，已經形成一定的程序了，外人很難插手，咱們要想收著值錢的東西，就得去最偏遠的地方，沒有也就罷了，若有便能大賺一筆。」

胖子突然想起一事，對我們說：「咱們是不是得多帶些黑驢蹄子，聽說那邊的僵屍最多。」

我說：「隨身帶上幾個也好，有備無患，不過咱們不是去那邊倒斗，主要是出去玩一玩，收些玩意兒回來，不用擔心遇上大粽子。」

大金牙說道：「胡爺，您是瞧風水的大行家，您說那裡多出黑凶白凶，這一現象，在風水學的角度上做何解釋？」

我說：「凶也可以說是指僵屍，黑白則分別指不同的屍變，自古有養屍地之說，不過那些我就不懂了，既然咱們聊到這了，我就從風水的角度說說。」

第五二章　渡河

要說起僵屍來，那歷史可就長了，咱們倒斗行內稱僵屍為大粽子，也不是隨隨便便按上的名字，話說這人死之後，入土為安，入土不安，即成僵屍。

一個安葬死人的風水佳穴，不僅能讓死者安眠，更可以蔭福子孫後代，使得家族人丁興旺，生意紅火，家宅安寧。

但是有的地方不適合葬人，葬了死人，那死者便不得安寧，更會禍害旁人，「入土不安」可分為這麼兩種情況。

一者是山凶水惡，形勢混亂，這樣的地方非常不適合埋人，一旦埋了祖先，其家必亂，輕則妻女淫邪，災舍焚倉，重則女病男囚，子孫死絕。

第二種情況不會禍及其家子孫後代，只會使死者不寧，屍首千百年不朽，成為僵屍，遺禍無窮，當然這不是防腐處理的技術好，而是和墓穴的位置環境有關係。

在風水學上，最重要的兩點是「形」與「勢」，「形」是指墓穴所在的地形山形，「勢」是指這處地形山形呈現出的狀態。

「形」與「勢」一旦相逆，地脈不暢，風水紊亂，就會產生違背自然規律的現象，埋在土中的屍體不腐而成僵屍，便是最典型的現象。

胖子笑說：「這個真有意思，好像還真有那麼點理論依據，挺像那麼回事。」

大金牙不像胖子似的拿這些當笑話聽，他對這些事情很感興趣，問了些細節，感嘆說：「這風水好的地方，還真不好找，但凡是形勢理氣諸吉兼備的好地方，也都被人占光了，中國五千年文明，多少朝多少代，把皇帝老兒們湊到一起，怕是能編個加強連了，再加上皇親國戚，有多少條龍脈也不夠埋的呀。」

我給大金牙解釋，龍脈在中國有無數條，但是能埋人的龍脈不多，尋龍訣有云：大道龍行自有真，飄忽隱現是龍身。龍生九子，各不相同，脾氣秉性，才能相貌，都不一樣。

這龍脈也是如此，比那龍生九子的不同，還要複雜得多，崑崙山可以說是天下龍脈的根源，所有的山脈都可以看做是崑崙的分支。

這些分出來的枝枝杈杈，都可以看做是一條條獨立的龍脈，地脈行止起伏即為龍，龍指的是山嶺的「形」，以天下之大，龍形之脈不可勝數，然而根據「形」與「勢」的不同，這些龍脈，或凶或吉，或祥或惡，都大有不同。

從形上看確是龍脈，然而從勢上分析，便有沉龍、潛龍、飛龍、騰龍、翔龍、群龍、回龍、出洋龍、歸龍、臥龍、死龍、隱龍等等之分。

只有那種形如巨鼎蓋大地，勢如巨浪裹天下的吉脈龍頭，才能安葬王者，再差一個級別的可作千乘之葬，其餘的雖然也屬龍脈，就不太適合葬王宮貴族了，有些凶龍甚至連埋普通人都不適合。

大金牙又問：「此中奧妙真是無窮無盡，胡爺您說這龍脈真的管用嗎？想那秦始皇是千古一帝，他的秦陵風水形勢一定是極好的，為何只傳到秦二世就改朝換代了？」

我說：「這龍脈形勢只是一方面，從天地自然的角度看，非常有道理，但是我覺得不太適合用在人類社會當中。歷史的洪流不是風水可以決定的，要是硬用風水的原理來說的話，也可以解釋，民間不是說風水輪流轉嗎，這大山大川，都是自然界的產物，來於自然，便要順其自然，修建大規模的陵寢，一定會用大量人力，開山掘嶺，不可不謂極盡當世之能事，然而大自然的變化，不是人力能夠改變的，比如地震，洪水，河流改道，山崩地裂等等，這些對「形」與「勢」都有極大的影響，甚至可能顛覆整個原本的格局，當時是上吉之壤，以後怎麼樣誰能知道，也許過不了幾年，一個地震，形勢反轉，吉穴就變凶穴了，這造化弄人，不是人類所能左右的。」

三人連吃帶喝，談談講講，不知不覺已經過了幾個小時，飯館裡的食客逐漸多了起來，來這種地方吃涮羊肉的人，都是圖個熱鬧，吃個氣氛，食客一多就顯得比較亂。我們已經吃得差不多了，便約定暫時不去古玩市場做生意了，準備兩天後一道去陝西收古玩。

由於這次去，雖然是去偏遠的縣城村鎮，但畢竟不是去深山老林，所以也沒過多的準備，攜帶的東西儘量從簡，三人坐火車抵達了西安。

上次跟陳教授等人來的匆忙，不到一日便走，這回沒什麼任務，純屬觀光，遊覽了幾處像碑林、大雁塔、鐘鼓樓之類的名勝古蹟。

如此玩了三五日，我本來計畫先去李春來的老家，但是在西安聽到一些消息，說是今年雨水極大，黃河水位暴漲，淹了黃災，南岸莊陵一帶，被洪水沖出了不少古墓，我們一商量，便決定改變計畫，先過黃河南下。

於是又坐長途汽車向南，跟司機說要過黃河去古田縣，車在半路故障，耽擱了四五個小時，又開了一段，司機把車停到黃河邊一個地方，告訴我們：「要去古田就要先渡河，前邊的渡口還很遠，現在天已經快黑了，等到了渡口也沒船了，今年水大，這片河道是比較窄的，原本是個小渡口，你們要想過河可以在這碰碰運氣，看看還有沒有船，運氣好就可以在天黑之前，過河住店睡覺了。」

我一想也好，免得到了前邊渡口天黑了不能過河，還得多耽誤一日，於是就和胖子大金牙下了長途汽車，坐在河邊等船。

等車走了，我們倆都有點後悔，這地方太他媽荒涼了，路上半個人影都沒有，後悔也晚了，只能到河邊找船過河了。

還離河岸老遠，便聽得水聲如雷，近前一看，三人都是一震，先前只聽說今年雨水大，沒想到這段河面如此寬闊，濁浪滔天，河水好像黃色的泥漿，翻翻滾滾著向東流淌，不知以前有沒有渡口，就算是有，現下也應該已經被淹沒了。

我們挑了個視野開闊的地方觀看黃河的景象，這時天上陰雲一卷，飄起了細雨，我們穿的單薄，我和胖子還算皮厚，大金牙有點發抖。

胖子取出一瓶白酒，讓大金牙喝兩口驅驅寒氣，別凍出毛病來，隨後我把我們買的牛肉乾之類的食物拿出來吃，邊吃邊罵那長途汽車司機缺德，肯定是嫌咱們太鬧，沒到地方就給咱們騙下來了，這他媽的哪有船能過河啊。

我看著腳下奔騰的大河，也禁不住發愁，當年在蘭州軍區當兵的時候，見過那邊的老鄉使羊皮筏子渡河，可這附近連個放羊的都沒有，更別提羊皮筏子了。

眼下只好在雨中苦等，我也喝了兩大口白酒，身上寒意稍退，時辰漸晚，天地間陰晦無邊，四周細雨飄飛，被風吹成了無數歪歪的細線，我突然想起了那些曾經一起的戰友們，只見河水愈加洶湧澎湃，越看越覺得心裡壓抑煩躁，忍不住扯開嗓子對著黃河大喊一聲。

自己也不知道喊的是什麼，反正就是覺得喊出去了心裡痛快。

胖子和大金牙也學著我的樣子，把手攏在口邊大喊大叫，三人都覺得好笑，細雨帶來的煩悶之情減少了許多，沒一會兒，三人就折了兩瓶白酒。

胖子可能有點喝多了，借著酒勁說：「老胡，現在到了黃河邊上了，咱是不是得唱兩段信天游的酸曲啊？」

我學著當地人的口音對胖子說：「你一個胖娃懂個甚勒，憨得很，不放羊你唱甚酸曲，你聽我給你吼兩嗓子秦腔。」

胖子終於逮到了我的把柄，機不可失地嘲笑我：「老胡你懂個六啊你，在這唱什麼秦腔，你沒聽說過飲一瓢黃河水，唱一曲信天游嗎？這可是一定要的，到什麼山頭，就要唱什麼曲。」

我怒道：「你哪攢來的那麼多臭詞？什麼喝黃河水，這水你敢喝啊？我他娘的就知道才飲長沙自來水，又食武昌塔嘛魚。」

大金牙連忙做和事佬：「一人唱一句，誰想唱什麼就唱什麼，反正這地方沒人，算不上擾民。」

胖子大咧咧的說道：「我先唱兩句淚蛋蛋沙窩窩，你們哥兒倆聽聽，聽舒服了給哥們兒來個好。」

我問道：「你沒喝多吧？」

胖子卻不理會有沒有人愛聽，拿著空酒瓶子當麥克風放在嘴邊，剛要扯開脖子吼上一曲，卻聽得遠處馬達聲作響，一艘小船從上游而來。

我們三個趕緊站起來，在河邊揮動手臂，招呼船老大靠岸停下。

那船上的人顯然是見到了我們，但是連連搖手，示意這裡沒辦法停船，我們等了半天，好不容易盼到一條船過來，如何肯放過它，否則在冷雨中還不知要等多久。

胖子掏出一把鈔票，舉著錢對船上的人揮動手臂，果然是有錢能使鬼推磨，在前方有道河灣，水勢平緩，波瀾不驚，船老大把船停了下來。

胖子過去商量價錢，原來人家這船是艘船上都是機器零件之類的，要去下游搶修一艘大船，最近水大，若不是情況緊急，也不會冒險出來。

船上除了船老大，還有他的兒子，一個十幾歲的少年，我們說好了多給雙倍的錢，把我們送到對岸古田縣附近下船。

船艙裡都是機器部件，沒有地方，我們三個只好坐在甲板上，總算是找了艘船，過河之後找個旅店，舒舒服服的洗個熱水澡，吃碗熱呼呼的蕎麥麵，好好休息休息，剛才河邊蹲了兩個小時，可凍得著實不輕。

河水湍急，很快就行出很遠，我們想得正美呢，忽然船身一陣猛烈的震動，好像是在河中撞到了什麼巨大的東西，我當時正在跟胖子商量吃什麼好，這一震動我差點咬到自己的舌頭。

天上的雨也不再是斜風細雨，天上陰雲翻滾，電閃雷鳴，那大雨如瓢潑般傾瀉下來，船老大趕忙過去查看船頭，看究竟撞上了什麼東西。

這河水正深之處，應該不會有礁石，又是順流而下，竟然撞上如此巨大的物體，實屬異常。

船老大剛在船頭張了一眼，那船身緊接著又是一歪，眾人緊緊拉住船梆，惟恐順勢掉進河中，船體連續晃動，河水潑將進來，人人都喝了一嘴的黃泥湯子。

我在岸邊時喝了不少酒，這時候頭暈腦脹，被河水一潑，清醒了一些，趕緊把灌到嘴裡的河水吐出來，說不出的噁心反胃，卻見船老大已經嚇得縮成了一團，他是開船的，被嚇成這樣，船怎麼辦。

我想把他拉起來，船老大說什麼也不肯站起來，臉上盡是驚恐的神色，我問他：「你怎麼了？河中有什麼東西？」

體如篩糠的船老大指著船外：「河神老爺顯聖了，怕是要收咱這條船啊。」

第五三章　激流

大金牙暈船，早已吐得一塌糊塗，抱著船上的纜繩動彈不得，船好像被河中的什麼事物擋住，河水雖然湍急，這船卻硬是開出不去。

在一陣陣劇烈的撞擊之下，這條船可能隨時會翻，我想到船頭看看河裡究竟有什麼東西，但是我和胖子倆人先前在河邊喝得有點多，此時酒意上湧，也感覺不出害怕來，就是腳底下像踩了棉花套似的，加上船體傾斜，邁了半天腿，一步也沒走出去。

這時船在大河中被水流衝擊，船身打了個橫，胖子被甩到了甲板對面，身體撐在船舷上，這一下把胖子的酒意嚇醒了一半，剛轉頭向河中望去，那船體又是一震，又把胖子甩了回來，好在是機械船，倘若是條木船，只這般撞得兩次便要散架了。

我緊緊拉住纜繩和大金牙，百忙之中問胖子，河裡是什麼東西？瞧清楚了沒有？

胖子大罵著說：「操他奶奶，沒看太清楚，黑呼呼的跟卡車那麼大，像是只大老鱉。」

不管河裡是什麼鬼東西，再他娘的讓它撞幾下，船非翻了不可，我對胖子叫道：「抄傢伙，幹他娘的！」

胖子喊道：「你還沒醒酒呢？哪有傢伙可使啊。」

我確實有點喝茫了，還一直想找衝鋒槍，被胖子一說才反應過來，這回在內地，什麼武器都沒帶。

天上大雨如注，身上都淋得溼透了，順手摸到了掛在腰上的折疊工兵鏟，便對胖子大叫：「拿工兵鏟，管它是王八還是魚，剁狗日的。」

胖子不像我還沒醒過酒來，頭腦還算清醒，知道必須得採取點保護措施，抓住纜繩在我腰上纏了兩圈，我的酒勁兒也消了八成，趁著此時船身稍穩，兩步躥到被撞擊的左舷，探出腦袋往河裡看。

這時天色已黑，又下著大雨，河中一片漆黑，藉著烏雲中閃電的光亮，隱隱約約就瞧見混濁的河水中，有一個跟一座小山似的東西，一半露出水面，大部分都隱在河中，能見度有限，也瞧不出是個什麼，就看見那東西，只覺得像是個水裡的動物，究竟是魚還是鱉之類的，分辨不清。

河中那個巨大的東西，正逆著水流，飛速朝我們的船身撞來，我緊緊扒住船上的纜繩，瞅那東西游近，便掄著工兵鏟切了下去，但是工兵鏟太短，根本打不到。

隨著船身再一次被撞，把我從船上彈了出去，工兵鏟脫手而飛，落入河中，多虧胖子扯住繩子，我才沒和工兵鏟一起掉進河中。

這回我的酒全醒了，身上冒了一身冷汗，頭腦清醒了許多，船身晃動，我站立不住，撞到原本縮成一團的船老大身上，我趁機對船老大說：「現在船身打橫，快想辦法讓船繞過去，要不你兒子也活不了。」

船老大是個極迷信的人，硬說河裡的那個「東西」，是河神爺爺的真身，本打算閉眼等死，我一提他的兒子，船老大這才想起來，自己的兒子還在艙中，反正都是一死，為了兒子，就拼上這條命了，當下掙扎著爬起來，想衝回船艙掌舵。

船老大搖搖晃晃的剛站起身來，忽然指著河中大叫：「不好，又過來了！」

我順著他手指的方向看去，這下正趕上船上的射燈照著，瞧得真切，一隻暗青色的東西，在河中忽隱忽現，有時露出來的部分跟一輛解放卡車大小相同，正圍著船打轉，想要一下把船撞翻。

這時也來不及細看，我一推船老大，把他推進操舵室，門一開，剛好看見船艙內裝的機器零件中，有一捆細鋼管。

當時也不知道哪來的那麼大勁，招呼胖子一起抽了幾根鋼管出來，當做標槍使用，對著河中的那物，接二連三的投了出去。

黑暗之中，也不可能分辨命中率和殺傷效果如何，然而投出十幾根鋼管之後，再也尋不見那怪物的蹤跡了，想是被驅走了。

天上的雨又逐漸小了，一時風平浪靜，船上眾人死裡逃生，一個個臉色刷白，大金牙用纜繩把自己纏在甲板上，被船身的起伏搖擺，折騰得死去活來，幸好沒犯哮喘病，齜著那顆大金牙連呼菩薩保佑。

有些事不能鑽死胡同，得儘量往好處想，身上的衣服雖然都溼透了，幸好由於一直在下雨，把錢和證件之類的東西都提前放在了防水旅行袋裡。

剛才的情況雖然緊急突然，大金牙把旅行袋一直抓在手中，沒落到河裡去，做生意的人，就這一點好，捨命不捨財，天塌下來，也把錢包看得牢牢的。

我跟大金牙說，一會兒到了地方，趕緊找家旅店洗個熱水澡，要不然非生病不可。

船老大的兒子在船艙裡撞破了頭，血流不止，必須趕緊送去醫院，前邊不遠便是古田縣城，準備在那裡靠岸，我抬頭一望，黑暗陰晦的遠處，果然是有些零星的燈光，那裡便是我們要去的古田小縣城了。

然而船上的情況剛剛穩定下來，突然船體又被巨大的力量撞擊了一下，這回的力量比前幾次都大，又是突如其來，我們猝不及防，都摔在地上。

船身傾斜，胖子伸手拽住了纜繩，我和大金牙分別抱住了他的腰帶和大腿，胖子大叫：「別……別他媽拉我褲子……」

話未說完，船體又傾向另一邊，我想去取船艙中的鋼管，奈何船身晃動得非常厲害，根本爬不起來，別說看清楚周圍的情況了，現在腦袋沒被撞破都已經是奇蹟了。

船身在滾滾濁流中起起伏伏，甲板船艙中到出都是水，眾人的衣服都溼得透了，一個個都成了落湯雞。

船老大為了把兒子送進醫院搶救，已經顧不得那是什麼河神老爺、還是龍王祖宗了，拼了命的把船開向古田縣的碼頭。

黃河九曲十八彎，過了龍門之後，一個彎接著一個彎，這古田附近是相對比較平穩的一個河彎，船一轉到河彎中，在河中追擊著我們不放的東西，便停止不前了。

前邊的幾處燈火越來越亮，船老大把船停泊在碼頭邊上，我們把腳踏在地上才驚魂稍定，胖子取出錢來，按先前談好的價錢，又多付了一些給船老大，船老大與碼頭上的工人相熟，找了幾個人幫忙，急匆匆的把他兒子送進縣城裡的醫院。

古田歷史可以追述到殷商時期，保留至今的城牆是明代的產物，這地方歷史雖然悠久，但是名氣不大，縣城的規模也小，很少有外來人。

我和大金牙、胖子三人如同三隻落湯雞一般，找人打聽了一下路徑，就近找了家招待所，去的時候還真巧了，這招待所每天只供應一個小時的熱水淋浴，這功夫還剩下半個小時。

胡亂沖了個熱水澡，三個人這才算是還陽，問招待所的服務員，有什麼吃的東西賣麼？服務員說只有麵條，於是我們要了幾碗麵條，多放辣椒，吃得出了一身大汗。

正吃著半截，招待所食堂中負責煮麵的老頭，過來跟我搭話，問我們是不是北京來的？

我一聽這老頭的口音，不像是西北人，於是跟他隨便談了幾句，這老頭姓劉，老家在北京通縣，在古田已經生活了好幾十年了。

老劉問我們怎麼搞成這副狼狽的樣子，跟從鍋裡剛撈上來的似的。

我把我們在黃河中的遭遇說了一遍，這河裡究竟有什麼東西？怎麼這麼厲害，是魚還是鱉也沒瞧清楚，或者還是個什麼別的動物，從來沒聽說過黃河裡有這麼大的東西，多虧這小船結實，要是木船，我們現在恐怕都得掉到水裡灌黃湯去了。

劉老頭說：「這個我也曾經見過，跑船的就說這是河神，今年這不是水大嗎，水勢一漲這河裡的怪東西就多，我在這黃河邊上生活了半輩子，那時候還沒解放，我才不到十五歲，當時親眼瞧見過這東西，曾經有人抓過活的，你們要真想看，我告訴你們個地方，你們有機會可以去瞧瞧。」

第五四章 傳說

我心念一動，我們三人初來乍到，人生地不熟，想在這縣城附近收些古玩，談何容易。這劉老頭在古田住了好幾十年，聽他言談話語之中，對當地的情況瞭若指掌，何不讓他給我們多說一些當地的事，諸如出土過什麼古墓古玩之類的，這些訊息對我們來講十分有用。

於是先沒讓劉老頭繼續講，說現在天色還早，讓胖子出去賣幾瓶酒，再弄些下酒菜，請劉老頭到我們房中喝酒閒談，講講當地的風物。

劉老頭是個嗜酒如命的人，又喜歡湊個熱鬧，聽說有酒喝，當即就恭敬不如從命了。胖子見又要跑腿，極不情願，但是也饞酒喝，便換了套乾淨衣服，到外邊的小店裡買回來兩瓶白酒和一些罐頭回來。

外邊的雨淅淅瀝瀝，兀自未停，眾人在房間中關好了門，以床為桌，坐在一起喝酒，劉老頭話本來就多，這兩杯白酒下肚，鼻子頭便紅了，話匣子打開就關不上了。

大金牙請教劉老頭：「劉師傅，剛才您說我們在黃河中遇到的東西，您親眼見過，那究竟是個什麼？是王八成精嗎？」

劉老頭搖頭道：「不是王八精，其實就是條大魚啊，這種魚學名叫什麼我不清楚，當地有好多人都見過，管這魚叫鐵頭龍王，跑船的都迷信，說它是河神變的，平時也見不著，只有發大水的時候才出來。」

胖子道：「您說的可真夠玄乎的啊，那這條魚得多大個啊？」

劉老頭道：「多大個？我這麼跟你們說吧，當年我在河邊看見過一回，那年水來得快，退得也快，加上這古田河道淺，把一條半大的鐵頭龍王擱淺了，那時候還沒解放，好多迷信的人，想去把龍王爺送回河裡，還沒等動手，鐵頭龍王就一命歸西了，人們都在河邊燒香禱告，那真是人山人海啊，盛況空前，我就是跟著瞧熱鬧看見的。」

我問道：「劉師傅，您說說這魚長什麼樣？」

劉老頭說：「這大魚啊，身上有七層青鱗，魚頭是黑的，比鐵板還要硬，光是魚頭就有解放卡車的車頭那麼大個。」

我和胖子等人連聲稱奇，那不跟小型鯨魚差不多了，河裡怎麼會有這麼大的魚？這世上真是什麼稀奇古怪的東西都有。便又問後來怎麼樣了？這鐵頭龍王埋了？還是吃了？

劉老頭笑道：「不是鯨魚，不過這麼大的魚十分少見，平時根本沒有，隔幾十年也不見得能見到一回，簡直都快成精了，有迷信的就說它是龍王爺變的，要不怎麼給起這麼個名呢，聽說就算是捕到都要放生，那肉又硬又老，誰敢吃啊。當時這鐵頭龍王就死在了岸上，那些天正趕上天熱，跟下火似的，沒一天就開始爛了，臭氣薰天，隔著多少哩都能聞著那臭味，這種情況很容易讓附近的人得瘟疫，結果大夥一商量，就把魚肉切下來，用火燒了，剩下一副魚骨架子撂到河岸上。」

大金牙聽到此處，嘆息道：「唉，可惜了，要是現在能把這種怪魚的骨頭弄到博物館裡，做成標本，一定很多人參觀。」

劉老頭說：「可不說是嗎，不過那時候誰都沒那膽子，怕龍王爺降罪下來，免不了又是一場大水災。」

我問道：「劉師傅，您剛才跟我們說，有個地方可以看鐵頭龍王魚，指的是這條嗎？難道過了這麼多年，這魚的骨頭架子還保存著？還個那河岸上擱著呢？」

劉老頭說：「沒錯，不過不在河岸上，當時附近的人們為了防止發生瘟疫，把魚肉和內臟都焚燒了祭河神，然後正要商量怎麼處理這副魚骨，這時候就來了個外地人，此人是個做生意的商人，這位商人也是個非常迷信的人，他出了一些錢，在離我們這不遠的龍嶺，修了一座魚骨廟。」

大金牙問：「魚骨廟？這在天津地面也曾有過，是不是就是以魚骨做樑，魚頭做門，供奉河神用的？」

劉老頭說：「天津也有？那倒沒聽說過了，不過確實跟你說的差不多，那位外地的商人自稱也是經常出海過河，免不了經常乘船，所以就掏錢修了這麼座魚骨廟，這廟規模不大，連個院子都沒有，和普通的龍王廟沒區別，拿魚骨當做房架子，大魚的頭骨是廟門，就一間神殿，供了尊龍王爺的泥像，剛修好的時候，有些人得病或者趕上天旱，都去魚骨廟裡上香許願，說來倒也好笑，真夠邪門的，一次都沒靈驗過，要是去魚骨廟求雨，那是不求還好，越求越旱，所以沒過多久，就斷了香火了，那位出資修廟的商人，也從此再沒出現過。」

我問道：「魚骨廟現在還在？」

劉老頭點頭道：「是，不過都荒廢許久了，龍王爺的泥像沒過兩年就塌了，有人說是那位出錢修廟的商人心不誠，或者做過什麼缺大德的事情，龍王爺不願意受他的香火，再加上魚骨廟建在龍嶺山凹裡頭，道路艱難，一來二去的根本沒人再去那座魚骨廟了，不少人甚至都把這事忘在腦後了，當年文革，連紅衛兵都沒想起來要去砸魚骨廟，其實就算去砸，也沒什麼可砸的。但是這廟的格局和魚骨還在，你們有機會可以去瞧瞧。」

胖子笑罵：「有他媽什麼好看的，今天我們三人都差點成了魚食，不看也罷。」

大金牙卻另有一番打算，他跟我商量了一下，決定明後天休息好了，去龍嶺看看魚骨廟，說不定這麼大的一架魚骨可以賣錢，最起碼能賣給自然博物館，把我們這路費錢抵銷了。

我們又連連給劉老頭勸酒，問他這附近有沒有出土過什麼古董古墓。

劉老頭喝得醉眼朦朧，說話舌頭都有點大，不過酒後吐真言，著實吐出了一些當地的祕聞。

古田前一段時間被水沖出了幾座古墓，都是宋代的，不過都不是什麼貴族墓葬，除了幾具快爛沒了的骨頭，只有些破瓶子爛罐子。

這裡出土的最貴重的東西，是有一年乾旱，這一段黃河都快見底了，清淤的時候，從泥裡挖出來三隻大鐵猴子，每一隻都重達數百斤，把上邊的鏽跡去掉，發現鐵猴身上雕刻的花紋優美流暢，外邊都是溜金的，至今好像也沒考證出來，這些鐵鑄的猴子是做什麼用的。

有人說是唐代鎮妖的，也有人說是祭河的，後來是拉到哪個博物館，還是大煉鋼鐵給熔了，就不得而知了。

最邪的是，從淤泥中發現三隻鐵鑄的猴子之前，有不少人都夢見三個白鬍子老頭，哭求著放過他們，這事越傳越玄，好多人都說這三個老頭就是河中的鐵猴精。

那年春節，家裡有屬猴的人，都穿紅褲頭，紮紅腰帶，怕被那三隻鐵猴精報復，結果最後這附近也沒出什麼大事，當然也有幾個走背字倒邪霉的，不過那也都是他們自找的。

黃河裡面沉著很多古怪的東西，這些事我們都聽說過，河東博物館裡陳列的黃河鐵牛，就是鎮河用的，當年元末之時，還傳說在黃河中撈到一具獨眼石人，那時候正鬧農民起義，有童謠說是什麼莫道石人一隻眼，挑動黃河天下反，那件事只是傳說，並不足為信，但是仍然可以見證黃河的古老神祕，稀爛的河泥中，不知道覆蓋著多少祕密。

不過我們對什麼鐵猴、鐵牛、石人之類的東西並不感興趣，便一再追問，附近哪有古墓和遺跡，誰手裡有古董想要出手。

劉老頭想了想說，原來你們是買賣古玩的，你們若是早幾年來，能有很大收穫，現在早都被收的差不多，不光是民間的古玩商來收，政府也收，一年收十多遍，再多的東西也抵不住這麼收啊。

前幾年開始，古田附近接二連三的出現盜墓的情況，好多當地人也都參與了，到了秋天一颳大風，你就看吧，地上全是盜洞，走路不小心就容易掉進去，城外古墓集中的地方，都快挖成篩子了。

劉老頭說，咱們話趕話說到這裡，我突然想起聽人說過，我姑且一說，你們姑且一聽，我曾聽當地一位老人說起過，龍嶺裡頭有座唐代古墓，相傳規模極大，這兩年很多盜墓賊都想去找，始終也沒人能找到，龍嶺那片山嶺太密了，而且那古墓藏得很深，甚至就連有沒有都難說著，畢竟這種事都是打多少年前口耳相傳留下來的，未必便真有其事。

這種古墓的傳說，在我們當地非常多，而且幾乎是一個人一種說法，沒有固定的，有些人說龍嶺中是唐代的大墓，也有說是別的朝代的。反正都是傳說，誰也沒見過。

第五五章　籌劃

從劉老頭的話中，我隱隱約約聽出了一點東西，解放前有位商人出資在龍嶺修建魚骨廟，供奉龍王爺，這本身就有點奇怪，龍王廟為什麼不建在河邊？偏偏建在那溝壑縱橫的山嶺之中？

聽劉老頭所說，魚骨廟的規模不大，這就更古怪了，這麼一間小廟，何必費上如此周折，難道那龍嶺中當真有什麼風水位，適合建造廟宇？

應該不會這麼簡單，再加上劉老頭說龍嶺中隱藏著一處極大的唐代古墓，那就更加蹊蹺了，我心中一陣冷笑，他娘的，搞不好那出錢修魚骨廟的也是我同行，他修廟是假，摸金是真，修廟是為了掩人耳目，在廟下挖條暗道通進古墓中摸寶貝才是他真正的意圖。

但是我有一點想不明白，既然龍嶺一帶地形險惡，人跡罕至，為何還要如此脫褲子放屁多廢一道手續呢？

隨即一想，是了，想必那墓極深，不是一朝一夕之工便可將通道挖進冥殿之中，他定是瞧準了方位，但是覺得需時頗長，覺得整日在龍嶺之中出沒，難免被當地人碰上，會起疑心，便修了座魚骨廟，地廟中暗挖地道，就算偶爾有人路過，也不會發覺，高招啊。

不過這些情況，得親自去龍嶺走上一遭，才能確定，不知道那位假扮商人的摸金校尉，有沒有找到傳說中的大墓，不管怎麼樣，我都想去龍嶺魚骨廟看上一看。

我又問劉老頭去龍嶺的詳細路徑，當地的地形地貌。

劉老頭說：「魚骨廟在龍嶺邊上，你們要去看看那廟倒也罷了，切記不可往龍嶺深處走，那片嶺子，地勢險惡非常，有很多地方都是陷空地洞，在外邊根本瞧不出來，表面都是土殼子，一踩就塌，掉進去就爬不出來了，據說地下都是溶洞，迷路總總，極盡曲折複雜，當地人管那些洞叫龍嶺迷窟，比迷宮還難走，更可怕的是那迷窟裡邊鬧鬼，聽我一句勸，萬萬不可進去。」

劉老頭說了這麼一件事，有五名地質隊的工作人員，去龍嶺的溶洞中勘察，結果集體失蹤，縣裡的老百姓都傳開了，說他們在龍嶺遇上了鬼打牆，這不到現在也是生不見人死不見屍嗎，這件事都過去兩年多了。

我連聲稱謝，說：「我們就是去魚骨廟瞧個新鮮，瞧瞧那鐵頭龍王的骨頭，龍嶺那片荒山野嶺我們去做什麼，您儘管放心就是。」

劉老頭喝得大醉而歸，我把房門關上，同胖子與大金牙二人祕密商議，定要去龍嶺迷窟走上一遭，看看能不能找到點好東西，就算古墓已經被盜，說不定在附近的村落中，也能收到一兩樣東西，那樣也不算白來了陝西一趟。

胖子問我：「老胡，這回有幾成把握？咱可別再像上次去野人溝似的，累沒少受，力沒少出，差點陪上幾條性命，結果就搞回來兩塊破瓦當子，連玉都不是。」

我說：「這次也沒什麼把握，只不過好容易得知龍嶺中有座大墓，至今無人找到，我聽著就心癢難耐，說不定老天爺開眼，就讓咱們做上回大買賣，那就能把那美國妞兒的錢都還了，免得我在她面前抬不起頭來，不過龍嶺的古墓是否能保存至今，還得兩說著，據我估計，解放前那位出錢修魚骨廟的商人，極有可能就是個倒斗的高手，他修魚骨廟便是為了挖地道進入龍嶺古墓的地宮之中，如果他得手了，咱們就沒指望了，總之做好準備，到那看一看再說。」

大金牙聽說要去倒斗，也很興奮，他眼紅這行當很久，但是每到春天就犯哮喘，從來都沒真正參加過倒斗，而且他生意上往來的那些盜墓賊，都是些個在農村亂挖亂掘的毛賊，挖出來的也沒什麼太好的東西，大金牙恨不得自己也親自出馬幹上一回大活，但始終沒有機會，這時正是夏末，他的哮喘病是一種過敏性哮喘，這時候不太容易發作，又有我和胖子這兩個實習過多次的摸金校尉在，更是有恃無恐。

不過我還是勸他別進冥殿，正好留在外邊給我和胖子望風，我們在下邊，上邊留個人，萬一有什麼閃失，也好有個人接應一下。

當下我進行了一番部署，這趟出門本沒指望發現大墓，一來是在內地，二來這邊的古墓都讓人挖得差不多了。

沒想到在這龍嶺裡面可能會有唐代大墓，實在是出乎意料之外，我們沒有帶太多的工具，工兵鏟這種既能防身，又能挖土的利器我自然是不離身半步，只不過在黃河中失落了一把，只剩下胖子隨身攜帶的一把了。

在地道山洞裡行動，還必須有足夠的照明裝備，我們這裡有三支狼眼手電，這種手電是德國貨，照明範圍三十米，光線凝聚力極強，甚至可以做為防身武器，遇到敵人野獸，在近距離用狼眼手電照他們的眼睛，可以使對方瞬間失去視力。

狼眼是同Shirley楊等人去新疆沙漠中的時候，由Shirley楊提供的先進裝備，她回國時把剩餘的大部分裝備都給了我，我就老實不客氣的照單全收了，反正已經欠了她那麼多錢，甚至被她在蛇口下救過一次，至今還欠她一條命，虱子多了不咬，債多了不愁，再多加上一份人情債也不算什麼。

最頭疼的是沒戴防毒面具，只有幾副簡易的防毒口罩，這古田小城可不容易找防毒面具，以前的摸金校尉們代代相傳有古老的辦法避免空氣中毒，首先是放鳥籠子，我們在野人溝曾經用過一次，其次就是用蠟燭，這是摸金校尉們必不可少的道具，只要沒有化學氣體，防毒口罩也對付著夠用了。

我開了張單子，讓胖子在就近採購，能買的都買來，買不來再另想辦法，我們需要兩隻大鵝，我特別強調要活的，否則胖子很可能買燒鵝回來。

還需要蠟燭，繩子，消防鉤，手套，罐頭，肉乾，白酒，再看看郵局有沒有附近的詳細地圖，最好能再買些補充熱量的巧克力，其餘的東西我們身上都有，暫時就這些了。

胖子問道：「沒處買槍去啊，沒槍怎麼辦？我沒槍在手，膽子就不夠壯。」

我說：「這附近沒什麼野獸，根本用不著槍，就算碰上了拿工兵鏟對付就足夠了，你當這是深山老林啊，要在邊境或者偏遠地區，可以找偷獵的買槍，在內地可不容易搞到槍械，再說要槍也沒用，咱們只是這麼計畫的，計畫趕不上變化，說不定龍嶺迷窟中的古墓早就被人掏光了。」

大金牙點頭道：「胡爺說的是，聽劉老頭說龍嶺地下多溶洞，是典型的喀斯特地貌，這種地質結構多有地震帶，要是真有唐代大墓，從唐代到現在這麼多年，指不定發生什麼變化呢，咱們做完全的準備，但是也不能抱太大的希望。」

我突然想起來，陝西養屍地極多，萬一碰上粽子如何是好，這事說起來就想揍大金牙，拿兩枚僞造的摸金符矇騙我們，好幾次險些把命搭上。

大金牙見說起這件事，只好陪著笑臉再次解釋：「胡爺胖爺，你們可千萬別生氣，我當時也不知道，當年我們家老爺子，就是戴的這種摸金符，也沒出過什麼事。依我看這其實就起一種心理作用，你們二位要是沒見過那枚真的摸金符，一直拿我給你們的當真貨，就不會像現在這麼沒信心了，回頭咱們想辦法收兩枚真的來，這錢算我的。摸金符這物件雖古，但只要下功夫，還是能收來的。」

我笑著說：「那就有勞金爺給上點心，給我們哥兒倆弄兩枚真的來，說實話，不戴著這個東西幹倒斗，心裡還真是沒底，幹起活來要是沒信心，那可比什麼都危險。」

最後我說：「得了，咱們也甭怕那些邪的歪的，一般有大墓的地方風水都差不了，出僵屍的可能性太低了，多餘操那份心。」

三人籌劃已定，便各自安歇，連日舟車勞頓，加之又多飲了幾杯，這一覺睡到第二天下午才起，胖子和大金牙去街上採買應用的東西，我找到劉老頭，進一步的瞭解龍嶺迷窟的一些相關情況。

但是劉老頭說來說去，還是昨夜說的那些事，這一地區關於龍嶺迷窟的傳說很多，卻儘是些捕風捉影不盡不實的內容，極少有確切的信息，其他的人也都是如此，一說起龍嶺迷窟都有點談虎色變，都說有鬼魂冤靈出沒，除非迫不得已，否則很少有人敢去那一帶。

我見再也問不出什麼，便就此做罷，又在古田歇了一日，我們按照劉老頭指點的路徑，用竹筐背了兩隻大鵝，動身前往龍嶺魚骨廟。

這才是：一腳踏進生死路，兩手推開是非門。

第五六章 盤蛇嶺

龍嶺往大處說，是秦嶺的餘脈，往小處說，其實就是一片星羅密佈的土崗，一個土丘挨著一個土丘，高低起伏的落差極大，土丘與土丘之間被雨水和大風切割得支離破碎，有無數的深溝，還有些地方外邊是土殼子，但是一踩就破，裡面是陷空洞。看著兩個山丘之間的直線距離很近，但是從這邊走到那邊，極有可能要繞上半天的路程。

這個地方名不見經傳，甚至連統一的名稱都沒有，古田縣城附近的人管這片山叫「龍嶺」，然而在龍嶺附近居住的村民們，又管這一地區叫做「盤蛇坡」。

「盤蛇坡」遠沒有「龍嶺」這個名號有氣勢，但是用以形容這裡的地形地貌，比後者更為直觀，更為形像。

我和胖子、大金牙三人，早晨九點離開的古田縣城，能坐車的路段就坐車，不通車的地方就開十一號，一路打聽著到了「龍嶺」的時候，天已經擦黑了。

龍嶺山下有一個小小的村落，村裡大約有二十來戶人家，我們三人商量了一下，現在天色已晚，想找魚骨廟不太容易了，山路難行，別在一不留神掉進溝裡，那可就他娘的出師未捷身先死了，乾脆晚上先在村裡借宿一夜，有什麼事等到明天早晨再說。

我們就近找了村口的一戶人家，跟主人說明來意，出門趕路，前不著村後不著店，能不能行個方便，借宿一夜，我們不白住可以付點錢。

這戶主人是一對年老的夫婦，見我們三人身上背的大包小裹，還帶著兩隻活蹦亂跳的大白鵝，便有些疑惑，不知道我們這夥人是幹什麼的。

胖子趕緊堆著笑臉跟人家說：「大爺大媽，我們是去看望以前在部隊的戰友，路過此地，錯過了宿頭，您瞧我們這也是出門在外，很不容易，誰出門也不把房子帶著不是嗎，您能不能行行好，給我們找間房，讓我們哥倆兒對付一宿，這二十塊錢您拿著。」說完之後，也不管人家願意不願意，就掏出錢來塞給老兩口。

老夫婦見我們也不像什麼壞人，便欣然應允，給我們騰出一間屋來，裡面好像有幾年沒人居住了，炕是冷的，要是現燒火，還得倒一天的黑煙，我跟他們說不用燒炕了，有個避風的地方就成，然後麻煩他們老倆口給我們弄些吃的。

胖子見院中有水桶和扁擔，便對我說：「老胡，快去打兩大桶水來。」

我奇道：「打水幹什麼？你水壺裡不是有水嗎？」

胖子說：「你們解放軍住到老鄉家裡，不都得把老鄉家的水缸灌滿了，然後還要掃院子，修房頂子。」

我對胖子說：「就他媽你廢話多，我對這又不熟，我哪知道水井在哪，黑燈瞎火的我出去再轉了向，回不來怎麼辦，還有，一會兒我找他們打聽打聽這附近的情況，你別話太多了，能少說就他娘的少說兩句，別忘了言多語失。」

正說著話，老夫婦二人就給我們炒了幾個雞蛋，弄了兩個鍋盔，端進了屋中。

我連聲稱謝，邊吃邊跟主人套近乎，問起這間屋以前是誰住的？

沒想到一問這話，老頭老太太都落淚了，這間屋本是他們獨生兒子住的，十年前，他們的兒子進「盤蛇坡」找家裡走丟的一隻羔羊，結果就再也沒回來，村裡人找了三四天，連屍首也沒見著，想必是掉進土殼子陷空洞，落進山內的迷窟裡了，唯一的一個兒子，就這麼沒了，連個養老送終的人都沒有了，這些年，就靠同村的鄉親們幫襯著，勉強渡日。

我和胖子等人聽了，都覺得心酸，又多拿了些錢送給他們，老兩口千恩萬謝，連說碰上好人了。

我又問了些「龍嶺」的情況，老夫婦卻都說「盤蛇坡」沒有什麼唐代古墓，只聽老一輩兒的人提起過說有座西周的大墓，而且這座墓鬧鬼鬧得厲害，甚至大白天都有人在坡上碰到鬼打牆，在溝底坡上迷了路，運氣好的碰上人能救回來，運氣不好的，就活活困死在裡面了。

當地的人們稱這一帶為「盤蛇」就是說道路複雜，容易迷路的意思，而「龍嶺迷窟」則是指山中的洞穴，縱橫交錯，那簡直就是個天然的大迷宮。

至於魚骨廟的舊址，確實還有，不過荒廢了好幾十年了，出了村轉過兩道山樑有條深溝，「魚骨廟」就在那條溝的盡頭，當年建廟的時候，出錢的商人說那是處風水位，修龍王廟必保得風調雨順。

沒想到修了廟之後，也沒什麼改變，老天爺想下雨就下雨，不想下雨就給你旱上幾年，燒香上供根本沒有用，所以那廟的香火就斷了，很少有人再去。

我說：「我們只是在過黃河的時候，險些被龍王爺把船掀翻了，所以比較好奇，想去魚骨廟看看鐵頭龍王魚的骨頭。」

老夫婦兩口說你們想去魚骨廟沒什麼，但是千萬別往盤蛇坡深處走，連本村土生土長的都容易迷路，何況你們三個外來的。

我點頭稱謝，這時也吃的差不多了，就動手幫著收拾，把碗筷從屋中端出去，走在院中，大金子牙突然低聲對我說：「胡爺，這院裡有好東西啊。」

我回頭看了一眼，大金牙伸手指了指院中的一塊大石頭：「這是塊碑，有年頭了。」

我沒說話，點了點頭表示知道了，幫忙收拾完了碗筷，老夫婦兩口回房睡覺，我們三人圍在院中假裝抽菸閒聊，偷偷觀看大金牙所說的石碑。

要不是大金牙眼賊，我們根本不會發現，這塊長方形的石碑磨損得十分嚴重，中間刻了幾道深深的石槽，看那樣子，可能是用來拴牲口的。

石碑只有一半，碑頂還有半個殘缺的獸頭，碑上的文字花紋早都沒了，沒有這半個獸頭，也瞧不出這是塊石碑。

胖子問大金牙：「這就是您說的好東西，我看以前可能還值錢，現在這樣，也就是塊大石頭了，你們瞧瞧，這上邊的東西都磨平了，這用了多少年了。」

大金牙抽著煙說：「胖爺，我倒不是說這石碑值錢，這塊殘碑現在肯定不值錢了，就剩半個獸頭，連研究價值可能都不存在了，有點可惜，但是您別忘了，我們家祖上也是幹倒斗的，我之所以說這是好東西，也不是一點理由沒有，就衝著這塊殘碑上的半個獸頭，我就敢斷定，這龍嶺中一定有座唐代古墓，但是具體位置嘛，明天咱們就得瞧胡爺的手段了。」

我伸手摸了摸石碑上的獸頭，對大金牙說道：「你是說這是塊墓碑？」

大金牙說道：「就算是墓碑吧，這碑上的獸頭雖然殘了，但是我還能瞧出來，這隻獸叫樂蝲，唐代國力強盛，都把陵墓修在山中，以山為陵，地面上也有一些相應的設施，豎一些石碑石像，石駱駝，石狻猊之類的，作為拱衛陵寢的象徵，這樂蝲就是一種專趴在石碑上的吉獸，傳說它是西天的靈獸，聲音好聽，如同仙樂，以此推斷，這石碑上應該是歌功頌德之類的內容，陵寢前十八哩，每隔一哩便有一對，樂蜊是第二對石碑。」

我說：「金爺，別看你不懂風水，但是你對古代歷史文化的造詣，我是望塵莫及，咱們別在院裡說了，回屋商量商量去。」

我們回到屋中繼續謀劃，現在已經到了龍嶺邊上了，從現在的線索看來，這裡有古墓是肯定的，不過這墓究竟是大唐的還是西周的，倒有幾分矛盾。

要是從墓碑上看，是唐代大墓毫無疑問，也符合在古田縣城招待所中劉老頭所言，但是當地的村民怎麼說這山裡是西周的古墓？

大金牙問我：「你看有沒有這種可能性，一條風水寶脈之中，有多處穴位可以設陵？」

我說：「那倒也是有的，不過整整一條地脈不可能都是好地方，各處穴位也有高低貴賤之分，最好的位置，往往只夠修一座墓。不過，也不排除兩朝的古墓都看上一個穴位的可能。」

我讓胖子和大金牙今晚好好養精蓄銳，明日一早，管他是「龍嶺」也好，還是「盤蛇坡」也好，咱們到地方好好瞧瞧，另外這村裡說不定也有不少沒被人發現的古董，回來的時候再多到當地老鄉家裡瞧瞧。

第五七章　魚骨廟

第二天我們起了個大早，收拾東西前往村後的「龍嶺」，按照昨天打聽到的，出村轉了兩道山樑，去尋找「魚骨廟」。

兩道山樑說的簡單，直線距離可能很短，真正走起來的時候，可著實不易，昨天到這裡天已經黑了，周圍的環境看不清楚，這時接著曙光放眼觀望，一道道溝壑縱橫，支離破碎的土原、土樑、土峁、土溝聳立在四周。

這裡雖然不是黃土高原，但是受黃河氾濫的影響，地表有大量的黃色硬泥，風就是造物主的刻刀，把原本綿延起伏的山嶺切割雕鑿，形成了無數的溝壑風洞，有些地方的溝深得嚇人。

這裡自然環境惡劣，地廣人稀，風從山溝中刮過，嗚嗚作響，像是厲鬼哀嚎，山樑上儘是大大小小的洞穴，深不見底，在遠處一看，如同山坡上長滿了黑斑。

我們走了將近三個小時，終於在一條山溝中找到了「魚骨廟」，比我們想像中的還要殘破，我們聽說這座龍王廟香火斷了幾十年，提前有些心理準備，沒成想到實地一看，這座破廟，破得都快散架了。

「魚骨廟」只有一間廟堂，也不分什麼前進後進，東廂西廂，廟門早就沒了，不過總算是看到了鐵頭龍王魚的頭骨，那魚嘴便是廟門。

胖子拿工兵鏟敲了敲，嘎嘎作響，這骨頭還真夠硬的，我們仔細觀看，見這魚頭骨截然不同尋常的魚骨，雖然沒有了皮肉，仍然讓人覺得猙獰醜陋，我們從來沒見過這種魚，不是鯨魚也不是普通的河魚，大得嚇人，使人不敢多觀。

廟堂內龍王爺的泥像早就不知哪去了，地面樑上全是塵土蛛網，不過在裡面，卻看不出房樑是由魚骨所搭建的，估計魚骨都封在磚瓦之中了。

牆壁還沒完全剝落，勉強能夠辨認出上面有「風調雨順」四個大字，地上有好幾窩小耗子，看見進來人了嚇得嗖嗖亂竄。

我們沒敢在魚骨廟的廟堂中多耽，這破廟可能隨時會塌，來陣大風，說不定就把房頂掀沒了。

在廟門前，大金牙說這種魚骨建的龍王廟，在沿海地區有幾座，在內地確實不常見，民國時期天津靜海有這麼一座，也是大魚死在岸上，有善人出錢用魚骨蓋了龍王廟，香火極盛，後來那座廟在七十年代初毀了，後來就再沒見過。

我看了看「魚骨廟」在這山溝中的地形，笑道：「這魚骨廟的位置要是風水位，我回去就把我那本《十六字陰陽風水祕術》扯了燒火。」

胖子問道：「這地方不挺好的嗎？這風颳得呼呼的，風水的風是有了，嗯……就他媽有點缺水，再有條小河，差不多就是風水寶地了。」

我說：「建寺修廟的地方，比起安宅修墳來另有一套講究，寺廟是為了造福一方，不能隨便找個地方就蓋，建寺廟之地必是星峰壘落，明山大殿，除了這座魚骨廟，你可見過在溝裡的廟嗎？就連土地廟也不能修在這麼深的山溝裡啊，正所謂是：谷中有隱莫穿心，穿心而立不入相。」

大金牙問道：「胡爺，你剛說的最後一句是什麼意思？是說山谷中修廟不好嗎？」

我點頭道：「是的，你看這些溝溝壑壑，似龍行蛇走，怎奈四周山嶺貧瘠，無帳無護，都不成事勢，加之有深陷山中，陰氣也重，如果說這山嶺植被茂密，還稍微好一點，那叫帳中隱隱仙帶飛，隱護深厚主興旺，這條破山溝子，按中國古風水學的原理，別說修廟了，埋人都不合適，所以我斷定這廟修得有問題，一定是摸金校衛們用來掩護倒斗的，今日一見果然不出所料。」

胖子說道：「要說是掩人耳目，也犯不上如此興師動眾啊，我看搭間草棚也就夠用了，再說這條溝裡哪有人，頂多偶爾來個放羊的，聽村裡人說，過了這道樑便是龍嶺迷窟，裡面邪性得很，平時根本沒沒去，所以到這放羊的恐怕也不多。」

我說：「這恐怕主要還是博取當地人的信任，外地人出錢給當地修龍王廟，保一方風調雨順太平如意，當地人就不會懷疑了，倘若直接來山溝裡蓋間房子，是不是會讓人覺得行為反常，有些莫名其妙，好好的在山溝裡蓋哪門子房屋呢？這就容易被人懷疑了，不如說這裡是風水位，蓋間廟宇，這樣才有欺騙性，以前還有假裝種莊稼地的，種上青沙帳再幹活，都是一個宗旨，不讓別人知道。」

大金牙和胖子聽了我的分析，都表示認同，外地人在山溝裡蓋廟確實比蓋房子更容易偽裝。

其實胖子所說不是沒有道理，不過還得上到山樑上看看那龍嶺的形勢，才能得進一步判斷古墓的位置，以及在此修廟的原因，我估計古墓裡魚骨廟不會距離太遠，否則打地道的工程量未免太大。

現在終於到了龍嶺坡下，我最擔心的兩件事，第一件就是龍嶺中有沒有大墓，現在看來，答案應該是絕對肯定的。

第二件事是，這座墓如此之大，而且早就被建魚骨廟的那位假商人盯上了，他有沒有得手？這還不好說，不過看他這般作為，如此經營，定是志在必得。

不過就算是這龍嶺的古墓已經被倒了斗，我想我們也可以進去參觀參觀，看看別的高手是怎麼做的活，說不定沒掏空，還能留下幾樣。

摸金校尉的行規很嚴，倒開一個斗，只能拿上一兩件東西，多了便要壞了規矩，看這位修魚骨廟的高人，既然能在龍嶺找到很多人都找不到的大墓，一定是個老手。

越是老手高手，越看重這些規矩，有時候甚至把行規看得比命都重要，不過這些優良傳統現在恐怕沒人在乎了，現在的民盜跟當年鬧日本鬼子差不多，基本上到哪都執行三光政策。

我們圍著魚骨廟轉了幾圈，沒發現地道的位置，看來藏得極為隱蔽，不太容易找到，甚至有可能在那位摸金校尉做了活之後，就給徹底封死了。

大金牙問能不能看出那古墓的具體位置，我說溝裡看不出來，得爬到山樑上，居高臨下的看才能瞧得分明。

大金牙平日吃喝嫖賭，身體不太好，經不得長途跋涉，走到魚骨廟已經累得不輕了，要在爬上山樑然後再爬回來，確實吃不消，我讓他和胖子留在魚骨廟，找找附近有沒有地道，並囑咐他們如果進廟堂之中，務必小心謹慎，別被砸到頭。

我自己則順著山坡，手足並用爬了上去，不用多久就爬到了山樑之上，只見樑下溝壑縱橫，大地像是被人捏了一把，形成一道道皺摺，高低錯落，地形非常的複雜。

第五八章　陷空

陝西地貌特點是南北高，中間低，西北高，東南低，由西向東呈傾斜狀。北部為黃土高原，南部為秦巴山地，中部為關中平原。

而這一帶由於秦嶺山勢的延續，出現了罕見的一片低山丘陵，這些山脊都不太高，如果從高處看，可能會覺得像是大地的一塊傷疤。

我手搭涼棚，仔細分辨面前一道道山嶺的形狀，龍嶺果真是名不虛傳，地脈縱橫，枝幹並起，尋龍訣有言：大山大川百十條，龍樓寶殿去無數。

這龍嶺之中便有一座隱藏得極深的「龍樓寶殿」，形勢依隨，聚眾環合，這些綿延起伏的群嶺都是當中這座「龍樓寶殿」呈現出來的勢。這裡的龍「勢」不是那種可以埋葬帝王的「勢」，皇帝陵的「勢」需要穩而健，像那種名山聳峙、大川環流、憑高扼深、雄於天下的地方才有，龍嶺呈現出來的「勢」則是臥居深遠，安稱停蓄之「勢」。

如次形勢可葬國親，例如皇后、太后、公主、親王一類的皇室近親，葬在這裡，可使帝室興旺平穩，宮廷之中祥和安寧，說白了，就類似於鎮住自家後院差不多。

不過這個「勢」已經被自然環境破了，風雨切割，地震山塌，這一帶水土流失非常嚴重，地表破碎，已經不復當年之氣像。

雖然如此，還是一眼便能看出來，龍嶺中的這座龍樓寶殿就在我所站的山樑下邊，這是一座受自然環境破壞很大的山坡，附近所有的山樑山溝，都是從這座山丘中延伸出來的，那座唐代古墓，肯定在這山腹之中。

* * *

我站在山脊上，瞧準了山川行止起伏的氣脈，把可能存在古墓的位置用筆記下，標明了距離方位，然後轉身去看另一邊的胖子和大金牙。

他們兩個正圍著魚骨廟找盜洞，我把手指放在嘴中，對著胖子和大金牙打了聲響亮的口哨。

胖子二人聽見聲音，抬頭對我聳了聳肩膀，示意還沒找到盜洞的入口，隨後便低頭繼續搜索，把魚骨廟裡裡外外翻了一遍又一遍。

上山容易，下山難，我往爬上來的地方看了看，太陡了，很難按原路下去，四處一張，見左手不遠處的山坡上，受風雨侵蝕，土坡蹋落了一大塊，從那裡下去，會比較容易。於是順著山脊向左走了一段，踩著坍塌的土疙瘩緩緩下行，這段土坡仍然很難立足，一踩就打滑，我見附近有處稍微平整的地方可以落足，便躍了過去。

沒想到站定之後，剛走出沒有兩步，腳下突然一陷，下半身瞬間落了下去，我暗道不妙，這是踩到土殼子上了。

聽附近村裡的人說這盤蛇坡儘是這種陷人洞，我本以為這邊緣地帶還算安全，想不到大意了，這時候我的腰部已經整個陷落在土洞中了，我心中明白，這時候千萬不能掙扎，這裡的地質結構與沙漠的流沙大同小異，所不同的就是沙子少，細土多，越是掙扎用力，想自己爬出來，越是陷落得快，遇上這種情況，只能等待救援，如果獨自一人，就只好等死了。

我陷進土殼子一大截之後，儘量保持不讓自己的身體有所動作，連口大氣也不感喘，惟恐稍有動作就再陷進去一截，倘若一過胸口，那就麻煩大了。

我兩手輕輕撐住，保持身體受力均勻，等了十幾秒鐘，見不再繼續往下掉了，便騰出一隻手從脖子上摘下哨子，放到嘴邊準備吹哨子招呼胖子過來幫忙。

不過吹哨子便要胸腹用力，我現在處在一種微妙的力量平衡之中，身體不敢稍動，否則這塊土坡隨時都有可能坍塌，把我活埋進裡邊，當然也不一定陷落下去就必定被活埋，下面也許是大型溶洞，更倒楣的是落進去半截，上不見天，下不見地，活活憋死，那滋味可著實難受。

這個想法在我腦中一轉，我還是決定吹哨子，否則等胖子他們倆想起我來，他娘的黃瓜菜都涼了，希望他們聽到之後趕快來援，否則俺老胡這回真要歸位了，大風大浪沒少經歷，實在不願意就這麼死在這土坡子裡。

我吹響了哨子，胸腹稍微一動，身體呼嚕一下，又陷進去一塊，剛好擠住胸口，呼吸越來越艱難，要是活埋一個人，一般不用埋到頭頂，土過胸口就憋死了。

我現在就是這種情形，兩隻手伸在外邊，明明憋得難受，卻又不敢掙扎，這一刻是考驗一個人忍耐力的時候，我儘量讓自己保持冷靜，千萬不能因為胸口憋悶得快要窒息了，就企圖用胳膊撐著往外爬，那樣做死得更快。

對我現在的處境來說，一秒鐘比一年還要漫長，操他奶奶的，死胖子怎麼還不趕過來，倘若他們沒聽見哨聲，那我就算交代到這了。

正當我忍住呼吸，胡思亂想之際，見胖子和大金牙倆人，慢慢悠悠，有說有笑的從下邊蹓躂著走了上來。

他們一見我的樣子，都大吃一驚，甩開腿就跑了過來，胖子邊跑邊解身上攜帶的繩鎖，他還背著竹筐，裡面的兩隻大白鵝，被胖子突然的加速度嚇得大聲叫著。

胖子和大金牙怕附近還有土殼子，沒敢靠得太近，在十幾步開外站住，把繩子扔了過來，我終於抓住了救命的稻草，把繩索在手上繞了兩圈。

雙方一齊用力，把我從土殼子裡拉了出來，上來的時候我的雙腿把整個一塊土殼徹底踩塌，山坡上露出一個大洞，碎土不斷落了進去。

我大口喘著粗氣，把水壺擰開，灌了幾口，把剩下的水全倒在頭上，用手在臉上抹了一把，回頭看了看身後踢陷的土洞，我自己也說不清楚這是第幾次又從鬼門關轉回來了，實在是害怕，不敢多想。

胖子給我點了根菸壓驚，我驚魂未定，吸了兩口菸，嗆得自己直咳嗽，這次經歷不同以往，以前生死就在一瞬間，來不及害怕，這回則是死神一步步慢慢的逼近，世界上沒有比這更能折磨人的神經了。

我的三魂七魄，大概已經飛了兩魂六魄，足足過了二十分鐘，我的那兩魂六魄才慢慢回來。

大金牙和胖子見我臉色刷白，也不敢說話，過了半晌看我眼神不再發直了，便問我怎麼樣了？

我點了點頭，讓胖子把白酒拿來，喝了幾口酒，這才算徹底恢復。

我們三人去看剛才我踩踢的土洞，大金牙問道：「這會不會是個盜洞？」

我說：「不會，盜洞邊緣沒這麼散，這就是山內溶洞侵蝕的結果，山體外邊只剩下一個空殼了，有的地方薄，有的地方厚，看來這龍嶺下的溶洞規模著實不小。」

我把剛才在山脊上所見的情況對他們說了，那邊的山中，肯定有座大墓，和魚骨廟的直線距離，約有一公里左右。

如果魚骨廟有個盜洞通往那座古墓，這個距離以及方位完全符合情理，打一公里的盜洞對一個高手來講，不是難事，只是多費些時日而已。

胖子問道：「這人吃飽了撐的啊，既然能看出古墓的具體位置，怎麼還跑這麼老遠打洞？」

我對胖子說道：「蓋魚骨廟的這位前輩，相形度地，遠勝於你，他自然是有他的道理，我推測那是因為想從下邊進入地宮。」

大金牙說：「噢？從下邊進去？莫不是因為這座墓四周修得太過堅固結實，無從下手，只好從底下上去？我聽說這招叫頂宮。」

我說：「應該是這樣，唐代都是在山中建陵，而且大唐盛世，國力殷實，冠絕天下，陵墓一定修得極為堅固，地宮都是用大石堆砌，鑄鐵長條加固，很難破墓牆而入。不過古墓修得再如何銅牆鐵壁，也非無縫的雞蛋，任何陵墓都有一個虛位，從風水學的角度上說，這就是為了藏風聚氣，如果墓中沒有這個虛位，風水再好的寶穴也沒用半點用處。」

胖子問道：「就是留個後門？」

我說：「不是，形止氣方蓄，為了保持風水位的形與勢，讓風水寶地固定不變，陵墓的堂局不可周密，需要氣聚而有融，一般陵墓的甬道或者後殿便是融氣之所，那種地方不能封得太實，否則於主不利。」

另外還有一種說法，大型陵墓，都和宮殿差不多，最後封口的時候，為了保守地宮中的祕密，都要把最後留下的一批工匠悶死在裡邊，那些有經驗的工匠，在工程進行的過程中，都會給自己留條後路，偷偷的修條祕道，這種祕道往往都在地宮的下邊。

不過這種工匠們為自己偷建的逃生祕道，是完全沒有風水學依據的，怎麼隱蔽就怎麼修，對陵墓格局的影響很大，但是卻始終無法禁止。

所以遇到這種四壁堅固異常的大墓，摸金校尉們談明情況之後，便會選擇從下邊動手。

我們三人稍稍商量了一下，覺得值得花費力氣進龍嶺大墓中走上一趟，因為這座墓所在的位置非常特殊，山體形勢已經不復當年的舊貌，能發現這裡有墓的，一定是摸金校尉中的高手，他定會秉承行規，兩不一取，這麼大的墓，別說他拿走一兩件寶貝，就算摸走了百十件，剩下的我們隨便摸上兩樣，也收穫非淺。

決定還是從魚骨廟的盜洞下手，這樣做比較省事，首先，魚骨廟盜洞距今不過幾十年，不會有太大的變化，中間就算有坍塌的地方，我們挖一條短道繞過去就行，其次龍嶺上有陷人的土殼子，在嶺中行走，有一定的危險性，我剛剛就碰上一回，險些憋死在裡邊，我們應該儘量避免危險。

當下計議已定，便回頭到魚骨廟，胖子和大金牙已經找了半日，一直沒發現有什麼盜洞，這座廟修的不靠山不靠水，也談不上什麼格局，從外觀上極難判斷出盜洞的位置，這個盜洞對我們來講太重要了，我做出的一切推論，其前提都是魚骨廟是摸金校尉所築。

我忽然靈機一動，招呼胖子和大金牙：「咱們看看以前擺龍王爺泥像的神壇，如果有盜洞，極有可能在神壇下藏著。」

第五九章　盜洞

魚骨廟的房頂，在山風中微微搖擺，發出嘎吱嘎吱的聲音，聽得人心裡發慌，不過我們觀察了這麼長時間，發現這座廟雖然破敗不堪，卻十分堅固，可能和它的樑架是整條魚骨有關。

廟中的龍王泥像，只剩下不到五分之一，上面的部分早不知到哪去了，神壇的底座是個珊瑚盤的造型，也是用泥做的，上面的顏色已經褪沒了，顯得挺難看。

據我估計如果廟中有盜洞，很有可能便在這泥壇下邊，胖子問我有沒有什麼依據，我沒告訴他，我的靈感來自於當時流行的「武俠小說」。

我們把身上的東西都放在地上，挽起袖子和胖子用力搬動神壇，神壇上的泥塊被我們倆掰下來不少，但是整體的神壇和小半截泥像紋絲不動。

我心想這麼蠻幹不管用，那會不會是有什麼機關啊？

胖子卻不管什麼機關，爆脾氣上來，掄起工兵鏟去砸那神壇，神壇雖然是泥做的，但是非常堅硬，胖子又切又砸，累出了一身汗，才砸掉一半，下邊露出白生生的石頭渣子。

這說明神壇下沒有通道，我們白忙活了半天，心中都不免有些氣餒。

大金牙一直在旁幫忙，胖子砸神壇的時候他遠遠站開，以防被飛濺的泥石擊中，他突然說道：「胡爺，胖爺，你們瞧瞧著神壇後面是不是有暗道，也許是修在了側面，不是咱們想像中直上直下的地道。」

經大金牙一提醒，我伏下身看那神壇的後面，神壇有半人多高，是長方形，位於廟堂深處，後邊的空隙狹小，只容一人經過。

我先前在後邊看過，以為是和神壇連成一體的泥胎，另外我先入為主，一直認為地道入口應該是在地面上，所以始終沒想到這一點。

這時仔細觀察，用手敲了敲神壇的背面，想不到一瞧之下，發出空空的回聲，而且憑手感得知，外邊的一層泥中，是一層厚厚的木板。

我抬腳就踹，轟轟幾聲，神壇背面，露出一個地洞，木板一揭開，原來這盜洞果真是在神壇下邊，不過上邊是磚泥所建，堅固厚實，毫不做假，背面的入口則是木板，外邊糊上同神壇整體一樣的泥，再塗上顏色，木板其實是活動的，在裡邊外邊都可以開動關閉，外邊根本就瞧不出來。

我對大金牙說：「行啊，金爺，真是一語點醒夢中人，你是怎麼想出來的？」

大金牙露著金燦燦的大牙說道：「我也是順口一說，沒想到還真矇上了，看來今天咱們運氣不壞，能大撈一把了。」

我們三人忍不住心中一陣狂喜，急急忙忙的把東西都搬到洞口後邊，我打開狼眼手電筒向裡面照了照，洞口的直徑說大不大，說小不小，胖子爬進去也有餘裕，但是他這體形在裡邊轉不了身，倘若半路上想退回來，還得腳朝前倒著往回爬。

我脫口讚道：「真是絕頂手段，小胖，金爺，你們瞧這洞挖的，見稜見線，圓的地方跟他娘的那圓規畫似的，還有洞壁上的鏟印，一個挨一個，甭提多勻稱了。」

大金牙是世家出身，端的是識得些本領的，也連聲讚好，唯獨胖子看不出個所以然來，胖子抱著兩隻大白鵝說道：「該這兩塊料上了吧，讓它們做探路尖兵。」

我說：「且不忙這一時，盜洞常年封閉，先散散裡邊的穢氣，然後再放隻鵝下去探路，咱們折騰了大半日，先吃點喝點再說。」

胖子又把兩隻鵝裝回了筐裡，取出牛肉乾和白酒，反正這龍王廟是假的，我們也用不著顧忌許多，三人就坐在神壇上吃喝。

我們邊吃邊商量進盜洞的事，大金牙一直有個疑惑，這山體中既然是空的，為什麼還有大費周折，在魚骨廟挖地道呢？找個山洞挖進去豈不是好。

我說不然，這裡雖然有喀斯特溶洞地貌，而且分布很廣，規模不小，但是從咱們打探到的情報來分析，可以做出這樣的判斷：

當地人管這裡叫做「龍嶺」也好，「蛇盤坡」也好，地名並不重要，只不過都是形容這裡地形複雜。

最重要的一點，知道這裡的人幾乎都說這山裡的溶洞是迷宮，龍嶺迷窟之名，就是從這來的，所以我認為這片溶洞，並不是一個整體的大洞，而是支離破碎，有大有小，有些地方的山體是實的，又有些是空的，這些洞深淺長短不一，而又互相連接，錯綜複雜，所以掉進去的人就不容易走出來了。

蓋魚骨廟的這位摸金校尉，既然能夠在一片被破了勢的山嶺中準確的找到古墓方位，他一定有常人及不得之處，相形度勢的本領極為了得。

這個盜洞是斜著下去的，盜墓倒斗也講究個望聞問切，「望」是指的通過打望，用雙眼去觀望風水，尋找古墓的具體位置，這是最難的，「聞」是聞土辨質，掌握古墓的地質結構土質信息，「問」是套話，騙取信任，通過向當地的老人閒談，得知古墓的情報，最後這個切，在打盜竊洞的手法裡，專有門技術叫「切」，就是提前精確計算好方位角度和地形等因素，然後從遠處打個盜洞，這洞就筆直通到墓主的棺槨停放之處。

咱們眼前這個盜洞，角度稍微傾斜向下，恐怕就是個切洞，只要看好了直線距離，就算盜洞打了一半，打進了溶洞之中，也可以按照預先計算好的方向，穿過溶洞，繼續奔著地宮挖掘。不至於被陷到龍嶺迷窟中迷了方向。

我對挖這個盜洞的高手十分欽佩，這個洞應該就是這附近通到古墓地宮中最佳的黃金路線，可惜沒趕在同一年代裡，不能和那位前輩交流交流心得經驗。

三人吃了酒肉，也抽了幾支香煙，估計洞中的穢氣已經放掉了大半，出乎我意料之外的是這個盜洞的長度，實在太長。

先前我讓胖子買兩隻大鵝，是想用繩子拴住鵝腿，趕進盜洞中試探空氣的質量，但是沒想到這洞這麼深。

我對胖子和大金牙說：「盜洞很有可能穿過龍嶺周邊的溶洞，溶洞四通八達，裡面還會有水，那樣的話咱們就不用擔心呼吸的問題了，如果是個實洞，那咱們進去之後每呼吸一次，就會增加一部分二氧化碳的濃度……」

大金牙說：「這卻十分危險，沒有足夠的防止呼吸中毒措施，咱們不可冒然進去，既然已經找到了盜洞，不如先封起來，等準備萬全，再來動手，這古墓又不會自己長腿跑了。」

我說：「這倒不必擔心，我在前邊開路，戴上簡易防毒口罩，走一段就在洞中插根蠟燭，蠟燭一滅，就說明不支持空氣燃燒的有害氣體過多，那時馬上退回來就是，另外還可以先用繩子栓住兩隻大鵝，趕著牠們走在前邊，若見這兩隻大鵝打蔫，也立刻退回來便了，再說我這幾副簡易防毒口罩雖然比不上專業的防毒面具，也能應付一陣了。」

大金牙見我說的如此穩妥，便也心動起來，非要跟我們一起進地宮看看，幹這行的就是有這毛病，你要不讓他知道地宮在哪，也就罷了，一旦知道了，而且又在附近，若不進去看看如何肯善罷甘休。

別說大金牙這等俗人，想那大學者郭沫若就曾和一些考古學者，多次聯名上書總理，要求打開李治的乾陵，說得冠冕堂皇，說是擔心乾陵剛好建在地震帶上，一旦地震裡面的文物便都毀了，其實是這幫學者想在有生之年看看地宮裡的東西，都幹了一輩子這工作了，做的年頭越多，好奇心就越重，一想到陪葬品中的王羲之真跡，便心急如焚再也按捺不住，最後總理給他們批覆的是：十年之內不動。這幫人這才死心。

所以我很理解大金牙的心情，做古玩行的要是能進大墓的地宮中看一看，那回去之後便有資歷了，身份都能提升一兩個地位。

我又勸了他幾句，見他執意要去，便給了他一副防毒口罩，然後由胖子當前開路，牽著兩隻大鵝爬進盜洞。

我緊隨在後，手中拿了一支點燃的蠟燭，大金牙跟在最後，三人緩慢的向先爬行，盜洞裡面每隔一段就有用固定用的木架，雖然不用擔心坍塌，但是其中陰暗壓抑，往前爬了一段，覺得眼睛被辣了一下，我急忙點了支蠟燭，沒有熄滅，這說明空氣質量還容許繼續前進。

越向前爬行越是覺得壓抑，我正爬著，大金牙在後邊拍了拍我的腳，我回頭看他，見大金牙滿臉是汗，喘著粗氣，我知道他是累了，便招呼前邊的胖子停下，順手把蠟燭插在地上，剛要問大金牙情況如何，還能不能堅持著繼續往前爬，卻見插在地上的蠟燭忽然滅了。

第六〇章　岔口

又趕上一回鬼吹燈？沒這麼邪門吧，再說我們現在還在漫長的盜洞中爬行，距離古墓的地宮尚遠，我摸了摸嘴上的簡易防毒口罩，應該不會是我的呼吸和動作使蠟燭熄滅的。

會不會是盜洞中有氣流通過，我摘下手套，在四周試了試，也沒覺出有什麼強烈的氣流，且不管他，再點上試試。

我划了根火柴，想再點蠟燭，卻發現面前的地上空空如也，原本插在地上的蠟燭不知去向了，這時候我頭皮整個都乍了起來，本以為按以前的盜洞進地宮，易如探囊取物，這回可真活見鬼了，就在面前的蠟燭，就在我一分神思索的瞬間，憑空消失了。

我伸手摸了了原來插蠟燭的地方，觸手堅硬，卻是塊平整的石板，這石板是從哪出來的？

我顧不上許多，扯下防毒口罩，拍了拍胖子的腿對他說：「快往回爬，這個盜洞不對勁。」

大金牙正趴在後邊呼呼的喘氣，聽到我的話，急忙蜷起身體，掉頭往回爬，這回卻苦了胖子，他在盜洞中轉不開身，只得倒拖著栓兩隻大鵝的繩子，用兩隻胳膊肘撐地，往後面倒著爬行。

我們掉轉方向往回爬了沒五米，前邊的大金牙突然停了下來，我在後邊問道：「怎麼了金爺，咬咬牙堅持住，爬出去再休息，現在不是歇氣的時候。」

大金牙回過頭來對我說：「胡爺……前邊有道石門，把路都封死了，出不去啊。」他臉上已嚇得毫無血色，能把話說出來就算不易。

我用狼眼隔著大金牙照了照盜洞前邊的去路，果然是有一塊平整的大石頭，我經過的時候每前進一步，都仔細觀察，並沒有發現過什麼石槽之類的機關，洞壁都是平整的泥土，也不知這厚重的大石板是從哪冒出來的，齊刷刷擋在面前。

我見無路可退，在原地也不是辦法，只好對大金牙打個手勢，讓他再轉回來，然後又在後邊推胖子，讓他往前爬。

胖子不知所以，見一會兒往前一會兒往後，大怒道：「老胡你他媽想折騰死我啊，我爬不動了，要想再爬你從我身上爬過去。」

我知道我們遇到了不同尋常的東西，究竟是什麼，我現在說不清楚，但是絕不能停下來，也騰不處功夫和胖子解釋，便連聲催促：「你哪那麼多廢話，讓你往前，你向前爬就是了，快快，服從命令聽指揮。」

胖子聽我語氣不對，也知道可能情況有變，便不再抱怨，趕著兩隻鵝又往前爬，匆匆忙忙向前爬行了將近兩百多米的距離，突然停了下來。

我以為他也累了，想休息一下，卻聽胖子在前邊對我說：「我操，老胡，這前邊三個洞，咱往哪個洞裡鑽？」

「三個洞？」歷來盜洞都是一條，從來沒聽說過有岔路之說，此時我就是再多長兩個腦袋也想不明白是怎麼回事。

我讓胖子爬進正前方的盜洞中，把岔路口的位置給我騰出來，以便讓我查看這三個相聯盜洞情形，我來到中間，大金牙也跟著爬了過來，他已經累得說不出話，我示意他別擔心，先在這歇歇，等我看明白了這三個盜洞究竟再做計較。

我仔細查看前邊的三個盜洞，這三個盜洞和我們鑽進來的這個，如同是一個十字路口，正前方盜洞的洞壁和先前一樣，工整平滑，挖得從容不迫。

然而另外兩邊，活做的卻極為零亂，顯然挖這兩個洞的人十分匆忙，但是從手法上看，和那條平整盜洞基本相同。這段洞中堆了大量泥土，顯然是打這兩邊通道的時候，積在此處的。

我心想這會不會是出資修魚骨廟的那位前輩挖的，難道他打通盜洞之後，到地宮裡取了寶貝，退路便被石門封死，回不去了，於是從兩邊打了洞，想逃出去？

這麼推測也不會有什麼結果，我讓胖子和大金牙在原地休息守候，我在腰上繫了長繩，先爬進左側的盜洞中探探情況，萬一有什麼情況，就吹響哨子，讓胖子二人把我拉回來。

我剛準備鑽進去，大金牙伸手拉住我，從脖子上取下一枚金佛護身佛來，遞給我說：「胡爺，戴上這個吧，開過光的，萬一碰上什麼髒東西，也可以防身。」

我接過金佛來看了看，這可有年頭了，是個古物，我對大金牙說：「這金佛很貴重，還是留著你們倆防身吧，盜洞邪的厲害，不過好像不是鬼鬧的，也許是咱們沒見過的某種機關，我到兩邊的洞中去偵察一下，不會有事，別擔心。」

大金牙已不像剛才那麼驚慌，咧嘴一笑，把手伸進衣領，掏出來二十多個掛件，都是佛爺菩薩觀音之類，還有些道教的紙符，掛件則有金的、有玉的、有像牙的、有翡翠的，個個不同，大金牙對我說道：「我這還一堆呢，全是開過光的，來他媽多少髒東西都不怕它。」

我心想怪不得這孫子非要進地宮，一點都不怕，原來有這些寶貝做後臺，對他說道：「沒錯，怕鬼不倒斗，倒斗不怕鬼，我只不過擔心咱們遇到了超越常識的東西，那樣才是難辦，不過眼下還不能確定，待我去這邊的洞中看看再說。」

說著便接過了大金牙給我的金佛，掛在脖子上，暗地裡想：「這段時間我接觸古物不少，眼力也非比從前，我看這座開光金佛不像假的，他娘的，先不還他了，上回他送給我和胖子的兩枚摸金符，都是西貝貨，說不定我先前幾次摸金都不順利，是因為戴了假符，惹得祖師爺不爽，那種假貨無勝於有，不戴可能都比戴假的好，等大金牙給我們淘換來真的摸金符再還他，這個就先算是押金了。」

這段洞中已經能明顯感覺到有風，氣流很強，看來和哪裡通著，那便不用擔心空氣質量的問題了，我交代胖子還是按照以前幾次的聯絡暗號。

胖子和大金牙留在原地休息，我向左側探路，中間連著繩子，不至於迷路，如果哪一方遇到情況，可以拉扯繩索，也可以通過吹哨子來傳遞信息。

都交代妥當，我戴上防毒口罩，用狼眼照明，伏身鑽進了左邊的洞穴，這個洞明顯挖得極為倉促，窄小難行，僅僅能容一人爬行，要是心理素質稍微差一點，在這裡很容易會因為太過低矮壓抑，猶如被活埋在地下一般，導致精神崩潰。

我擔心洞穴深處空氣不暢，也不敢多做停留，畢竟防毒口罩只能保護口鼻不吸入有害氣體，而眼睛耳朵卻無遮攔，如果有陰霧瘴氣之類的有毒氣體，都是走五觀通七竅，眼睛暴露在外，也會中毒。

窄小的地洞，使我完全喪失了方位感和距離感，憑直覺也沒爬出多遠的距離，便在前邊又遇到了一堵厚重的石板，這道石板之厚無法估算，和周圍的泥土似乎長成了一體，不是後來埋進去的，其大小也無從確認，整個出路完全被封堵住了。

盜洞的盡頭，忽然擴大，顯然先前那人想從下邊或者四周掘路出去，四周都挖了很深，但是那巨大的石板好像大得沒有邊際，想找到盡頭挖條通道出去是不可能的事。

我被困住也不是一次兩次了，這事雖怪，卻並沒有心灰，當下按原路爬了回去，胖子大金牙見我爬了回來，便問怎樣？通著哪裡？

我把通道盡頭的事大概說了一遍，三人都是納悶，難以明白，難道這巨大的石板是天然生在土裡的不成？卻又生得如此工整，以人工修鑿這重達幾千斤的石板也是極難。

最他媽奇怪的是我們鑽進盜洞的時候，怎麼沒發現這道石板，回去的時候才憑空冒出來？傳說古墓中機關眾多，也不會這麼厲害，不，不能說厲害，只能說奇怪。

現在我們面前還有兩個洞，一個是向下的盜洞，另一個和我剛才進去的窄洞差不多，我估計裡面的情形和剛進去的窄洞差不多，也是石板擋道，繞無可繞。

不過我這人不到黃河不死心，他娘的，這話有點不太吉利，這裡離黃河不遠，豈不是要死心了？那就不見棺材不落淚了，可是這是倒斗的盜洞，距離古墓地宮不遠，古墓裡自然會有棺槨，這回真是到絕地了，黃河棺槨都齊了。

不敢再想，這時候最怕就是自己嚇唬自己，我稍微休息了幾分鐘，依照剛才的樣子，鑽進了右手邊的盜洞，裡面是否也被大石封死，畢竟要看過才知道，這條路絕了再設法另做計較。

我爬到了窄洞的盡頭，果然是仍然有塊巨石，我忍不住就想破口大罵，卻突然發現這裡有些不尋常之處。

第六一章　冥殿

我用「狼眼」仔細照了照盜洞盡頭的石牆，和左邊的盜洞不同，此處被人順著石牆向上挖掘，看來被石牆困在盜洞裡的人，在無路可遁的情況下選擇了最困難的辦法。

魚骨廟盜洞本是在山溝之中，傾斜向下，串過山丘和山丘中的天然溶洞，如果從盜洞中向上挖個豎井逃生，直線距離是最長的，工程量也是最大的，而且這片山體受自然界的侵蝕，山體內千瘡百孔，很容易塌陷，不到萬不得已，也不會出此下策。

我抬頭向上瞧了瞧，但是只看了一眼，便徹底死心了，上面不到十幾米的地方，也被大石封住，這些憑空冒出來的大石板，簡直就像個巨大的石頭棺材，把周邊都包了個嚴嚴實實，困在裡面簡直是上天無路，入地無門。

眼見無路可出，我只得退回了盜洞的分岔口，把情況對大金牙和胖子講了，我和胖子久歷險境，眼下處境雖然詭異，我們也沒覺得太過緊張。

大金牙見我們沒有慌亂，也相對鎮靜下來，人類是種奇怪的動物，恐慌是人群中傳播最快的病毒，但是只要大多數人保持冷靜，就等於建立了一道阻止恐慌蔓延的防火牆。

過份的恐慌之會影響判斷力的準確，這時候最怕的就是自己嚇自己，以我的經驗來看，我們之是搞不清楚那詭異的石牆是怎麼冒出來的，只要能找到一點頭緒，就能找到出口，不會活活困死在這。

大金牙自責的說：「唉，都怪我好奇之心太重，非要跟你們倆一起進來，如果我留在上面放風，也好在外有個接應，現在咱們三個都困在此間，這卻如何是好。」

我安慰他道：「金爺你不用太緊張，現在還沒到山窮水盡的地步，再說就算你留在外邊，也無濟於事，那大石板怕有千斤之重，除非用炸藥，否則別想打開。」

大金牙見我鎮定自若，便問道：「胡爺如此輕鬆，莫不是有脫身之計？不妨告訴我們，讓我也好安心，實不相瞞，我現在嚇得都快尿褲了，也就是強撐著。」

我自嘲的笑道：「哪有他娘的什麼脫身之計，走一步看一步吧，要是老天爺真要收咱們，在黃河裡就收了，哪裡還用等到現在，我看咱們命不該絕，一定能找到出去的辦法。」

胖子說：「我寧肯掉在黃河裡灌黃湯子，也不願意跟老鼠一樣憋死在洞裡。」

我對胖子和大金牙說：「你們別慌，這四條盜洞，三條都被擋住，還有一條應該是通向唐代古墓的冥殿之中，另外看這周遭的情況，建魚骨廟打盜洞的那位摸金校尉，一定也是在進了冥殿回來之後才被困住，咱們現在還沒見到他的屍骨，說不定他已經在別的地方找路出去了，究竟如何，還得進那冥殿中瞧瞧才有分曉。」

胖子大金牙二人聽了我的話，一齊稱是，這條盜洞還有很長一段距離才到冥殿，事不宜遲，進那古墓的冥殿之中看個究竟再說。

當下便仍然是胖子牽著兩隻鵝打頭，我和大金牙在後，鑽進了前方的盜洞，我邊在洞中爬行邊在心中暗罵：「他娘的，我們今天倒楣就倒楣在這個盜洞上了，本來以為是幾十年前的摸金高手挖出來的道，肯定是萬無一失，哪想到這樣一條盜洞中卻有這許多鬼名堂，太他娘的托大了，這次要是還能出去，一定要長個記性，再也不能如此莽撞了。」

其實做事衝動，是我性格中一個重大缺點，自己心知肚明卻又偏偏改不掉，我這種性格只適合在部隊當個下級軍官，實在是不適合做摸金校尉，古墓中凶險異常，有很多想像不到的東西，幾乎每一處都有可能存在危險，「謹慎」應該是摸金行當最不能缺少的一條底線。

我突然想到，如果Shirley楊在這，她一定不會讓我們這麼冒冒失失的，一股腦的全鑽進盜洞，可惜她是有錢人，這輩子都犯不上跟老鼠一樣在盜洞裡鑽來鑽去。也不知道她現在在美國怎麼樣了，陳教授的精神病有沒有治好。

正當我胡思亂想之時，胖子在前叫道：「老胡，這裡要穿過溶洞了。」

我耳中聽到滴水聲，急忙爬到前邊，見胖子已經鑽出盜洞，我也跟著鑽了出去，用狼眼一掃，見落腳處是大堆的碎土，可能是前人挖兩側盜洞的時候，打出來的土。

這時候大金牙也跟著鑽了出來，我們四周查看，發現這裡是處在山體內的一個窄洞裡面，並不是什麼溶洞，水滴聲順著洞穴從遠處傳來，看來那邊才是傳說中的龍嶺迷窟。盜洞穿過這處窄洞，在對面以和先前完全相同的角度延伸著，大金牙指著水滴聲的方向說：「你們聽，那邊是不是有很大的溶洞？為什麼那個建魚骨廟的人不想辦法從溶洞中找路，卻費這麼大力氣挖洞？」

我對大金牙說道：「這附近的人都管那些溶洞叫迷宮，在裡邊連方向都搞不清楚，如何能夠輕易找到出路，不過咱們既然沒看到那位前輩的遺體，說不定他就是見從盜洞中脫困無望，便走進了迷窟之中，如果是那樣能不能出去便不好說了。」

胖子說道：「管他那麼多做什麼，這盜洞不是還沒鑽到頭嗎，我看咱們還是先進冥殿中一探，如果實在沒路再考慮從這邊走。」

我說：「你是醉翁之意不在酒啊，從來沒看你這麼積極主動過，你肯定是想著去冥殿中摸寶貝，不過你怎麼就想不明白，咱們要是出不去，要那些寶貝有什麼用。」

胖子說道：「我這是用戰略的眼光看待問題，你想啊，能不能出去，現在咱都不知道，但是古墓冥殿中有明器，這是明擺著的事，咱們管他能不能出去，先摸了明器，揣到兜裡，然後再想辦法出去，如果能出去那就發了，如果出不去呢，揣著值錢的明器死了，也好過臨死還是個窮光蛋。」

我擺擺手打斷胖子的話：「行了，別說了，我一句話招出你這一大堆話來，省點力氣想辦法脫困行不行？咱們就按你說的，先進冥殿。」

胖子把兩隻大白鵝趕進洞中，就想鑽進去，我急忙把他拉住，讓他和大金牙都戴上簡易防毒口罩，隨時注意兩隻鵝的動靜，前邊一段盜洞和山中的漏口地帶相連，遠處又似乎有溶洞，所以空氣質量不成問題，但是這最後一段盜洞，是和古墓的冥殿相同，我估計最後還有段向上的路，從冥殿的下邊上去，古墓中如果只有這麼一個出口，那麼空氣滯留的時間會遠超過換氣的時間，必須做好防範措施。

我們戴上防毒口罩，把毛巾用水壺中的水浸溼了，圍在脖子上，大金牙也給了胖子一個觀音大士的玉件，我則給了大金牙一把傘兵刀防身。

三人稍做準備，便先後鑽進了第二段盜洞，這段盜洞極短，向前爬了五十多米，便轉而向上，又十餘米，果然穿過一片青磚。

唐墓的青磚有三四隻手掌薄厚，都是鋪底的墓磚，用鏟子鐵釺都可以啓開，這種墓磚之鋪在冥殿的底下，其餘的地面和四壁，都是用鐵條固定的大石，縫隙處灌以鐵漿封死，一律都是密不透風，只有冥殿正中的這一小片地方是稍微薄弱的虛位。

後來自元代開始，這種留下「虛位」藏風的形式已經大位改觀，就是因為這種地方容易突破，但是留「虛位」的傳統至清代仍然保留，只是改得極小，大小只有幾寸，進不去人。

不過總體上來說，唐墓的堅固程度，以及豪華程度在中國歷史上還是數得著的，羨道以下都有數道巨型石門，深處山中，四周又築以厚重的石壁，那不是固若金湯所能形容的。

唐墓的虛位之上，都有一道或數道機關，這種機括就藏於冥殿的墓磚之中，一旦破了虛位的墓磚就會觸發機關，按唐墓的佈置，有流沙、窩弩，石椿之類，還有可能落下翻板，把冥殿徹底封死，寧肯破了藏風聚氣的虛位，也不肯把陪葬的明器便宜了盜墓賊。

在我們之前，這道機關已經被先進來的摸金校尉破掉了，所以我們就省了不少的事，不用再為那些機關多費手腳了。

胖子把兩隻大白鵝放進了頭頂的盜洞口，讓它們在冥殿中試試空氣質量，我們伏在盜洞中等候，我不停的在想堵住盜洞四周的石牆，簡直就是突然出現在空氣之中，從沒聽說過這麼厲害的機關，難道是鬼打牆？可是傳說中的鬼打牆絕不是這個樣子，這古墓中究竟有什麼古怪？墓主又是誰？那位摸金的前輩有沒有逃出去？

這時胖子把兩隻大白鵝拉了回來，見沒什麼異常，邊拉了我一把，三人從盜洞中鑽出，來到了冥殿，這古墓的冥殿規模著實不小，足有兩百坪，我們用狼眼照明，四下裡一看，都忍不住開頭問道：「冥殿中……怎麼沒有棺槨？」

第六二章 內藏晉

冥殿自古以來，便是安放墓主棺槨的地方，葬經上寫的明白，冥殿又名主寧堂，是陵墓的核心部分，無論是合葬也好，獨葬也罷，墓主都應該身穿大斂之服，安睡於棺中，外邊再蓋上槨，即使墓主屍體因為某種原因，不能放置於棺槨之內，那也會把墓主生前的服裝冠履，放在棺槨中入葬。

總之，可以沒有屍體，但是棺槨無論如何都是在寢殿之中，而且歷代摸金校尉拆了丘門倒斗，都絕不會把棺槨也給倒出去，再說這盜洞空間有限，就算棺槨不大，也不可能從盜洞中倒出去。

我的世界觀再一次被顛覆了，想破了頭也想不出其中的名堂，難道墓主的棺槨變成水氣蒸發在這冥殿之中了不成？

三人都各自吃驚不小，大金牙腦瓜兒活絡，站在我身後提醒道：「胡爺，您瞧瞧這冥殿，除了沒有棺槨，還有哪些地方不對勁？」

我打著狼眼，把冥殿上下左右仔仔細細的看了一遍，冥殿不僅僅是沒有棺槨，可以說什麼都沒有，地上空蕩蕩的，別說陪葬品了，連塊多餘的石頭都沒有。

然而看這冥殿的規模結構，都是一等一的唐代王公大墓，建築結構下方上圓，下邊四四方方，見稜見角，平穩工整，上面的形狀好像蒙古包的頂棚，呈穹廬狀，這叫做天圓地方，同當時人們的宇宙觀世界觀是完全相同的。

冥殿的地上分別有六個石架，這些石架上面空空如也，什麼都沒方，但是我和大金牙都知道，那是放置祭六方用的琮圭璋璧琥璜六種玉的，是皇室成員才有的待遇。

冥殿四面牆壁倒不是什麼都沒有，只有些打底的壁畫，都是白描，還沒有進行上色，畫的是日月星辰，主要的則是十三名宮女，這些宮女有的手捧錦盒，有的手托玉壺，有的端著樂器，宮女們一個個都肥肥胖胖，展現了一副唐代宮廷生活的繪卷。

所有的壁畫都只打了個底，沒有上色，我從沒見過這種壁畫，便詢問大金牙，以大金牙浸淫古董幾十年的經驗，他也許會瞧出這是什麼意思。

大金牙也看得連連搖頭：「當真奇了，從這壁畫上看，這古墓中絕對是用來安葬宮廷中極重要的人物，而且還是女的，說不定是個貴妃或者長公主之類的，但是這壁畫……」

我見大金牙說了一半便沉吟不語，知道他是吃不準，便問道：「壁畫沒完工？畫了個開頭就停了？」

大金牙見我也這麼說，便點頭道：「是啊，這就是沒完工啊，不過這也未免太不合常規了……不是不合常規，簡直就是不合情理。」

皇室陵墓修了一半便停工不修，甚是罕見，即使宮中發生變故，墓主成為了政治活動的犧牲品，或者意圖謀反什麼的被賜死，也多半不會宣揚出去，死後仍然會按其待遇規格下葬，因為這種大墓必定是皇室成員才配得上，皇帝們也知道家醜不可外揚，宮幃廟堂之中的內墓多半不會輕易傳出去，把該弄死的弄死也就完了，然後該怎麼埋還怎麼埋。

我見在這杵著也瞧不出什麼名堂，便取出一隻蠟燭，在冥殿東南角點了，蠟燭的光芒雖然微弱，但是火苗筆直，沒有絲毫會熄滅的跡象，我看了看蠟燭心中稍感安心，招呼大金牙和胖子去前殿瞧瞧。

為了節省能源，我們只開了一隻手電筒，好在墓室中什麼都沒有，不用擔心踩到什麼，三個人牽著兩隻大白鵝從冥殿的石門穿過，來到了前殿。

中國古代陵寢佈置，最看重冥殿，前殿次之，前殿的安排按照傳統叫做「事死如事生」，前朝有制，就是這麼一直傳承下來，直到清末，都是如此，所不同的只是規模而已。

墓主生前住的地方什麼樣，前殿就是什麼樣，如果墓主生前住於宮廷之中，前殿也必須建造得和真實的宮殿一樣，當然除了皇帝老兒之外，其餘的皇室成員，只能在前殿保留他本人生前住的一片區域，不可能每一個皇室成員都在陵墓中原樣不動的，蓋上一座宮殿，配得上那樣規格的，只有登過基掌過大寶的帝王。

我和大金牙胖子三人雖然都是做這行的，但是其實並沒見過什麼正宗的大墓，今天也是趕巧了碰上這麼一處，如果真讓我們去挖，我們是不會動這麼大的古墓的，最多也就是找個王公貴族的墓。

這也是因為我們沒有這麼高明的手段，能直接打個盜洞從虛位切進來，還有一個原因是我們不想動這麼大的墓，這裡邊隨便倒出來一件東西都能驚天動地，那動靜可就太大了，容易惹禍上身，我的計畫是在深山老林中找幾座，把錢賺夠了就完了。

今天是機緣巧合，碰上了一個現成的盜洞，才得以進入這大墓之中，事前萬萬沒想到冥殿裡是空的，而且我們進來的盜洞還被莫名其妙的封死了，到前殿去看看只不過是想找點線索，想辦法出去。

三人一進前殿，又都被震了一下，只見前殿規模更大，但是樓閣殿堂都只修築了一半，便停了工程，一直至今。

前殿確實是造得同古時宮闕一樣，但是一些重要的部分都沒有蓋完，只是大致搭了個架子，地宮中的石門已經封死，四壁都是巨大的石條砌成，縫隙處灌以鐵汁，以鴨蛋粗細的鐵條加固，地宮前殿的地面上，有一道小小的噴泉水池，泉眼中仍然呼呼的冒著水。

我指著噴泉對大金牙說：「你瞧這個小噴泉，這就是俗稱的棺材湧啊，在風水位的墓中，如果能有這麼一個泉眼，那真是極品了，龍脈亦需依托形勢，我初時在外邊看這古墓的風水，覺得雖然是條龍脈，但是已經被風雨的侵蝕，把山體的形勢破了，原本的吉龍變做了毫無帳護的賤龍，然而現在看來，這裡的形勢是罕見的內藏智，穴中有個泉眼，然而這泉眼的水流永遠是那麼大，不會溢出來，也不會乾涸，那這穴在風水上便有器儲之像，其源自天，若水之波，這種內藏智極適合埋葬女子，子孫必受其蔭福。」

大金牙說道：「噢，這就是咱們俗話說的棺材湧？我聽說過，沒見過，那這麼看來這處風水位的形勢完好，這就更奇怪了，為什麼裡面的工程做了一半？而且墓主也未入斂？」

我說道：「怪事年年有，今天特別多，就連前殿之中都是這樣，尚未完工，實在是難以理解。」

胖子說道：「我看倒也不怪，說不定趕上當時打仗，或者什麼開支過大，財政入不敷出，所以這麼大工程的陵墓就建不下去了。」

我和大金牙同時搖頭，我說道：「絕對不會，陵墓修了一半停工，改換地點，這於主大不吉，而且選穴位的人都要誅九族，首先這處寶穴在風水角度上來看絕對沒有問題，藏而不露，很難被盜墓者發現，而且還是罕見的內藏智，不會是因為另有佳地而放棄了這座蓋了一半的陵墓，也不可能是由於戰亂災禍，那樣的話不會把地宮封死，這裡面什麼都沒裝，應該不是防範摸金倒斗的。」

大金牙也贊成我的觀點：「沒錯，從墓牆和石門封鎖的情況來看，停工後走得並不匆忙，而是從容不迫的關閉了地宮，以後也不打算再重新進來開工了，否則單是開啓這石門就是不小的工程，而且這道石門外邊，少說還有另外四道同樣規模的大石門。」

然而修建這座陵墓的人，究竟是因為什麼放棄了這裡呢？應該是有某個迫不得已的原因，但是我們百思不得其解，實在是猜想不透。

看來建魚骨廟做偽裝，打了盜洞切進冥殿的那位前輩，也是和我們一樣，被一座空墓給騙了，這裡沒有發現他的屍體，說不定他已經覓路出去了。

我們在前殿毫無收穫，只好按路返回，最後在去後殿和兩廂的配殿瞧上一眼，如果仍然沒有什麼發現，就只能回到盜洞，進入那迷宮一樣的龍嶺迷窟找路離開了。

三人邊走邊說，都覺得這墓詭異得不同尋常，有太多不符合情理的地方了，我對他們說：「自古倒有疑塚之說，曹操和朱洪武都用過，但是這做唐代古墓絕不是什麼疑塚，這裡邊……」

說話間已經走回冥殿，我話剛說著半截，突然被胖子打斷，大金牙也把手指放在嘴脣上，做了個禁聲的手勢，我抬頭一看，只見冥殿東南角，在蠟燭的燈影後邊，出現了一個「人」。

第六三章　燈影

蠟燭的燈影在冥殿的角落中閃爍不定，映得牆角處忽明忽暗，燈影的邊緣出現了一張巨大而又慘白的人臉，他的身體則隱在蠟燭照明範圍之外的黑暗中。

我和大金牙胖子三個人，站在連接前殿與冥殿的石門處，冥殿面積甚光，我的狼眼手電照不到那裡，由於離得遠，更顯得那張臉模糊難辨，鬼氣森森。

我們剛進冥殿之時，曾仔細徹底的看遍了冥殿中的每一個角落，當時冥殿之中空無一物，只有四面牆壁上沒上色的繪畫，壁畫中所繪都是些體態豐滿的宮女，絕沒有這張巨臉，雖然距離比較遠，我們無法看清，隔著蠟燭出現在角落中的那張臉，究竟是誰的。

雙方對峙半晌，對方毫無動靜，胖子壓低聲音問我：「老胡，我看對面那傢伙不是善渣兒，這裡不宜久留，咱撤吧。」

我也低聲對胖子和大金牙說：「別輕舉妄動，先弄清楚他是人是鬼再說。」

我無法分辨對面那張臉的主人是男是女，是老是少，這冥殿中沒有棺槨，自然也不會有粽子，有可能對方是趁我們在前殿的時候，從盜洞裡鑽進來的，這盜洞不是誰都敢鑽的，說不定對方也是個摸金校尉。

想到摸金校尉，我立時便想到那位修魚骨廟的前輩，難道……他還沒有死？又或者始終找不到路出去，困死在這附近，我們現在所見到的，是他的亡靈？

要是鬼倒也沒什麼大不了的，我們都有金佛玉觀音護身，而且倘若對方真是摸金校尉，跟我們也算有幾分香火之情，說不定能指點我們出去。

不管對方是人是鬼，總得先打破這種僵局，就像這麼一直僵持下去，對我們沒有任何好處，想到這裡，我便用套口對東南角的那人大聲說道：「黑折探龍抬寶蓋，搬山啓丘有洞天，星羅忽然開，北斗聚南光。」

我這幾句話說得極客氣，大概意思是說都是摸金這口鍋裡混飯吃的，既然撞到一起，必有個先來後到，我們是後來的，不敢掠人之美，行個方便，這就走路。

俗話說「三百六十行，行行出狀元」，這三百六十行，就是指的世上的各種營生，人生在世，須有一技在身，才能立足於社會，憑本事掙口飯吃，不用擔心餓死凍死在街頭。

這三百六十行之外，還另有外八行，屬於另類，就是不在正經營生之列，不屬工農兵學商之屬，這外八行其中就有摸金倒斗一行。

國有國法，行有行規，就連要飯化子都有個丐幫的幫主管轄著，倒斗這種機密又富有神祕色彩的行當，規矩更多，比如一個墓，拆開丘門之後，進去摸金，然後再出來，絕不允許一個摸金校尉在一個盜洞中來來回回的往返數次。

最多只准進去一次，出來一次，畢竟人家那是安息之所，不是自家後院，諸如此類的種種規矩講究，不勝枚舉。

其中有一條，就是同行與同行之間，兩路人看上了一道丘門，都想來搬山甲，那麼誰先到了算誰的，後面來的也可以進去，但是有什麼東西，都應該由先進去的人挑選。

因為摸金校尉戒規森嚴，不同與普通的盜墓賊，一座古墓只取一兩件東西便住手，而且貴族古墓中的陪葬品都十分豐富，所以互相之間不會有太大的衝突。

一座墓僅取一兩件東西，這規矩的由來，一是避免做的活太大，命裡容不下這種大樁富貴，免得引火燒身。

還有另一個重要原因是，天下古墓再多，也有掘完的時候，做事不能做絕，自己發了財，也得給同行留條生路。

這就是專業摸金校尉同盜墓賊最大的不同，盜墓賊們往往因為一兩件明器大打出手，骨肉手足相殘的比比皆是，因為他們極少能找到大墓，也不懂其中的厲害，不曉得明器便是禍頭，拿多了必遭報應。

三國時曹孟德為充軍餉，特設發丘、摸金之職，其實中郎將校尉等軍銜是曹操所設，然而摸金與發丘的名號，以及搬山、卸嶺都是秦末漢初之時，便已存在於世間的四個倒斗門派，不過這些門派中的門人弟子，行事詭祕，世人多不知曉，史書上也無記載，時至宋元之時，發丘、搬山、卸嶺三門都已失傳，就此斷絕，只剩下摸金一門。

摸金一門中並非是需要有師傅傳授便算弟子，他特有一整套專門的標識，切口，技術，只要懂得行規術語，皆是同門，像這種從虛位切進冥殿的盜洞，便只有摸金校尉中的高手才做得到，這些事我以前從我祖父那裡瞭解了一部分，也有一部分是從沙漠回來的路上，從Shirley楊口中得知。

所以我覺得既然是同門同道，便沒什麼不好商量的，當然這是在對方還是活人的前提下，倘若是鬼魂幽靈，也多半不會翻臉，大不了我們把他的屍體鄭重的安葬掩埋也就是了。

我說完之後，便等對方回應，一般這種情況下，如果那人也是倒斗的行家，我給足了對方面子，想必他也不會跟我們過不去，就算是幾十年前進來的那位摸金校尉亡靈，應該也不會為難我們。

然而等了半天，對方沒有半點回應，蠟燭已經燃燒了一多半，在冥殿東南方角落中的那個人，仍然和先前一樣漠然，好似泥雕石刻一般紋絲不動。

我心想別再不是行裡的人，聽不懂我的脣典，當下又用白話大聲重說了一遍，結果對方仍然沒有任何動靜。

這下我們可都點發毛了，最怕的就是這種無聲的沉默，不知道葫蘆裡究竟賣的什麼藥，如果想從冥殿中離開，就必須走到冥殿中間的盜洞入口，但是燈影後的那位，直勾勾的瞧著我們，不知道想要做什麼，我們也吃不準對方的意圖，不敢冒然過去。

我心念一轉，該不會這位點子不是摸金校尉，而是這古墓中的主人，那倒難辦了，衝著冥殿東南角喊道：「喂……對面的那位，你究竟什麼何方神聖，我們只是路過這裡，見有個盜洞，便鑽進來參觀參觀，並無非份之想。」

胖子見對方仍然沒有動靜，也焦躁起來，喊道：「我們這就要從哪來回哪去了，你再不說話，我們就當你默許了，到時候別後悔啊……」

大金牙在後邊悄聲對我們說道：「我說胡爺胖爺，那邊的莫不是牆上壁畫上畫的人物，咱們沒瞧清楚，這蠟燭光線影影綽綽的，我看倒真容易看花了眼睛。」

他這麼一說，我們倆心裡更沒底了，一時對自己的記憶力產生了懷疑，他娘的，要果真如此，那我們這面子可栽大了，這幾分鐘差點讓自己給嚇死，可是確實不像是畫。

這冥殿，包括整個這座古墓，都邪的厲害，我們剛進冥殿確實是什麼都沒發現，但是進那盜洞之時，半路上不是也沒巨石嗎，也難保這冥殿中不會憑空裡就突然冒出點什麼東西，到底是人？是鬼？是妖？還是如大金牙猜測的，就是墓壁上的繪畫？

眼看著地上的蠟燭就要燃到盡頭了，這時我們再也耗不下去了，我暗中拔了傘兵刀在手，這種刀是俄羅斯流進中國的，專門用來切割繩索，比如空降兵跳傘後，降落傘掛在樹上，人懸在半空，就可以用這種特製的刀子割斷傘繩，這刀很短小精悍，刀柄長刀刃短，非常鋒利，戴在身上十分方便，我們這次來陝西，是在內地，沒敢戴匕首，所以我們隨身戴了幾柄短小的傘兵刀防身。

我另一隻手握著金佛，對胖子和大金牙使了個眼色，一齊過去看看對方究竟是什麼，胖子也拔出工兵鏟，把兩隻大白鵝交給大金牙牽著。

三人成倒三角隊形，我和胖子在前，大金牙牽著鵝，舉著手電在後，一步步緩緩走向東南角的蠟燭。

每走一步我握著傘兵刀的手中便多出一些冷汗，這時候我也說不出是害怕還是緊張，我甚至期望對方是個粽子，跳出來跟我痛痛快快的打一場，這麼不言不語鬼氣森森的立在黑暗角落中，比長了毛的會撲人的粽子還他娘駭人。

就在對面那個人，即將進入我們狼眼手電的照明範圍之時，地上的蠟燭燃到了盡頭，噗的冒了一縷青煙，悄然熄滅。

隨著蠟燭的熄滅，燈影後的那張人臉，立刻消失在了一片黑暗之中。

第六四章　槨異

蠟燭一滅，出於本能，我的身上也感到一陣寒意，不過我隨即提醒自己：「這是正常物理現象，蠟燭燒到頭了，沒什麼可怕的，要是燒到頭了還亮著，那才是真有鬼呢。」

這時候只聽身後「咕咚」一聲，我和胖子以為後邊有情況，急忙拉開架式回頭看去，卻見大金牙望著熄滅的蠟燭癱坐在地上，嚇得面無人色。

這都要怪平時胖子跟他吹牛的時候，添油加醋把「鬼吹燈」描繪的如同噩夢一般，大金牙平素裡只是個奸商，沒經歷過什麼考驗，此時，在這陰森森的地宮之中，猛然見到蠟燭熄滅，他如何不怕，只嚇得抖成一團。

我把手中的傘兵刀插在腰間，伸手把大金牙拉了起來，安慰他道：「你怎麼了金爺？沒事，這不是有我和胖子在嗎，有我們倆人在這，少不了你一根汗毛，別害怕。」

大金牙見前邊除了蠟燭燒到盡頭而熄滅之外，再沒什麼異常動靜，籲了口氣：「慚愧慚愧，我……我倒不是……害怕，我一想起……我那一家老小，還全指望我一個人養活，我就有點……那個……」

我衝大金牙擺了擺手，現在不是說話的時候，在地上又重新點燃一隻蠟燭，三人向前走了幾步，這回東南角那個「人」，已經進入了我們狼眼手電的照明範圍。

原來隔著蠟燭，始終立在冥殿東南角的，根本不是什麼人，倒確實是有一張臉，也是人臉，出人意料的是石頭刻成的造像。

石臉是浮雕在一個巨大的石槨上，這石槨極大，我敢發誓，我們從盜洞剛鑽進冥殿的時候，冥殿之中空空蕩蕩，絕對絕對沒有這具大石槨，它和封住盜洞的石牆一樣，好像都是從空氣中突然冒出來的。

我和胖子以及後邊的大金牙，見冥殿中忽然多出一個巨型石槨，都如同蒙了一頭霧水，又往前走了幾步，靠近石槨察看。

這石槨約有三點五米長，一點七高，通體是用大石製成，除去石槨的底部之外，其餘四周和槨蓋，都扶雕著一個巨大的人臉，整個石槨都是一種灰色，給人一種凝重的觀感。

這人臉似乎是石槨上的裝飾，刻得五官分明，與常人無異，只是耳朵稍大，雙眼平視，面上沒有任何表情，雖然只是張石頭刻的人面，卻給人一種怪誕而又冷艷的感覺。

初時我們在冥殿與前殿的通道口，遠遠的隔著蠟燭看見這張石臉，燭光恍惚，並未看出來那是張石頭雕刻的人面，也沒見到黑暗中的這具大石槨。

此刻瞧得清楚了，反而覺得這石槨上的人面，遠比什麼幽靈，僵屍之類的臉要可怕，因為對那些事物我們是有思想準備的，然而無論如何也沒想到冒出這麼個東西。

胖子對我說：「老胡，這他媽是個什麼鬼東西？我看這工藝好像有年頭了，莫非成精了不成？否則怎麼能突然出現在地上，要說咱們記錯了壁畫上的圖案，倒還有可能，但是這麼個大石頭，咱們剛進來把這冥殿瞧得多仔細，可楞是沒看見，那不是活見鬼了嗎？」

我對胖子說：「別亂講，這好像是具盛斂棺木的石槨，這座古墓實在是處處透著古怪，我也不知道它是從哪鑽出來的。」我又問身後的大金牙：「金爺，你見多識廣，可否瞧得出這石槨的名堂？」

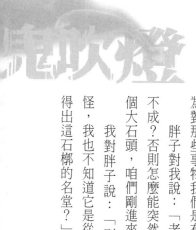

一直躲在我和胖子身後的大金牙說道：「胡爺，我看這石槨像是商周時期的。」說著用狼眼照到石槨的底部說：「你們瞧這上還有西周時期的雲雷紋，我敢拿腦袋擔保，唐代絕沒有這種東西。」

我雖然做了一段時間古玩生意，但都是些明清時期的玩意兒，對唐代之前的東西接觸的還不是很多，從未見過殷商西周時期的東西。

聽大金牙說這石槨是西周時期的，我覺得這可就更加奇怪了，對大金牙說道：「如果我沒記錯，咱們現在不是應該在一座唐代古墓的冥殿之中嗎？唐代的古墓中，怎麼會有西周的石槨？」

大金牙說：「嗯……別說您了，這會兒我也開始糊塗了，咱們在這座古墓中轉了一大圈，瞧這墓室地宮的構造，還有那些肥胖宮女的壁畫，除了唐代的大墓，哪還有這般排場，這等工藝，不過……話說回來了，這石槨的的確確不是唐代的東西。」

胖子對我們說道：「行了，不可能記錯了，要記錯也不可能三個人都記錯了，我看這石……什麼的槨，不是什麼值錢的玩意兒，我在這冥殿裡待得渾身不舒服，咱們趕快想辦法找條道離開這得了，它愛是哪朝的是哪朝的，跟咱沒關係。」

我說：「不對，我看這石槨的石料，同封住盜洞入口的大石板極為相似，而且它們都是神不知鬼不覺的突然出現，要是想找路出去，就必須得搞清楚究竟是怎麼回事。」

大金牙說：「胡爺啊，我也覺得還是不看為妙，咱們不能從盜洞的入口回去，不是還可以走中間溶洞那邊嗎，我想先前進來的那位摸金校尉，便是從溶洞迷窟那邊離開的，雖然傳說那裡是個大迷宮，可咱們這不是有指南針嗎，也不用太擔心迷路。」

我點頭道：「我知道，除了指南針，還有糯米和長繩，這些都可以用來做路標，不過那片溶洞未知深淺，恐怕想出去也不太容易，我最擔心的是那條路也冒出這些石牆石槨之類的古怪東西，他娘的，這些西周的東西究竟是從哪冒出來的呢？」

我說著說著，突然想起一件事，在盤蛇坡旁的小村莊裡，留咱們過夜的那老倆口，曾經說過，這山裡沒有唐陵，而是相傳有座西周的古墓，這具人面石槨又確實是西周的物件，難道說我們現在所在的地方不是唐陵，而是西周的古墓，既然是這樣那些唐代壁畫和唐代陵寢的布局又怎樣解釋？

想得頭都疼了，也想不出個所以然來，這些事即使有再多的倒斗經驗，也無法解釋，我們所面對的，完全是一種無法理解的現象，唐代棄陵怎麼會中冒出西周的人面石槨……

大金牙仍然是提心吊膽的，他這個人一向膽子不小，他是金錢至上，是個徹頭徹尾的拜金主義者，不算太迷信，從來都不太相信鬼神之說，倘若讓他在金錢和神佛之間，做出一個選擇，就算讓他選一百次，他都會毫不猶豫的選擇金錢，畢竟幹古玩行，尤其是買賣明器，不能太迷信，大金牙在脖子上掛一些金佛玉觀音，也只是為了尋求一點心理上的安慰。

然而此刻，面對這些匪夷所思的情況，大金牙也含糊了，忍不住問我：「那盜洞之中突然出現的石牆，會不會是……鬼打牆？」

我剛想到了一點頭緒，還沒有理清楚，被大金牙的話把思緒打斷了，便對他說道：「鬼打牆？鬼打牆咱可沒遇到過，不過聽說都是鬼迷心竅一般，在原地兜圈子，那盜洞中雖然憑空冒出一堵石牆，應該和鬼打牆是兩碼事吧。」

胖子在旁催促道：「老胡，快點行不行，你要說咱現在就撤，那就別跟這站著了，你要是覺得有必要看看這人面石箱子是什麼東西，那咱倆就想辦法把它給撬開。」

我暫時沒回答胖子的問話，小心翼翼的伸手推了推人面石槨，石槨裡面楔了石榫，蓋得嚴絲合縫，就算拿鐵條也不太容易撬開，再說萬一裡面有個粽子，放出來也不好對付，我又看了看石槨上那張怪異的人面，覺得還是不動為妙。

本來我們只是想進來撿點便宜，便宜沒撿著也就罷了，儘量不要多生事端，只要能有條路出去便好，權衡利弊，我覺得還是對這古怪的人面石槨視而不見比較好。

我打定主意，對胖子和大金牙說別管這人面石槨了，咱們還是按原路返回，大不了從龍嶺迷窟中轉出去，再待下去，沒準這裡再出現什麼變化。

大金牙早有此意，巴不得離這石槨遠遠的，當下三人轉身便走，大金牙牽著兩隻大鵝，當先跳進冥殿中央的盜洞中，胖子隨後也跳了下去，我回頭望了一眼冥殿東南角的蠟燭，雙手撐著盜洞的兩邊，跳下盜洞。

這一段盜洞我們來的時候，已經探得明白，盜洞的走勢角度是四十五度傾斜面，直通冥殿正中，我們在盜洞中向斜下方爬行，爬著爬著，但個人都覺得不對勁兒，原本傾斜的盜洞怎麼變成了平地？我們用手電四處一掃，都是目瞪口呆，我們竟然爬在一處墓室的地面上，四周都是古怪奇異的人臉岩畫，根本就不是先前的那條盜洞。

三人你看看我，我望望你，都忍不住想問：「這裡究竟是他媽的什麼鬼地方？」

第六五章　人面

望著身處的古怪墓室四周，就連一向什麼都不在乎的胖子也開始害怕了，胖子問我：

「老胡這是什麼地方？」

我看了他一眼，說道：「你問我，我問誰去。」

我記得清清楚楚，咱們從古墓冥殿正中的盜洞跳下來，應該是一個不太高的豎井，連接著下面傾斜的盜洞，怎麼跑到這來了？」

大金牙嘬著牙花子說道：「那還有錯嗎，冥殿地面上就這麼一個盜洞，就在正中的虛位上，旁邊應該是墓主的棺槨，咱們在冥殿裡整整轉了三圈，除了盜洞之外，地面上又哪裡還有其它的通道。這可……真是撞上鬼打牆了。」

我對他們二人擺了擺手，現在疑神疑鬼的沒有用，而且這絕不是鬼打牆那麼簡單，唐代古墓的冥殿裡出現了西周的石槨，難道我們現在所在的這間墓室，也是西周的？看那墓牆上的岩畫，儘是一些表情怪異的人臉，這間狹窄的墓室，或者說是墓道什麼的，肯定同冥殿中的人面石槨有一定的聯繫。

我們進入唐墓冥殿之後，就為了節省能源，三隻手電筒，只開著大金牙的一隻，這時候大金牙把手電筒交給了我，我在原地點燃了一隻蠟燭，打著手電觀察附近的環境。

我們所在的應該是一條墓道，兩側繪滿紅色古岩畫的墓道，那些圖畫的筆劃顏色，殷紅似血，鮮艷如新，如果這條墓道是西周時期的，就算保存得再好，也不可能達到這種效果，這些岩畫頂多只有一兩百年的歷史。

不僅是岩畫，包括砌成墓道的岩石，沒有年代久遠的剝落痕跡，雖然不像是剛剛完工，卻也絕非幾千年以前就建成的樣子，有些地方還露著灰色的石渣兒。

墓道寬約數米，其兩端都筆直的延伸下去，望不見盡頭，墓磚都是巨大的岩石，古樸凝重，不似唐墓的豪華精緻，卻另有一番厚重沉穩的王者之氣。

大金牙知道我熟悉歷代古墓的配置布局，便出言問我這條墓道的詳情。

我搖了搖頭，對大金牙說道：「我現在還不敢確定，如果咱們在冥殿中發現的那具石槨，確實如你所說，是西周的古物，那麼這條墓道也極有可能與那石槨是成龍配套的，都是西周的東西，尤其是這墓牆上所繪的圖案，多有和那石槨相似之處。」

胖子說道：「我敢打賭，絕對是一碼子事，他媽的，那張大臉，看一眼就能記一輩子，那似笑非笑，冷漠詭異的表情，簡直就是一個模子裡刻出來的。」

我對胖子說：「小胖你說的有道理，不過你看的不仔細，咱們在冥殿中所見的石槨，上面共有五張石雕的人臉，表情都是一樣的，你再仔細瞧瞧這墓道中的岩畫，表情卻沒那麼單一。」

墓牆岩畫上所表現的，是一張張略微扭曲的人臉，並不都是如冥殿中石槨上那樣，石槨上的五張人臉皆是面無表情，冷漠中透出一絲怪誕，而墓牆上的每一張人臉，都略有不同，有喜、有憂、有哀、有怒、有驚、有傷、但是無論是哪一種表情，都和正常人不同。

胖子藉著蠟燭的光亮，看了幾張墓牆上的人臉，對我和大金牙說道：「老胡，我仔細一看，覺得這些臉怎麼那麼不對勁兒呢，不管是什麼表情，都……怎麼說呢，我心裡明白哪不對勁，但是形容不出來，這些臉的表情都透著股那麼……那麼……」

我也看出來了那些臉的異樣之處，見胖子憋不出來，便替他說了出來：「都那麼假，顯得不真誠，不管是喜是怒，都他娘的顯得假，像是裝出來的，而不是由心而生。」

我這麼一說，大金牙和胖子都表示贊同，胖子說道：「沒錯，就是假，老胡還是你眼毒啊，其實我也看出來了，不過肚子裡詞兒太多，卡住了，一時沒想起來。」

大金牙說：「確實是這麼回事，笑中透著奸邪，怒中透著嘲弄，咱們這些做生意的平時與客人講價，就得裝真誠，裝掏心窩子，我覺得咱當時那表情就夠假了，但是與這墓牆上所繪的人臉相比，簡直是小巫見大巫了，這種表情中透露出來的假模假事的神態……根本……根本就不是人類能做出來的。」

大金牙的最後一句話，使我心中感到一陣寒意，望著那些壁畫上的人臉，對胖子和大金牙說道：「我也有這種感覺，我就想不出來，什麼人的表情會是這麼古怪？唱戲的戲子也沒有這樣的臉啊，我覺得咱們現在所面臨的處境，與這些臉有一定的關係，可是……這些臉象徵著什麼呢？」

我雖然經常標榜自己是正宗的摸金校尉，卻只對看風水尋龍脈覓寶殿這方面的事情在行，其次是從《十六字陰陽風水祕術》中所學，對歷朝歷代的墓穴佈置十分熟悉，但是涉及到一些文化因素，歷史背景，文物鑑定，則都是一知半解，就算是一知半解，還多半都是憑自己推測亂猜，沒有半點根基。

我們現在遇到的這些巨臉石槨，以及墓牆上這許多古怪表情的人臉岩畫，我除了有一些直觀的感受之外，一無所知，這方面我遠遠不如大金牙，雖然他不是專業的考古人員，至少還有著浸淫古玩界多年的經驗。

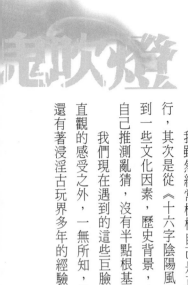

我對大金牙和胖子說道：「小胖，金爺，我看這古墓中匪夷所思之事甚多，咱們這麼亂走亂轉的不是辦法，要是這麼亂闖，說不定還會遇到什麼異狀，現下咱們必須想點對策。」

胖子問道：「老胡你是不是有什麼辦法？要有就快說，別賣關子行不行，我也不瞞你，我他媽現在真有點害怕了。」

我知道胖子不是輕言恐惶之人，他要說出害怕兩字，那是因為我們現在面臨的局面，無從著手，雖然生命沒受到威脅，但是神經已經快被折磨得崩潰了。於是我對胖子說：「我眼下還沒想到什麼辦法，找出應對之策的前題，是取決於咱們先搞清楚這究竟是怎麼回事，現在就好像在戰場上打仗，咱們遭了埋伏，我明敵暗，只有被動挨打的份，沒有還手的餘地。因為咱們不知道面對的是一種什麼狀況。」

胖子無奈的說道：「現在咱們三個，就像是三隻落在別人手中的小老鼠，被人擺布得暈頭轉向，卻還搞不清楚怎麼回事，下回不帶武器炸藥，我決不再進古墓了。」

我苦笑道：「要是咱還能有下回再說吧。」我又問大金牙：「金爺，我看咱們現在雖然處在一個古怪的環境中，但是暫時還不會有什麼生命危險，只要理清頭緒，逃出去不是問題。你畢竟沒有白白買賣這麼多年明器，能瞧出那人面石槨是西周的東西，你能具體的說一下嗎，咱們分析分析，說不定就能想出點辦法來。」

大金牙這時候反倒沒有像胖子那麼緊張，他和胖子不同，胖子是不怕狼蟲虎豹粽子僵屍，只怕那些不著力處的事物，說簡單點就是怕動腦子，大金牙最怕那種直接的威脅，這唐代古墓中雖然憑空冒出來不少西周的東西，只是古怪得緊，並不十分的要命，或者可以說成……並不立刻直接要命，所以大金牙雖然也感到緊張恐懼，但是暫時還可以應付這種精神上的壓力。

此時大金牙聽了我的問話，稍稍想了想，便對我說道：「胡爺你也是知道的，咱們在北京買賣的玩意兒，普通的就是明清兩朝的居多，再往以前的，價值就高了，都是私下交易，不敢拿到古玩市場上轉手，到唐宋的明器，在咱這行裡，那就已經是極品了，再往唐宋以前的老祖宗物件，基本上就可以說是國寶了，倒買倒賣都是要掉頭的，我做這行這麼久，最古的只不過經手過幾件唐代的小件。」

我見大金牙淨說些個用不著的，便又問了一遍：「這麼說你也吃不準那人面石槨是西周的東西？」

大金牙說道：「我當然是沒經手過那麼古老的明器，這種西周石槨，要說值錢嗎，可以說就是價值連城啊，問題是沒人敢買，要是賣給洋人，咱就是通敵叛國的罪名，所以對咱們來說它其實是一文不值，我雖然沒買賣過西周的東西，但是有時候為了長學問，長眼力，我經常看這方面的書，也總去參觀博物館，提高提高業務能力，對這些古物，我也算是半個專家，這石槨是西周的東西，這我是不會瞧走眼的，關於這點我可以打包票，以人面做為器物裝飾的，在殷商時期曾經盛極一時，很多重要的禮器，都會見到人面的雕刻。」

我好奇道：「你剛不是說那人面石槨是西周的嗎，我如果沒記錯，殷商應該是在西周之前，這石槨究竟是西周的還是殷商的？」

大金牙說道：「我的爺，您倒是聽我把話說完啊，這種裝飾，興盛於殷商，一直到三國時期都還在一些重要場合器物上用到，但是時代不同，它特點也有所不同，咱們見的那具石槨，便有一個特點，你可知是什麼特點嗎？」

第六六章　石階

我對大金牙說道：「金爺您這不是寒慘我嗎，我要是知道有什麼特點，我還用請教你啊？」

大金牙說道：「哎呦，您瞧我這嘴，習慣成自然了，怎麼說都是買賣古玩的那一套說辭，故作姿態，故作高深，好把買主唬暈了，唬服了。」

胖子在旁說道：「就是，老金你也真是的，不看看現在是什麼時候，現在這場合，咱誰都別侃大山了，有一說一，有二說二，實打實的說。」

大金牙連連稱是，便接著我們剛才的談話繼續說道：「我不是做考古的，要說別的我也不敢這麼肯定，但是這西周人面的特點十分明顯，我曾經在洛陽博物館看過簡介，留下的印象非常深刻，所以我敢斷言那人面石槨就是西周的。」

西周人面雕刻裝飾的最大特點，在於面部線條流暢順滑，沒有性別特徵，只有耳朵大於常人，但是從面部上瞧不出男女老少，並且中國歷代惟有西周崇尚雷紋，在冥殿中看那石槨底部，一層層的儘是雷紋的裝飾，可以說這就是最好的證明。

反觀西周之前，殷商時期出土的一些文物，其中不乏配有面部雕刻或者紋式圖案的，但是都顯得蒼勁古樸有餘，順滑流暢不足，而且性別特徵明顯，蠶眉圓眼，大鼻闊口者為男子，這是取材於皇帝四面傳說，漢代之後的人面紋飾，以及雕刻，面部特徵更為明顯，男子的臉上有鬍鬚。

我聽了大金牙的話，明白了他的意思，從殷商開始，便有人臉的雕刻鑄造工藝，唯獨到了西周時期，突然出現了一種詭異的無性別臉部造型，之後的審美和工藝又回歸了先前的風格，我問大金牙：「為什麼單單是西周這一時期，會出現這種變化呢？」

大金牙表示那就不清楚了，得找專家問去，他雖然能看出來石槨上的臉部雕刻，屬於西周的工藝造型，卻說不清雕刻這種詭異的石臉，究竟是基於什麼原因和背景所產生的。

我問大金牙：「黃帝四面傳說是指的什麼？」

這個傳說流傳甚廣，大部分研究歷史和早期古董的都略知一二，大金牙答道：「顧名思義，就是說黃帝有四張臉，前後左右，各長一個，分別注視著不同的方向，另外還有一說，是指黃帝派出四個使者，視察四方。」

我說道：「原來如此，不過這好像與冥殿中的石槨扯不上關係，那石槨上工有五張人臉，槨蓋上有一張朝著上方，會不會那張臉孔的造型，是和墓主有關？」

我知道問也是白問，我們三人現在都如墜五里霧中，辨不清東南西北，從大金牙的話來推斷，並不一定能夠確認，那具石槨與這些古怪墓牆屬於西周時期的產物。

大金牙見我半信半疑，便補充了幾句：「如果這附近能找到一些鼎器，或者刻有銘文的什麼地方，那便能進一步確認了。」

胖子問道：「老金你還懂銘文？平時沒聽你說起過，想不到你這麼大學問，看你這髮型跟你肚子裡的學問不太匹配，真是人不可貌相。」

大金牙留的大背頭，每天都抹很多髮油，一直被胖子取笑，此時見胖子又拿髮型說事，才想起自己的頭型半天沒打理了，趕緊往手心裡啐了口唾沫，把頭髮往後抹了抹，齜著金牙說：「懂可不敢當，不過如果找到銘文，我瞧上一眼，倒還能看出來是不是西周的。」

三人商議了半天，也沒商議出個什麼子丑寅戌來，眼前的墓道，兩邊都可以通行，但是不知連接著哪裡，頭上有個缺口，上面便是停放人臉巨槨的冥殿。

我對大金牙和胖子說道：「咱們現在的處境很尷尬，以至於根本搞不清自己在什麼地方，不過如果這條墓道真是大金牙所說的西周建築，那我倒是可以判斷出這裡的大致格局，商周的古墓沒有大唐那麼奢華，但是規模比較大，壘大石分大殿而建，而且是分為若干層，不是平面結構，咱們剛進盜洞，就被一堵大石牆擋住，那道又厚又大的石牆，很可能是西周古墓的外牆，距離主墓有一段距離，不過我還是想不明白，它是怎麼就突然冒出來的，他娘的，這回要想出去，還真是難了。」

胖子說道：「老胡，我看你也別想了，這事不是咱能想明白的，本來我覺得咱們三個人的組合，基本上什麼古墓都能擺平了，要技術有你的技術，要經驗有老金的經驗，要力量，我不是吹，我最起碼能頂你們倆吧……」

大金牙插口說道：「技術經驗與力量，咱們都不缺，但是我覺得缺少頭腦。」

胖子說：「老金你沒聽說過三個臭皮匠頂個諸葛亮嗎，咱們三人不比臭皮匠強多了嗎。」

我對胖子和大金牙說：「我看技術經驗還有體力，咱們都不缺，但是咱們還缺一位女神，一位幸運女神，咱們的運氣太差了，回去得想辦法轉轉運，咱也別跟這磨蹭了，越想越他娘的糊塗，如果是西周的古墓結構，這最下邊一層的墓道是通向配葬坑的，不會有出口，我看還是先回到上一層的冥殿，再找找盜洞的出口。」

胖子說道：「且慢，陪葬坑裡是不是應該有什麼寶貝，不如順路先去捎上兩件再回去找盜洞不遲，空手而回不是咱的作風，否則豈不是白忙活一場。」

大金牙說道：「還是算了吧胖爺，您那膀子肉厚不知道累，我這兩條腿都灌了鉛了，咱還是別沒事找事，按胡爺說的，回去找盜洞才不失為上策，再說這地方如此古怪，誰敢保證這條墓道裡沒有什麼陷阱機關，到時候咱後悔都來不及了。」

胖子見我和大金牙都執意要爬回上層，無奈之下，只好牽了兩隻鵝跟我們一起行動，突然說道：「哎，我說，咱是不是得把那石頭棺材撬開，看看那裡邊的死人，是不是長了一張那麼古怪的臉？說不定有個面具之類的，要是金的可就值錢了。」

我和大金牙誰也沒搭理他，這種情況下哪有那份心情，我托住大金牙，把他推上了墓道上的冥殿，我和胖子也先後爬了上去。

冥殿沒有什麼變化，那具雕刻著詭異人臉的大石槨，依然靜靜的停放在角落裡，我們把三隻手電全部打亮，搜索地面上盜洞的入口。

整個冥殿除了六隻準備用來擺放六玉的石架，以及角落中的石槨之外，空空如也，再沒有任何多餘的東西，無法想像，唐代的冥殿中竟然擺著一具西周時期的石槨。

胖子指著我們剛爬出來的地方說：「這哪裡還有其餘的出口，咱們剛爬出來的地方，不就是先前那個盜洞嗎？」

我打著手電，低頭一看腳下，確實就是我們最早爬進來的盜洞，可是怎麼跳下去卻又是墓道？還沒容我細想，大金牙也有所發現：「胡爺你瞧那石槨旁邊，多出了一條……臺階。」

我和胖子按大金牙所說的方位看去，果然在石槨旁邊，神不知鬼不覺的冒出一條向上而行的石階，石階寬闊，每一層都是整個的大石條堆砌而成，我走到下邊往上照了照，手電光柱就向被黑暗吞噬掉了，十幾米外都是黑洞洞的，看不到上面的情況。

我再也冷靜不下來了，便對胖子和大金牙說道：「他娘的，這座古墓簡直出了鬼了，盜洞變成了墓道，唐墓冥殿中出現了西周的石槨，這會兒又冒出來這麼個石頭樓梯，我看咱們豁出去了，一條道走到黑，盜洞肯定是走不通的，如果這是西周的古墓，那麼這條在石槨旁邊的樓梯，應該是通向古墓的最上層，那裡和嵌道相連，也許可以出去。」

胖子說：「那還等什麼，我先上，你們倆跟著。」話音未落，抬腳就上了樓梯，走上兩步，又突然想起什麼，回過頭來問我：「老胡，你剛說那什麼道來著？是做什麼用的？」

我和大金牙也邁步上了樓梯，我邊走邊對胖子說道：「嵌道，說白了就是條隧道，修古墓不是得掏空山體嗎，掏出來的泥土石頭，都從嵌道往外搬，墓主入殮之後，便把隧道封死，把修墓的工匠奴隸之類的人，也都一併活埋在裡邊，如果走運，說不定能找到工匠們偷留下的祕道，那就能離開這鬼地方了。」

三人邊說邊走，走了大約五分鐘，我突然發現不對勁，剛走上石階的時候，我留意到第二階石階的邊緣，有一個月牙狀的缺口，可能是建造之時磕掉的，然而我們每向上走二三十階，便會發現同樣的一個月牙形缺口，開始還沒太在意，後來仔細一數，每二十三階便有一個。

這絕不是巧合，我們可能是在原地兜圈子，我急忙招呼大金牙和胖子，別再往上走了，這麼往上爬，恐怕累死了，也都不到頭。

三人急忙轉向下行，然而下邊的路好像也沒有盡頭了，從臺階上下行，走得很快，也不費力氣，但是走了很久，遠遠朝過我們往上走的用時，卻說什麼也走不回冥殿了。

三個人都已經累得氣喘如牛，大金牙身體素質本就不好，這時候累得他呼吸又粗又急，肺葉呼哧呼哧作響，好似個破風箱一般。

我一看再走下去，就得讓胖子背著大金牙了，不過從這石階向下走，背著個人，談何容易，再說根本不知道還能不能走回冥殿，這麼走下去也不是辦法，於是讓大金牙和胖子就地休息。

胖子一屁股坐在地上，抹了抹頭上的汗珠子，對我說道：「我的天啊，老胡，再這麼折騰下去，頂多過幾個小時，咱們餓也餓死在這鬼地方了。」

我們來魚骨廟時帶了不少食物，有酒有肉，但是為了能裝古墓中的寶貝，還要帶一些應用的簡易裝備，便把食物都放在了魚骨廟中，並沒有隨身帶著，每個人只揹了一壺水。

雖然鑽進盜洞之前，吃喝了一頓，但是折騰了這麼長時間，肚子裡都開始打鼓了，此刻胖子一提到餓字，三人肚中同時咕咕作響。

現在的處境更險，冒冒失失的闖上石階，被鬼圈牆一般的困在臺階上，上下兩頭都抝不著，還不如在冥殿中另想辦法，可真應了大金牙先前說胖子的那句話，到時候後悔都晚了。

我唉聲嘆氣的暗罵自己太莽撞衝動，當初在部隊，要是沒有這種毛病，也不至於現在當個體戶，真想抽自己兩巴掌。

胖子對我說：「老胡你現在埋怨自己也沒用，咱們就算不上這條臺階，也得被困在別的地方，你省點力氣，想想還有沒有什麼折。」

我想了想說：「這條臺階，好像每隔二十三階，便重復循環一次，上下都是如此，咱們現在無論是上是下，都走不到頭……」

胖子說道：「那完了，這就是鬼打牆啊，絕對沒錯，永遠走不出去，只能活活的困死在這裡，就等著下一波倒斗的來給咱收屍吧。」

大金牙聽了胖子的話，悲從中來，止不住流下兩滴傷心淚：「可憐我那八十老母，還有那十八的小相好的，這輩子算見不著她們了……要是還能有下輩子，我……我死活我是不做這行了……」

胖子被他攪得心煩，對大金牙說道：「鬧什麼鬧，這時候後悔了，早幹什麼去了，死也死的有個男人的樣子，再哭哭啼啼的，我把你那顆金牙先給你掰下來。」

大金牙對自己這顆金牙視若珍寶，差不多和髮型一般重要，聽胖子要掰他的牙，趕緊伸手把嘴捂上：「胖爺，我可提前跟你說好了，咱們都是將死之人，你可得給我留個全屍，別等我餓到動不了勁的時候，趁人之危把我這顆金牙掰了去。」

我對他們兩人說道：「你們倆別胡說八道了，他娘了個蛋的，說什麼咱們也不能活活餓死在這鬼地方，這麼死太窩囊了，要死也得找個痛快的死法。」

胖子說道：「話雖然是這麼說，不過在這地方想死得痛快，倒也非易事。」說著拔出傘兵刀，對我說：「我看也就兩條路，其一是從樓梯上滾下去摔死，反正這臺階沒有盡頭，說不定外邊都實現四個現代化了，咱還沒滾到底，還有一個辦法是割腕，你要是下不去手，我替你們倆割上一刀，一放血就離死不遠了，我看這是最痛快的法子。」

大金牙對胖子說：「胖爺您什麼時候變這麼實誠了，你沒聽出來胡爺話裡的意思？如果我沒理解錯，他的潛臺詞應該是：咱們現在還沒到絕境，還不會死。」轉過頭來問我：「胡爺，你剛才說的話是不是這意思？」

我對大金牙說：「剛剛我所說的話確實是氣話，不過我現在好像突然找出點頭緒了，你們安靜一點，讓我好好想想。」

胖子和大金牙見我好不容易想出點線索來，生怕再一干擾就會失去這一線生機，二人同時住口，大氣也不敢喘。

我說就快想出辦法來，那只不過是隨口敷衍，讓他們兩個人別再爭吵下去，此時安靜了下來，我把從進魚骨廟開始，一直到被困在這石階上的情景，如同過電影一般在腦海裡重新放映了一遍，完完整整，儘量不失去每一個細節。

想了也不知道多久，我開口問大金牙：「咱們在這古墓中，真是如同撞上鬼打牆一樣，無論走哪條路，都會莫名其妙的冒出一些東西，金爺你聽說過鬼打牆的事嗎？」

大金牙說：「聽說過，沒見過，當年地安門大街那邊鬧過一陣，害得附近的人一到晚上十二點就不敢從那過了，要不一直轉悠到天亮，也走不出那一條馬路。還聽說過一些外地的傳聞，不過咱們遇到的應該不是鬼打牆吧？聽說鬼打牆就是繞圈，哪有這麼厲害，再說咱們身上戴了這麼多護身的法器，怎麼會遇到鬼打牆呢。」

胖子也說：「老胡你忘了你不是說過嗎，風水好的地方，藏風聚氣，根本不會有不散的陰魂，也不會有僵屍粽子什麼的，怎麼這功夫又想起鬼打牆來了？」

我搖頭道：「我不是說咱們遇上鬼打牆了，只不過想確認一下，確認現在的狀況不是鬼打牆，那麼我分析的便有可能是正確的。」

胖子問道：「一人計短，二人計長，那你說出來，我和老金幫著你分析分析。」

我想了想，對胖子和大金牙說道：「我好像已經知道咱們碰到的是什麼東西了，不過……我要說出來，你們倆可別害怕。」

第六七章 幽靈塚

胖子說道：「鬼打牆咱都不怕，還怕什麼亂七八糟的，你儘管說吧，就算是死了，咱好歹也當個明白鬼，糊塗鬼到閻王爺那都不收。」

我對胖子大金牙說道：「我害怕你們倆理解不了，其實我也只是根據咱們遇到的這些現象作出的判斷，我絕得應該是這麼回事，我說出來你們兩看看有沒有道理。」

胖子和大金牙等著我把我想到的情況說出來，但是我沒急著說，反而先問了大金牙一個問題：「金爺，咱們在蛇盤坡旁的小村子裡，見到的一座殘缺不全的石碑，還有在冥殿中見到的宮女壁畫，以及前殿中那座制度宏麗的地宮，都實打實的便是唐代的，這一點咱們絕不會看走眼對不對？」

大金牙點頭稱是：「沒錯，絕對絕對都是唐代的東西，那工藝，那結構，還有那壁畫上的人物，服裝，要不是唐代的我把自己倆眼珠子摳出來當泡兒踩。不過話雖這麼說，可是……」

我得到了大金牙的確認，沒等他說完，便接口說道：「可是偏偏在這唐代的古墓中，冒出了西周的石槨，繪有西周岩畫的墓道，盜洞半截的地方，還憑空冒出了西周古墓的外牆。」

大金牙和胖子異口同聲的說道：「是啊，這不是活見鬼了嗎？」

我說：「咱還別不信邪，說不定這回就是見了鬼了，不過這鬼可能比較特殊。」

大金牙說：「特殊？胡爺你是說這墓主的鬼？是唐代的還是西周的？」

我擺了擺手：「都不是，也許我用詞不準，但是我實在是不知道該怎麼形容，說鬼也確實不太恰當，因為我聽不少人說起過，這不是什麼迷信理論，屬於一種特殊物理現象，還有不少專家學者專門研究這種現象，暫時還沒有專有的名詞，我想也許用幽靈來稱呼它更合適。」

胖子問道：「鬼和幽靈不是一回事嗎？老胡你到底說的是誰的幽靈？」

我對胖子和大金牙說道：「誰的幽靈？我看是一座西周古墓的幽靈，不是人死後變的鬼魂亡靈的那種幽靈，而是這西周的古墓本身就是一個幽靈，這是個摸金行當中傳說的幽靈塚，依附在這座唐代棄陵之上的西周幽靈塚。」

大金牙也聽明白了幾分，越想覺得越對，連連點頭，大金牙說道：「傳說中有幽靈樓，幽靈船，還有幽靈塔，幽靈車，說不定咱們碰上的還真就是一處幽靈墓。」

胖子卻是越聽越糊塗，便問我和大金牙說的是什麼意思，能不能說點讓人容易懂的話。

大金牙對胖子說道：「我做了這麼多年古玩生意，我深信一個道理，這精緻的玩意兒之中，彙聚了巧手匠人的無數心血，年代久遠了，就有了靈性，或者說有了靈魂，這件玩意兒一旦毀壞了，不存在於世了，也許它本身的靈魂還在，就像有些豪華遊輪，明明已經遇到海難，葬身海底多年了，可以偶爾還有有船員在海上見到這條船，它依舊航行在海面上，也許船員們看到的只是那條船的幽靈。」

胖子說道：「原來是這樣，那看來我還是很有先見之明的，我剛看那石槨的時候，就曾說過也許是這物件年頭多了，就他媽成精了，你們倆也真是的，我那時候都說的這麼明白了，你們楞沒反應過來，我跟你們倆笨蛋真是沒脾氣了。」

大金牙說：「聽胡爺一提這事，我覺得真是有這種可能，以前我們家有個親戚從湖南來北京豐台辦事，在豐台住在了新園招待所，當時他開的房間號是３０３，那天太晚了，晚上十二點多鍾，他困得都快睜不開眼，迷迷糊糊的就奔三樓了，上了樓梯一看迎面就是３０３，一看門還沒關，也沒多想，推門就進去了，一看桌上還有杯熱水，拿起來喝了兩口，倒在床上就睡，第二天早上，被人叫醒了，發現自己正睡在三樓的樓梯上。」

胖子問道：「老金你是說你那位親戚，也遇上幽靈樓了？」

大金牙說：「是啊，招待所裡的服務員就問他為什麼睡樓梯上，他把經過一說，開始還以為自己是夢遊呢，一看３０３室的門是鎖著的，裡面的東西什麼都沒動，鋪蓋也沒打開，結果稀里糊塗的就走了，後來又去豐台，還住的新園招待所，閒聊的時候聽說這座新園招待所曾經失火燒毀過，後來又按原樣重新建的，除了規模上擴大了一些，其餘的都沒什麼變化，連門牌號都一模一樣，每年都出現這麼幾次客人明明進了房間，早晨睡在外邊的情況，但是也沒有什麼傷亡意外事故之類的事情發生，所以沒引起重視，大夥也從不拿這事當回事。我曾經聽我這位親戚說起過，純粹是當茶餘飯後的談資所說的，我始終沒太在意，現在看來，咱們也是遇上這種幽靈墓了。」

大金牙又對我說：「還是胡爺見機得快，你瞧我都嚇暈了頭了，現在剛回過神來，腦袋裡是一團亂麻，就算是讓我想破了頭，一個腦袋想出倆腦袋來，也根本想不到這些。」

我說：「慚愧，我也是逼急了才想到這一步的，我現在腦袋也疼著呢，所有的情況我都想遍了，覺得咱們應該就是遇上幽靈塚了，否則怎麼可能會有兩個重疊在一起的古墓。」

兩朝兩代，都看上了一塊風水寶地，這種情況當然也有，尤其是這種內藏晉的形勢，真可謂是寶脈佳穴，極為難求。

想通了這最關鍵的一點，其餘的問題也都迎刃而解了，龍嶺這處內藏晉（注）的寶穴，很可能在西周的時候，就被人相中，不過那時候還沒有唐代那麼豐富具體的風水理論，但是天人合一的最高境界，是自打有了人類的那一天起，便是人類追求的終極目標。

西周的某位王族，死後被埋在這裡，用人面石槨盛斂，墓穴的構造就和我們見到的差不多，外圍築以巨大的外牆，裡面分為三層，在最底下一層放置大批的陪葬品，以當時的情況來看，應以牛馬動物和器物為主，中間一層停放裝斂墓主的人臉石槨，除此之外，沒有多餘的東西了，即使有幾件墓主隨身攜帶的重要陪葬品，也都應該隨墓主屍體裝在石槨之中，第三層就是連接嵌道的入口，我們現在所在的石階，便是位於上中兩層之間的位置。

這位裝殮在人臉石槨中的墓主人，本可以在此安息千年，但是在唐代之前的某一時期，出於某種我們無從得知的原因，也許是由於戰亂，也許是因為盜墓，甚至也有可能是當時的政治鬥爭，這座墓被徹底的毀壞了。

後來到了唐代，為皇家相形度地的風水高手，也看中了龍嶺中的這塊內藏晉寶穴，於是為了皇室中的某位重要女子成員，在此地開山修陵。

然而陵墓修到一半的時候，發現了這處內藏晉，曾經在很久很久以前被人使用過，皇室陵寢工程的中途廢棄，是十分不吉利的，一是勞民傷財，已經使用的大量的人力、財力、物力，都打了水漂，再者換陵礙主。

比起這些，更不祥的是一穴兩墓，即使先前的古墓已經不存在了，出現這種情況，即使將選脈指穴的風水師誅九族，也無法挽回，多半是督辦修建陵墓的官員與風水師，為了避免自己惹禍上身，便互相串通，揑造一些子虛烏有的事情蒙蔽皇帝，讓皇帝老兒再掏錢到別處重新修一座新的陵寢。

我們遇到這些突然冒出來的的人面石槨，帶有岩畫的墓牆，以及封堵住盜洞的巨石，原本在盜洞中放置蠟燭的位置，也被一塊巨石取代，這一切都是那座早已被毀掉的西周古墓，是那座古墓的幽靈突然間冒了出來。

大金牙聽了我的分析，十分贊同，但是有一件事聯繫不起來：「既然這裡存在這一座早已被徹底毀掉的幽靈塚，為什麼唐陵都快建完了才發現，而咱們一進盜洞，這幽靈塚就突然冒了出來？這未免也太巧了吧？」

大金牙說的是一個難點，這點想不通，我們的猜測就不成立，就算再不走運，也不可能如此之巧，平時沒有，或者說時有時無的「幽靈塚」，偏偏我們前腳進來，它後腳就冒出來。

按理說，所謂的「幽靈塚」雖然摸得到，看得見，但並不是實體，而是一個物體殘存在世界上的某種力場，並不是始終都有，而且是一部分一部分的梯次出現，最後能出現多少，是整座西周的大墓都呈現出來，還是只有半座，或是更少，這些還無從得知。

我對大金牙說道：「這裡是龍脈的龍頭，又是內藏眢，可以說是天下無雙，藏風聚

注　眢ㄩㄢ，乾枯無水。

氣，這座西周大墓乘以生氣，氣行地中，又因地之勢，聚於其內，是謂全氣，氣是六合太初之清氣，化而生乎天地萬物者，乃萬物之源，此氣即太初清氣的形態之一。古墓建在這種頂級寶地，便染有靈氣，所以毀壞之後，雖已失其形，卻仍容於穴內的氣脈之中，這是不奇怪的，奇怪就奇怪在這座幽靈塚是為什麼這時候出現，換句話說，它是不是平時沒有，而是我們觸動了什麼，或者做了什麼特殊的事，才讓它突然出現。」

大金牙對我說：「照啊，胡爺，從咱們所見的種種跡象表明，西周古墓被毀後，這裡一共來過三波人，其中兩波是包括咱們在內的摸金校尉，這兩波人雖然中間隔了幾十年，卻都遇到了這座幽靈塚，而且還都被困其中，另外最早還有一批，肯定是建造唐墓的那些人，他們自然是大隊人馬，把大唐皇家的陵墓建到這種程度，不是一朝一夕之功，他們都快把墓修完了，才發現這裡有座幽靈塚，之前施工的過程當中，他們為什麼開始沒發現？」

我點頭道：「是啊，不管先後，肯定是做了什麼特殊的行為，把幽靈塚引了出來，可咱們也沒做什麼啊，剛在盜洞中爬了沒一半，身後的石牆就把突然冒出來把路堵死了。」

大金牙苦苦思索：「這座西周古墓想必是被人徹底搗毀了，連一磚一石都沒有留下，修建唐墓的人以為這裡只不過是個巨大的天然山洞，既是風水位，又省去一些掏山的麻煩，他們那些人肯定是後來才發現了幽靈塚，還有在魚骨廟打盜洞的摸金校尉，包括咱們三個，肯定都做了一件相同的事，才把幽靈塚引發出來，但是這件事究竟是什麼呢？」

我對大金牙說：「你也別著急，既然已經有了頭緒，我想只要找出根由，便有可能讓幽靈塚消失，建造唐陵以及在魚骨廟打盜洞的人，可能在發現幽靈塚之後，曾經都想到了這一點，所以他們能夠離開，咱們也都好好想想。」

胖子說道：「依我看，可以使用排除法，古代人能做的，咱們也能做的，這些應該首先考慮，一些現代化的東西，古代人不可能有，所以可以排除掉，不用多費腦子去想。」

我沒想到胖子也有這麼理智的時候：「行啊小胖，我還以為你這草包就知道吃喝，竟然還能想出他娘的排除法？」

胖子笑道：「這還不都是餓的，我覺得如果人一旦餓急眼了，腦子就靈光，反正我吃東西的時候，就是他姥姥的腦子最不好使的時候。」

大金牙說道：「還可以把範圍圈得更窄一點，修唐墓的人是在工程快結束時發現幽靈塚的，咱們則是剛進盜洞便被困住。」

胖子說道：「就你們倆這水平還摸金倒斗呢，真是豬腦子，我再給你們提個醒，古代人也使，咱們也使，那還能有什麼，這不明擺著嗎，蠟燭啊。」

「蠟燭？」我也想到了，不過應該不是蠟燭，難道古代人在山洞裡施工，不點燈火嗎？蠟燭多多少少隨時隨地會用到吧？

雖然不知道唐代建造陵墓時的具體情況，但是絕不可能在工程快結束的時候才用到蠟燭，應該是另有其它原因。不過蠟燭這個東西，對我們來講是比較敏感的，是不是唐代有某種傳統，在修建大型陵寢之時，開始不可以點蠟燭？這樣根本不合常理，不會有這麼古怪的規定。如果真有這樣的規定，我那本祖傳殘書中就一定會有記載。

正當我們思前想後，一樣一樣排除的時候，忽然胖子牽的兩隻大白鵝互相打了起來，胖子罵道：「他奶奶的，你們兩隻扁毛畜牲鬧什麼，一會兒老爺就把你們倆烤來吃了。」兩隻大鵝吵得甚凶，毫不理睬胖子的威脅。

胖子瞧得有趣，笑著對我和大金牙說：「老胡老金，你們瞧見過沒有，咱只見過鬥雞，這回來一場鬥鵝，原來鵝也這麼好鬥。」

我見了胖子牽著的兩隻大白鵝，如同黑夜中划過一道閃電，對胖子說：「鵝……鵝……」

胖子說道：「鵝鵝鵝，白毛浮綠水，紅掌撥清波。」

我說：「不是不是，我是說我怎麼沒想到鵝呢，你們可知道在古墓地宮即將完工的時候，要做什麼嗎？他們要宰三牲祭天，縛三禽獻地。」

大金牙失聲道：「啊，胡爺，你是說是咱們帶的兩隻鵝把幽靈塚引出來的？」

我說：「是啊，我他娘的怎麼就沒想到這上呢，我想在魚骨廟打盜洞的摸金校尉，在盜洞挖到地宮之後，為了試探冥殿中的空氣質量，一定也是用咱們倒斗行的老辦法，以活禽探氣，他帶著雞鴨鵝一類的禽類進去，這才被幽靈塚困住。」

在古代修造陵墓的時候，在地宮構造完畢之後，都要在墓中，宰殺豬牛羊三牲，捆縛五禽於地，為的是請走古墓附近的生靈，請上天賜給此地平安，使墓主安息不被打擾。

這種說法叫做：「三牲通天，三禽達地。」豬頭牛頭羊頭同時供奉，是十分隆重的，可以把信息傳達到上蒼，三禽則是獻祭給居住於地上的神靈。禽畜可使真穴餘氣所結，所以陪葬坑中必葬禽畜順星宮理地脈。

大金牙說道：「野為雁，家為鵝，野雁馴養，便成了鵝，三禽中的鵝，是三禽中最具有靈性的，傳說鵝能見鬼，說不定就是因為我們無意中帶鵝進盜洞，驚動了這座西周的幽靈塚。」

我抓起一隻大白鵝，取出傘兵刀，管它是不是，把兩隻鵝都宰了一試便知，舉起刀就要動手割鵝頸的氣管。

大金牙好像突然想到了什麼，連忙按住我的手：「可別，胡爺，我突然想到，咱們錯了。」

第六八章　二十三層臺階

我們絞盡腦汁才想到，古代建墓在玄宮完成的時候要宰殺禽畜，祭天禮地，是驅邪避凶的作用，肯定是由於我們帶了白鵝這種有靈性的動物進墓，才驚動了這座萬中無一的幽靈塚，所以當時就準備動手宰掉兩隻大白鵝，沒想到大金牙突然阻攔，不讓我對白鵝下刀子。

胖子見大金牙不讓我們宰鵝，便問道：「老金，你怎麼又變卦了？剛不是都說好了嗎？」

大金牙讓我暫時把手中的傘兵刀放下，對我和胖子說道：「胡爺，胖爺，你們別見怪，剛才我冷不防的想起來，有一件事，覺得似乎極為不妥。」

我對大金牙說道：「我就是這脾氣，想起來什麼，腦子一熱，便不管不顧的先做了再說，如果有什麼地方做得不妥，你儘管講來。」

大金牙說道：「是這樣，我想想該怎麼說啊，一著急還真有點犯糊塗，我得把言語組合組合。」

我和胖子在這古墓中困得久了，雖然不像剛開始的時候，被那幽靈塚折騰得暈頭轉向，十分的緊張無助，卻漸漸開始焦躁不安，想要儘快離開這裡，好不容易想出個辦法，正欲動手，卻突然被大金牙擋了下來，一肚子邪火，又發作不得，只好耐下性子來，聽大金牙說話。

大金牙想了想說道：「我約略想了一下，如果真如咱們所料，咱們三人現在是被一座西周的幽靈塚困住了，而這座西周的幽靈塚之所以會冒出來，有可能是因為咱們帶了三禽中的活鵝，鵝有靈性，又最是警覺，這才把幽靈塚驚動出來……」

胖子聽得不耐煩了，對大金牙說道：「老金，你囉哩囉嗦的講了這麼多，究竟想說什麼？」

我讓胖子不要再打斷大金牙說話，先聽大金牙把話講完，真要能夠逃出去，也不爭這一時三刻的早晚。

大金牙接著說道：「咱們如果把兩隻鵝宰殺了，這古墓中沒有了禽畜，也許這座西周的幽靈塚便會隱去，不過不知道你們二位想過沒有，咱們現在所處的是什麼位置，這條沒有盡頭的石階，正是幽靈塚的一部分，也就是說這裡本不應該存在，是屬於那座早已被毀掉的西周古墓的一部分，在幽靈塚出現之前，這裡也許是山腹中的土石，也有可能是一處山洞。」

我聽到這裡，已經明白了大金牙的意思：「你是說咱們如果再這裡宰了兩隻鵝，萬一幽靈塚立刻消失，咱們就會落在唐代古墓的外邊，從而再一次被困住，甚至有被活埋的危險。」

大金牙點頭道：「對，我就是這意思，另外你們有沒有想過，西周古墓的幽靈，似乎不是全部，它只有一部分，而且與唐代古墓重疊在了一起，這條石階便是幽靈塚的邊緣，沒有明顯的界限，也許它的邊界，可能還處於一種混沌的狀態，只不過咱們無法知道他是正在擴張，還是在收縮，如果咱們宰了兩隻大白鵝，萬一……」

經過大金牙的提醒，我方知其中厲害，險些又落入另一個更加恐怖而又難以琢磨的境地，我對大金牙說道：「金爺說的是，咱們應當先想法子回到唐墓的冥殿，在冥殿或者盜洞口附近，確定好了安全的位置，然後再殺掉這兩隻惹禍的大鵝。」

不過說起來容易，做起來難，這條石頭臺階，每二十三階便循環一次，反反覆覆，似乎是無窮無盡，一旦走上這條石階，無論是向上，還是向下，都走不到盡頭。

我同大金牙和胖子二人又商議了幾句，卻想不出什麼眉目，總不能閉著眼往下滾吧，那樣的話，恐怕就會如同胖子所說的那種情況，滾到外邊的世界都實現四個現代化了，我們也許都滾不到頭。

這條看似平平常常的西周古墓石階，實在是比什麼黑凶白凶還難對付，倘若是倒斗摸到粽子，大不了豁出性命與它惡鬥一場，見個生死高低，可是這大石條搭成的臺階，打也打不得，砸也砸不動，站在原地不動不是辦法，往下走又走不到頭，無力感充斥著全身，我體會到這才是真正的恐怖。

正在一籌莫展之時，大金牙想到了一個辦法，雖然不知道是否可行，我們有病亂投醫，姑且一試，我們三人首先要確認一下，是不是每隔二十三階，便有一階的邊緣有個月牙形缺損，我們一邊數著一邊向下走，數了整整五段。

確認無誤之後，按照商量好的辦法，三人各持一隻蠟燭，我先選定一處有月牙形缺口的石階站定，把蠟燭點亮，然後大金牙同胖子繼續往下走，以還能看見我站立處蠟燭的光亮為準，第二個人再停下點燃蠟燭，隨後第三個人繼續往下走。

這個方案的前題條件是石階不能太長，如果只有二十三階，而我們在保持互相目視距離的情況下，又能超出這二十三階臺階的長度，那就有機會走回臺階下的冥殿了。

然而我們三人一試之下，發現這個方案根本不可行，當然這是由於客觀條件的限制，這條沒有上下盡頭的古墓石階，不僅是無限循環，而且在石階的範圍內，似乎格外的漆黑，這種黑不是沒有光線的那種普通黑暗，而是頭上腳下，身前身後，似乎都籠罩了一層濃重的黑霧。

即使點上蠟燭，最多也只能在五六條大石階的範圍內看到，超過這一距離，蠟燭的光線就被黑暗吞噬掉了，這種黑暗讓我想起了新疆的鬼洞，想不到那噩夢一樣的黑暗，又一次在龍嶺的古墓中遇到，想到這，身體就忍不住發抖，好像死在新疆的那些同伴，正躲在黑暗角落中注視著我的一舉一動。

由於見到蠟燭光亮的距離，僅僅只有六層石階，就連三十五米照明距離的狼眼手電，也只能照明到六級臺階的距離，一超過六級臺階，便是一片漆黑，不僅照不到遠處，遠處的人也看不見手電和蠟燭的光亮。

我們又只有三個人，三個人只能如此探索出去十二階的距離，而這條西周古墓的石階最少有二十三階以上的長度，所以我們這樣做，無法取得任何的突破。

我們三人無奈之餘，又聚攏在一處，點了支蠟燭，把手電筒全部關閉，胖子取出水壺喝了幾口，好像想灌個水飽，結果越喝肚子越餓，連聲咒罵這驢日的大石條臺階。

我聞著不對，胖子的水壺裡一股酒氣，我問胖子道：「你是不是把水壺裡灌上白酒了？你奶奶的，讓你帶水你偏帶酒，喝多了還得我們抬你出去。」

胖子避重就輕，對我道：「老胡，這時候喝口酒不是壯膽嗎，要不這麼著你看怎麼樣，咱們還是按先前那樣，你和老金倆沒隔六層石階便點一隻蠟燭等著，我豁出去了，一直跑下去……」

我否定了胖子的計畫：「你這種匹夫之勇，最是沒用，你這麼幹等於白白送死，咱們之間無論如何不能失去聯繫，三個人在一起還有逃生的希望，一旦散開，失去了互相的依托，各自面臨的處境就會加倍困難，當年我在部隊，軍事訓練中最強調的一點就是不能分散，分散意味著崩潰與瓦解，不到萬不得已走投無路，都不允許選擇分散突圍。」

胖子對我說道：「打住吧你，現在還沒到走投無路？我看現在簡直就是上天無路，入地無門，再說分散也不見得就是崩潰瓦解，那叫保存革命火種。」

我怒道：「你在這種鬼地方保存個屁火種，一遇到困難就做鳥獸散，那是游擊作風。」

大金牙怕我們倆吵起來，連忙勸解：「二位爺，二位爺，現在不是探討軍事理論的時候，咱們確實不應該分散突圍，再說分散突圍也得有圍可突啊，咱們現在……唉……算了，我看咱們無論如何不能落了單。」

物理學的定律，在這條西周古墓臺階上似乎失去了作用，我嘆了口氣，便想坐在石階上休息，一坐之下被腰間的東西隔了一下，我伸手一摸，原來是帶在腰上的長繩，我驚喜交加，對胖子和大金牙說：「有了，我怎麼沒想到繩子呢，操他娘的，都說狗急跳牆，人急生智，咱們是越急越糊塗，自亂陣腳，咱們身上帶的繩索，加起來足有幾百米，這二十三階石階再長，也夠用量上他娘的七八圈了。」

在這條沒頭沒尾的古墓石階上，長長的繩索簡直就如同救命的稻草，胖子和大金牙大喜，連忙動手幫忙，三人藉著蠟燭的光線，把身上攜帶的長繩，用牙栓連接在一起。

我看了看連接在一起的繩索，對胖子和大金牙說道：「這麼長的繩索無論如何都夠用了，此地不宜久留，咱們馬上行動。」

當下由胖子站在原地，點燃一隻蠟燭，把繩索牢牢的繫在腰間，胖子站的位置正好是一階有月牙形缺口的石階，以這層有特殊標記的石階作為參照物，行動起來會比較方便。是否能行得通，我殊無把握，反正行與不行就看這最後一招了，我剛要動身，卻突然被胖子拉住。

* * *

胖子拉住我的胳膊對我說道：「老胡，萬一繩子斷了怎麼辦？你可多加小心啊，咱們還好多錢沒花出去呢，現在還不到英勇就義的時候，看情況不對就趕緊往回跑，別逞能。」

我對胖子說道：「這話我跟你說還差不多，你在上面留守也要多加小心，如果繩子在半路突然斷了，你千萬別往回扯，就讓繩子保持原狀，否則你把繩子扯走，我可就摸不回來了。」

我想了想還有些不太放心，又囑咐胖子道：「小胖，你站在這可千萬不要移動，我和大金牙從這下去，如果走出這狗娘養的石階，就用繩子把你拉出去。」

胖子說道：「沒問題，你們倆儘管放心，有什麼危險，你們就吹哨子，我一隻胳膊就能把你們倆拉回來。」

只要三人之間連接著的繩索，能夠超過二十三層臺階的距離，就應該能破解掉這循環往復的鬼臺階，想到脫困在即，我們三人都按捺不住心中的激動，胖子留在原地，我和大金牙拉著繩索向下走。

我每向下行一階臺階，便回頭看看胖子所在位置的蠟燭光亮，在下到第六層石階之時，我讓大金牙留下，這樣大金牙也能留在胖子的視線範圍之內，多少能有個照應，畢竟大金牙平時整日都是養尊處優好吃好喝的，沒經過多少這種生死攸關的磨難，如果讓他看不見同伴，很可能會導致他緊張過度，做出一些不理智的舉動。

這是從胖子處算起的向下第六層臺階，大金牙點燃了蠟燭，檢查了一下縛在腰間的繩索，便把剩餘的繩索都交到我手中，留在第六層臺階處靜候。

＊　　＊　　＊

我對大金牙說道：「我下去之後會一直沿著臺階走到底，如果能夠走出這二十三階石階，我就扯動三下繩索，你就通知上面的胖子，在同胖子會合之後，順著繩索走下來。」

大金牙對我說道：「胡爺儘管放心，我雖然不中用，但是這性命攸關的事情半點也不會馬虎大意的，我就留在此處，恭侯你的好消息。」

我見他說的牢靠，便點了點頭，手中捧著一圈圈的繩索，繼續沿著石頭臺階下行，每走一步，便放出一點繩索。

在我下到距離胖子十二階距離的時候，我看了看手中的一大捆繩索，雖然明知夠用，還是下意識的算了算距離，二十三層石階，二十三減十二，只剩下一少半的距離，繩子足夠用。

我默默數著腳下臺階的層數，只要超過二十三階就可以回到冥殿了，真的可以回到冥殿嗎？這時候好像突然又變得沒有把握了。

眼前是一片無盡的漆黑，越往下走，我的心跳就越快，是怕期望越大，失望越大，不過已經走到這一步了，只有硬著頭皮繼續向下而行。

二十一，二十二，二十三，臺階上竟然又出現了那個月牙形的記號，可是下邊的臺階還沒有盡頭，真是活見鬼了，我硬著頭皮繼續走，怎麼著也得走到沒有繩子為止。

手中的繩子越來越短，我心中發毛，準備就此返回，不想再往下走了，這時我忽然見到臺階下面出現了一點光亮，我快步向下，離得越近越是吃驚，我下面站著一個人，寬闊的背影背對著我，腳下點著一隻蠟燭，我在上面看到的光亮就是這支蠟燭發出的微弱光芒。

那人分明就是應該在我上面的胖子，他正踮著個腳，不斷向下張望，我看清楚了確實是胖子，一瞬間心灰已極，看來這個辦法又是不行，只好走過去，一拍胖子後背：「行了，別看了，我胡漢三又回來了。」

胖子毫無防備，縱是膽大，也嚇了一跳，從樓梯上滾了下去，我急忙伸手去抓他的胳膊，但是他實在太胖，我雖然抓到了他的袖子，卻沒拉住他，只扯下了一截衣袖。

好在他身手也是敏捷，只滾下兩層石階，便就此停下，抬頭向上一看，見我竟然從後邊出來，也是吃驚不小，問道：「老胡，你他媽怎麼從上邊下來了？養活孩子不叫養活孩子，叫嚇人啊，哎呀我的娘的，真他媽嚇死人不償命，你倒是出個聲啊。」

我對胖子說：「你也別一驚一乍的，又不是大姑娘小孩子，你皮糙肉厚的，嚇一嚇還能嚇壞了不成。」

我坐在臺階上，解下腰間的繩索對胖子說道：「沒戲，看來咱們判斷得一點沒錯，這段臺階是幽靈塚邊緣的混沌地帶，空間定理在這條臺階上是不存在的，趕緊把老金拉上來，咱們再另做打算吧。」

胖子拉扯繩索，把大金牙扯了上來，把前因後果對他講了一遍，大金牙聽罷也是垂頭喪氣，我對胖子和大金牙說道：「雖然常言道一鼓作氣，再而衰，三而竭，但是咱們還沒到沮喪的時候，趁著還沒餓得動不了勁，趕緊再想想看還有什麼折沒有，倘若再過幾個小時，餓得走動不得，就真得閉眼等死了。」

一提到餓字，胖子饑火中燒，抓起地上一隻大鵝的脖子說道：「那倒也不至於，要是實在沒咒念了，咱還有兩隻燒鵝可吃，既然你和老金說不能在這樓梯上殺鵝，咱們可以先吃一隻，留下一隻等到了冥殿之中再殺。」

我對胖子說道：「咱們沒有柴火，在這裡怎麼吃？難道你吃生的不成？」

胖子抹了抹嘴角流出的口水，說道：「生吃有什麼不成？古代人還不就是吃生肉嗎，真餓急了還管他是生是熟。」

我說：「原始人才吃生肉，茹毛飲血，你還是在咬牙堅持堅持，如果咱們再離不開，你再生吃也不晚，其實現在距離你在魚骨廟中吃的那一頓，還不到六七個小時。」

在一旁的大金牙哭喪著臉對我說道：「胡爺，咱們這回是不是真要玩完了？這上天入地的法子都想遍了，就是離不開這鬼打牆的二十幾層臺階，這可真是倒了邪楣了。」

我想寬慰胖子和大金牙幾句，話到嘴邊，卻說不出口，其實我現在也是心煩意亂，也十分需要別人說幾句寬心話，這驢日的二十三階臺階，真是要了命了。

「二十三，二十三。」這個數字，好像再哪見過，我伸手摸了摸石階上的月牙槽，好像隻身在茫茫大海中掙扎的時候，突然抓到了一塊漂浮的木板。

胖子又想跟我商量怎麼吃這兩隻鵝的事，我怕他打斷我的思路，不等他開口，邊對他做了個禁聲的手勢，繼續絞盡腦汁搜索記憶中的信息。

我想明白之後一拍大腿，嚇了大金牙和胖子一跳，我對他們兩人說道：「操他奶奶的，咱們都讓這鬼臺階給騙了，這根本就不是什麼鬼打牆，也不是什麼幽靈塚邊緣的混沌地帶。這他娘的是西周古墓中的一個機關，一個以易數設計的詭異陷阱。」

當年在部隊開始，我就一直結合家傳祕書的殘卷研究周易，蓋厥初太極生兩儀，兩儀生四象，四象生八卦。故生人分東位西位乃兩儀之說，分東四位西四位乃四象之說，分乾、坎、艮、震、巽、離、坤、兌乃八卦之說，是皆天地大道造化自然之理。

那時候我只是拿這些來消磨軍營中單調乏味的時光，由於《十六字陰陽風水祕術》中其中的一個字是「遁」字，「遁」字一卷中，皆為古墓中的機關陷阱，中國自古推崇易數，所以古墓的布局都離不開此道，我曾經詳細研究過，現在回想起來，這種二十三層的石階，學名應該叫做「懸魂梯」，這種設計原理早已失傳千年，有不少數學家和科學家都沉迷此道，有些觀點認為這是一種數字催眠法，故意留下一種標記或者數字信息迷惑行者，而數學家則認為，這是一個結構複雜的數字模型，身處其中看著只有一道樓梯，實際上四通八達，月牙形的記號就是個陷阱，記號其實是在臺階上逐漸偏離，再加上這些臺階和石壁，可能都塗抹了一種以遠古祕方調配，吸收光線的塗料，更讓人難以辨認方向，一旦留意這些信息，就會是使人產生邏輯判斷上的失誤，以為走的是直線，實際上不知不覺就走上岔路，在岔路上大兜圈子，到最後完全喪失方向感，臺階的落差很小，可能就是為了讓人產生高低落差的錯覺而設計的。

就像三國之時的八陣圖，幾塊石頭都可以困得人上天無路，入地無門，當時那才只剩有八字，便已如此的繁複奧妙，何況西周之時，世間尚存十六字，那更是神鬼莫測。

這種在現代看來複雜無比的「懸魂梯」，早在西周時期，那個最流行推卦演數的時代，統治階級完全控制掌握著這些祕密，不亞於現在的頂級國家機密。

懸魂梯也未必都是二十三階，但是可以根據這個數字推演走出去的步數，想不到這座西周的幽靈塚之中，竟然還有這種厲害的陷阱，如果盜墓賊不解此道，誤入此石階之中，必被困死無疑，不過此番正搔到我的癢處，今天且看我老胡的手段。

第六九章　懸魂梯

我顧不上同大金牙和胖子細講其中奧妙，只告訴他們跟著我做就是了，當下按《十六字陰陽風水祕術》中的「遁」字卷所述原理，像模像樣的以糯米擺八卦，用二十三換子午，推算步數，但是這易經八卦何等艱難，我又沒有這方面的天賦，雖然知道一些原理，卻根本算不出來。

我腦袋都算大了好幾圈，越算越糊塗，看來我真不是這塊料，心中焦躁，根本靜不下心，這時候也沒人能幫忙，胖子那個傢伙數錢還行，大金牙雖然做生意精明，數術卻非他所長。

最後我對胖子和大金牙說道：「乾脆咱也別廢這腦筋了，既然知道這懸魂梯的原理就是利用高底落差的變化，以特殊的參照物讓咱們繞圈，就容易應付了，我看咱們笨有笨招，還是直接往下滾得了。」

胖子說：「老胡你剛不是挺有把握能推算出來嗎？怎麼這會兒又改主意了，是不是腦子不夠用了？我早說要滾下去，不過這萬一要滾不到頭怎麼辦？你能保證滾下去就肯定能行？」

我對胖子說道：「是啊，你不是剛才也打算滾下去嗎？過了這麼一會兒就又動搖了？滾下去才是勝利，聽我的沒錯。」不過話一脫口，我自己就立刻喪失了信心，這條西周幽靈塚的懸魂梯，角度十分詭異，這條路也不可行。

這時我們身邊的蠟燭又燃到了頭，在古田買的這種小蠟燭，最多也就能燃燒一個多小時，大金牙怕黑，趕緊又找出一支蠟燭想重新點上，這時卻忽然說道：「哎，胡爺，我又想起一件事來。」

胖子說道：「老金你怎麼總來這手，有什麼事一次性的說出來，別這麼一驚一乍的行不行？」

大金牙說：「我今天實在是嚇懵了，現在這腦子才剛緩過來沒多久，我以前聽我們家老爺子說過這種機關，不過不太一樣，那是一種直道，跟迷宮一樣，站在裡邊怎麼看都是一條道，其實七扭八拐的畫圓圈，我還認識一個老頭，他不是倒斗的，不過他有本祖傳的隋代《神工譜》，我想買過來，他沒出手，但是我見過這本書，那上提到過這種地宮迷道，上面還有張圖，畫的就跟那幾個阿拉伯數字的8纏在一起似的，不知道那種迷道跟咱們現在所處的懸魂梯是否一樣？」

我對大金牙說道：「那種迷道我也知道，與這的原理類似，不過每一個地方都因地制宜，根據地形地貌的不同，大小形式都有變化，必須得會推演卦數才能出去，可是問題是咱們算不清楚。」

大金牙說道：「懸魂梯我沒聽說過，不過我聽那老頭說，這種勾魂迷道在周朝之後便很少有人用了，因為破解的方法非常簡單，根本困不住人。」

第七〇章　寬度

我和胖子聽他這麼說，都不留意傾聽大金牙的話語，這麼複雜的迷道，如何破解？

大金牙說道：「其實說破了一點都不難，這種地方就是用參照物搞鬼，隔一段距離，總是似有意，似無意的弄個記號出來，一旦留意這些記號，就會被引入偏離正確方向的歧途，臺階修得角度又異於平常，橫楞稍微往下傾斜，而且有的地方平，有的地方高，這就分散了對角度變化的注意力，對重量感和平衡感的變化不易察覺，反而閉著眼睛走倒容易走出去。」

胖子對大金牙說：「哎呦，真他媽是一語點醒夢中人啊，咱們矇了眼睛往下走，不去數臺階數，也不去看記號，說不定就能撞出去。」

我卻覺得這種辦法絕不可行，大金牙所說的，是個更蠢笨的辦法，雖然這種懸魂梯主要是利用能見度來迷惑人，但是臺階的高低落差也極有奧妙，憑感覺走絕對不行，這座「懸魂梯」的規模我們還不清楚，天曉得鬼知道它的長度總共有多長，而且我們在「懸魂梯」上折騰了這麼長的時間，上上下下也不知有多少來回了，閉著眼睛往下走，驢年馬月能走出去？

但是他娘的怎麼就沒辦法了呢，想到惱火處，忍不住用拳一砸旁邊的石壁，猛然間想到，對了這種懸魂梯只是用來對付單打獨鬥的盜墓賊，我們這有三個人，無法利用長度，可以利用寬度啊。

我把想到的辦法對大金牙和胖子說了，他二人連連點頭，這倒真是個辦法，由於這臺階寬度有十幾米，一個人在中間，只顧著找地上的月牙標記，身處一片漆黑之中，如此一來就看不到兩側的石壁，不知不覺就被那標記引得偏離方向，進入叉路，如果緊貼著一側的牆壁走，也不是事，那樣也會被8字形的路徑捲進去，更加沒有方向感了。

但是如果三個人都點了蠟燭，橫向一字排開，其中兩個人貼這兩側的石壁中間保持一定的可視安全距離，每走下一階就互相聯絡一下，這麼慢慢走下去，見到岔路就把整條臺階都做上記號，用上幾個小時，哪裡還有走不出去之理。

於是我們三人依計而行，用紙筆畫了張草圖，把每一層臺階都標在圖中，如果遇到岔路，就做明標記，先用糯米，沒了糯米就用香煙，果然向下走了沒有多遠，就發現了一個隱蔽的叉路，我們便在整條臺階上，用糯米和煙頭做下明顯的記號，在圖中記錄清楚，然後繼續前行，如此不斷走走停停，記錄的地圖越來越大，果然縱橫交錯，最厲害的一段地方，是兩漩渦的交會在一起。

這道「懸魂梯」是利用了天然的山洞巧妙設計，其實並不算大，如果是大隊人馬，「懸魂梯」根本起不了什麼作用，但是只有一兩個人，無法顧及「懸魂梯」的寬度，就很容易的深陷其中，除非身上帶有足夠的照明設備，每隔一層石階，都滿滿當當的點一排蠟燭，否則只想著找臺階上的月牙形標記，那就是有死無生越陷越深了，另外石階的用料十分堅硬，沒有鋒利的工具，很難在上面另行製作記號。

石階雖然是灰色的，但是明顯被塗抹了一種祕料，竟然可以起到吸收光亮的效果，想到中國古代人的聰慧才智，實在教人嘆為觀止，不服不行。

其實這種祕方，祕料之類的東西，在中國古代有很多，只不過都被皇室貴族所壟斷，不是用在修橋鋪路這種提高人民生活水平的事情上，而是都用在鞏固自己的統治地位，或者用來設計拱衛皇室的陵墓，在那個時候，這些祕密從來就都是少數人的特權。

從規模上推斷，我們把地圖繪製了五分之二左右，這時候腳下終於再也沒有臺階了，我們已經回到了冥殿之中，那只人面石槨仍然靜靜的立冥殿的東南角落。

我看了看錶，我們足足在「懸魂梯」上折騰了四個半小時，現在已經是下午三點左右了，從早上九點吃了最後一頓飯，就再也沒吃什麼東西，肚子餓得溜癟，本以為進了盜洞，在冥殿中摸了明器便走，誰能想到起了這許多波折，還遇到了一座西周時期的「幽靈塚」。

這件事充分暴露了我們的盲目樂觀主義情緒，我痛下決心，以後萬萬不能再做這種沒有萬全準備的事了，雖說善打無準備之仗，是我軍的優良傳統，但是在倒斗這行當裡，明顯不太適合用這一套，打仗憑藉的是勇氣與智慧，而倒斗發丘，更重要的是清醒的頭腦，豐富的經驗，完美的技術，精良的裝備，充分的準備，這些條件缺一不可。

冥殿的地面正中的墓磚被啓開堆在一旁，那裡正是我們進來的盜洞，先前發現盜洞下邊，已經變成了西周幽靈塚古墓底層，是通往殉葬溝的墓道。

冥殿四周儘是一片漆黑，我出於習慣，在冥殿東南角點燃了一支蠟燭，不過這已經是我們帶進古墓的最後一支了，蠟燭細小的火苗筆直的在燃燒，給鬼氣森森的古墓地下宮殿中帶來了一片細小的光亮，光亮雖小，卻能讓人覺得心中踏實了許多。

三人望著地上的蠟燭，長出了一口氣，劫後餘生，心中得意已極，不由得相對大笑，我跟大金牙胖子說道：「怎麼樣，到最後還得看俺老胡的本事吧，這種小地方，哪裡困得住咱們。」

胖子說道：「我和老金的功勞那也是大大的，沒我們倆你自己一個人，走得下來嗎你，這才哪到哪，你就開始自我膨脹了。」

我哈哈大笑，然而笑著笑著，卻突然感覺到少了點什麼，笑不下去了。一直牽著的兩隻大白鵝跑哪去了？我剛才急著離開「懸魂梯」，匆忙中沒有留意，我問胖子：「不是讓你牽著它們倆嗎，怎麼沒了？是不是忘在懸魂梯上了？」

胖子指天發誓：「絕對絕對牽回到冥殿這裡來了，剛才一高興，就鬆手了，他媽的這一轉眼的功夫，跑哪去了？應該不會跑太遠，咱們快分頭找找，跑遠了可就不好捉了。」

兩隻跑沒了的大白鵝，如果是在冥殿中，就已經極不好找了，要是跑到規模宏大樓閣壯麗的前殿，那就更沒處找了，關鍵是我們人少，而且沒有大型照明設備，摸著黑上哪找去。

沒有鵝就無法擺脫幽靈塚的圍困，這冥殿那麼大，能跑到哪去呢？我們剛要四下裡尋找，忽聽人面石槨中傳來一陣古怪的聲響，這聲音在空蕩寂靜的地宮中突然出現，刺得人耳骨疼痛。

第七一章　失蹤

那石槨旁傳來的聲音，像是夜貓子在叫，聽得我們三人頭皮發麻，按理說幽靈塚裡不該有粽子，因為這具石槨之是個念體，本身早就不存在於世了，槨中主人的屍骨也早就沒有了，那麼這聲音究竟是……？

而且這聲音像是什麼動物在拚命掙扎，是那兩隻鵝嗎？不對，應該不會是鵝叫聲，鵝叫聲絕不是這樣，這聲音太難聽了，好像是氣管被卡住，沉悶而又淒厲。

我和胖子大金牙三個人，本來不想多生事端，只想早早宰了兩隻鵝，讓這座西周的幽靈塚消失掉，以便儘早脫身，但是事與願違，兩隻大白鵝跑得不見了蹤影，那本不應該存在於世的西周石槨，突然又發出古怪的聲音，只好提心吊膽的過去看個究竟。

我們從「懸魂梯」下來，距離石槨不遠，大約只有十五六步的距離，三人各抄了傢伙在手，我握著傘兵刀，大金牙一手攥著金佛，一手捏著黑驢蹄子，胖子則拎著工兵鏟，慢慢的靠向石槨。

胖子走在前邊，邊走邊自己給自己壯膽說：「肯定是那兩隻鵝搗亂，等會兒抓到它們，老子要它們好看。」

三人壯著膽子包抄到石槨後邊，卻見石槨後邊空無一物，原本那淒慘的叫聲也停了下來，剛才那聲音明明就是從這裡傳來的，怎麼忽然又沒有了？我罵道：「他娘的，卻又做怪。」

胖子拍了拍石槨說道：「聲音是不是從這石頭箱子裡面傳出來的？既然這西周古墓能以幽靈的狀態存在，說不定連同這石箱裡長了毛的粽子也能一起活了。」

大金牙說道：「您真是爺啊，可千萬別這麼說，我讓你嚇得，心臟都快從嘴裡跳出來了，大慈大悲救苦救難的觀士音菩薩保佑……」大金牙念著佛，想把手中的掛件拿在眼前看上一看，以壯膽色，卻發現手中攥的不是翡翠觀音，而是鎏金的如來像，敢忙又念上幾遍佛號。

我對胖子說道：「剛才那聲音倒不像是從石槨中傳出來的，我分明是聽到從石槨後邊發出的聲音，再說這……」

我剛說了個「這」字，忽然面前白光一閃，落一下個東西，剛好掉在石槨上，我嚇得趕緊往後跳開，仔細一看，原來是跑丟的那兩隻鵝其中之一，它落到石槨蓋子的人面上，並未受傷，乍著兩隻大翅膀，在石槨上晃晃悠悠的走動，不知道它是怎麼從墓頂上突然落了下來，又是怎麼上去的。

我們三人心中想到的第一個念頭就是：「上面有什麼東西？」由於一直覺得聲音來自下面，手電的光柱壓得都甚低，一想到上面有東西，便同時舉起手電向上照射。

唐墓冥殿，天圓地方，上面穹廬一般的墓頂上布滿昭示吉祥的星辰，並沒有什麼異常，只不過是有些地方起了變化，冥殿頂壁的邊緣出現了一道道幽靈塚的石牆，這種二墓合一的奇觀，恐怕當世見過的人不超過三個了。

我們見上面並無異狀，便把石槨上的大白鵝捉了，可是另外一隻仍然是不見蹤影，只剩下這一隻鵝如何使得，當下在冥殿中四處尋找，卻仍是不見蹤影，這唐墓極大，但是冥殿就有百餘平方，但是這還沒有完工，完工時應在這冥殿正中再修一石屋，整個冥殿呈回字型，專門用來擺放墓主棺槨，外圍則是用來放置重要的陪葬品。

現在冥殿兩旁還沒有修築配殿，後面的後殿也未動工，只出現了一條幽靈塚的「懸魂梯」，前面的範圍更大，築有地宮，地宮前還有水池，想必完工時要修造成御花園一般。

我們只有三人，照明設備匱乏，想在這麼大的地方要找隻活蹦亂跳的大鵝，雖不能說是大海撈針，卻也差不多了。

一想到這座古墓中的種種詭異之處，我便一刻不想多耽擱，對胖子和大金牙說道：「既然只抓住一隻，可千萬別讓這隻再跑了，咱們也不要管另一隻鵝了，先把這隻宰了，把鵝血淋到盜洞的出口，看看管不管用，不管用再去捉另一隻。」

胖子把鵝拎到盜洞口，抽出傘兵刀，對準大白鵝的氣管一割，將鵝身反轉著抓在半空，鵝血順著氣管泊泊流下，大鵝不斷的扭動，奈何胖子抓得甚牢，直把鵝血放淨才把鵝扔在一旁。

大金牙問我道：「胡爺，這真能管用嗎？」

我對大金牙說道：「管不管用也就這最後一招了，畢竟能想到的全都想到了，應該不會錯，我去看看有沒有變化。對了，也不知這鵝血是否能僻邪，咱們往臉上抹一些。」

我走到盜洞口前，用狼眼照了一照，下面原本完全變成墓道的地方，已經消失不見了，洞中滿是泥土，正是先前的盜洞。

不知是歪打正著，誤打誤撞，還是怎麼樣，總之盜洞又回來了，不過現在還不到慶祝的時候，我們的手電電池已經快要耗盡，三人分別動手把最後的後備電池替換完畢，跳進了墓道的豎井之中。

這次是我在前邊開路，我對胖子和大金牙說：「這回咱們就別停了，讓金爺跟在我後邊，胖子在最後，要是金爺半路爬不動了，胖子你推也得把他推到外邊，這事你負責了。」

胖子問道：「這麼著急忙慌的做什麼，一點一點往外蹭不行嗎，反正這盜洞都出來了。」

我對胖子說：「你懂什麼，咱們只宰了一隻鵝，另一隻不知道跑哪了，說不定這幽靈塚一會兒還得冒出來，要出去就趁現在，如果半路再被困住，咱就他娘的直接拿腦袋撞牆算了。」

我不想再多說了，招呼一聲，鑽進了前面的盜洞之中，大金牙和胖子跟在後面，兩人保持著兩米左右的距離。

我打著手電，在盜洞中匍伏前進，這讓我想起了以前在部隊訓練的情景，一想到這些我趕緊晃晃腦袋，儘量不去想那些不相關的事情，現在要做的是趕緊從盜洞裡鑽出去，這是頭等大事。

爬出一段距離之後，我回頭看了看跟在我身後的大金牙，他累得連嘘帶喘，但是為了儘早離開這條盜洞，咬緊牙關，使出了吃奶的力氣，緊緊跟在我邊不遠的地方。

盜洞已經徹底恢復了本來的面目，我心中暗暗好奇，關鍵是先前那兩隻鵝不太對勁，我們推測應是這兩隻大活鵝驚動了幽靈塚，使它出現在原本是唐墓的地方，應該把兩隻鵝都宰了，才會讓幽靈塚漸漸消失，怎麼只宰了一隻鵝，就恢復原貌了，難不成另外一隻鵝已經死了？

想起我們所宰殺的那隻鵝，突然從墓頂落在石槨上，還有先前那古怪的聲音，越想越是頭皮發麻，當下更不多想，繼續順著盜洞往外爬。

又沿盜洞向前爬行了二十幾米的距離，水滴聲漸漸響起，看來行到一半的距離了，前邊便是盜洞的截面，我爬到洞口，從上跳了下來，等大金牙也爬到洞口，我把他接了下來。

大金牙汗如雨下，汗珠子順著臉滴滴嗒嗒的往下趟，喘著粗氣對我說道：「實……實在……是不……不行了……這……兩年……虛得厲害……得先喘口氣。」

我看大金牙確實是不行了，剛才拼上老命，爬得這麼快，已經到極限了，這盜洞中我也不能背著他，便只好讓他坐下來歇一歇。

我對大金牙說道：「金爺你先稍微休息一下，儘量深呼吸，等胖子爬出來了，咱們還是不能停，必須馬上接著往外爬，等到了外邊，你願意怎麼歇就怎麼歇，敞開了好好歇幾天，但是現在不是時候，一會兒你還得咬咬牙，堅持堅持。」

大金牙已經說不出話了，張著大嘴，費力的點了點頭，我又去看還沒爬出盜洞的胖子，只見胖子還差二十幾米才能爬出來，他體型肥胖，爬動起來比較吃力，所以落在了後邊。

看來胖子爬出來還需要點時間，我對這座古墓以及盜洞有種毛骨悚然的感覺，最擔心的就是最後一段盜洞中的石牆是否還在，不爬到那裡看上一眼終究是不能安心。

我走到另一邊的盜洞口，舉起狼眼往裡邊查看，盜洞這一段是被山體內的空隙截斷，這裡屬於積岩地貌，近代以來，受自然界影響較為嚴重，山體縫隙很多，這段縫隙連接著山體最下面的溶洞，深不可測，如果這前面仍然有石牆擋路，我們就只好下到溶洞中尋找出路了。

我正向盜洞之中張望，只聽胖子在身後說：「老胡看什麼呢，大金牙是不是先鑽進去了，趕緊的吧，咱倆也進去，快爬到外邊就得了，這他媽鬼地方，我這輩子再也不想來了。」

我回頭一看，見胖子站在我身後，大金牙卻不見了，我趕緊問胖子：「金爺呢？你沒看見他？」

胖子說：「怎麼？他沒鑽進去？我爬出來就看見你一個人啊。」

這時山洞不遠處傳來一陣奇怪的聲音，我急忙用狼眼照了過去，想看看大金牙是否在那邊，不照則可，一照是驚得目瞪口呆，只見一個人站在山洞之中，一張大臉沒半點人色，他的這張臉，同西周石槨上那張詭異怪誕的臉如出一轍。

這張面具一般的巨臉足有臉盆大小，隱藏在山洞黑暗的角落中，看不到他的身體，手電的照明範圍只能勉強照到對方的臉孔，那怪誕冷異的表情，與西周幽靈塚裡的人面石槨完全相同。

唯一不同的是，這張臉不是石頭的雕刻，也不是什麼畫在墓道中的岩畫，在我和胖子手電光柱的照射下，忽然產生了變化，嘴角上翹，微微一笑，兩隻眼睛也同時闔上，彎成了半圓形的縫，我這一生之中，從沒見過這麼詭異得難以形容的笑容。

我跟胖子見了這張怪臉，都不由自主的往後退了兩步，但是隨即想到，大金牙哪去了？是否被這個長了鬼臉的傢伙捉去了？還是已經死了？大金牙雖是個十足的奸商，但是並無大惡，況且同我們兩人頗有淵源，總不能顧著自己逃命，就這麼把他扔下不管。

不管怎樣，大金牙的失蹤，肯定與這張突然出現的鬼臉有關係，說不定我們在冥殿中，那隻大鵝不知去向，也是這傢伙搞的鬼。

我和胖子心念相同，同時抽出傢伙，我一手拿手電筒，一手握著刀子，向那張鬼臉搶上幾步，忽然聽到腳下傳來幾聲古怪的叫聲。

第七二章 人面黑腫響

漆黑的洞穴就像是個酒瓶子口，盜洞的截面就在瓶徑的位置，那聲音以及那張鬼氣森森的「臉」，都在洞穴的深處，我用「狼眼」尋著聲音的來源照射過去，所聽到的古怪叫聲，正是倒在地上的大金牙發出的，他橫倒在洞穴中，被數條亮晶晶的白絲纏住手腳，喉嚨上也被纏了一圈，勒住了脖子，雖然不至於窒息憋死，卻已經無法言語。

大金牙驚得面無人色，見我和胖子趕了過來，拚命張著大嘴想要呼救，奈何脖子被纏得甚緊，喉嚨裡直傳出「噫噫啊啊」的聲音，這聲音混雜著大金牙的恐慌，簡直就不像是人聲，難怪聽上去如此奇怪。

我無暇細想大金牙究竟是怎麼被搞成這個樣子的，和胖子快步趕到近前，想去救助堪堪廢命的大金牙，沒想到這時頭頂上窸窸窣窣一陣響動，大金牙突然身體騰在半空，像是被人提了起來。

我急忙舉起「狼眼」向山洞上邊照去，手電筒的光柱正好照在那張怪模怪樣的人臉上，他正懸在頭頂，俯視著我們冷笑，這張怪臉面部微微抽搐，每動一下，大金牙就被從地上拉起來一塊。

我吃驚不小，這他娘的究竟是個什麼東西，鬼臉高高的掛在洞穴上邊，這處洞穴越往裡邊空間越大，此處雖然距離盜洞交叉的地方不遠，卻已極高，上面漆黑一團，瞧不太清楚，

我對胖子一揮手，胖子想都沒想，便把工兵鏟收起，用傘兵刀把纏在大金牙身上的黏絲挑

斷，橫吊在半空中的大金牙身上得脫，掉在地上，我趕緊把他扶了起來，問道：「金爺，你怎麼樣？還能走路嗎？」

大金牙脖子被勒得都快翻白眼了，艱難的搖了搖頭，此番驚嚇過度，不僅一個字都說不出來，手腳發軟，也全不聽使喚了。

胖子盯著上面的鬼臉，罵道：「我操，這麼多黏絲，難道是隻蜘蛛精不成？」說罷也不管那鬼面究竟是什麼東西，抬手就把工兵鏟當做標槍，對準目標射了上去。

工兵鏟菱形的鏟尖正插進頭頂那張鬼面，只見怪異的巨臉下邊，突然亮起兩排橫著的紅燈，上大下小，各有四盞，如同血紅的八隻眼睛一般。

一隻黑呼呼的龐然大物，從洞頂掉砸落下來，我見勢不妙，急忙拖著大金牙向旁邊避讓，一個漆黑的東西剛好落在我們原先所在的位置，我這次離它不足半米，用狼眼一掃，便把它的真面目瞧得清清楚楚。

這是一隻巨大的人面蜘蛛，通體漆黑，蜘蛛背上的白色花紋圖案，天然生成一張人臉的樣子，五官輪廓皆有，一樣不多，一樣不少，這張人臉形的花紋跟洗臉盆的大小一樣，蜘蛛的體積更大出數倍，八條怪腿上長滿了絨毛。

這種大蜘蛛我在崑崙山見到過，背上生有如此酷似人臉花紋的極為是罕見，當年當兵的時候，在崑崙山的一條大峽谷中施工，先是有一名兄弟部隊的戰友離奇失蹤，隨後在峽谷的深處，我們挖出了一個巨大的蜘蛛巢，士兵們哪見過這麼大的蜘蛛，好在部隊的軍人訓練有素，臨危不亂，用步槍和鐵撬，把巢裡的三隻大蜘蛛盡數消滅，最後在蜘蛛巢的深處，發現了那名遇難者的屍體，他被蛛絲裹得像木乃伊一樣，身體已經被吸成了枯樹皮。

當時曾聽隨部隊一起施工的專家說起過蜘蛛吃人的慘狀，這種黑色的巨型人面蜘蛛，屬於蜘蛛中一個罕見的分支，有個別名，叫做「黑腄蠻」，它雖然能像普通蜘蛛一樣吐絲，但是不會結網，「黑腄蠻」所吐出的蜘蛛絲黏性雖大，卻不具備足夠的韌度和耐火等特點，普通蜘蛛具有絲耐火、有強大的彈性，耐切割，強度是鋼絲的四倍，但是「黑腄蠻」不具備這些特點，它從不結網，只通過蛛絲的數量多，體內的毒素含量大來取勝。

它的下頜有個毒囊，裡面儲存著大量毒素，一旦用蛛絲捕到獵物，便隨即注入毒素，最可怕的是人體在中了這種毒素之後，只是肌肉僵硬，動彈不得，意識卻仍然能夠保持清醒，包括疼痛的感覺也仍然存在。

不過更可怕的是，蜘蛛在對獵物注入麻痹毒素的同時，還會同時注入一種消化液，使獵物活活的被融化，供其吸食，當時我和部隊中的戰友們，聽得不寒而慄，這種死法，太恐怖了。

過去的記憶向閃電般在我腦中劃過，此時只和那隻巨大的「人面黑腄蠻」只相距半米，這麼近的距離，在狼眼的光柱中，每一根黑毛的都看得格外清楚，忍不住頭皮發麻，不等這隻剛摔落下來的「黑腄蠻」有所行動，我便立刻用手中的傘兵刀向它刺去。

一刀直進，觸手處如中牛革，傘兵刀又短，沒傷到這隻人面「黑腄蠻」，卻把它扎得驚了，一轉身，便朝我撲了過來，我知道「黑腄蠻」的八條怪腿，是一種震動感應器，傘兵刀長度不夠，無法給它造成傷害，於是舉刀橫劃，剛好割到「黑腄蠻」的前肢上，那傘兵刀十分鋒利，二指粗細的繩索反覆割得幾下，也能割斷。

「黑腄蠻」的腿部最是敏感，捕捉獵物，全憑蜘蛛腳去感應動靜，這刀雖然把人面蜘蛛

「黑腄蠻」的腿割斷，卻使它疼得向後一縮。

插在它背上的工兵鏟也掉落在地，胖子伸手把工兵鏟拾起，大叫不好：「老胡咱他媽的真掉進盤絲洞了。」邊叫邊瘋了一樣用工兵鏟亂砸那巨蛛的身體。

「黑腄蠻」吃疼，飛快的向洞穴深處退去，胖子砍得發了性，想要追殺過去，我急忙叫道：「別追了，快背上大金牙，咱們離開這。」

胖子聽我喊他，便退了回來，伸手想要去攙扶癱在地上的大金牙，忽然腳下一軟，踩到一個東西，胖子低頭一看：「哎，這不是咱們跑丟的那隻鵝嗎？原來是蜘蛛精給吸乾了。」

我扶著大金牙站了起來，對胖子說道：「你就別管那鵝死活了，快幫我背人，幸虧咱們離開盜洞不遠，這山洞裡面深不可測，我原以為是溶洞，現在看來可能都是蜘蛛窩，咱們趕緊往回走，從盜洞鑽出去，陷到下面那些迷宮般的山洞裡，想要脫身可就難了……」

我的話剛說了一半，忽然覺得腿上一緊，隨即站立不穩，被拉倒在地，胖子和大金牙二人也是如此，我們三個幾乎同時摔倒。

隨即我們三個人被一股巨大的力量拖動，對方似乎想要把我們拉進洞穴深處，我想從地上爬起來，但是由於身體不停的被拖動，掙扎了幾次，都沒有做到，發現腿上被一條兒臂粗細的蜘蛛絲裹住，剛剛那只被胖子打跑的「黑腄蠻」，絕對沒有這麼粗的蜘蛛絲，難道洞中還有一隻更巨大的？能拖動三個人，我的老天爺，那得是多大一隻。

想到這我更是拚命的掙扎，想把纏在腿上的蜘蛛絲弄斷，從腰間拔出傘兵刀，想要去割斷蜘蛛絲，沒想到剛一抬頭，正趕上這段洞穴突然變得低矮，一頭正撞在垂下的石頭上，差點把鼻樑骨撞斷，我鼻血長流，疼得直吸涼氣，但是越急越是束手無策。

我們三人在曲曲折折的山洞中，被拖出好遠，後背的衣服全都劃破了，身上一道道的儘是血痕，我心中大驚，怕是要把我們抓回老巢裡，用毒素麻痹，然後儲存個三五天，再慢慢享用不成？一想到那種慘狀，一股股的寒意便直沖頭頂。

胖子自重比較大，他被拖了這一大段距離，開始也是驚慌失措，這時候冷靜下來，隨手抱住身邊經過的一隻石柱，暫時定住身體，從地上坐了起來，拔出工兵鏟，三四下剁斷了纏在腿上的蜘蛛絲，也不顧身上的疼痛，追到我身邊，伸手把我拉住，隨即也把纏在我腿上的蜘蛛絲斬斷，我大罵著坐起身來，用衣袖擦去滿臉的鼻血，然後用傘兵刀割去腿上黏呼呼的蜘蛛絲，胖子又想去救大金牙，卻見他已經被拖出二十幾米，正揮舞著雙手，大呼小叫的掙扎。

我和胖子兩個人，只剩下胖子手中的一隻狼眼手電，再沒有任何照明的裝備，只見大金牙被越拖越遠，再不趕過去就晚了。

我和胖子來不及再權衡利弊，當下咬緊牙關，忍著身上的疼痛，撒開腿追了上去，胖子手電的光柱隨著跑動劇烈晃動，剛跑到大金牙身邊，忽然胖子手中的「狼眼」閃了兩閃，就此熄滅，沒電了。

＊　＊　＊

眼見就要追上被人面蜘蛛「黑腄蠻」拖走的大金牙，沒想到我們唯一的光源——胖子的「狼眼」手電筒，偏偏趕在這個時候耗盡了電池。

四周立刻變得伸手不見五指，我心中清楚，這時候只要稍有耽擱，大金牙就會被拖進蜘蛛巢的深處，再也救不到他了，那種被毒素麻痹融化後慢慢吸食的慘狀，如同置身與阿鼻地獄中的痛苦……

我沒有多想，就把自己的衣服扒了下來，衣服的後襟都在地上被磨破了，順手用力扯了幾扯，就撕了開來，三下兩下把衣袖褪掉，從胖子手中接過還有半壺酒的水壺，胡亂灑在衣服上，用打火機把衣服點燃，我身上穿的是七八式軍裝，這種衣服燃燒後容易黏在皮膚上，所以作戰的時候部隊仍然配發六五式及六五改，這些軍裝只要想穿，在北京可以買到全新的。

因為要鑽盜洞，我們都特意找了幾件結實的衣服，當時我就把這件軍裝穿在身上，想不到這時候派上用場，我點燃了衣服，很快燃燒起來，我擔心黏在手上燒傷自己，不敢怠慢，把這一團衣服，像火球一樣扔到前面。

借著忽明忽暗的火光，只見大金牙正被扯進一個三角形的洞中，火光很快又要熄滅，我看清楚了方位，和胖子邊向前跑，邊脫衣服，把身上能燒的全都點著了扔出去照明。

眼見大金牙就要被倒拖進正三角形的洞口，我緊跑兩步撲了過去，死死拽住大金牙的胳膊，把他往回拉，胖子也隨後趕到，割斷了纏住大金牙的蜘蛛絲，這時大金牙只差兩米左右的距離，便要被拖進那個三角形洞穴了。

再看大金牙，他已經被山洞中的石頭磕得鼻青臉腫，身上全是血痕，不過他還保持著神智，這可真是不幸中的萬幸了。

我心想這洞八成就是蜘蛛老巢，須得趕緊離開，以免再受攻擊，我和胖子身上的衣服已經燒得差不多了，再燒下去就該光屁股了，而且我們被蜘蛛在山洞中拖拽了不知有多遠，路徑早已迷失難辨，不過眼下也管不了這麼多，先摸著黑遠遠逃開再做打算。

我正想和胖子把大金牙抬走，還沒等動勁兒，突然從對面三角形的洞口中飛出幾條蜘蛛絲，這種蜘蛛絲前端像張印度拋餅，貼到身上就甩不脫，而且速度極快，我們三人躲閃不及，都被黏住，胖子想用工兵鏟去擋，想不到工兵鏟也被蜘蛛絲纏住，胖子拿捏不住，工兵鏟脫手落在地上，想彎腰去拾，身體卻被黏住，動彈不了。

如果身上穿著衣服倒還好一些，赤身裸體的被蜘蛛絲黏上，一時半刻根本無法脫身，三人做一堆，被慢慢的拖進那三角形洞口。

我料想得沒錯，那洞中肯定是人面蜘蛛「黑腄蠻」的老巢，不知道裡面究竟有多少隻，是一隻大的，還是若干隻半大的，不管有多少隻人面蜘蛛，我們只要被拖進洞裡，就沒個好了。

又粗又黏的蜘蛛絲越纏越緊，七八條擰成一股，洞中的「黑腄蠻」還繼續往外噴著蜘蛛絲，看來不等進洞，我們就要被裹成人肉粽子了。

我慌亂中想起手中還握著打火機，急忙撥動火石，用打火機的火焰去燒纏住身體的蜘蛛絲，老天爺保佑，也算我們命不該絕，虧得這種「黑腄蠻」的蛛絲不像普通蛛絲具有耐火性，頃刻間燒斷了兩三條，我的身體雖然還黏滿了黏乎乎的黏絲，卻已經脫離了蜘蛛絲拖拽力量的控制。

就這麼幾秒鐘的時間，大金牙和胖子又被向洞口拽過去一米，我若想繼續用打火機燒斷蜘蛛絲救人，恐怕只來得及救一個人了，卻來不及再救另外一個。

我急中生智，把大金牙的褲子拽了下來，大金牙的皮帶早在我們追他的時候，就被拖斷了，褲子也磨得露了綻，一扯就扯下半條。

我用他的褲子堵住洞口，再用打火機點燃褲子，想燒斷擰成一大股的所有蜘蛛絲，想不到褲子剛冒出幾個火星，整個三角形的洞口，就同時燃燒了起來，而且那火勢越燒越大，越燒越旺。

一瞬間整個洞穴都被火焰映得通明，洞口中噴射出的蜘蛛絲也都被燒斷，我連忙把大金牙和胖子向後拖開，三人各自動手把身上的蛛絲甩掉。

第七三章 摸金符

這時好像半座山洞都被點燃了，熊熊大火中燒發出劈劈啪啪的響聲，這時我才看清楚，原來那個三角形的山洞，是一座人工建築物，完全以木頭搭建而成，可能為了保持木料的堅固程度，混合了松脂牛油等事物，塗抹在了木頭上。

這座木製築，約有七八間民房大小，不知道建在這裡是做什麼用的，木頭所搭建的建築四周，全是一具具被「黑腄蠻」吸乾了的屍骸，有人的也有各種動物的，被「黑腄蠻」吸食盡了身體中的所有水份，相當於對屍體做了一次脫水處理，雖然那些屍骸外邊被「黑腄蠻」的蛛絲包裹住，還是能見到他們臉上痛苦扭曲的表情，都保持著生前被慢慢折磨死的慘狀。

隨著木頭燃燒倒塌，只見火場中有三個巨大的火球在扭動掙扎，過了一會兒就慢慢不動，不知是被燒死，還是被倒塌的木石砸死，漸漸變成了焦炭。

我和胖子大金牙三人驚魂未定，想要遠遠的跑開，腳下卻不聽使喚，只好就地坐下，見了這場大火，都不免相顧失色，這個大木與大石組成的建築物是個什麼所在？怎麼「黑腄蠻」把這裡當做了老巢？

胖子忽然指著火堆中對我和大金牙說道：「老胡，老金，你們倆看那，有張人臉。」

我和大金牙尋著胖子所說的地方看去，果然在大火中出現了一張巨大的人臉，比「黑腄蠻」後背上花紋形成的人臉還要大出數倍，更大出石槨上雕刻的人臉。

大火中的這張臉被火光映照，使得它原本就怪誕的表情更增添了幾分神祕色彩，這張巨臉位於建築的正中，隨著四周被燒毀倒塌，從中露了出來，原來是一隻巨大的青銅鼎，鼎身上鑄有一張古怪的人面。

胖子問我道：「老胡，這也是那驢日的幽靈塚的一部分嗎？」

我搖了搖頭，對胖子說道：「應該不是，可能是古代人把這種殘忍的人面黑腄蟞，當做神的化身來崇拜，特意在它們的老巢處建了這麼個神廟，用來供奉，那時候拿人不當人，指不定拿了多少奴隸，給這些黑腄蟞打了牙祭。今天咱們把它們的老巢搗毀了，也算是替天行道了。」

那座西周的幽靈墓，多半和這座貢著人面鼎的祭壇有著某種聯繫。

有可能是西周的那座古墓被毀掉之後，由於這裡地處山洞深處，極其隱蔽，所以保存了下來。但是這些事都已經成為了歷史的塵埃，恐怕只有研究西周斷代史的人，才多少知道一二。

我對胖子說：「現在咱們別討論這些沒用的事，你有沒有受傷，咱倆把大金牙背起來，儘快離開此地，說不定還有沒死的黑腄蟞，倘若襲擊過來，咱們現在全身上下就剩下褲子了，根本無法對付。」

胖子說道：「現在走了豈不可惜，等火勢滅了，想辦法把那銅鼎弄出去，這東西要能搬回北京，估計能換幾座樓。」說完又推了推大金牙：「老金，怎麼樣？緩過來了嗎？」

大金牙連驚帶嚇，又被山石撞了若干下，怔怔的盯著火堆發楞，被胖子推了兩推，才回過神來說道：「啊也，胖爺，胡爺，想不到咱們兄弟三人，又再……陰世相會了，這……這地方是哪？現在已經過了奈何橋了嗎？。」

胖子對大金牙說道：「你迷糊了？這還沒死呢，死不了就得接著活受罪，不過我告訴你一個好消息，咱們發財了，前邊那神廟裡有個青銅人面鼎……哎呦，這東西燒不糊吧？」說完站起身來，想走到近處去看看。

我躺在地上對胖子叫道：「我說你能不能消停一會兒，現在連衣服都沒有了，光著個屁股還惦記著那對廢銅爛鐵。」

胖子兩眼冒光，對我的話充耳不聞，但是那火勢極旺，向前走了幾步，便受不了灼熱的氣息，只好退了回來，一腳踩到一具被「黑睡蠻」吸食過的死人身上，立足不穩，摔了個正著，撲到那具乾屍上。

乾屍也不知死了有多久了，張著黑洞洞的大口，雙眼的位置只剩下兩個黑窟窿，胖子撲在乾屍身上，剛好和乾屍臉對臉，就算他膽大，也嚇得不輕，發一聲喊，雙手撐在乾屍身上，想要掙扎著爬起來。

胖子手忙腳亂的打算把乾屍推開，卻無意中從乾屍的脖子上扯下一件東西，胖子覺得手中多了一樣東西，便舉起來觀看，發現那物件像是個動物的爪子，在火光下亮晶晶的，漆黑透明，底下還鑲嵌著一圈金線，胖子轉過頭來對我說道：「老胡，你瞧這是不是摸金符。」說完又在死人身上摸了摸：「哎，這還有一大包好東西……」

＊　　＊　　＊

胖子邊說邊從乾屍懷中掏出一個錦製的袋子，把裡面的東西一樣樣抖在地上，想看看還有沒有什麼值錢的東西。

大金牙倒在地上，雙眼直勾勾的，明顯是驚嚇過度，還沒回過魂來，我全身又痠又疼都快散了架，雖然擔心附近還有其餘的人面巨蛛，卻沒辦法立刻離開，見胖子突然從附近的一具乾屍身上找到一枚摸金符，便讓他扔過來給我瞧一瞧。

胖子忙著翻看乾屍懷中的事物，隨手把那枚「摸金符」扔到我面前，我撿起來拿在手中細看，「摸金符」漆黑透明，在火光映照下閃著潤澤的光芒，前端鋒利尖銳，錐圜形的下端，鑲嵌著數匝金線，製成「透地紋」的樣式，符身携刻有「摸金」兩個古篆字，拿在手中，感覺到一絲絲的涼意，極具質感。

這絕對是一枚貨真價實的「摸金符」，用川山甲最鋒利的爪子，先要浸泡在巂蠟中七七四十九日，還要埋在龍樓百米深的地下，借取地脈靈氣八百天，是正牌摸金校尉的資格證件，這種真正的「摸金符」我只見過Shirley楊有一枚，大金牙曾經給過我和胖子兩枚僞造的，和真貨一比，真假立辨。

這枚「摸金符」是那具乾屍身上所戴，難道說他便是修魚骨廟打盜洞的前輩，想必他也被困在幽靈塚裡，進退無路，最後也發現了活禽的祕密，想從盜洞退回去，半路上卻和我們一樣，被那隻「黑腄蠁」伏擊，而他孤身一人，一旦中了招，便沒有回旋的餘地了，最後不明不白的慘死在這裡，想到此處，心中甚覺難過。

第七四章 百寶囊

做倒斗摸金這行當，雖然容易暴富，但是財富與風險是並存的，古墓中危險實在太多，除了那些人為設置的機關埋伏，更有些無法預料到的險惡之處，很多被發掘的大墓中，都伴有盜墓賊的屍骨，其中不乏一些毛賊自相殘殺，但是也有不少摸金校尉慘死其中，那些死法，都十足的古怪詭異，有的竟然是在開棺摸金時，被墓頂掉落的石塊砸死，有些死在古墓中的盜墓賊身上，沒有一絲外傷的跡象，也不是中毒身亡，他們究竟遇到了什麼，怎麼死的，恐怕只有死者自己才清楚。

胖子捧著一包東西走到我跟前，對我說道：「老胡，想他媽什麼呢，你快看看這些都是什麼玩意兒，都是那乾屍身上的。」

我接過胖子遞來的事物，一件一件的查看，這只布袋像是只百寶囊，儘是些零碎的東西，有七八支蠟燭，兩隻壓成一疊的紙燈，這幾支蠟燭對我們來說可抵萬金，我們現在除了個打火機，再沒有任何多餘的照明工具了，我讓胖子把蠟燭紙燈收好，等會兒從山洞往外走，全指望這點東西了。

百寶囊中還有幾節德國老式乾電池，但是沒有手電筒，另外有三粒紅色的小小藥丸，我見了這幾粒藥丸，心中吃了一驚，這莫非是古代摸金校尉調配的祕藥，古墓中有屍毒，從前的摸金校尉們代代相傳有一整套祕方，研製赤丹，進古墓倒斗之前服用一粒，可以中和古墓中的屍毒，但是對常年不流通的空氣不起作用，只有在開棺摸金，和屍體近距離接觸的時候，用來防止屍毒侵體，因為古代不像現代，現代的防毒面具可以連眼睛也一併保護了，但是古代的防護措施比較落後，蒙得再嚴實，兩隻眼睛是必須露出來的，如果棺槨密封得比較好，墓主在棺中屍解，屍氣就留在棺中，這種屍毒走五官通七竅，對人體傷害極大。

但是僅限於化解屍毒，對屍毒之外的其他有害氣體，還是要另用其他方法解決，比如開喇叭（給墓中通風），探氣（讓活動物先進古墓）等等。

但是這種藥的原理是以毒化毒，自身也有一定的毒性，如果長期服用，會導致自身骨質密度降低，雖然對人體影響並不十分大，但也是有損無益，不到非用不可，則儘量不用。

這種紅色的丸藥，名為「赤丹」，又稱為「紅奩妙心丸」，具體是用什麼原料調配的，早已失傳，這主要是和防毒面具的產生有關係，有些摸金老手還是習慣開棺時先在口中含上一粒「紅奩妙心丸」，然後再動手摸金。

百寶囊中還有幾件我叫不出名字的東西，此外還有一個簡易羅盤，這是定位用的，還有一塊硝石，這種東西在中藥裡又名「地霜」或為「北地玄珠」，其性為「辛、苦、大溫、無毒。」這是為了預防古墓內空氣質量差，導致頭疼昏迷，這種情況下用硝石碎沫，吸入鼻腔一點，既可緩解，與Shirley楊的酒精臭鰭作用相似。

我看到最後，發現百寶囊中尚裝有一段細長的鋼絲，一柄三寸多長的小刀，一小瓶雲南白藥，一瓶片腦，還有一樣我最熟悉的，是百寶囊中的黑驢蹄子，再就是一卷墨線，墨線和黑驢蹄子都是用來對付屍變的。

胖子問我道：「怎麼樣老胡，這些稀奇古怪的玩意兒有值錢的嗎？」

我搖頭道：「沒有值錢的東西，不過有幾樣東西用處不小，從這只百寶囊中，可以遙想到當年一位摸金校尉的風採，這位肯定是打魚骨廟盜洞的那位前輩，跟咱們行事相同，算得上是同門，可惜慘死在此，算來怕不下三十餘載了，既然被咱們碰上了，就別再讓他暴屍於此，你把他的遺骨抬進火堆焚化了吧，希望他在天有靈，保佑咱們能順利離開此地，他這些東西，也給一起燒了。」

胖子說道：「也好，我這就給他火化了，不過咱們今天燒死了這幾隻人面巨蛛，算是給他報仇雪恨了，所以這兜子（注）裡的物件，算是給咱們的答謝好了，說不定拿回北京，在古玩市場還能賣個好價錢。」

我對胖子說：「這麼做也不是行，反正也不是什麼值錢的東西，尤其是這枚摸金符，水火不侵，燒也燒不化，正好咱也需要這東西，就不客氣了，剩下的確實沒有值錢的東西，有幾粒紅奩妙心丸，大概也都是過期的，咱們根本用不上，還是讓這只百寶囊跟它的主人一起去吧。」

胖子一聽沒什麼值錢的東西，便覺得性味索然，那乾屍本就沒剩多少份量，胖子拿過摸金校尉的百寶囊，用另一隻胳膊夾住乾屍便走，到了那座燃燒的神廟附近，遠遠將摸金校尉的乾屍扔進了火場邊緣。

我轉了轉脖子，感覺身上的擦傷撞傷依舊疼痛，但是手足已經能夠活動自如了，便推了推身旁的大金牙，問他傷勢如何?還能不能走動。

大金牙身上的傷和我差不多，主要是擦傷，頭上撞的也不輕，半清醒半迷糊的點了點頭，稍微活動活動頜骨，便疼得直吸涼氣。

我把胖子招呼回來，三人商議如何離開這座洞穴，被那「黑腫蠻」拖出很遠，而且憑感覺不是直線，七扭八拐，完全失去了方向，現在只知道我們是在龍嶺眾多丘陵中某一處的地下，搞不清具體在什麼位置，聽當地人說這龍嶺之下，全是溶洞，然而我觀察四周，發現我們所在的地方，並非那種喀斯特地貌，而是黃土積岩結構的山體空洞，比較乾燥，如此看來，這裡屬於多種地質結構混雜的複合型地貌。

民間傳說多半是捕風捉影，這裡附近經常有人畜失蹤，有可能和有個「黑腄蠻」的老巢有關，失蹤的人和羊都被拖進這裡吃了，而不是什麼陷在迷宮般的洞窟中活活困死。

我們現在一無糧草，二無衣服，更沒有任何器械，多耽擱一分鐘，就會增加一分出去的難度，這地下神廟中供著一尊巨大的人面青銅鼎，鼎是西周時期用來祭祀祖先，或者記錄重大事件昭示後人的，看來這座地下神祇和西周古墓有著某種聯繫，有可能西周古墓的墓主人，生前崇拜「黑腄蠻」，故此在自己的陵墓附近，設置一座神廟，供養著一窩人面巨蛛，後來他的墳墓被毀，就沒有人用奴隸來餵這窩「黑腄蠻」了，它們自行捕食，繁衍至今，不知道除了神廟中的這幾隻，還有沒有其餘的，倘若再出來一兩隻，就足以要了我們三個的小命。

這時火勢已弱，借著火光，可以隱約見到四周上下有十幾個山洞，肯定是要選一條路走，但是究竟從哪個山洞出去，我們沒商量出什麼結果，但是我想既然「黑腄蠻」要外出覓食，那麼附近一定有條出口。

注　胸前小衣，即肚兜。

第七五章　金香玉

我讓胖子點了一支蠟燭，三人走到距離最近的一個山洞，把蠟燭放在洞口，我看了看蠟燭的火苗，筆直上升，我對胖子和大金牙說道：「這個洞是死路，沒有氣流在流動，咱們再看看下一個洞口。」

說完我和大金牙轉身離開，胖子卻在原地不肯動，我回頭問胖子：「你走不走？」

胖子指著洞穴的入口對我們說：「老胡，你拿鼻子聞聞，這裡是什麼味道？很奇怪。」

我忙著尋找有氣流通過的洞口，沒注意有什麼氣味，見胖子站在洞口猛嗅鼻子，便問道：「什麼味？這山洞裡的味可能是黑腄蠻拉的屎，別使勁聞，小心中毒。」

胖子對我和大金牙招了招手：「不是，你們倆過來聞一下，真他媽香，我聞著怎麼就跟他媽巧克力似的。」

「巧克力？」我和大金牙聽了這個詞，那不爭氣的肚子立刻「咕咕咕」響了起來，這山洞裡怎麼會有巧克力，我聽得莫名其妙，但是巧克力對我們三個饑腸轆轆的人來講，實在是太有誘惑力了，就連只剩下半條命的大金牙，一聽「巧克力」也來了精神，兩眼冒光，我本不想過去，但雙腿卻不停指揮，沒出息的朝洞口走了幾步。

我吸著鼻子聞了聞，哪有什麼巧克力，我對胖子說：「你餓瘋了？是不是那邊神廟朽木燃燒的焦糊味道？」

胖子說道：「怎麼會？你離近點，離洞口越近這種香味越濃，嗯……又香又甜，我操，這裡邊是不是長了棵奶油巧克力樹，走咱進去看看有沒有能吃的東西。」

大金牙也聞到了，連連點頭：「沒錯沒錯，真是巧克力，胡爺你快聞聞看，就是從這洞裡散發出來的。」

我聽大金牙也如此說，覺得古怪，便走近兩步，在洞口前用鼻子一聞，一股濃烈的牛奶混合著可可的香甜之氣，直沖腦門，聞了這股奇妙的味道，身上的傷口似乎也不怎麼疼了，精神倍增，渾身上下筋骨欲酥，四肢百骸都覺得舒服，禁不住讚嘆道：「他奶奶的，真他娘的好聞，這味道……簡直就像……就像他娘的天使之吻。」

三人再也按捺不住，舉著蠟燭走進了這個黑漆漆的山洞，這洞極是狹窄，高僅兩米，寬有三四米，洞穴裡面的岩石奇形怪狀，都似老樹盤根一般，捲曲凹凸。

胖子像條肥大的獵狗一樣，在前頭邊走邊用鼻子猛嗅，尋找那股奇妙芳香的源頭，忽然用手一指洞中的一塊岩石：「就是從這傳出來的。」說完擦了擦嘴角流出的口水，恨不得撲上去咬幾口。

我把蠟燭放在岩石的邊上，和大金牙胖子一起觀看，這塊大石如同一段樹幹，外表棕黃，像是裹了層皮漿，有幾塊露出來的部分，都呈現半透明狀，石上佈滿碎裂的繽紛花紋，凝膩通透，被燭光一照，石中的紋理似是在隱隱流轉，濃郁的芳香就是從這塊石頭上發出來的。

胖子忍不住伸手摸了一下，把手指放在自己鼻邊一嗅，對我和大金牙說道：「老胡老金，用手指一碰，連手指都變巧克力了，這東西能吃嗎？」

我沒見過這種奇妙的石頭，搖頭不解：「我當年在崑崙山挖了好幾年坑，各種古怪的岩石沒少見過，我看這像是塊樹幹的化石，應該不能吃。」

由於受了過度的驚嚇，而好久沒說話的大金牙，這時忽然激動的說：「胡爺，咱們這會可真發了啊，你看這許不是那聞香玉？」

胖子沒聽過這詞，問大金牙道：「什麼？那不是唱劉大哥講話理太偏的嗎？」

大金牙對胖子說道：「胖爺，您說的那是唱豫劇的常香玉，我說這塊石頭，是聞香玉，又叫金香玉，這可是個寶貝啊。」

我問大金牙：「金香玉，我聽人說過有眼不識金香玉，千金難求金香玉，原來是這種石頭嗎？我以前還道是一位很漂亮的千金小姐，不過話說回來了，這石頭的香味之獨特，絕不輸給任何一位大姑娘。」

不知是這聞香玉奇妙氣味的作用，還是見錢眼開，原本萎靡不振的大金牙，這時候變的精神煥發，對我和胖子說道：「這東西是皇家祕寶，也曾有倒斗的，在古墓裡倒出來過，最早見於秦漢之時，古時候民間並不多見，所以很少有人識得，此物妙用無窮，越是乾燥的環境，它的香氣越濃郁，曾有詩讚之：世間未聞花解語，如今卻見玉生香；天宮造物難思議，妙到無窮孰審詳。我以前也收過一塊，就是別人從斗裡倒出來的，不過小得可憐，跟這塊沒得比……」

胖子聽說這是個寶貝，忙問大金牙：「老金這麼大一塊，能值多少錢？」

大金牙說道：「聞香玉的原石越大越值錢，這外皮也是極珍貴的一種藥材，我估摸著，這麼大一塊，而且看這質地，絕對算得是上品了，最起碼也能換輛進口小汽車吧。」

我對大金牙說道：「金爺，此處離那擺方青銅鼎的神廟很近，這塊聞香玉，莫不是件明器？」

大金牙想了想，對我說道：「不像，我看這就是塊天然的原石，如果不是外皮剝落了一小部分，咱們也根本聞不到，你看這窄洞中也絲毫沒有人工開鑿的痕跡，而且這地上其餘的石頭，盤盤陀陀，像是樹根一樣，我覺得這些都是天然形成的化石。」

我說：「看來這是無主之物，既然如此，咱們就把它抬回去，沒想到有意栽花花不開，無心插柳柳成蔭啊，運氣不好碰上座空墓，半件明器都沒倒出來，不過幸好祖師爺爺開眼，終不教咱們白忙一場，這回受了許多驚嚇，也不算吃虧了。」

胖子一直就在等我這句話，彎下腰想把這塊聞香玉抱起來，大金牙急忙攔住，對胖子說道：「別這麼抱，得找點東西給它包起來，咱們要是有棉布就好了。」

我四下一掃，我和胖子身上赤條條的，衣服都點火照明了，大金牙的褲子被我扯掉半條，三個人中，只有他還穿著後背已經磨穿了的上衣。

我們只剩下幾支蠟燭，又都餓著肚子，不能多做停留，否則還想再附近找找，有沒有其他的原石，或者別的什麼化石。

見手中的蠟燭已經燃掉了一半，我便把蠟燭裝在紙燈裡，讓大金牙把破爛的外衣脫了，將就著把聞香玉包住，由胖子抱了，從這條狹窄的山洞中退了出來。

回到外邊的大洞之時，只見那供奉人面青銅鼎的神廟已經徹底燒毀，廢墟的焦炭中，還閃動著一些零星的暗火。

黑暗中再也看不清四周的形式，我對胖子和大金牙說道：「剛才始終沒有別的黑腄蟞再出來，卻不能就此斷定它們都死絕了，也許它們的同類只是被大火嚇跑了，現在火勢一滅，很可能還會出來，咱們再不可多做耽擱，儘快找路離開。」

胖子說道：「那口大鼎，青銅的應該燒不壞，咱們回去吃飽喝足，帶上傢伙再來把它搬回去，倒了這麼多回，一件明器也帶不回去，這面子上須不好看。」

大金牙對胖子說道：「胖爺，那東西我看您還是死了心吧，人面大鼎怕不下千斤之重，咱們三人赤手空拳，如何搬得動，再說咱搬回去，也賣不出去呀，這種東西是國寶不是凡人賣得起的，只有國家才能收藏，乾脆還讓它繼續在原地擺著吧，咱們得了這麼大一塊聞香玉，已經是筆橫財了，還是別再多生事端為好。」

我和胖子都知道大金牙是一介奸商，不過他是古玩行裡的老油條，什麼古董明器能買賣，大金牙心裡有本細帳，鼎器這種掉腦袋的玩意兒，錢再多也是塊燙手的山芋，有命取財，無福消受，賺的錢再多，到頭來那也是一單賠掉老本兒的生意，絕對不划算，所以胖子縱然心不甘，情不願，卻也只好就此做罷。

我們三人憑藉著剛才的記憶，沿著山洞的石壁，摸索著來到下一個洞口，我讓胖子和大金牙屏住呼吸，從紙燈中取出小半截蠟燭，對準洞口試探氣流。

這小半截蠟燭剛舉在洞口，蠟燭的火苗，便立刻向與山洞相反的方向，斜斜的歪了下去，我把蠟燭裝回紙燈中照亮，用手探了探洞口，感覺不到太明顯的氣流，但是蠟燭火苗的傾斜，證明這個洞口不是死路，即使不與外邊相連，後邊也是處極大的空間，說不定是那些「黑腄蟞」外出獵食的通道，只要空氣流動，我們就有機會鑽出這些山洞。

於是我舉著紙燈在前邊引路，胖子和大金牙兩人抬著「聞香玉」，從這個山洞鑽了進去，可能那「聞香玉」的香味，對人的精神確有奇效，我們雖然仍是十分飢餓，但是卻覺得精力充沛，頭腦清醒，三人得了寶貝，都是不勝喜悅，只想從山洞中鑽出去後，便要大肆慶祝一番。

這條山洞極盡曲折，高高低低，起伏不平，狹窄處僅容一人通行，走到後來，山洞更是蜿蜒陡峭，全是四五十度角的斜坡。

我在山洞中走著走著，忽然感覺一股涼颼颼的寒風，迎面吹來，身上起了一層雞皮疙瘩，我招呼胖子大金牙二人加快腳步，好像快到出口了，又向前行不多遠，果然眼前一亮，赫然便是個連接外邊的土洞，我先把頭伸出去，看看左右無人，三人便赤裸著身體爬了出去，剛到洞外，我身後的胖子就突然對我說：「老胡，你後背上……怎麼長了一張人臉？」

第七六章　龍骨

我見終於鑽出了山洞，正想歡呼，卻聽胖子說我背上長了一張「人臉」，這句沒頭沒腦的話，好似一桶刺骨的冰水，兜頭潑下，我心中涼了半截，急忙扭著脖子去看自己的後背，這才想到自己看不見，我就問胖子：「你他娘的胡說什麼？什麼我後背長人臉？長哪了？誰的臉？你別嚇唬我，我最近可正神經衰弱呢。」

胖子拉過大金牙，指著我的後背說：「我嚇唬你做什麼，你讓老金瞅瞅，我說的是不是真的。」

大金牙把抱在懷中的「聞香玉」放在地上，在漆黑的山洞裡呆得時間長了，看不太清楚，便伸手揉了揉眼睛，站在我身後看我的後背：「嗯……哎？胡爺，你後背兩塊肩胛骨上，確實有個巴掌大小，像是胎記一樣……比較模糊……這是張人臉嗎？好像更像……更像隻眼睛。」

「什麼？我後背長了隻眼睛？」我頭皮都乍了起來，一提到眼睛，首先想到的就是新疆沙漠下的那座精絕古城，那次噩夢般的回憶，比起我在戰場上那些慘烈的記憶來，也不相上下，一般的可怕悲哀，我彎過手臂，摸了摸自己的後背，什麼都沒感覺到，忙讓大金牙仔細形容一下，我後背上長的究竟是什麼東西，到底是「人臉」，還是「眼睛」。

大金牙對我說道：「就是個圓形的暗紅色淺印，不仔細看都看不出來，一圈一圈的，倒有幾分像是眼睛瞳仁的層次，可能我說的不準確，應該說像眼球，而不像眼睛，沒有眼皮和眼睫毛。」

我又問胖子：「小胖，剛才你不是說像人臉嗎？怎麼金爺又說像眼球？」

胖子在我身後說道：「老胡，剛才我腦子裡光想著那幽靈塚裡的人面，突然瞧見你後背，長出這麼個圓形的印記，就錯以為是張臉了，現在仔細來看，你還別說……這真有些像是咱們在精絕古城中，所見過的那種眼球造型。」

胖子和大金牙越說我越是心慌，這肯定不是什麼胎記，我自己有沒有胎記我，難道自己還不清楚嗎，後背究竟長了什麼東西？最著急的是沒有鏡子，自己看不見自己的後背。

這時大金牙突然叫道：「胖爺，你背後也有個跟胡爺一樣的胎記，你們倆快看看我後背有沒有？」

我再一看大金牙和胖子的後背，發現胖子左側背上有一個圓形的暗紅色痕跡，確實是像胎記一樣，模模糊糊的，線條並不清晰，大小也就是成人手掌那麼大，有幾分像是眼球的形狀，但是並不能夠確定，那種像是於血般暗紅的顏色，在夕陽的餘輝中顯得格外刺眼。

而大金牙背後光溜溜的，除了磨破的地方之外什麼也沒有，這下我和胖子全傻眼了，這絕不是什麼巧合，看來也不是在和大金牙一起的時候，弄出來的，十有八九，是和那趟去新疆鬼洞的經歷有關係，難道我們那趟探險的倖存者，都被那深不見底的鬼洞詛咒了？

我記得前兩天剛到古田，我們在黃河中遇險，全身溼透了，到了招待所便一起去洗熱水澡，那時候……好像還沒發現誰身上有這麼個奇怪的紅印，那也就是說是這一兩天剛出現的，會不會不是和鬼洞有關，而是在這龍嶺古墓中感染了某種病毒？但是為什麼大金牙身上沒有出現？是不是大金牙對這種病毒有免疫力？

胖子對我說道：「老胡你也別多想了，把心放寬點，有什麼大不了的，又不疼又不癢，回去洗澡的時候，找個搓澡的使勁搓搓，說不定就沒了，咱們這回得了個寶貝，應該高興才是，哎……你們瞧這地方是哪？我怎麼瞅著有點眼熟呢？」

我剛一爬出山洞，就被胖子告知後背長了個奇怪的東西，心中慌亂，沒顧得上山洞的出口是什麼地方，只是記得這洞口十分狹窄，都是崩蹋陷落的黃土，這時聽胖子說看這附近很眼熟，便舉目一望，忍不住笑了出來：「原來咱們轉了半天，無巧不成書，咱們又他娘的兜回來了。」

原來我們從龍嶺中爬出的出口，就是我們剛到魚骨廟時，我爬上山脊觀看附近的風水形勢，下來的時候在半山腰踩塌了一處土殼子，險些陷進去的地方，當時胖子和大金牙聞聲趕來，將我從土殼子拉了出來，那處土坡陷落，變成了一個洞穴，我們還曾經往裡邊看了看，認為是連接著地下溶洞的山體縫隙，現在看來，這裡竟然是和供奉人面青銅鼎的大山洞，相互連通為一體的，在洞中繞了半天，最後還是從這個無意中踩塌的洞口爬出來。

我們的行李等物，都放在前面不遠處的魚骨廟，最重要的是儘快找到衣服穿上，否則這山溝裡碰上的大姑娘小媳婦，非把我們三人當流氓不可。

我知道這種事多想也是沒用，但是背上突然出現的暗紅色痕跡，使我們的這次勝利蒙上了一層陰影，心裡十分不痛快，關鍵是不知道背後這片痕跡，究竟是什麼東西，回去得先找個醫生瞧瞧，雖然沒什麼異樣的感覺，但這不是原裝的東西，長在身上就是覺得格外彆扭。

山溝裡風很大，我們身上衣不遮體，抬著聞香玉原石，快步趕回魚骨廟，離開了差不多一天的時間，東西還完好無損的藏在龍王爺神壇後邊，三人各自找出衣服穿上，把包裡的白酒拿出來灌了幾口，不管怎麼說，這塊金香玉算是到手了，回北京一出手，就不是小數目。

大金牙吃飽喝足，撫摸著聞香玉的原石，一時間志得意滿，不由自主的唱道：「我一不是響馬並賊寇，二不是歹人把城偷……番王小丑何足論，我一劍能擋百萬兵……」

我雖然也有幾分發財的喜悅，但是一想起背後的紅色痕跡，便拾不起興致，只是悶不吭聲的喝酒。

我心中隱隱覺得不妙，這種好像眼球一樣的印痕，絕不會平白無故的出現，一想到這裡，就覺得後背變得十分沉重。

大金牙見狀，便勸我說道：「胡爺你也都是豁達之人，這件事不必放在心上，回去到醫院去檢查檢查，實在不行動手術割掉這塊皮膚，好就好在不是很大，看樣子也不深，不會有太大問題，最好是先找找中醫，也許吃兩副藥便消了。」

胖子對大金牙說道：「我們倆這又不是皮膚病，找醫生有什麼用，要是找醫生，還不如自己拿煙頭燙掉……」

我對胖子和大金牙說道：「算了，愛怎麼地怎麼地吧，反正今天還沒死，先喝個痛快，明天的事明天再說。」

胖子拿酒瓶跟我碰了一下，一仰脖，把剩下的小半瓶酒一口氣喝了個乾淨：「咱們才剛剛發財，這條命可是得在意著點，後半生還指望好好享受享受。」

吃飽喝足之後，天已經黑了，我們連夜摸回了蛇盤坡下的村子，又在村中借宿了一夜，轉天回到古田，準備渡黃河北上，卻被告知這兩天上游降大雨，這一段黃河河道水勢太大，最早也要後天渡口才能走船。

我們一商量，倘若在別的渡口找船，少說也要趕一天的路才能到，那還不如就在古田縣城中先住上兩天，借機休息休息，另外在縣裡轉轉，也許還能撿點漏，收幾件明器。

於是我們依然住在了上次的那間招待所，不過這回招待所的人都快住滿了，很多人都是等著渡河的，古田是個小地方，招待所和旅館只有這麼兩三家，沒有什麼選擇的餘地，我們只好住進了一樓的通鋪。

通鋪能睡八個人，我們三人去了之後，總共睡了五個人，還空著三個位置，我們不太放心把聞香玉這麼貴重的東西存到櫃上，只好裡三層外三層的裹了，輪流在房中看著，出門就抱著。

當天晚上，胖子和大金牙在房中看著聞香玉，我去招待所後院的浴室洗澡，正好遇上了跟我們喝過酒的劉老頭。

我跟他打個招呼，客套了幾句，聞他這古田縣有沒有什麼有名的中醫，會不會看皮膚病。

劉老頭說倒是有一位老中醫有妙手回春藥到病除的高明醫術，治療牛皮癬一絕，隨後又關切的問我是否病了？哪不舒服？

我當時準備去洗澡，只穿了件襯衣，就把扣子解開兩個，讓劉老頭看了看我的後背，說後邊長了個疥子，想找醫生瞧瞧。

劉老頭看後，大吃一驚，對我說道：「老弟，你這個是怎麼弄的？我看這不像皮膚病，這像淤血一樣的紅痕，形狀十分的像是一個字，而且這個字我還見過。」

我問道：「什麼？我背後這是個字嗎？您能看出來什麼字？」

劉老頭說：「那是八零年，我們縣翻蓋一所小學校，打地基的時候，挖出來過一些奇怪動物的骨頭，當時被老百姓哄搶一空，隨後考古隊就來了，通過縣裡的廣播，就把骨頭全給收走了，考古隊專家住在我們招待所，他們回收的時候，我看見骨甲上有這個字，還不至一次。」

第七七章 天機

我聽到此處，已經沒有心思再去洗澡了，便把劉老頭拉到招待所的食堂裏，找個清靜的角落做下，請他詳細的說一說經過。

我背上的痕跡，顏色有深有淺，輪廓和層次十分像是個眼球，那形狀像極了精絕古城中被我打碎的玉眼，我一直擔心這會是某種詛咒，說不定不僅我和胖子，遠在美國的陳教授和Shirley楊多半也會出現這種症狀。

這時聽劉老頭說這不是眼球，而是個字，我如何不急，掏出香菸給劉老頭點上一枝，這時候招待所食堂已經封竈下班了，劉老頭正好閒著無事，就把這件事的經過講了一遍。

其實就發生在不久之前，算來還不到三年的時間，當時考古隊的專家住在古田縣這間招待所，清點整理回收上來的骨頭，地方上的領導對此事也十分重視，把招待所封閉了，除了工作人員，閒雜人等一概不得入內。

在招待所食堂工作的劉老頭，是個好事之人，平時給考古隊隊員們做飯，沒事的時候就在旁邊看熱鬧，人家幹活，他就跟著幫忙，考古隊的專家都吃他做的飯，也都認識了他，知道這老頭是個熱心腸，有時礙於面子，對他睜一隻眼閉一隻眼，只要別偷東西或者搗亂，願意看就讓他看看。

這次考古工作回收了大量的龜甲，還有一些不知名的動物骨頭，每一片骨甲上都雕刻了大量的文字和符號，但是大部分都已經損壞，收上來的都殘缺不全，需要付出大量的人工與時間進行修復。

不過在衆多破碎的骨甲中，有一個巨大的龜甲最爲完整，這副龜甲足足有一張八仙桌大小，考古人員用冰醋酸混合溶液清洗這片龜甲之時，劉老頭剛好在旁見到，那上邊出現最多的一個符號，是一個象眼球一樣的符號。

劉老頭別的不認識，只覺得這眼球的符號十分醒目，一看就知道是個眼球，就問那位正在做整理工作的考古隊員，這符號是不是代表眼球，那位考古隊員告訴他道：「不是，這是個類似於甲骨文的古代文字，不是眼球……」

話沒說完，就被工作組的領導，一位姓孫的教授制止，劉老頭清楚的記得，當時孫教授告戒那個考古隊員，說這些都是國家機密，絕對不能向任何人透露。

劉老頭心想我一個做飯的伙夫，關心你這國家機密做什麼，也就不再打聽了，但是越想越覺得好奇，這幾千年前的東西，能有什麼到現在都不能對外界說的國家機密？是不是虛張聲勢蒙我老頭，但是人家既然要遵守保密條例，不歡迎多打聽，不問就是了。

但是自從那塊大龜甲被收回來之後，我們這招待所就三天兩頭的走水（失火），搞得人人不得安寧。

從那又過了沒幾天，考古隊看骨甲收得差不多了，又覺得這裏火災隱患比較大，於是就收拾東西走人，把骨甲都裝在大木箱子裏，足足裝了一輛大卡車，後來的事可就邪性了，據說想空運回北京，結果軍用飛機在半路上墜毀了，所有的東西，包括那些刻著字的骨甲，都燒沒了。

整個十五人組成的考古工作組，只有那位孫教授倖存了下來，他是由於把工作手冊忘在了縣城招待所，匆匆忙忙的趕回來取工作筆記，就沒趕上那趟飛機。

孫教授在古田縣聽到飛機墜毀的消息，當時就坐地上起不來了，還是我帶著幾個同事給他送到衛生院，可以說我算是半個他的救命恩人，後來凡是孫教授來古田附近工作，都要來看看我，跟我喝上兩盅，但是我一問他那些骨甲上的文字是什麼意思，孫教授就避而不答，他只是勸我說那些字都是兇險邪惡的象徵，還是不知道的為好，以後最後都不要再打聽了，反正都已經毀掉了，然後每次他都歎息說，恨不能這輩子壓根沒見過那些字。這不是今天一瞧見你背上這塊紅癍，我就想起來那些可怕的文字來了，簡直就是一模一樣，這可不是什麼皮膚病，你究竟是怎麼搞的？

我聽到這裏忍不住反問劉老頭道：「劉師傅，合著您也不知道這字是什麼意思？」

劉老頭哈哈一樂，故作神秘的對我說道：「老弟，我只知道這是個古代文字，但是我是確實不知道這字什麼意思，不過有人知道啊，來得早不如來得巧，那位孫教授現在剛好住在你的樓上，他每年都要來古田工作一段時間，這不讓你趕上了嗎。」

我一把握住劉老頭的手，迫不及待的說：「劉師傅，您可真是活菩薩啊，您救人救到底，送佛送到西，可一定得給我引見引見這位孫教授。」

劉老頭拍著胸口打包票，引見沒問題，不過姓孫的老小子，嘴特嚴，他肯不肯對你講，那就看你自己怎麼去跟他說了，你背上長的這塊癍，這麼特殊，說不定他就能告訴你。」

我讓劉老頭在食堂等我一會兒，我準備一下，再同他去拜訪住在招待所二樓的孫教授，我先回到房中把事情對大金牙和胖子說了一遍。

由胖子留在房中繼續看守聞香玉原石，我讓大金牙跟我一起去，他經商多年，言辭便給，對待社交活動遠比我有經驗。

我們二人換了身衣服，就到招待所食堂找到劉老頭，我對劉老頭說道：「劉師傅，我們空著手去有點不太合適，但是這時候也不早了，想買些點心水果也不容易……」

劉老頭說：「用不著，瞧我面子，但是你們不是倒騰古玩的嗎，記住了啊，這件事千萬別在孫教授面前提，他這人脾氣不好，最不喜歡做你們這行的。」

我和大金牙立刻表示，對此事絕口不提，就編個瞎話說我們是來古田出差的，由於背後長了個酷似甲骨文似的紅癍，聽說孫教授懂甲骨文，所以冒昧的去請教一下，看看這究竟是皮膚病，還是什麼別的東西。

三人商議已定，便由劉老頭帶著，到二樓敲開了孫教授的房門，說明來意，孫教授便把我們請進了房中。

孫教授越有將近六十歲的樣子，乾瘦乾瘦的一個老頭，皮膚黝黑，有點駝背，這大概是和他長年蹲在探方裏工作有關係，孫教授滿臉全是皺紋，頭髮禿頂比較嚴重，週邊疏疏落落的剩下一圈，還捨不得剃光了，梳了個一面倒的螺旋式，雖然樣子老，但是兩眼炯炯有神，也沒戴眼鏡，除了他的髮型之外，都和常年在地裏勞作的農民沒有區別。

他同我認識的陳教授相比，雖然都是教授，但不是一個類型，差別很大，陳教授是典型的學院派，是坐辦公室的那種斯文教授，而這位姓孫的教授，大概是屬於那種長期實踐與第一線的務實派。

孫教授聽我說了經過，又對著我後背的淤痕看了半天，連稱奇怪，我問孫教授，我背後長的究竟是個什麼東西？有沒有生命危險。

孫教授說道：「這確實極像一個符號，前兩年古田出土的骨甲中，保存最完整最大的一副龜甲，上面刻了一百一十二個字，像甲骨文，但並非是甲骨文，這個酷似眼球的符號，在那一百一十二字中反覆出現了七遍。」

我和胖子兩人的背後，都長出這麼個眼球一樣的暗紅色癍塊，雖然跟劉老頭來拜訪孫教授，但是純屬有病亂投醫，本對劉老頭的話半信半疑，此時見孫教授也說這塊紅癍的形狀，像是個上古文字，連忙請教孫教授，這到底是個什麼字？

孫教授搖了搖頭，說道：「你這皮膚上長的紅色痕跡，與出土的古文也僅僅是像而已，但是絕沒有什麼關係，那批文物兩年前墜機的時候，便盡數毀了，這世界上巧合的事物很多，有些豆子還能夠生長得酷似人頭，但是豆子和人頭之間，除了相似之外，是沒有任何聯繫的。」

我和大金牙軟磨硬泡，種種好話全都說遍了，就想問一問那些刻在龜甲上的古文究竟是什麼內容，只要知道了詳情，它們其中有沒有聯繫，我自己心中就有數了。

孫教授只是不肯多吐露半字，說到最後對我們下了逐客令：「你們也不要在我面前裝了，你們兩位一身的土腥味，我常年在基層工作，我閉著眼都知道你們倆個是做什麼的，有這種味道的人只有三種，一種是農民，另外兩種不是盜墓的，就是盜賣古董的。說實話我看你們不像農民，我現在對你們沒有任何好感，我不知道你們是從哪弄來個的這個字，偽裝成身上的紅癍，想來套我的話，我勸你們不要做夢了，我只對你們再說最後兩句話，第一，你們不要無理取鬧，這些古字的資訊屬於國家機密，任何普通人都沒有權利知道。第二，屬於我個人對你們的一點忠告，千萬不要企圖接近這些文字中的資訊，這是天機，天機不可洩露，否則任何與這寫字產生關係的人，都會引來災禍。」

第七八章　符號、密碼與暗示之謎

孫教授說完，就站起身來把我們往門外推，我心想這老頭真奇怪，剛進來時不說的好好的嗎，怎麼說翻臉就翻臉，聽他剛開始說話的意思，像是已經準備告訴我們了，但是後來不知從哪裡看出來我和大金牙的身份，所以變得聲色俱厲，說不定以為我們倆是騙子，是想來他這蒙事的。

要按我平時的脾氣，話既然都說到這個份上了，不用人攆，肯定是站起來自己就走，但是這次非同小可，說不定就是性命攸關的大事，而且除了我和胖子之外，還有可能關係到陳教授與Shirley楊的生死。

我對孫教授說道：「教授，教授您也聽我說最後一句行不行，我也不知道您是怎麼聞出來我們身上有土腥氣，不過我跟這位鑲金牙的，我們倆真不是買賣文物的，我們曾經很長一段時間，給考古隊打工，北京的陳久仁，陳教授您聽說過沒有？我們就是跟著他幹活的。」

孫教授聽我說出陳久仁的名字，微微一怔，問道：「老陳？你是說你們二人，是在他的考古隊裡工作的？」

我連忙點頭稱是：「是啊，我想您二位都是考古界的泰山北斗，在咱考古圈裡，一提您二老的大名，那誰聽誰不得震一跟頭……」

孫教授面色稍有緩和，擺了擺手：「你小子不要拍我的馬屁，我是什麼斤兩，自己清楚，既然你和老陳認識，那麼你自己留下，讓他們兩個迴避一下。」

我一聽孫教授說話的意思，好像有門兒，便讓大金牙和劉老頭先離開，留下我單獨跟孫教授祕談。

等大金牙他們出去之後，孫教授把門插好，問了我一些關於陳教授的事，我就把我是如何同陳教授等人去新疆沙漠尋找精絕古城的事，簡單的說了一些。

孫教授聽罷，嘆息一聲說道：「我和老陳是老相識了，沙漠的那次事故，我也有所耳聞，唉，他那把老骨頭沒埋在沙子裡就算不錯了，我想去北京探望他，卻聽說他去美國治病了，也不知有生之年，還能不能再見到他了，當年老陳於我有恩，你既然是他的熟人，有些事我也就不再瞞你了。」

我等的就是孫教授這句話，忙問道：「我覺得我背上突然長出的這片瘀痕，像極了一個眼球，與我們在沙漠深處見到的精絕古城有關，精絕國鬼洞族那些人，都崇拜眼球的力量，我覺得我是中了某種詛咒，但是又聽說這不是眼球，而是個字，所以想請您說一說，這個字究竟是什麼意思，我也好在思想上有個準備，當然我也是個死過七八回的人了，我個人的安危，我是不太看重的，不過陳教授大概也出現了這種症狀，我最擔心的便是他老人家。」

孫教授對我說道：「不是我不肯告訴你，這些事實在是不能說，讓你知道了反而對你無益，但是我可以明確的告訴你，你背後長得這塊印記，絕不是什麼詛咒之類子虛烏有的東西，不會影響到你的健康，你儘管放心就是。」

我越聽越著急，這不等於什麼都沒說嗎，不過孫教授說不是詛咒，這句話讓我心理負擔減小了不少，可是越是不能說我越是想知道，幾千年前的文字信息，到了今天，究竟還有什麼不能示人的內容，更何況這個字都長到我身上來了。

在我的再三追問下，孫教授只好對我吐露了一些：

孫教授常年研究黃河流域的古跡，是古文字方面的專家，擅長破解翻譯古代祕文。古時倉頡造字，文字的出現，結束了人類結繩記事的蠻荒歷史，使文字中蘊藏了大量信息，包羅著大自然中萬物的奧祕，傳到今日共有平去直入四種讀音。

然而在最早的時代，其實文字共有八種讀音，其中包含的信息量之大，常人難以想像，不過這些額外的信息，被統治階級所壟斷，另外的四種讀音，成為了一種機密的語言，專門用來記錄一些不能讓普通人獲悉的重大事件。

後世出土的一些龜甲和簡牘上，有很多類似甲古文的古文字，但是始終無人識得，有人說天書無字，無字天書，其實是種歪曲，天書就是古代的一種加密信息，有字面的信息，但是如果不會破解，即使擺在你面前，你也是看不懂，孫教授這一輩子就是專門跟這些沒人認識的天書打交道，但是進展始終不大，可以說步步維艱，窮其心智，也沒研究出什麼成果來。

直到一九七八年，考古工作者在米倉山，發掘了一座唐代古墓，這座古墓曾經遭到多次盜墓者的洗劫，盜洞有六七處，墓主的屍體早已毀壞，墓室也腐爛踼陷，大部分隨葬品都被盜竊，剩餘的幾乎全部嚴重腐蝕。

從種種跡象來看，這座墓的主人應該是皇宮裡專掌天文曆法，以及陰陽數術之類事物的太史令李淳風，唐代的科技、文化、經濟等領域是中華文明史上的一個頂峰，作為在唐代名望極大的一位著名「科學家」李淳風，他的墓中應該有很多極具研究價值的重要器物和資料，可惜都被毀壞了，這不能不說是一種極大的損失，所有在現場的考古工作者對此都感到無比的惋惜。

但是清理工作仍然要繼續進行，然而隨著清理工作的深入，腐朽的棺木中出現了一個巨大的驚喜，考古工作者在墓主頭頂的棺板中發現了一個夾層。

棺頂竟然有夾層，這是事先誰也沒有想到的，即使經驗最豐富的專家，也從未見過棺板中有夾層，眾人小心翼翼的打開棺板夾層，裡面有個牛皮包裹，打開之後又有油布和赤漆裹著一件東西，赫然便是一個白玉無暇的玉盒，玉盒遍體鎏金包銀，石盒上刻著有翼靈獸的圖案，盒蓋上的鎖扣是純金打造。

由於是藏在棺板的夾層中，所以這麼多年來，能夠躲過盜墓賊的洗劫，得以保存至今。

有經驗的專家一看，就知道是大唐皇家之物，可能是皇帝賞賜給李淳風的，而且又被他放置在如此隱祕的棺板夾層中，其重要程度可想而知，當即將玉盒送回了考古工作組的大本營。

在以整塊羊脂玉製成的盒子中，發現了很多重要的物品，其中有一塊龍骨（某種龜甲），上面刻滿了「天書」，被命名為「龍骨異文譜」，另有一面純金板，金板不大，四角造成獸頭狀，正反兩面密密麻麻的鑄有很多文字，似乎是個表格，上面的字有些認得，有些認不得，當時被命名為「獸角謎金板」。

於是就請古文字方面的專家孫教授等人，負責破解這塊龍骨和金板的祕密，孫教授接到這個任務，把自己鎖在研究室中，開始了廢寢忘食的工作。

這種「龍骨異文譜」孫教授曾經見過多次，上面的古字，閉著眼睛也能記得，但是卻始終不能分析出這些究竟是什麼文字，其含意是什麼，用這種古怪文字所記錄的內容又是什麼？

這種所謂的「天書」是中國古文字研究者面臨的一道坎，越不過去，就沒有任何進展，一旦有一點突破，其餘的難題也都可以隨之迎刃而解，但是這道障礙實在太大了。

有學者認為「天書」是一個已經消失的文明遺留下來的文字，但是這種說法不攻自破，因為有些與「天書」一同出土的古文字，很容易就能解讀，經碳14檢驗同屬於殷商時期的，應該是同一時期的產物，絕不是什麼史前文明的遺存。

孫教授經過整整一個多月的反復推敲研究，終於解開了「天書之謎」，通過對照李淳風墓中出土的「獸角謎文金板」，發現原來古人用「天書」在龍骨上的記錄，是一種加密文字。

早在唐代李淳風就已經破解了這種古代加密文字，為了表彰他的功勛，皇帝特鑄金牌賞賜給李淳風，以紀念此事，這面金牌上的字和符號，就是李淳風所解讀的天書對照表。

其實天書很簡單，是用最四種祕聲的音標注釋，而不是以文字刻在龍骨上，不過只有少數能讀出這些祕密發音的人，才能夠理解文字的內容。

而李淳風是從《八經注疏詳考》中獲得靈感，從而找到方法洞曉天機，破解天書之迷。孫教授從這塊「獸角謎文金板」的啓發中參悟到如何解讀天書，在考古界引起了顛覆性的轟動，大量的古代機密文字被解讀，很多資訊令人目瞪口呆，不少已有定論的歷史，也都將被改寫。

考慮到各種因素，上級領導對孫教授解密出來的信息，做了如下指示：持慎重態度對待，在有確切定論之前，暫不對外界進行公布。

孫教授對我說道：「你背後的這個痕跡，說是個古代的加密文字，並不恰當，這個字並不是天書中的字，我也是在古田出土的龜甲上才見到這個符號，它象徵著某件特殊的事物，當時的人對其還沒有準確的詞來形容，我想稱其為圖言，更為合適，圖言就是一個象徵性的符號，不過這個符號的意思我還不清楚，它夾雜在天書加密文字中出現，在古田出土的龍甲，其中一塊天書的內容，似乎是一篇關於災禍的記錄，由於剛剛出土，時間緊迫，我也只是粗略的看了一下，還沒有來得及仔細分析這個符號究竟是什麼意思，沒想到在運回去的途中，軍用飛機就失事墜毀了，那些祕密恐怕永遠都無人知曉了。」

我問孫教授：「這麼重要的東西，難道您沒留個拓片之類的記錄嗎？雖說您認為我背上長的不是什麼詛咒之類的標記，但是我仍然覺得這事太蹊蹺，若不知道詳情，我終究是不能安心。您就跟我說說，那篇記載在骨甲的文字中，說的大概是什麼內容？是不是和新疆的鬼洞有關係？我向毛主席保證，絕不洩密半個字。」

孫教授神經質的突然站起身來：「不能說，一旦說出來就會驚天動地。」

第七十九章　從前的從前

這幾天連續悶熱，坐著不動都一身身的出汗，最後老天爺終於憋出了一場大雨，雨下的都冒了煙，終於給躁熱的城市降了降溫。

雨後的潘家園古玩市場熱鬧非凡，由於天氣的原因，在家忍了好幾天的業餘收藏家，和古玩愛好者們，紛紛趕來淘換玩意兒。

大金牙忙著跟一個老主顧談事，胖子正在跟一對藍眼睛大鼻子的外國夫妻，推銷我們的那隻繡鞋，胖子對那倆老外說道：「怎麼樣？您拿鼻子聞聞這鞋裡邊，跟你們美國的夢露一個味兒，這就是我們中國明朝夢露穿的香鞋，名……名妓你們懂不懂？」

這對會一點中文的外國夫妻，顯然對這隻造型精緻的東方繡鞋很感興趣，胖子藉機獅子大開口，張嘴就要兩萬，這價錢把倆老外嚇得扭頭便走，經常來中國的外國人，都懂得討價還價，胖子見這對外國夫妻也不懂砍價，就知道他們是頭一回來中國，於是趕緊把他們攔回來，聲稱為了促進中外交流，在堅持和平共處五項基本原則的前提下，可以給他們打個折。

我坐在一旁抽著煙，對古玩市場中這些熱鬧的場面毫無興趣，從陝西回來之後我到醫院去檢查過，我和胖子背上的痕跡，並沒有發現沒什麼特別的地方，什麼病也沒有檢查出來。

而且我也沒什麼特別的感覺，最近財源滾滾，生意做的很紅火，我們從陝西抱回來的聞香玉原石，賣了個做夢都應該笑醒的好價錢，又收了幾件貨真價實的明器，幾乎每一筆，利潤都是翻數倍的，然而一想到孫教授的話，就覺得背後壓了一座大山，喘不過氣，每每想到這些就憂心忡忡，對任何事都提不起興致來。

那個可惡的，僞善的孫教授，死活不肯告訴我這個符號是什麼含意，而且解讀古代加密文字的技術，只有他一個人掌握，但是我又不能用強的硬逼著他說出來。

古田出土的那批龍骨雖然毀壞了，但是孫教授肯定事先留了底，怎麼才能想個法子，再去趟陝西找他要過來看看，只要我能確定背上的印記，與精絕國鬼洞的眼球無關，那樣我才能放心，可是那次談話的過程中，我一提到鬼洞這兩個字，孫教授就像發了瘋一樣，以至於我後來再也不敢對他說鬼洞那個地方了。

孫教授越是隱瞞推搪，我覺得越是與精絕的鬼洞有關係，要是不搞清楚了，早晚要出大事，既然明著要孫教授不肯給我，那說不得，我就得上點手段了，總不能這麼背著個眼球一樣的紅癍過一輩子。

夏天是個容易打瞌睡的季節，我本來做在涼椅上看著東西，以防被佛爺（小偷）順走幾樣，但是腦中胡思亂想，不知不覺的睡著了。

做了一連串奇怪的夢，剛開始，我夢見我娶了個啞巴姑娘做老婆，她比比劃劃的告訴我，要我帶她去看電影，我們也不知怎麼，就到了電影院，沒買票就進去了，那場電影演的沒頭沒尾，也看不出哪跟哪，除了爆炸就是山體塌方，演著演著，我和我的啞吧老婆發現電影院變成了一個山洞，山洞中朦朦朧朧，好像有個深不見底的深淵，我大驚失色，忙告訴我那啞吧老婆，不好，這地方是沙漠深處的「無底鬼洞」，咱們快跑，我的啞吧老婆卻無動於衷，猛然把我推進了鬼洞，我掉進了鬼洞深處，見那洞底有隻巨大的眼睛在凝視著我……

忽然鼻子一涼，像是被人捏住了，我從夢中醒了過來，見一個似乎是很熟悉的身影站在我面前，那人正用手指捏著我的鼻子，我一睜眼剛好和她的目光對上，我本來夢見一隻可怕的巨大眼睛，還沒完全清醒過來，突然見到一個人在看自己，嚇了一跳，差點從涼椅上翻下來。

定睛一看，Shirley楊正站在面前，胖子和大金牙兩人在旁邊笑得都快直不起腰了，胖子大笑道：「老胡，做白日夢呢吧？口水都他媽流下來了，一準是做夢娶媳婦呢。」

大金牙對我說道：「胡爺醒了，這不楊小姐從美國剛趕過來嗎，說是找你有急事。」Shirley楊遞給我一條手帕：「這麼才幾天不見，又添毛病了？口水都流成河了，快擦擦。」

我沒接她的手帕，用袖子在嘴邊一抹，然後用力伸了個懶腰，揉了揉眼睛，這才臆臆症症的對Shirley楊說：「妳的眼睛……哎，對了！」我這時候睡意已經完全消失，突然想到背後眼球形狀的紅瘢，連忙對Shirley楊說道：「妳對了，我這幾天正想著怎麼找妳，有些緊要的事要和妳講。」

Shirley楊對我說道：「我也是有些重要的事，這裡太吵鬧了，咱們找個清靜的地方談吧。」

我趕緊從涼椅上站起來，讓胖子和大金牙繼續照顧生意，同Shirley楊來到了古玩市場附近的一處龍潭公園。

龍潭公園當時還沒改建，規模不大，即便是節假日，遊人也並不多，Shirley楊指著湖邊清靜處的一條石凳說：「這裡很好，咱們在這坐下說話。」

我對Shirley楊說：「一般情侶才會坐這裡，妳要是不避嫌，我倒是也沒什麼，這小地方真不錯，約約會正合適。」

Shirley楊是美國生美國長，雖然長期生活在華人社區，卻不太理解我說的話是什麼意思，問道：「什麼?你是說戀愛中的情侶才被允許坐在湖邊?」

我心想兩國文化背景差別太大，這要解釋起來可就複雜了，便說道：「人民的江山人民坐，這公園裡的長凳誰坐不是坐，咱倆就甭管那套了。」說著就坐了下去。

我問Shirley楊：「陳教授的病好了嗎?」

Shirley楊在我身邊坐下，嘆了口氣說：「教授還在美國進行治療，他受的刺激太大，治療狀況目前還沒有什麼太大的進展。」

我聽陳教授的病情仍未好轉，心中也是難過，又同Shirley楊閒聊了幾句，就說到了正事上，當然不是讓我還錢的事，和我所料一樣，是為了背上突然出現的眼球狀紅瘢。

不僅是我和胖子，Shirley楊和陳教授的身上，也出現了這種古怪的東西，那趟新疆之行，總共活下來五個人，除了這四個人之外，還有個維族嚮導，沙漠中的老狐狸安力滿，他身上是否也出現了這種紅瘢?

Shirley楊說：「在安力滿老爺爺的身上，不會出現，因為他沒見過鬼洞，我想這種印記一定是和鬼洞族的眼球有這某種聯繫。」

關於那個神祕的種族，有太多的祕密沒有揭曉了，但是這些不為人知的祕密，包括那個不知通向哪裡的「鬼洞」，都已經被永遠的埋在黃沙之下，再也不會重見天日。

我把在陝西古田，從孫教授那裡瞭解到的一些事，都對Shirley楊講了，也許她可以從中作出某種程度的判斷，這個符號究竟是不是鬼洞帶給我們的詛咒?

Shirley楊聽了之後說道：「孫教授……他的名字是不是叫做孫耀祖？他的名字在西方考古界都很有威望，是世界上屈指可數的幾個古文字破解專家，擅長解讀古代符號，古代暗號，以及古代加密圖形信息，我讀過他的書，知道他和陳教授是朋友，但是沒機會接觸過他本人，一九八一年，埃及加羅泰普法佬王的墓中，曾經出土過一批文物，其中有一枝雕刻了很多象形符號的權杖，很多專家都無法判斷符號的含義，有一位認識孫耀祖的法國專家寫信給他求助，得到了孫教授的寶貴建議，最後判斷出這枝權杖，就是古埃及傳說中刻滿陰間文字的黃泉之杖，這一發現當時震驚了整個世界，從此孫教授便四海聞名。如果他說這種符號不是眼睛，而是某種象徵性的圖言，我想那一定是極有道理的。」

我暗暗乍舌，想不到孫教授那古怪的脾氣，農民一樣的打扮，卻是這麼有身份的人，海水果然不可斗量啊，我問Shirley楊：「我覺得這個是符號也好，是文字也罷，最重要的是它是吉是凶？與精絕國那個該死的遺跡有沒有什麼關係？」

Shirley楊說：「這件事我在美國已經找到一些眉目了，你還記得在扎格拉瑪山中的先知默示錄嗎？上面提到咱們四個倖存者中，有一個是先知族人的後裔，那個人確實是我，我外公在我十七歲的時候便去世了，他走的很突然，什麼話都沒有留下。我這趟回美國，翻閱了他留下來的一些遺物，其中有本筆記，找到了很多驚人的線索，完全證明了先知默示錄的真實性。」

看來事情向著我最擔心的方向發展了，真是怕什麼來什麼，那個像噩夢一樣的鬼洞，避之惟恐不及，它卻偏偏像狗皮膏藥一樣，黏在了身上，我們是否被精絕古國所詛咒了？那座古城連同整個扎格拉瑪，不是都已經被黃沙永久的掩埋了嗎？

Shirley楊說道：「不是詛咒，但比詛咒還要麻煩，扎格拉瑪……我把我所知道的事情從頭講給你聽。」

第八〇章　搬山道人

塔克拉瑪干沙漠深處的「扎格拉瑪山」，黑色的山體下，埋藏著無數的祕密，也許真的和山脈的名字一樣，扎格拉瑪在古維語中是「神祕」之意，也有人解釋作「神山」，總之生活在扎格拉瑪周圍的凡人，很難洞查到其中的奧祕。

在遠古的時代，那個曾經誕生過被尊稱為「聖者」的無名部落，姑且稱之為「扎格拉瑪部落」，部落中的族人從遙遠的歐洲大陸遷徙而來，在扎格拉瑪山與世無爭的生活了不知多少年，直到人們無意中在山腹裡，發現了深不見底的「鬼洞」，族中的巫師告訴眾人，在古老的東方，有一隻金色的玉石巨眼，可以看清鬼洞的真相，於是他們就模仿著造了一隻同樣的玉石眼球，用來祭拜「鬼洞」，從那一刻起噩運便降臨到這個部族之中。

在那以後扎格拉瑪部落，便被真神拋棄，災禍不斷，族中作為領袖的聖者認為，這必是和「鬼洞」有關，災禍的大門一旦開啓，再想關上可就難了，為了躲避這些可怕的災禍，不得不放棄生活了多年的家園，向著遙遠的東方遷移，逐漸融入了中原的文明之中。

所謂的「災禍」是什麼呢？以現在的觀點來看，似乎可以說是一種病毒，一種通過眼睛感染上的病毒，凡是親眼見過鬼洞的人，過一段時間之後，身體上就會出現一種眼球形狀的紅色癍塊，終生無法消除。

生出這種紅癍的人，在四十歲之後，身體血液中的鐵元素，會逐漸減少，人的血液之所以是紅色的，就是因為血液中含有鐵，如果血液中的鐵慢慢消失，血液就會逐漸黏稠，供應大腦的氧氣也會降低，呼吸會越來越困難，最後死亡之時，血液已經變成了黃色。

這一痛苦的過程將會持續十年，他們的子孫後代，雖然身上不再生有紅癍，卻依舊會患上鐵缺乏症，最後和他們的祖先一樣，在極端的痛苦中死去，由於他們並不是像後來的精絕國人，只有少數神職人員見過鬼洞，而是部族中的大部分人都親眼看到過鬼洞，所以他們只好背井離鄉。

遷移到中原地區之後，他們經過幾代人的觀察，發現了一個規律，離鬼洞的距離越遠，發病的時間就越晚，但是不管怎樣，這種症狀都始終存在，一代人接一代人，臨死之時都苦不堪言，任何語言都不足以形容血液變成黃色凝固狀的痛苦。

為了找到破解這種痛苦的辦法，部族中的每一個人都想盡了辦法，多少年之後到了宋朝，終於找到一條重要線索，在黃河下游的淤泥中，發現了一個巨大的青銅鼎，該鼎為商代中期產物。

此鼎深腹凹底，下有四足，威武凝重，並鑄有精美的蟬紋，鼎是古代一種重要的禮器，尤其是在青銅時代，青銅礦都控制在政府手中，對青銅的冶煉工藝水平，標誌著一個國家的強大程度，帝王鑄鼎用來祭天地祖先，並在鼎上鑄造銘文，向天地彙報一些重要事物，另外用來賞賜諸侯貴族功臣的物品，也經常以青銅為代表，領受恩賞的人，為了記錄這重大的榮耀，回去後會命人以領受的青銅為原料，築造器物來紀念這些當時的重大事件。

扎格拉瑪部族的後人們，發現的就是這樣一件記錄著重大事件的青銅鼎，當年商代第三十二代君主武丁，曾經得到一隻染滿黃金浸的玉石眼球，據說這隻玉石眼球是由一座崩塌的山峰中找到，同時發現的還有一件赤袍。

商王武丁認為這隻古玉眼是黃帝仙化之後留下的，無比珍貴，將其命名為「雲塵珠」，於是命人鑄鼎紀念，青銅鼎上的銘文記錄僅限與此，再也沒有任何多餘的信息。（雲塵珠、避塵珠、赤丹，是自古多次出現在史書中的中國三大神珠，其中雲塵珠是類似玉的神祕材料製成，相傳為黃帝祭天所得，傳說後來被用來為漢武帝陪葬，後茂陵被農民軍破壞，至今下落不明，避塵珠有可能是全世界最早發現的放射性物質，該珠在中國陝西被發現，發現時由於發生了惡性哄搶事件，遂就此失蹤。赤丹則最具傳奇性，傳說該丹出自三神山，有脫胎換骨之神效，始終為宮廷祕藏，失落於北宋末年。）

扎格拉瑪部落的後人，有不少擅長占卜，他們通過占卜，認為這隻染滿黃金浸的古玉眼球，就是天神之眼，只有用這隻古玉眼球來祭祀鬼洞，才能抵消以前族中巫師製造那枚玉眼窺探鬼洞祕密，所惹出的災禍，而這枚曾經被武丁擁有過的古玉，在戰亂中幾經易手，現在極有可能已經被埋在某個王室貴族的古墓地宮中，成為了陪葬品，但是占卜的範圍有限，無法知道確切的位置。

此時的扎格拉瑪部落，已經由遷徙至內地時的五千人，銳減為千餘人，他們早已被漢文明同化，連姓氏也隨漢化，為了擺脫惡疾的枷鎖，他們不得不分散到各地，在古墓中尋找「雲塵珠」，這些人，成為了當時四大盜墓體系的一個分支。

自古職業盜墓者，按行事手段不同，分為四個派系，發丘、摸金、搬山、卸嶺，扎格拉瑪部族的後裔，多半學的是「搬山分甲術」，平時用道士的身份偽裝，以「搬山道人」自居。

「搬山道人」與「摸金校尉」有很大的不同，從稱謂上便可以看出來，「搬山」採取的是喇叭式盜墓，是一種主要利用外力破壞的手段，而「摸金」則更注重技術環節。

扎格拉瑪部落後代中的「搬山道人」們，在此後的歲月中，也不知找遍了多少古墓，線索斷了續，續了斷……

在這種築籬式的搜索中，「雲塵珠」依然下落不明，隨著時間的推移「搬山術」日漸式微，人才凋零，到了民國年間，全國只剩下最後一位年輕的「搬山道人」，此人是江浙一帶最有名的盜墓賊，只因為使得好口技，天下一絕，故此人送綽號「鷓鴣哨」，久而久之，所有的人都忘了他本名叫什麼，只以「鷓鴣哨」稱呼，會使輕功，最擅長破解古墓中的各種機關，並且槍法如神，不僅在倒斗行，即使在綠林之中，也有好大的名頭。

「鷓鴣哨」尊照祖宗的遺訓，根據那一絲絲時有時無的線索，到處追查「雲塵珠」的下落，最後把目標著落在西夏國的某個藏寶洞裡，傳說那個藏寶洞距離廢棄的古西夏黑水城不遠，原是作為西夏國某個重臣修建的陵墓，然而西夏國最後被蒙古人屠滅，當時那位王公大臣還沒有來得及入斂，就將宮廷內的重要珍寶，都藏在了裡面，有可能「雲塵珠」也在其中，但是地面沒有任何封土等特徵，極為難尋。

「鷓鴣哨」這種「搬山道人」，不懂風水星相，在技術上來講是不可能找到藏寶洞的，這時他的族人，已經所存無多，再找不到「雲塵珠」，這個古老的部族血脈很可能就此滅絕了，眼見自己的族人臨死之時的慘狀，「鷓鴣哨」不得不求助於擅長風水分金定穴的「摸金校尉」。

可是當時天下大亂，發丘、摸金、搬山、卸嶺這四大派系，幾乎都斷了香火，還懂「搬山術」這套內容，可能就只剩下「鷓鴣哨」一個人，發丘、卸嶺更是早在多少朝之前就不存在了。

而當時做「摸金校尉」的人也不多了，屈指算來，全國都不超過十位，那個年代，從事盜墓活動的，更多的是來自軍閥統率的「官盜」，或者是民間的「散盜」。

「鷓鴣哨」千方百計找到了一位已經出家當和尚的摸金校尉，求他傳授分金定穴的祕術，這個和尚法號上「了」下「塵」，了塵長老曾經也是個摸金校尉，倒過很多大斗，晚年看破紅塵，出家為僧。

了塵法師勸告「鷓鴣哨」說：「世事無弗了，人皆自煩惱，我佛最自在，一笑而已矣，施主怎麼就看不開呢，老僧當年做過摸金校尉，雖然所得之物，大都是用之於民，然而老來靜坐思量，心中實難安穩，讓那些珍貴的明器重見天日，這世上又會因此，多生出多少明爭暗鬥的腥風血雨，明器這種東西，不管是自己受用了，還是變賣行善，都不是好事，總之這倒斗的行當，都造孽太深……」

「鷓鴣哨」無奈之下，把實情托出，了塵法師聽了原由，便動了善念，準備將「摸金」的行規手段都傳授給「鷓鴣哨」，但是按規矩，「鷓鴣哨」先要立一個投命狀，才能授他摸金符。

歷來倒斗的活動，都是在黑暗中進行，不管動機如何，都不能夠曝光，所以行規是半點馬虎不得，了塵法師告訴「鷓鴣哨」：「我在此出家之時，曾經看到這附近有座古墓，還沒有被人倒過斗，地點在寺外山下，西北十哩，有片荒山野嶺，那裡有塊半截的無字石碑，其下有座南宋時期的古墓，外部的特徵只剩那半截殘碑，石碑下是個墓道，那座墓地處偏僻，始終沒被盜過，但是穴位選得不好，型如斷劍。你按我所說，今夜到那墓中取墓主一套大斂之服來，作為你的投命狀，能否順利取回，就看祖師爺賞不賞你這門手藝了。」

隨後了塵法師給了「鷓鴣哨」一套傢伙，都是「摸金校尉」的用品，並囑咐他切記，摸金行內的諸般規矩，「摸金」是倒斗中最注重技術性的一個流派，而且淵源最久，很多行內通用的唇典套口，多半都是從摸金校尉口中流傳開來的，舉個例子，現今盜墓者，都說自己是「倒斗」的手藝人，但是為什麼管盜墓叫做「倒斗」？恐怕很多人都說不上來，這個詞最早就是來源於摸金校尉對盜墓的一種生動描繪，中國大墓，除了修在山腹中的，多半上面都有封土堆，以秦陵為例，封土堆的形狀就恰似一個量米用的斗，反過來扣在地上，明器地宮都在斗中，取出明器最簡單的辦法，就是把斗翻過開拿開，所以叫倒斗。

諸如此類典故，以及種種禁忌講究，「鷓鴣哨」以前聞所未聞，搬山道人可沒這麼多名堂，聽了了塵長老的講解，大有茅塞頓開之感。

了塵長老最後再三叮嚀的，就是倒斗的行規，要在墓室東南角點上蠟燭，燈亮便開棺摸金，倘若燈滅則速退，另外不可取多餘的東西，不可破壞棺槨，一間墓室只可進出一個來回，離開時要儘量把盜洞回填……

「鷓鴣哨」當天夜裡，獨自一人找到了那塊南宋古墓的殘碑，這時天色正晚，天空陰雲浮動，月亮在團團烏雲中時隱時現，夜風吹動樹林中的枯枝敗葉，似是鬼哭神嚎。

「鷓鴣哨」這會不再使用自己的「搬山分甲術」，而是依照了塵法師的指點，以摸金校尉的手法打出了一條直達墓室的盜洞。

當下準備了墨斗、捆屍索、探陰爪、蠟燭、軟屍香、黑驢蹄子和糯米等物，吃了一粒避屍氣的「紅奩妙心丸」，將一把德國二十響鏡面匣子槍的機頭撥開，插在腰間，又用溼布蒙住口鼻。

那了塵長老說這墓穴形勢混亂，風逆氣凶，形如斷劍，勢如覆舟，在這種標準的凶穴，說不定會釀出屍變，不過「鷓鴣哨」身經百戰，再凶險的古墓也不在話下，那些古墓種的精靈鬼怪，粽子陰煞，黑凶白凶，這幾年曾經幹掉了沒有一百，也有八十。

「鷓鴣哨」心想：「這回是了塵長老考驗自己的膽色和手段，絕不能墜了鷓鴣哨三個字在倒斗行內響當當的字號。」於是做好了準備，抬頭看了看天上朦朧的月亮，提著馬燈，深吸一口氣，鑽進了盜洞。

「鷓鴣哨」憑著敏捷的身手，不多時便鑽進了主墓室，這座墓規模不大，高度也十分有限，顯得分外壓抑，地上堆了不少明器，「鷓鴣哨」對那些瑣碎的陪葬之物看也不看，進去之後，便找準墓室東南角，點燃了一支蠟燭，轉身看了看墓主的棺槨，發現這裡沒有槨，只有棺，是一具銅角金棺，整個棺材都是銅的，在「鷓鴣哨」的盜墓生涯中，這種棺材還是初次見到，以前只是聽說過，這種銅角金棺是為了防止墓主乍屍而特製的，之所以用這樣的銅角金棺來盛斂，很可能是因為墓主下葬前，已經出現了某些屍變的跡象。

不過「鷓鴣哨」藝高人膽大，用探陰爪啓開沉重的棺蓋，只見棺中是個女子，面目如生，也就三十歲上下，是個貴婦模樣，兩腮微鼓，這說明她口中含有防腐的珠子，頭上插滿了金銀首飾。

身上蓋著一層繡被，從上半身看，女屍身穿九套大殮之服，只扒她最外邊的一套下來，回去便有交代，「鷓鴣哨」翻身躍進棺中，取出捆屍索，在自己身上纏了兩遭，於胸口處打個結，另一端做成一個類似上吊用的繩圈，套住女屍的脖子。

「鷓鴣哨」屏住呼吸趴在棺中，和女屍臉對著臉，在棺中點了一塊軟屍香，軟屍香可以迅速把發硬的屍體薰軟，順手就放在南宋女屍的臉側，向後坐到棺中女屍腿上，調整好捆屍索的長度，一抬頭挺直腰桿，由於受到脖子上捆屍索的牽引，女屍也同時隨著他坐了起來。

（摸金校尉用捆屍索一端套在自己胸前，一端做成繩套拴住屍體的脖子，是為了使屍體立起來，而且自己可以騰下手來，去脫屍體身上的衣服，由於摸金校尉是騎在屍體身上，屍體立起來後，就比摸金校尉矮上一塊，所以捆屍索都纏在胸口，另一端套住屍體的脖頸，這樣才能保持水平。後來此術流至民盜之中，但是未得其詳，用的繩子是普通的繩子，繩上沒有墨，而且民盜也沒搞清楚捆屍索的繫法，自己這邊不是纏在胸前，而也是和屍體那端一樣，套在自己的脖子上，有不少人就因為方法不當，糊里糊塗的死在這上邊。）

「鷓鴣哨」用捆屍索把女屍扯了起來，剛要動手解開女屍穿在最外邊的斂服，忽然覺得背後一陣陰風吹過，回頭一看墓室東南角的蠟燭火苗，被風吹得飄飄忽忽，似乎隨時都會熄滅，「鷓鴣哨」此刻和女屍被捆屍索拴在一起，見那蠟燭即將熄滅，暗道一聲：「糟糕」。看來這套「大歸斂服」是拿不到了，然而對面的女屍忽然一張嘴，從緊閉的口中掉落出一個黑紫色的珠子。

「鷓鴣哨」看了看近在咫尺的女屍，女屍的臉上正在慢慢地長出一層極細的白色絨毛，看來只要墓室東南角的蠟燭一滅，這屍體要變成白凶了，不過縱然真的發生屍變，自己這「捆屍索」也盡可以克制於她。

* * *

不過按照「摸金校尉」的行規，蠟燭滅了就不可以再取墓室中的任何明器，「鷓鴣哨」十五歲便開始做「搬山道人」，十二年來久歷艱險，遇上了不知多少難以想像的複雜場面，這時候如果就此罷手，自是可以全身而退，然而知難而返，不是他行事的作風。

「鷓鴣哨」的打算，是既不能讓蠟燭滅了，也不能給這古屍屍變的機會，女屍身上穿的大斂之服（壽衣）也必須扒下來給了塵長老帶回去，若不如此，也顯不出自己的手段。

「鷓鴣哨」瞄了一眼女屍口中掉落的深紫色珠子，便知道大概是用「朱砂」同「紫玉」混合的丹丸，這是種嶗山術裡為了不讓死者產生屍變而祕制的「定屍丹」，中國古代的貴族極少願意火葬，如果死後有將要屍變跡象，便請道士用丹藥制住，依舊入土斂葬，但是這些事除了死者的家屬知道，絕不對外吐露半句。

墓室東南角的蠟燭火苗，不知被哪裡出現的陰風，吹得忽明忽暗，幾秒鐘之內就會熄滅，「鷓鴣哨」坐在女屍身上，左手一抻捆屍索，那女屍被軟屍香薰得久了，脖頸受到拉扯，立即頭向後仰，長開了嘴。

「鷓鴣哨」用右手立刻撿起掉落在棺中的「定屍丹」，塞進了女屍口中，抬腳撐住女屍的肚腹，再次扯動「捆屍索」，把女屍頭部扯得向下一低，閉了上嘴，那枚「定屍丹」便再次留在了她的口中。

隨後「鷓鴣哨」騰出右手抽出腰間的匣子槍，回手便是一槍，「啪」的一聲，將墓室中的一面瓦當打落在地，這間墓室是磚木結構，為了保護木椽，修建之時在木椽處都覆以圓柱形的瓦當，瓦當被子彈擊中，有一大塊掉落在地上，剛好落在蠟燭附近，被上面的風一帶，蠟燭只呼的一閃，竟然沒有熄滅，這一槍角度拿捏的恰到好處，半截空心圓柱形狀的瓦當，如同防風的套桶，剛好遮住了蠟燭的東南兩側，東側是墓道入口，這樣一來，就把外邊吹進來的氣流盡數擋住，只要不把瓦當吹倒，蠟燭就不會熄滅。

「鷓鴣哨」由於要扯著「捆屍索」，左手不敢稍離，又怕蠟燭隨時會滅掉，這才兵行險招，憑藉著超凡脫俗的身手，開槍打落瓦當遮風。

只要蠟燭不滅，就不算破了「摸金校尉」的規矩，即使真的發生屍變，也要傾盡全力把這具南宋女屍身上的「斂服」取到手。

這時天色已經不早，必須趕在金雞報曉前離開，「摸金校尉」的各種禁忌規矩極多，「雞鳴不摸金」便是其中之一，因為不管動機如何，什麼替天行道也好，為民取財，扶危濟貧也好，盜墓賊終究是盜墓賊，倒斗是絕對不能見光的行當，倘若壞了規矩，天亮的時候還留在墓室之中，那連祖師爺都保佑不了。

此時了塵長老雖然傳了「鷓鴣哨」種種行規及手法，並給了他一整套的「摸金器械」，但是並沒有授他最重要的「摸金符」，如果不戴「摸金符」，而以「摸金校尉」的手段去倒斗，是十分具有危險性的，假如這樣仍然能從古墓中倒出明器，才有資格取得「摸金符」。

打盜洞通入墓室便已用了很多時間，遲則生變，越快把斂服倒出來越好，「鷓鴣哨」估摸著時間所剩無幾了，便擺了個魁星踢鬥的姿勢，坐在南宋女屍腿上，用腳和胸前的「捆屍索」固定住棺中的南宋女屍，讓她保持坐姿，身手去解罩在她最外層的斂服。

忽然「鷓鴣哨」覺得脖子上一癢，似乎有個毛絨絨的東西趴在自己肩頭，饒是膽大，也覺得全身寒毛倒豎，急忙保持著身不動、膀不搖的姿勢，扭回頭去看自己肩膀上究竟是什麼東西。

第八一章　野貓

只見有隻花紋斑斕的大野貓，不知何時，從盜洞中悄無聲息的溜進了墓室，此刻正趴在「鷓鴣哨」的肩頭，用兩隻大貓眼惡狠狠地同「鷓鴣哨」對視。

「鷓鴣哨」暗罵一聲「晦氣」，倒斗的不管那一門，都最忌諱在墓室中遇見貓、狐、黃鼠狼之類的動物，尤其是野貓，傳說貓身上有某種神祕的生物電，如果活貓碰到死屍，是最容易激起屍變的。

這隻不請自來的大野貓，一點都不怕陌生人，它趴在「鷓鴣哨」的肩頭，同「鷓鴣哨」對視了一下，便低頭向棺中張望，它似乎對棺中那些擺放在女屍身旁的明器極感興趣，那些金光閃閃的器物，在它眼中如同具有無比吸引力的玩物，隨時都可能撲進棺中。

「鷓鴣哨」把心懸到了嗓子眼，他擔心這隻野貓從自己肩頭跳進棺材裡，一旦讓它碰到女屍，即便是女屍口含著「定屍丸」，也必定會引發屍變，真要是變做了白凶，自己雖然不懼，但是一來動靜鬧得大了，說不定會把蠟燭碰滅，二來時間不多，恐怕來不及取女屍的「斂服」回去拿給了塵長老了，雞鳴不摸金的行規，同燈滅不摸金的規矩一樣，都是「摸金校尉」必須遵循的鐵則。

雖然憑「鷓鴣哨」的身手，即使壞了這些摸金行規，取走這套「斂服」是易如探囊取物，但是道上的人最看重信義承諾，把這些規則看得比性命還要來得金貴，「鷓鴣哨」這樣的高手，更是十分珍惜，倒斗的名頭本就好說不好聽，如果再失去了賴以生存的規則，那麼就會淪落成民間散盜一樣的毛賊。

說時遲，那時快，這些想法在「鷓鴣哨」的腦中，也只一轉念，更不容他多想，那隻條紋斑斕的大野貓，再也抵受不住明器亮晶晶的誘惑，一躬身，就要從「鷓鴣哨」的肩頭躍將下去。

「鷓鴣哨」想伸手抓住這隻大野貓，但是惟恐身體一動，驚動於它，反而會碰到南宋女屍，這時眼瞅著野貓就要跳進棺內，急中生智，連忙輕輕的吹了一聲口哨。

「鷓鴣哨」這綽號的由來，便是因為他會使諸般口技，模仿各種動物機器人聲，學什麼像什麼，有以假亂真的本領，這功夫為了吸引野貓的注意力，撮起嘴來輕吹兩聲口哨，然後模仿起貓的叫聲，喵喵叫了幾下。

那隻準備跳進棺材裡的大野貓，果然被同類的叫聲吸引，耳朵一聳，在「鷓鴣哨」肩頭尋找貓叫聲的來源，野貓大概也感到奇怪，沒看見有別的貓？躲在哪裡？聽聲音好像還就在附近。

「鷓鴣哨」一看這隻大野貓中計，便盤算著如何能夠將它引離棺材，只要有這麼一丁點時間，把女屍的斂服扒下來，便可大功告成，那時候這隻臭貓願意去棺材裡玩便隨它去好了，但是如何才能把它暫時引走呢？

為了分散野貓的注意力，「鷓鴣哨」又輕輕地學了兩聲鳥叫，野貓可能有幾天沒吃飯了，聽見鳥叫，便覺得食指大動，終於發現，那鳥叫聲，是從旁邊這個傢伙的眼睛下邊發出來的，這個人臉上還蒙了塊布，這黑布下面定有古怪，說不定藏著隻小麻雀。

大野貓一想到小麻雀，頓時餓得眼睛發藍，抬起貓爪一下下的去抓「鷓鴣哨」蒙在嘴上的黑布，「鷓鴣哨」心中竊喜，暗罵：「該死的笨貓，蠢到家了。」

「鷓鴣哨」利用大野貓把全部注意力，都集中在他遮嘴黑布上的機會，用手悄悄地抓住棺中陪葬的一件明器，那是一隻純金的金絲鐲子，為了不驚動野貓，他保持胳膊不動，只用大拇指一彈，將那金絲鐲子彈向身後的盜洞。

金絲鐲子在半空中，划出一條拋物線，掉落在墓室後的盜洞口附近，墓室裡始終靜悄悄的，連針掉在地上都能聽到，那鐲子一落地，果然引起了野貓的注意，「鷓鴣哨」這時也不再使用口技，野貓以為那隻小麻雀趁自己不注意，跑到後邊去了，「喵喵」一叫，追著聲音跳進了盜洞，想去捕食。

「鷓鴣哨」等的就是這個機會，野貓剛一跳離自己的肩頭，便立刻掏出二十響帶快慢機的德國鏡面匣子槍，想要回身開槍把那隻大野貓打死，以免它再跳上來搗亂，卻不料回頭一望，身後的墓室中，除了初時那隻花紋斑斕的大野貓，竟又鑽進來七八隻大大小小的野貓，有一隻離半罩住蠟燭的瓦當極近，只要隨便一碰，瓦當就會壓滅蠟燭。

「鷓鴣哨」的額頭涔涔冒出冷汗，大風大浪不知經過多少遭，想不到再這小小的墓室中，遇到了這種聞所未聞，見所未見的詭異情況，難道是剛才自己做的口技，引起了附近野貓們的注意，貓的耳音最靈，聽到洞中傳來麻雀的叫聲，便都鑽進來想要飽餐一頓，天色隨時會亮，這可如何是好？

* * *

按往常的經驗，野貓這種動物生性多疑，很少會主動從盜洞鑽進古墓，「鷓鴣哨」望著身後那些大大小小的野貓哭笑不得，今夜這是怎麼了，按倒葫蘆又起來瓢，想不到從這古墓中摸一套斂服，平時這種不在話下的小事，今夜竟然生出這許多波折。

這大概就是所謂的「成也簫何，敗也簫何了」，用貫絕天下的口技，引開了一隻野貓，卻招來了更多的大批野貓。

憑「鷓鴣哨」那套百步穿楊的槍法，完全可以用快槍解決掉進入墓室中的野貓，但是稍有差遲，奔竄或者受傷的野貓很可能會把蠟燭碰滅。

如果在「雞鳴燈滅」前拿不到這套斂服，就學不到「摸金校尉」的分金定穴之術了，想到部族中的人臨死前苦不堪言的慘狀，「鷓鴣哨」便覺得世界上所有的困難都擋不住自己，當下一咬牙，這種情況就不能求穩，必須以快制快，在那些該死的野貓惹出事端之前，便把女屍的斂服扒下來。

「鷓鴣哨」出手如電，將女屍身體固定住之後，將她的斂服搭袢扯掉，用腳抬起女屍的左臂，想把斂服的袖子從女屍胳膊上褪下來，然而剛一動手，忽見兩隻野貓跳上了銅角金棺的棺槨，那野貓為何不怕人呢？只因長期從事倒斗活動的人，身上陰氣重，陽氣弱，再加上一襲黑衣身手輕盈，又服食了抑制呼吸心脈化解屍毒的「紅奩妙心丸」，所以在動物眼中，這種盜墓賊和死人差不多，野貓們覺得死人並不存在危險。

一黑一花兩隻大野貓，被金角銅棺那黃澄澄的顏色所吸引，縱身躍了上來，兩隻野貓互相在打架，你沖我呲呲貓牙，我給你一貓爪子，兩隻野貓翻翻滾滾的同時掉進棺中。

眼看野貓就要碰到古屍了，此時女屍口中含住「定屍丹」，屍身上的白毛已經減退，恢復如初，但是如果被野貓碰到，肯定立刻就會發生屍變，「鷓鴣哨」心裡十分清楚，一旦屍變，那白凶極是猛惡，不是一時三刻所能制得住的，估計再過小半柱香的功夫，就該金雞報曉了，雖然金雞一鳴，白凶也發作不得，但是女屍身上這套斂服是無論如何都取不下來了。

這也就是「鷓鴣哨」的身手，在野貓碰到女屍之前的一瞬間，「鷓鴣哨」扯動「捆屍索」，一挺腰桿兒，騰空而起，從金角銅棺中向左邊跳了出去，把那南宋女屍也一併從金角銅棺中扯出，一人一屍都落在墓室的地面上。

這時已經有三四隻野貓，都進了棺材裡，在「銅角金棺」中互相追逐著嘻戲，「鷓鴣哨」暗道真是險過剃頭，既然已離了銅角金棺，更不敢耽擱，把女屍從自己身上推起來，仍是抬腳架起女屍的胳膊，想把女屍的斂服扒下來，然而借著忽明忽暗的燭光，發現那女屍的嘴不知什麼時候又張開了，大概是由於帶著女屍從銅角金棺中跳出來，動作幅度太大，又把女屍的嘴顛開了。

只見那女屍身上又開始浮現出一層白色絨毛，就如同食物變質發黴生出的白毛一樣，眼看著越來越長，張開的屍口對著「鷓鴣哨」噴出一團黑霧，「鷓鴣哨」心中一驚，倒吸了一口冷氣，好濃的屍氣，若不是事先服了「紅奩妙心丸」，噴這屍氣一薰，立刻就會中屍毒身亡。

對於古屍黑霧一般的屍氣，「鷓鴣哨」不敢大意，低頭避讓，只見原本含在南宋女屍口中的深紫色「定屍丹」，正落在半罩住蠟燭的瓦當旁，面對即將屍變的南宋女屍，如果不管不顧的繼續扒她身上的斂服，女屍被活人一碰，一秒鐘之內就會變為白凶，「鷓鴣哨」只好把抓住女屍身上斂服的手鬆開，不管怎麼說，趁現在屍變的程度不高，先把這粒定屍丸給女屍塞回去。

於是「鷓鴣哨」著地一滾，他與南宋女屍之間被「捆屍索」連在一起，那具正在慢慢長出白色細毛的南宋女屍，也被「鷓鴣哨」扯著拖向墓室東南角。

墓室的東南角，是整座墓室中處照明的死角，現在墓室中的光源一共有兩處，一處是掛在銅角金棺蓋子上的馬燈，另一處便是被瓦當半遮住的蠟燭，瓦當與銅角金棺形成的陰影交彙在墓室的東南角落，而那粒「定屍丹」，就剛好落在光與暗的交界線上，隨著燭光搖曳，時而瞧得見，時而又被黑暗吞沒。

「鷓鴣哨」滾到近前，伸手去拿地上的「定屍丹」，忽然從光線死角的陰影中竄出一隻大貓，正是最初進墓室搗亂的那隻野貓，那貓可能餓得狠了，見什麼想吃什麼，張口便咬地上的「定屍丹」。

「鷓鴣哨」對這隻野貓恨得牙根兒都癢癢，但是這時候伸手取「定屍丹」已經晚了，「鷓鴣哨」情急之下，只好故計重施，以天下第一的口技學了兩聲老鼠叫，那隻花紋斑斕的大野貓果然再次中計，稍稍一愣神，瞪著一雙大貓眼盯著「鷓鴣哨」，只是沒搞明白對面這隻大老鼠怎麼與平常的老鼠長得不一樣，所以沒有立即撲上來。

「鷓鴣哨」趁著野貓一怔的時機，用手抄起地上的定屍丸，順手塞進南宋女屍口中，跟著飛出一腳，把大野貓像個皮球一樣，踢了出去，「鷓鴣哨」這一腳何等凌厲，加之無聲無息，那野貓猝不及防，只把它踢得一頭撞在墓室牆上，骨斷筋折，腦袋碎成了數瓣，哼都沒哼一聲便一命嗚呼了。

「鷓鴣哨」踢死了大野貓，心中暗道：「非是要取你性命，只是你這饞貓一而再，再而三的壞我大事，留你不得，你成佛吧。」（成佛，在道門的人稱「死亡」為成佛，是升天的意思，並不是廟裡的那種佛，有解脫之意。）

「鷓鴣哨」有掐心思點兒的功夫(注)，憑直覺這麼一算，附近村落的大公雞，不出半隻紙煙的時間，就會啼鳴報曉，再也等不得了，當下一扯捆屍索，把南宋女屍拽起，南宋女屍罩在最外邊的斂服，已經完全解開，只剩下兩隻衣袖，女屍身穿九套斂服，衣服套得非常緊，但是只要順著斂服及身體的走勢，使用的手法得當，用不了費太大力氣便可全扒下來。

「鷓鴣哨」扶正南宋女屍的屍體，準備把她的屍身轉過去，這樣不用抬死屍的胳膊，只要從南宋女屍背後順勢一扯，那就算完活了。

然而還沒等「鷓鴣哨」把南宋女屍轉過去，就覺得一陣陣腥風浮動，鑽進墓室的其餘野貓，都聽到了剛才有老鼠的叫聲，而且那老鼠叫是從「鷓鴣哨」身上發出來的，野貓們都餓得久了，此刻聽到老鼠叫聲，便紛紛竄向「鷓鴣哨」，要在他身上找找老鼠在哪。

十幾隻大小野貓同時撲了上來，便是有三頭六臂也不可能把它們同時解決，「鷓鴣哨」心中一片冰涼：「罷了，看來天意如此，老天不容我學這套摸金校尉的分金定穴祕術。」

但是這種氣餒的念頭，在心中一閃即逝，野貓們來得快，「鷓鴣哨」的口技更快，先前聽那些野貓們的叫聲，已經完全可以模仿了，「鷓鴣哨」學著野貓的叫聲：「喵嗷～喵嗷～。」

野貓們哪想得到「鷓鴣哨」有這種本事，本來在他身上有老鼠叫，這會兒又有野貓的叫聲，一時搞不清狀況，野貓本就生性多疑，一時都停住不前，瞪著貓眼盯住「鷓鴣哨」。

野貓們的眼睛在漆黑的墓室中，就如同數十盞明亮的小燈，散發出充滿野性而又詭詐的光芒，「鷓鴣哨」不管野貓們怎麼打算，立刻把南宋女屍的屍身轉了過去，用「捆屍索」定住女屍，扯她屍身上的斂服。

幾乎在這同時，飢餓的野貓們也打定了主意，好像是事先商量好了一樣，不管是老鼠還是死人，都是可以吃的東西，這回不管再有什麼聲音，也要先咬上一口再說，一隻野貓都像是離弦的快箭，驟然撲至。

「鷓鴣哨」也知道，這個詭異漫長的夜晚，現在已經到了最後的時刻了，最後能不能成功，就要看這最後幾秒鐘的短暫時間，在這短短的一瞬間，必須同時做到，第一，不能讓野貓們碰到南宋女屍，激起屍變，第二，也不能讓任何一隻野貓碰熄了墓室中的蠟燭，第三要趕在金雞報曉前扒下南宋女屍的斂服，絕不能打破雞鳴吹燈不摸金的規矩。

「鷓鴣哨」向後退了一步，踏住腳下的瓦當，用腳把瓦當踢向撲在最前邊的野貓，激射而出的瓦當剛好打在那隻黑色野貓的鼻樑上，野貓「嗷」的一聲慘叫，滾在一邊。

這時「鷓鴣哨」也抱著南宋女屍倒地，避過了從半空撲過來的兩隻野貓，順手抓起地上的蠟燭，右手擎著蠟燭，用蠟燭的火苗燒斷自己胸前的「捆屍索」，左手抓住南宋女屍斂服的後襟，「鷓鴣哨」和南宋女屍都是倒在地上的，此時抬腳把背對著自己的南宋女屍，向前一腳蹬出，將女屍身上的斂服扯了下來，這一下動作幅度稍稍大了些，「鷓鴣哨」一手抓著斂服，一手舉著的蠟燭也已熄滅，遠處的金雞報曉聲同時隨著風傳進盜洞之中，貓吃死人是很罕見的情形，而這墓室中十數隻瘋了一般的野貓，同時撲到南宋女屍身上亂咬……

注　掐心思點兒：能夠掌握極精確的生物鐘。掐：算。點兒：鐘點。

第八二章　雞鳴燈滅

雞鳴燈滅，斂服拿到手，幾乎是都是在同一時間完成的，很難判斷哪個先哪個後，「鷓鴣哨」把蒙在嘴上的黑布扯落，只見那些飢餓的野貓們，都趴在南宋女屍的身上亂抓亂咬，還有數隻，在墓室另一端，爭相嘶咬著先前撞死的野貓死體，「鷓鴣哨」看得暗暗心驚，這些哪裡像是貓，分明就是一群餓著肚子的厲鬼。

狗和豬餓急了都會吃死人肉，此時雞鳴三遍，已經不會再發生屍變了，這古墓中的女屍，嘴中含著「定屍丸」，受到藥物的克制，把屍毒都積存在屍體內部，沒有向外擴散，所以女屍至今仍然保存完好，這些餓貓們吃了她的肉，肯定會中屍毒而死。

「鷓鴣哨」心想如此也好，這具南宋的女屍，屍毒鬱積，多虧「定屍丸」與「銅角金棺」壓制住她，如果讓她繼續深埋古墓，遲早釀成大害，為禍一方，讓這些該死的野貓把她吃個乾淨，最後同歸於盡，倒也省去許到麻煩。

於是「鷓鴣哨」把取到的斂服疊好，提了棺板上的馬燈，從盜洞中鑽了出去，此刻雖已雞鳴，天色卻仍然黑得厲害，「鷓鴣哨」趁黑把盜洞回填，將野貓以及古墓中的一切都封在裡邊，又把那半截無字石碑放回原位，再一看，沒有一絲動過的痕跡。

這才回轉「無苦寺」，見到了塵長老，把斂服奉上，將一夜中的經過原原本本的敘述一遍，最後對了塵長老說道：「雞鳴燈滅的同時，才把古屍的斂服拿到手中，已經無法分辨哪般在前，哪般在後，不敢斷言沒有破了行規，想必弟子無緣得吾師傳授，日後如得不死，定再來聆聽吾師禪理，弟子現下尚有要事在身，這便告辭了。」

了塵長老也曾在江湖上闖蕩多年，曾是摸金校尉中出乎其類，拔呼起粹的頂尖人物，聽「鷓鴣哨」這番話，如何不省得他的意思，想那「鷓鴣哨」也是倒斗行裡數得著的人物，他這麼說是以退為進。

了塵長老看著跪在地上的「鷓鴣哨」，這讓了塵長老想到了自己年輕時的樣子，幾乎和現在的「鷓鴣哨」一模一樣。

了塵長老自從聽了「鷓鴣哨」做「搬山道人」的原由，便已打定主意，一者因為救人出苦海，乃是佛門宗旨，既然知道了扎格拉瑪部落的祕密，便無袖手旁觀的道理，再者是愛惜他身手了得，為人坦蕩，並沒有隱瞞燈滅雞鳴同時才扒到斂服的細節，在這個人心不古的社會裡，當真是難能可貴，自己這一身分金定穴的祕術，盡可傳授於他。

了塵長老把「鷓鴣哨」從地上扶起來，對他說道：「快快請起，雖然在雞鳴燈滅之時，才摸得斂服，也並不算壞了摸金行規，祖師爺只是說雞鳴燈滅之後才不可摸金，可沒說過同時二字。」

「鷓鴣哨」聞聽此言，心中不勝歡喜，納頭便拜，要行拜師之禮：「承蒙吾師不棄，收錄門牆，實乃三生有幸，恩師在上，請受弟子三拜。」

了塵長老急忙攔住：「不必行此大禮，摸金校尉，自古以來便只有同行之說，從無師徒之承，不像那搬山卸嶺，由師傳徒，代代相傳。凡是用摸金校尉的手段倒斗，遵守摸金校尉的行規，便算是同行，老納傳你這些祕術，那是咱們二人的緣分，但也只是與你有同門之宜，沒有師傅之名份。」

「鷓鴣哨」雖然受到了塵長老的阻攔，仍然堅持行了大禮，然後垂手肅立，聽候了塵長老教誨，了塵長老對「鷓鴣哨」這次倒斗摸得斂服的經過甚為滿意，稍後要把那南宋女屍的斂服焚化了，念幾遍往生咒，令屍變者往生極樂。

了塵長老只是覺得「鷓鴣哨」一腳踢死野貓做得狠了些，不管怎麼說這事做的絕了點，便對「鷓鴣哨」大談佛理，勸他以後凡是與人動手，都儘量給對方留條活路，別把事情做到趕盡殺絕，這樣做也是給自己積些陰福。

「鷓鴣哨」對了塵長老極為尊敬，但是覺得了塵長老出家以後變得有些婆婆媽媽，弄死隻貓也值得這麼小題大做，「鷓鴣哨」對此頗不以為然：「想某平生殺人如麻，踢死個把礙事的野貓又算得什麼。」但是也不好出言反駁，只好耐下性子來，聽了塵長老大講因果。

好不容易等了塵長老口吐蓮花般的禪理告一段落，這才把摸金校尉的行規手段，禁忌避諱，以及各種傳承又對「鷓鴣哨」一一細說了一遍，上次說得簡略，這次則是不厭其詳，逐條逐條的解說透徹：

做倒斗的人，與其說是人，倒不如說是半人半鬼，在普通人都安然入夢的黑夜裡，才進古墓摸金，一天打不完盜洞，可以分做十天，但是有一條，一旦進了墓室，在雞鳴之後便不能在碰棺槨，因為一個世界都有一個世界的法則，雞鳴之後的世界屬於陽，黑夜的陰在這時候必須迴避，這就叫「陽人上路，陰人迴避，雞鳴不摸金。」金雞報曉後的世界，不再屬於盜墓者，如果破了規矩，祖師爺必定降罪，對於這些事必須相信，否則真就會有吃不了兜著走的那一天。

「摸金校尉」進入古墓玄宮之後，開棺前必須要在東南角擺放一支點燃的蠟燭，一是防止玄宮中的有毒氣體突然增加，二來這算是幾千年前祖師爺所傳，一條活人與死人之間的默認契約，蠟燭滅了，說明這玄宮中的明器拿不得，如果硬要拿，也不是不可以，出了什麼麻煩就自己擔著，只要八字夠硬，盡可以在燈滅之後把明器帶出來，但是那樣做是極危險的，可以說九死一生，「倒斗摸金」是求財取明器的，不是挖絕戶墳的，世界上有大批明器的古墓所在皆有，犯不上拿自己的性命死磕，所以這條被「摸金校尉」最為看重的「燈滅不摸金」的規則，最好能夠謹守。還有這蠟燭火苗的明與滅，可以預測是否會發生屍變，以及墓裡下的一些惡毒符咒，故此說蠟燭的光亮便是「摸金校尉」的命，也不為過，倒斗必須點蠟燭，是「摸金校尉」與其餘盜墓者最大的不同。

了塵長老把所有的行規手段，脣典套口，特殊器械的用法，全部解說詳明，「鷓鴣哨」一一牢記在心，從這以後便要告別「搬山道人」的身份，改做「摸金校尉」了。

了塵長老從懷中取出兩枚「摸金符」對「鷓鴣哨」說道：「此符乃千年古物，學得摸金校尉的手段，頂多算半個摸金校尉，只有戴了摸金符才算正宗的摸金校尉，這兩枚摸金符是老衲與當年的一位同行的，我二人曾經倒過不少大斗，可惜二十年前他在洛陽一處古墓裡的擘撫喪魂釘機關，唉……那陳年舊事，不提也罷，老衲這枚摸金符從次便歸你所有，只盼你日後倒斗摸金，都不可破壞行規，能夠對得起咱們摸金校尉的字號。」

「鷓鴣哨」急忙用雙手接過「摸金符」，恭恭敬敬的戴在自己脖頸上，貼肉藏好，再次倒地拜謝了塵長老。

了塵長老詳細問了「鷓鴣哨」一些事情，都是那個古老部落與「鬼洞」「雲塵珠」之間的種種羈絆，然後又問了一些關於西夏國藏寶洞的情況。

第八三章　黑水城

聽「鷓鴣哨」說明之後，了塵長老緩緩點頭：「那雲塵珠的事跡，老衲也曾聽說過一些，相傳雲塵珠又名鳳凰膽，有說為黃帝仙化之時所留，有說得之與地下千丈之處，是地母變化而成的萬年古玉，亦有說是鳳凰靈氣所結，種種傳說，莫衷一是，其形狀酷似人的眼球，乃是世間第一奇珍，當年陪葬於茂陵，後來赤眉軍大肆發掘，茂陵中的物品就此散落於民間，想不到最後卻落到西夏王室手中。」

「鷓鴣哨」對了塵長老說道：「弟子族中親眷，多為鬼洞惡咒所纏，臨死之時都苦不可言。祖上代代相傳，此禍都是由於當年族中大祭酒，並不知道雲塵珠為何物，只是通過神喻，知道用一塊眼球形狀的古玉可以洞悉鬼洞詳情，於是自造了個假雲塵珠窺視鬼洞中的祕密，才引發了這無窮之災。後來族人遷移至中原，才瞭解到世間有此神物，只有找到真正的雲塵珠，才能設法消解鬼洞之災，自此族中人人都以尋找雲塵珠為任，窮盡無數心血，始終一無所獲，弟子年前獲悉，在宋代，這雲塵珠曾經輾轉流入西夏，當年蒙古人也曾大肆搜索西夏王室寶藏，但是那些宮廷重寶被藏得極為隱蔽，終未教蒙古人找到。傳說西夏有一名城黑水城，後被棄為死城，黑水城附近有處寺廟，名為黑水河通天大佛寺，寺廟原本是黑水城外圍的一個據點改建而成，當時西夏有位通天曉地的大臣，名為野利戹巠，是野利仁容之後，他夜晚路經黑水城，野利戹巠在城頭巡視，見距城十裡的外圍土城上空，三星照耀，有紫氣沖於雲霄之間，便大興土木，將那裡改建通天大佛寺，希望自己死後能埋葬在那裡，但是後來這位大臣為李姓王朝所殺，建於寺下的陵墓就始終空著，再後來黑水河改道，整座黑水城大半被沙土吞噬，就成為了棄城，末代獻宗李德旺在國破之時，命人將王宮中的奇珍異寶，都藏進了黑水城附近的那座空墳，雲塵珠極有可能也在其中，那裡的地面建築早已毀壞，埋藏至今，若不以分金定穴祕術，根本無法找到準確的位置。

了塵長老聽罷，對「鷓鴣哨」說道：「黑水城位於黃河與賀蘭山夾持之間，頭枕青山，足踏玉帶，端的是塊風水寶地，西夏貴族陵寢，吸收了秦漢李唐幾朝墓葬之長，規模宏偉，布局嚴整，再加上西夏人信奉佛法，受佛教影響極深，同時又具有党向人的民族特點，所以說在陵墓構造上別具一格，後人難以窺其奧祕，就如同失傳已久的西夏文字，一撇一捺，都像是中原文字，卻又比之更為繁雜。」

「鷓鴣哨」應道：「正是如此，若干年前曾有大批洋人勾結馬賊，盜掠黑水城古物，共挖出七座佛塔，掠走塔中珍品無數，其中便有很多用西夏文寫成的文獻典籍，說不定其中會有關於雲塵珠的記載，只可惜都已流落海外，無法尋查了。倘若能找到西夏典籍中對黑水通天大佛寺中墓穴的方位記載，倒也省去許多周折。」

了塵長老對「鷓鴣哨」說道：「西夏文失傳已久，今人無從解讀，即使有明確記載，也沒辦法譯出，不過有三星輝映，紫氣沖天的地方，應該是一處龍樓寶殿，以摸金校尉的分金定穴祕術，即便地上沒有痕跡，也能準確無誤的找到那處古墓藏寶洞。」

分金定穴是天星風水的一個分支，也是最難的一項，需要上知天文，下曉地理，才可根據日月星辰來查看地脈支幹，若想學分金定穴，必先從最基礎的風水術逐漸學起，風水之術繁雜奧妙，非是一朝一夕之間所能掌握，少說也要學上五六個年頭。

了塵長老知道「鷓鴣哨」心急如焚，便決定先同他一起到賀蘭山下的黑水城走一趟，把那「雲塵珠」拿到手，再慢慢傳授他分金定穴祕術。

「鷓鴣哨」見了塵長老欲出馬相助，感激不已，二人稍作準備，便動身出發，了塵長老是出家人，途中仍是做雲遊化緣的僧侶裝扮，「鷓鴣哨」一直都充做道士，但一僧一道同行，難免惹人注目，於是「鷓鴣哨」換了俗家的服飾，一路上對了塵長老小心服侍。

從浙江到賀蘭山，何止山高水遠，好在那了塵長老當年也是尋龍倒斗的高手，雖然年邁，但是腿腳依然俐落，這一天到了黃羊灣便準備棄車換舟，乘坐渡船進入黃河，擬定在五香堡下船，那裡距離賀蘭山下的黑水城便不遠了。

在黃羊灣等船的時候，遙望遠處黃河曲折流轉，如同一條玉帶，觀之令人蕩氣迴腸，了塵長老與「鷓鴣哨」閒談當地風物人情，順便講述了一段當年在此地的經歷。

當年了塵長老還沒出家，是摸金校尉中拔尖的人物，有個綽號喚做「飛天欻鯢」，到各地倒斗摸金，有一次要過青銅峽去北面的百零八塔，當地人都傳說這黃河的河神是極靈驗的，過往的船隻必須把貨物扔進河中一些，才能順利過去。

可是了塵長老當年搭乘的那條船，是販焄土的私船，以前沒來過這段河道，船老大更是一介鹽梟，為人十分吝嗇，有船夫勸他給河神獻祭，船老大說什麼也不肯把焄土扔進河中一袋，只撒了把大鹽粒子。

當夜在青銅峽前的一段留宿，來了一個頭戴綠疙瘩帽刺兒的老者，平時人們頭上帽子的帽刺兒，都是紅的，而這位老者頭上偏偏戴了個綠的，顯得十分扎眼，老者手中端著個瓢，想找船老大討一瓢焄土，那焄土是非常貴重的香料，船老大如何肯平白給他，就連哄帶趕把老者趕走。

了塵長老年輕的時候便是心善，見那老者可憐，便掏出錢向船老大買了一瓢焄土，這焄土可以用來代替石灰墊棺材底，乾燥而有持久的異香，當時了塵長老也沒問那老者要焄土做什麼，就送給頭戴綠疙瘩帽刺兒的老頭一瓢，老者千恩萬謝的去了。

轉天繼續開船前行，到了青銅峽，可不得了了，從河中突然冒出一隻巨黿，跟七八間房子連在一起那麼大，那巨黿沖著船就來了，最後把整條船給頂翻了才算完，整船的貨物全沉到了河裡，然而船上的人一個沒死，都被河水捲上了岸，後來人們都說這多虧了了塵長老施捨了那一瓢焄土，河神祖宗才開恩放了他們。

「鷓鴣哨」聽罷也是心驚，任你多大本事，在這波濤洶湧的黃河之中也施展不得，可見為人處事，須留有餘地，忽然想起一事，便問了塵長老：「弟子聽人說，在江河湖海之上乘船，有很多忌諱，比如不能說翻，覆，沉之類的字眼，一旦說了船就會出事，這水上行舟的諸般禁忌講究，要細數起來恐怕也不比摸金校尉的少幾條。」

了塵長老正要回答，忽然等船的人群紛紛湧向前邊，船已開了過來，於是二人住口不談，「鷓鴣哨」攙扶著了塵長老，隨著人群上了船。

這時晴空萬里，驕陽似火，河面上無風無浪，船行得極是平穩，船上乘客很多，「鷓鴣哨」與了塵長老不喜熱鬧，撿人少的地方，一邊憑欄觀看黃河沿岸的風景，一邊指點風水形勢，也甚為自得。

正說話間，「鷓鴣哨」忽然壓低聲音對了塵長老說道：「這船上有鬼。」

第八四章　美國神父

「鷓鴣哨」所指是船上的幾個洋人，「鷓鴣哨」偷眼看了多時，覺得這幾個洋人形跡可疑，而且身上都藏著槍，行李中有幾把洋鏟和鐵釺繩索，聚在一起嘀嘀咕咕。

最奇怪的是這些外國人不像「鷓鴣哨」平時接觸過的那些，「鷓鴣哨」認識一些外國人，也懂得他們的部分語言，但是船上的這幾個洋人，既不像古板拘謹的英國人，不像嚴肅的德國人，也不像散漫的美國人，這些大鼻子亞麻色頭髮的洋人，全身透著一股流氓氣，很奇怪，究竟是哪國人？「鷓鴣哨」又看了兩眼，終於想明白了，原來是大鼻子老俄。

「鷓鴣哨」覺得這些俄國人有可能是去黑水城挖古董的，俄國國內發生革命之後，很多人從國內流亡出來，其後代就一直混跡於中國，不承認自己是蘇聯人，而以俄流索人自居，淨是做些不法的買賣。

了塵長老也是眼觀六路耳聽八方之人，自然是懂得「鷓鴣哨」言下之意，示意「鷓鴣哨」不可輕舉妄動：「咱們做的都是機密之事，須避人耳目，儘量不要多生事端。」

「鷓鴣哨」對了塵長老說道：「待弟子過去打探明白，這些洋鬼子倘若也是去黑水城盜寶，那離咱們的目標很近，未免礙手礙腳，找個沒人地方，順手把他們做掉，省得留下後患。」

不等了塵長老勸阻，「鷓鴣哨」就擠進人群，到那些俄國人附近偷聽他們的談話，原來這批人一共有六個，五個俄國人，一個美國人。

五個俄國人都是流亡在中國的沙俄後裔，做倒賣軍火的生意，聽說黑水城曾經出土過大批文物，覺得有利可圖，準備去碰碰運氣，偷偷挖幾箱回來。

美國人是個約四十歲的神父，前幾年曾經到寧青等地傳教，旅途中到過黑水城的遺址，神父在中國轉了一圈，準備再次去銀川等地宣傳信上帝得永生，這件事無意中對路上遇到的這五個俄國人提起，那些俄國人就趁機說想去那裡做生意，讓神父順便帶他們也去黑水城看看。

很少有人會騙神職人員，所以神父也不知是計，他們六人之間語言不通，俄國人不會說英語，美國人不會說講俄語，好在雙方在中國呆的時間長了，都能講中文，互相之間就用中文溝通。

「鷓鴣哨」聽了幾句，只聽那些人十句話有三句是在說黑水城，那美國神父不知道這些人是想去挖文物，把自己在黑水城所見所聞，事無大小，都說了出來，說那裡的佛塔半截埋在地下，裡面有大批的佛像，個個鑲金嵌銀，造型精美，還有些佛像是用象牙和古玉雕刻的，美侖美奐，那種神奇的工藝，簡直只有上帝的雙手才可以製作出來。

五個俄國人聽得直流口水，掏出伏特加灌了兩口，恨不得插上翅膀，立刻飛到黑水城，把那些珍貴的文物，都挖到手，換成大批煙土，女人，槍枝彈藥，還有伏特加。

「鷓鴣哨」聽了之後心中冷笑，「鷓鴣哨」也曾去黑水城找過通天大佛寺，所以對黑水城遺址十分熟悉，其實這些大鼻子們不知道，早在十九世紀初，歐洲就興起過一次中國探險熱潮，黑水城的文物，大多在那時候被盜掘光了，現在城池的遺址中只剩下一些泥塑的造像和瓦當，而且都多半殘破不堪，那美國神父又不懂文物鑒賞，看到一些彩色的泥像，便信口開河的說是象牙古玉製成的，這幫俄國人還就信以為真了。

但是轉念一想，不對，把泥石的造像看做是鑲金嵌玉的珍寶，那得是什麼眼神？那美國神父再沒眼光，也不可能看出這麼大的誤差來，難道那個美國神父誤打誤撞，找到了通天大佛寺不成？聽美國神父言語中的描述，還真有幾分像是處埋在地下的寺院。

「鷓鴣哨」想到此處，頓覺事情不對，想要再繼續偷聽他們談話，忽然之間船身一晃，整艘巨大的渡船在河中打了個橫，船上的百餘名乘客都是站立不穩，隨著船身東倒西歪，一時間哭爹叫娘的呼痛之聲亂成一片。

「鷓鴣哨」擔心了塵長老，顧不得那些洋人，在混亂的人群中，快步搶到了塵長老身邊，了塵長老對「鷓鴣哨」說道：「不好，怕是遇上水裡的東西了。」

這時候只見原本平靜的河水，像突然間開了鍋一樣翻滾起來，船身在河中心打起了轉，船上的船夫乘客都亂作一團，船老大跟變戲法似的取出一隻豬頭扔進河中，又擺出一盤燒雞，點上幾柱香，跪在甲板上，對著河中連連磕頭。

但是船老大的舉動沒有起任何作用，這船就橫在河裡打轉，說什麼也開不動了，船老大忽然靈機一動，給船上的乘客跪下，一邊磕頭一邊說：「老少爺們兒們，太太夫人，大娘大姐們，是不是哪位說了舟子上犯忌諱的話了，龍王爺這回可當了真了，要不應了龍王爺，咱們誰也別想活啊……到底是哪位說了什麼話了？別拉上大夥一塊死行不行？我這給您磕頭了。」說完在甲板上把頭磕得咚咚山響。

眾人見船四周的河水都立起了巨大的水牆，人人驚得臉上變色，即便是有人在船上說了什麼說不得的話，這當口也沒處找去啊。

正在不知所措之時，有個商人指著一個懷抱小孩的女人喊道：「是她……是她……就是她說的，我聽見了。」

「鷓鴣哨」與了塵長老也隨著眾人一同看去，只見那商人一把扯住一個抱著個三四歲孩子的婦女說：「她這娃一個勁兒的哭，這女子被娃哭得煩了，說娃要再哭就把娃扔進河裡去。」

商人這麼一說，周圍的幾個人也紛紛表示確有此事，果然是這個女人，她的孩子自上船之後就哇哇大哭，女人哄了半天，越哄哭得越響，周圍的人都覺得煩躁，女人一生氣就嚇唬小孩：再哭就給你扔河裡餵魚。

嚇唬完了也不管用，那孩子還是大哭大鬧，也就在這時候，船開始在河中打轉，開不動了，那女子沒見過什麼世面，哪裡知道這些厲害，此時見船上眾人都盯著她懷中的孩子，也嚇得坐在甲板上大哭起來。

船老大給那女人跪下：「大妹子啊，你怎麼敢在船上說這種沒有高低的言語，現在再說什麼也晚了，你這話讓龍王爺聽見了，龍王爺等著你把娃扔下河裡呢，你要不扔，咱們這船人可就全完了，你就行行好吧。」說完就動手去搶那女人抱在懷裡的孩子。

那孩子是那女人的親生骨肉，她如何捨得，一邊哭著一邊拚命護住小孩，抵死不肯撒手，但是船老大是常年跑船的粗壯漢子，一個女人哪裡搶得過他，只好求助周圍的乘客。

船上的乘客人人面如死灰，都對此無動於衷，大夥心裡都明鏡似的，這孩子要不扔到河裡，誰也甭想活，還是自己的性命要緊，這孩子雖然可憐，但是要怪也只能怪他娘，誰讓她在船上胡言亂語，當真是咎由自取，一時間眾人紛紛回避，沒人過去阻攔。

了塵長老見那船老大要把三四歲的孩子扔進河中，心中不忍，就想同「鷓鴣哨」出面阻止，這時從人群中搶出一人，攔住船老大，「鷓鴣哨」仔細一看攔住船老大的人原來是那個美國神父。

美國神父舉著聖經說：「船長，以上帝的名義，我必須阻止你。」

若是旁人伸手阻攔，早被船老大一拳打倒，船老大見是個洋人，也不敢輕易得罪，但是船身在河中打轉，隨時可能會翻，便瞪著眼對美國神父說：「你別管，這娃不扔進河裡，龍王爺就得把咱們連人帶船都收了，到時候你那個黑本本也救不了你的命。」

美國神父卻待分說，被一個紅鼻子矮胖的俄國人把他拉開：「托馬斯神父你別多管閒事，這些古老東方的神祕規矩，很古怪，他們要做什麼就讓他們做好了，反正只是個中國小孩，否則這條船真有可能翻掉。」

美國神父怒道：「安德烈先生，我真不敢相信你竟然會說出這種話，在上帝眼中人人平等，只有魔鬼才會認為把兒童扔進河裡餵魚是正確的。」

船老大趁著美國神父和那個叫做安德烈的俄國人，互相爭執不下的機會，抬腳踹倒女人，把那個小孩拋到船下，女人慘叫一聲暈了過去。

了塵長老大驚，想出言讓「鷓鴣哨」救人卻已經晚了，「鷓鴣哨」雖然不想多管閒事，但是事到臨頭，終究是不能見死不救，還沒等別人看清是怎麼回事，「鷓鴣哨」已經取出飛虎爪擲了出去。

飛虎爪是精鋼打造，前邊如同虎爪，關節可髮可緊，後邊墜著長索，可以遠距離抓取東西，「鷓鴣哨」用飛虎爪抓住掉落到半截的小孩，一抖手又把他提了上來。

船上的人們看得目瞪口呆，「[illegible]鴣哨」剛把小孩抱起來，那些俄國人用五隻黑洞洞的左輪手槍，一齊對準了「鷓鴣哨」[illegible]

河裡的波濤更急，船上的[illegible]得頭暈眼花，看來這船隨時會翻，一眾俄國人長期生活在中國，都知道船老大所[illegible]把孩子扔進河裡餵王八，這船就別想動地方，這時見「鷓鴣哨」把已經扔下[illegible]了回來，都忍不住掏出槍，想解決掉這個橫生枝節的傢伙。

五個俄國人剛要[illegible]傳來，眾人嚇得一縮脖子，四處張望，心想是誰開槍？

「鷓鴣哨」[illegible]小孩拋向身後的了塵長老，同時從衣服裡抽出兩隻德國鏡面[illegible]啪啪啪」子彈旋風般的橫掃過去，五個俄國人紛紛中彈[illegible]

船上的人們都看得呆了，一個個面如土色，一瞬間殺了五個人，速度快槍法準也還罷了，那一身的殺氣，殺這麼多人連眼都不眨，真跟羅剎惡鬼一樣，「鷓鴣哨」也不管別人怎麼看，自己動手把那五個俄國人的屍體都扔進了河裡。

不是有這麼句話嗎，神鬼怕惡人，五個俄國人的屍體一落入河中，那船竟然不再打轉，又可以動了，原本開了鍋似的河水也慢慢平息下來，「鷓鴣哨」讓船老大立刻靠北岸停船。

船老大驚魂未定，哪裡敢不依從，帶著眾船夫，在河流平緩處停泊，放下跳板。

了塵長老已經把小孩換給了那女子，叮囑她再不可胡言亂語，否則下次就沒那麼好運氣了，「鷓鴣哨」知道在眾目睽睽之下殺了五個人，這事大發了，非同小可，必須離開大道，趕快往人煙稀少處走，臨下船的時候，把那美國神父也帶了下去，萬一碰上軍警，這個美國人可以當做人質，而且美國神父和那五個俄國人是同夥，五個俄國人被扔進黃河裡毀屍滅跡了，官面上的人找不到他們的同夥，也不好著手追查。

「鷓鴣哨」同了塵長老，脅持著美國神父，落荒而走，好在這裡已經離賀蘭山不遠，陸路走三四天便到，而且地廣人稀，不容易撞到什麼人。

美國神父托馬斯開始以為自己被兩個殺人犯綁架了，不住口的對他們宣揚上帝的仁慈，勸他們改邪歸正，尤其是那老和尚，長得慈眉善目，想不到這麼大歲數了還做綁票的勾當，不如改信上帝，信上帝得永生。

走了整整三天，托馬斯發現這兩傢伙，不像是綁架自己，他們不停的往北走，好像要趕去什麼地方，動機不明，便出口詢問，要把自己帶到哪去？

「鷓鴣哨」告訴美國神父托馬斯：「你被那些俄國人騙了，看他們攜帶的大批工具就知道是想去黑水城盜掘文物，他們聽你曾去過黑水城，而且見過那裡的財寶，就想讓你引路，到了目的地之後，肯定會殺你滅口，我這是救了你，你盡可寬心，我並非濫殺無辜之人，等我們到黑水城辦一件事，然後就放你走路，現在不能放你是為了防止走漏風聲。」

美國神父對「鷓鴣哨」說道：「快槍手先生，你拔槍的速度快得像閃電，真是超級瀟灑，我也發現那些俄國人有些不對勁，他們說是去開礦做生意，原來是想去挖中國的文物，不過現在上帝已經懲罰他們了。」

「鷓鴣哨」問那美國神父，讓他把在黑水城遺跡見到佛寺的情形說一遍。

美國神父托馬斯反問道：「怎麼？你們也想挖文物？」

「鷓鴣哨」對這為神父並不太反感，於是對他說：「我需要找一件重要的東西，它關係到我族中很多人的生死，這些事十分機密，我就不能再多對你講了。」

美國神父說道：「ＯＫ，我相信你的話，前幾年我到黑水城遺址，走在附近的時候，踩到了流沙，當時我以為受到主的召喚，要去見上帝了，沒想到掉進了一間佛堂裡，那裡有好多珍貴鮮艷的佛像，因為要趕著去傳教，沒有多看就爬出來走了，現在再去，也找不到了，不過那個地方，離黑水城的遺址很近，大約有六七公里左右。」

美國神父的話印證了「鷓鴣哨」的情報準確，而且看來黑水城通天大佛寺，被埋藏得並不太深，只要找準位置，很容易就可以挖條盜洞進去。

傳說黑水城通天大睡佛寺，貢著一尊巨大的臥佛，佛下的墓穴修了一座玄殿，準備用來葬人，後來被用做祕藏西夏宮廷的奇珍異寶，「鷓鴣哨」這次的目標，就在那裡。

黑水城的遺址並不難找，地面上有明顯的殘破建築，一座座佛塔都在默默無聞地記錄著這裡當年的輝煌壯觀，「鷓鴣哨」與了塵長老再加上美國神父托馬斯，三個人抵達黑水城的時候已將近黃昏，遠處賀蘭山灰色的輪廓依稀可辨。

矗立在暮色蒼茫中的黑水城遺址，顯得死一般寂靜，死神似乎扼殺了這裡所有生物的呼吸，荒涼寂靜的氣氛，讓人無法想像這裡曾經是西夏一代重鎮。

了塵長老是個和尚，「鷓鴣哨」曾經一直扮作在道門的道人，美國人托馬斯是個神父，這一僧一道加一個神父，要去黑水城附近尋找西夏人的藏寶洞，連他們自己都覺得，這實在是一隊奇怪的組合。

在黑水城附近，三個人靜靜等候著清冷的月光撒向大地，這裡是西北高原，空氣稀薄，天上繁星閃爍，數量和亮度都比平原高出許多倍。

了塵長老抬頭觀看天星，取出羅盤，分金定穴，天空中巨門，貪狼，祿鐮三星劫穴，均以端正無破，輔星正穴如真，吉中帶貴，唯獨缺少纏護，地上的穴像為青蜓點水穴，片刻之間便已找準方位。

了塵長老測罷方位，帶同「鷓鴣哨」與美國神父借著如水的月光前往該處，指著地上一處說道：「通天大睡佛寺中的大雄寶殿，就在此處。不過……這裡好像埋了隻獨眼龍。」

第八五章　通天大佛寺

「鷓鴣哨」不懂風水祕術，所以沒聽明白了塵長老的後半句話是什麼意思，便出言詢問，什麼是「獨眼龍」？

了塵長老看了看天上的月光說道：「此處地下，確實是賀蘭山分出的支脈，端的是條潛行神龍，但是體形小得異乎尋常，並且只有龍頭一處穴眼可以聚氣藏風，故名為獨眼龍，或稱蜻蜓點水。

紫氣三星，若其形秀麗清新，則主為忠義士夫，其形若高雄威武，則主兵權尊重。紫氣如樹，最忌枝腳奔竄，山型欹斜崎嶇，面部臃腫，山頭破碎，凡此種種，均為惡形，葬之多生逆倫犯上之輩。

由於黑水河改道，這穴的形勢早已破了，龍頭上的這處寶眼，反而成了個毒瘤，如果裡面葬了人，便應了後者著實麻煩得緊。」說罷，便指了指天上如鉤的冷月，接著說道：「你再看那月色，咱們今天出門沒看黃曆，不料今夜正是月值大破，逢月大破，菩薩都要閉眼。」

「鷓鴣哨」藝高膽更大，再加上族中尋找了千年的「雲塵珠」有可能就在腳下的通天大佛寺中，哪裡還能忍耐到明天再動手，便對了塵長老說道：「傳說這通天大佛寺下是座空墳，既然是無主空墓，弟子以為也不必以常情度之，待弟子以旋風鏟打開盜洞，取了東西便回，咱們小心謹慎個就是，料來也不會有什麼差錯。」

了塵長老一想也對，確實是多慮了，這座墓被西夏人當做了藏寶洞，既然沒有主家(注)，便可以不依常理，什麼燈滅雞鳴不摸金，什麼三取三不取，九挖九不挖，都不用考慮了，於是點頭同意。

「鷓鴣哨」從包裹中取出一根空心銅棍，銅棍中空，裡面裝有機括，棍身已經被人用手磨挲得發亮，也不知有多久遠的歷史了，又拿出九片精鋼打造的波浪葉，似九片花瓣一般插在銅棍前端，銅棍前邊有專門的插槽鎖簧，鋼葉一插進去，就立刻被鎖簧牢牢的固定住。最後「鷓鴣哨」又在銅棍後裝了一個搖桿，就組成了一把打盜洞的利器「旋風鏟」，這種工具可伸可縮，開洞的直徑也能夠自行調整擴大縮小。

「鷓鴣哨」轉動旋風鏟，在地下打洞，讓美國神父托馬斯幫忙把旋風鏟帶出來的沙土移開，美國神父托馬斯無奈，一邊幹活一邊抱怨：「不是事先說好到地方就把我放了嗎？想不到你們還給我安排了這麼多小節目，要知道在西方神父是上帝的僕人，神職人員是不需要從事體力勞動的……」

「鷓鴣哨」同了塵長老也聽不太明白這美國人嘮嘮叨叨的說些什麼，所以也不去理睬他，全神貫注的用旋風鏟打洞，過了約莫一袋煙的功夫，「旋風鏟」就碰到了通天大佛寺寶殿上的屋瓦，全是大片的青鱗琉璃瓦，邊緣的瓦當上雕刻著羅漢像，非是尋常屋瓦可比，一看就知道是一座大型寺廟的主要建築。

因為那美國神父托馬斯以前路過這裡的時候，曾經踩踏了某處佛堂，陷了進去，所以這麼快就打通倒也不出「鷓鴣哨」的預料，心中卻忍不住一陣喜悅。

「鷓鴣哨」在沙窩子裡把青鱗琉璃瓦揭起了十幾片，扔到外邊，用繩子垂下馬燈，只見一層層木樑下面，正是輝煌壯麗的大雄寶殿，「大雄」是佛教徒對釋迦牟尼道德法力的尊稱，意思是說佛像勇士一樣無所畏懼，具有無邊的法力，能夠降伏「五陰魔、煩惱魔、死魔、天子魔」等四魔。「鷓鴣哨」的馬燈看不清遠處，只能瞧見正下方就是殿內主像「三身佛」。按佛教教義，佛有法身、報身、應身三身，也稱三化身佛。即：中尊為法身毗盧遮那佛；左尊為報身盧舍那佛；右尊為應身佛，即釋迦牟尼佛。三身佛前有鐵鑄包泥「接引佛」像相對而立，兩側是文殊菩薩、普賢菩薩坐像。

西夏佛法昌盛，料來這大殿規模不會小到哪去，「鷓鴣哨」對了塵長老點點頭，示意可以下去了，「鷓鴣哨」一向獨來獨往，本想自己一個人獨自下去，了塵長老擔心藏寶洞裡有機關陷阱，並且有暗道暗門之類的障眼物，對付那些東西，原本就是「摸金校尉」們的拿手好戲，便要與「鷓鴣哨」一同下去，相互間也好有個照應。

於是二人各自服了一粒「串心百草丸」，用一壺「擎天露」送下，這些都是防止在空氣不流通的環境中產生昏迷的祕藥，再把摸金符掛在腕中，以黑布遮臉，穿了水火鞋，帶上一應工具，就要動身下去。

「鷓鴣哨」忽然想起那個美國神父還戳在一旁，那托馬斯神父雖然不像壞人，但是自己和了塵長老下去幹活，上面留個洋人，是不太穩妥的，他要萬一有什麼歹意，卻也麻煩，倒不如把這廝也帶下去，他若乖乖聽話也就罷了，否則就讓這洋人去滾這藏寶洞中的機關。

「鷓鴣哨」心中計較已定，便把美國神父扯了過來，準備給他也吃些祕藥，好帶他進

注　墓裡沒有死人。

藏寶洞，托馬斯神父死活也不肯吃，認為「鷓鴣哨」要給他吃東方的神祕毒藥，連忙捂住嘴，「鷓鴣哨」哪管他怎麼想，用手指一戳神父的肋骨，美國神父疼得一張嘴，便被「鷓鴣哨」把串心百草丸塞進了口中，美國神父想要吐已經吐不出來了，只好無奈的對著天空說：「噢，仁慈的主啊，原諒他們吧，他們不知道自己在做什麼。」

「鷓鴣哨」不由分說，便把美國神父托馬斯推到佛殿屋頂的破洞中，取出飛虎爪，要把他先垂下去，托馬斯神父大吃一驚，這些野蠻的東方人，給自己吃了毒藥還不算完，還要搞出什麼古怪花樣？是要活埋不成？

了塵長老在旁勸道：「這位洋和尚，你儘管放心，老衲與你都是出家人，我佛大慈大悲，咱們出家人是慈悲為本，善念為懷，掃地不傷螻蟻命，愛惜飛蛾沙罩燈，自然是不會加害於你，只是我們做的事情機密，不能走漏半點風聲，所以請你同走一遭，事成之後，一定放你回去。」

托馬斯神父聽了塵長老這麼說，稍覺安心，心想不管怎麼說，中國的和尚也算是神職人員，沒聽過神職人員搞謀殺的，於是讓「鷓鴣哨」用飛虎爪把他從破洞中墜進佛殿。

了塵長老與「鷓鴣哨」也隨後下到大雄寶殿之中，亮起馬燈，四下裡一照，果然是一座雄偉華美的佛殿，殿中供奉的佛祖法身上全是寶石，金碧輝煌，高座與蓮花臺上，寶相莊嚴，殿內四周用三十六根大柱支撐，極為牢固。

了塵長老見了佛祖寶相，立即跪倒叩頭，念頌佛號，「鷓鴣哨」以前是個假道士，現在穿著俗家的服裝，也跪倒磕頭，祈求佛祖顯靈，保佑族人脫離無邊的苦海，心中極是誠懇。

二人禮畢，站起來四周查看，見前殿已經坍塌了，根本過不去，兩側的配殿，都是貢著無數羅漢像，其中一邊也塌落了多半間，那些羅漢像無不精美奢華，用料裝飾皆是一等一的考究，每一尊都價值不菲，可見當年西夏國力之強，佛教之興盛發達。

只是這些佛像同「鷓鴣哨」等人平時在各處寺廟中見到的有些不同，也說不出哪裡不同，就是覺得造型上有些古怪。

了塵長老告訴「鷓鴣哨」：「西夏人以党項族為主，党項人起源於藏地，後來扶佐唐王開疆拓土，著實立下了不少汗馬功勞，被賜國姓李，他們畢竟是少數民族，而且藏傳佛教受印度的影響比內地要大許多，這些佛像穿著皆是唐裝，形像上更接近於佛教發源地的原始形態，不像內地寺廟中的佛像，受漢文化影響很深，所以看起來有些許出入。」

「鷓鴣哨」同了塵長老一致認為，西夏國的藏寶洞，應該就在離大雄寶殿不遠的地方，甚至有可能就在大雄寶殿之中，因為既然廟下修了座墓，既然是墓穴，當然要修在風水位上，這條脈的穴位很小，所以範圍上應該可以圈定在大殿附近。

美國神父托馬斯跟著「鷓鴣哨」在殿中亂轉，越看越覺得奇怪，怎麼在這毫不起眼的不毛之地，他們隨便一挖，就能挖出一座廟宇，而且剛才在偏殿看了兩眼，裡面那些精美的羅漢造像，似曾相識，好像前幾年自己掉進去的洞窟，就是那裡，那是無意中進去的，隔了幾年如果再想回去找，肯定找不到，這個老和尚怎麼看了看天上的星星就找得這麼準確，這東方世界神祕而又不可思議的東西實在太多了，想到這些，托馬斯神父心中便對了塵長老與「鷓鴣哨」二人，多了幾分敬畏之意，不敢再多嘴多舌的廢話了。

三人就通天大佛寺的大雄寶殿中轉了兩圈，幾乎每一塊磚瓦都翻遍了，卻沒有發現什麼藏寶洞的入口。

「鷓鴣哨」對了塵長老說道：「正殿之中，未見異狀，不妨去後殿找找。」

了塵長老點頭道：「既然已經進來了，就不要心急，從前到後細細的尋找，這裡名為通天大睡佛寺，可見後殿貢的是尊臥佛，咱們這就過去看看。」

連接後殿的通道中，彩繪著宋代的「禮佛圖」，圖中多以蓮花點綴，觀之令人清靜無慮，出凡超塵，一洗心中的世俗之念。

「鷓鴣哨」近來常和了塵長老在一起，聽了不少佛理，心中那股戾氣少了許多，此刻身處這地下佛堂聖地，忽然產生了一種很累的感覺，一時間心中對倒斗的勾當，有種說不出的厭倦，只希望這次能夠順順當當的找到「雲塵珠」，了卻大事，日後就隨了塵長老在古剎中清修，渡此餘生最好。

但是這種念頭轉瞬即逝，「鷓鴣哨」心中比誰都清楚，這時候萬萬不能有一絲鬆懈怠慢，眼下要集中全部精力，找到西夏藏寶洞的入口。

這般邊走邊想，就行至後殿，果然不出了塵長老所料，後殿更是宏偉，一座由七寶裝點的巨大石佛，橫睡在殿中。

一般的大型臥佛都是依山勢而修，有的是整個起伏的山峰經過加工，更有天然生成的佛態，其大矗天接地，其小又可納於芥子之內，其大無外，其小無內，無不表示了佛法的無邊無界。

然而後殿中的這尊巨大睡佛，比起那些以山脈修成的，可就小得多了，但是和一米多高的常人相比，又顯得太大了，其身長足有五十餘米，大耳垂倫，安睡於蓮台之上。

睡佛殿中兩側各有一個青瓷巨缸，裡面滿是已經凝結為固體的「鬱罶龍蜒膏」，這種燈油可以連續燃燒百餘年不滅，供奉給佛祖的長明琉璃盞，也是用這種燈油，但是現在早就油盡燈枯了。

睡佛殿中還有許多石碑，刻的全是繁雜無比的西夏文，應該都是些佛教典故之類的碑文，「鷓鴣哨」前後轉了個遍，最後把目光落在大睡佛身上，對了塵長老說道：「這睡佛姿勢不對，弟子認為其中必有古怪。」

了塵長老看罷多時，也覺得睡佛有問題，說道：「嗯……你也瞧出來了，不愧是搬山分甲的高手，這佛頭是個機關，看來那藏寶洞的祕道，就連在這佛頭上了，這機關的構造一時之間還瞧不明白，動它的時候小心會有危險。」

「鷓鴣哨」領了個喏，雙手合什，對睡佛拜了兩拜，然後飛身跳上佛壇，只見那睡佛的嘴唇上有條不太明顯的縫隙，似乎可以開合，若不是摸金搬山的高手，根本不會留意到這處細節。

佛口中很可能就是通道的入口，而且一旦觸發，就會有飛刀、暗箭之類的傷人機關，「鷓鴣哨」仔細端詳了一遍，就已經對這道機關瞭如指掌了，入口處應該不會有什麼暗器，只不過是一個套桶式的通道接口，於是招呼美國神父托馬斯幫忙，兩人扳動蓮花壇中間一層的花瓣。

猛聽「喀嚓嚓」幾聲悶響，睡佛的巨大佛口緩緩張開，睡佛是面朝大門，佛口中垂直的露出一個豎井，豎井壁上安有懸梯，可以從梯子上攀援向下。

托馬斯神父看得莫名其妙，連連贊嘆太神奇了，這回不用「鷓鴣哨」動手，就主動要爬進豎井看看裡面還有什麼名堂。

「鷓鴣哨」知道這藏寶洞原本是處西夏重臣的墳墓，後來掩藏了西夏宮廷的奇珍異寶，要是埋死人的地方也就罷了，墓室內放了這麼重要的珍寶，必定有極厲害的機關，讓美國神父先進去等於讓他去送死，這位神父為人不錯，「鷓鴣哨」不忍讓他就此死在墓道之中，便把他攔在身後，讓他跟著自己，了塵長老斷後，按這個順序下去。

西夏古墓具有特殊性，幾乎沒什麼盜墓者接觸過，裡面的情況誰都不知道，只知道其受漢文化影響深遠，只好進去之後憑經驗走一步看一步了，了塵長老知道「鷓鴣哨」是分丘破甲的行家裡手，有他在前邊開路，步步為營，必不會有什麼差錯。

「鷓鴣哨」為了探測下面的氣流，將馬燈交與了塵長老，自己把磷筒裝在金剛傘上，金剛傘是「摸金校尉」用來抵禦墓中暗器的盾牌，通體鋼骨鐵葉，再強勁的機弩也無法穿透。

磷筒是一種探測空氣質量與照明合二為一的裝置，拿現代科學來解釋的話，可以看做是一種生物光，就像螢火蟲，還有一些會發光的海洋生物，磷筒裡面是用死人骨頭磨成粉，配上火絨紅倍草的碎末，點燃之後發出藍色的幽冷光芒，裝滿了可以維持半個時辰。

「鷓鴣哨」以磷光筒照明，下面用飛虎爪墜著金剛傘護身，沿著梯子慢慢下行，不多久便覺得胸口憋悶，看來這下邊是處封閉的空間，若不是用了祕藥，一定會窒息昏迷摔下去跌死。

「鷓鴣哨」抬頭問上面的了塵長老與美國神父怎麼樣，是否需要先上去，等下面換夠了氣再下來，那二人示意無事，這種情況還在忍受範圍之內，已經爬了一多半了，就接著下到底吧。

「鷓鴣哨」等人向豎井下爬了約有一盞茶的時間，（一支煙三五分鐘，一盞茶為十到十五分鐘，一頓飯為二十到三十分鐘）就下到了底。

豎井下四周都是冷森森的石牆，非常乾燥，「鷓鴣哨」舉著磷光筒一轉，想看看周圍的狀況，忽然對面悄無聲息的轉出一位金盔金甲的武士，橫眉立目，也不搭話，雙手掄舉鋒利的開山大斧，對準「鷓鴣哨」兜頭便剁。

第八六章　白骨

「鷓鴣哨」應變神速，在豎井中忽然見有一位金甲武士舉著開山大斧要劈自己，立刻大叫一聲，身體向後彈出，貼在了身後的石壁上，同時撐開金鋼傘護住頭臉，二十響的鏡面匣子也從腰間抽了出來，槍身向前一送，利用持金鋼傘的左手蹭開機頭，擺出一個攻守兼備的姿勢，用槍口對準了對面的金甲武士。

「鷓鴣哨」剛才因何要大叫一聲，蓋因外家功夫練到一定程度，如果做激烈的動作，就會身不由己的從口中發出特異聲響，這是和人體呼吸有關，如果不喊出來就容易受到內傷，並不是害怕得大喊大叫。

但是「鷓鴣哨」吼這一嗓子不要緊，把還沒爬下梯子的神父托馬斯嚇了一跳，腳下一滑，從梯子上掉了下來。

「鷓鴣哨」聽頭上風聲一響，知道有人掉下來了，急忙一舉金鋼傘，把掉下來的美國神父托了一下，好在距離並不太高，托馬斯神父被金鋼傘圓弧形的傘頂一帶，才落到地上，雖然摔得腰腿疼痛，但是並不大礙。

與此同時，「鷓鴣哨」也藉著藍幽幽的磷光，瞧清楚了那位手舉開山大斧的金甲武士，原來是一場虛驚，那武士是畫在石牆上的僻邪彩畫，不過這幅畫實在太逼真了，色彩也鮮艷奪目，那武士身型和常人相似，面容凶惡，鬚眉戟張，身穿金甲頭戴金盔，威武無比，而且畫師的工藝精湛到了極點，金甲武士的動作充滿了張力，雖然是靜止的壁畫，畫中的那種魄力之強呼之欲出，冷眼一看，真就似隨時會從畫沖破壁而出。

這時了塵長老也從豎井中爬了下來，看了那武士壁畫也連連稱絕，了塵長老與「鷓鴣哨」二人，仔細看了看那壁畫上武士的特徵，可以斷定這位金甲將軍是當年秦國的一員大將，名為「瓮仲」，神勇絕倫，傳說連神鬼都畏懼於他，唐代開始，大型的貴族陵墓第一道墓牆上都有「翁仲」將軍的畫像，就像門神的作用一樣，守護陵墓的安全。

但是這種暴露在陵墓主體最外邊的彩色畫像，很容易受到空氣的剝蝕，年代久了，一見空氣畫中的色彩就會揮發，而且「鷓鴣哨」等盜墓者，倒斗的時候多半是從古墓的底部或者側面進入，很少會經過正面墓門，所以對這為傳說中的守墓將軍「翁仲」也只是聽說過，今日才是第一次見到，便不免多看了幾眼。

「鷓鴣哨」對了塵長老說道：「師傅，這西夏人的墓穴果然是受中原文化影響深遠，連古代秦國的將軍都給照搬過來了，看來這畫有守墓將軍的牆壁，應該就是通天大佛寺下的古墓石門，咱們現在所處的位置，已經是玄門了。」

了塵長老舉起馬燈，看了看那面畫有「翁仲」的石牆，點頭道：「牆上有橫九縱七的門釘，確是座墓門……」了塵長老話音未落，只見那石門上的金甲翁仲閃了兩閃，就此消失。

托馬斯神父進了這陰森可怖的地道，正自神經緊張，忽見在馬燈的燈光下，牆上的金甲武士忽然在眼皮子底下沒了，大驚失色，連連在胸口划著十字。

了塵長老對托馬斯神父說：「洋和尚不必驚慌，這裡空氣逐漸流通，那些畫上的油彩都揮發沒了，並非鬼神作祟。」

托馬斯神父驚魂未定，只覺得這地方處處都透著神祕詭異的氣息，就連全知全能的上帝大概都不知道這石門後邊的世界是什麼樣子的，今天被這兩個中國人硬帶進來，可真是倒楣透了，說不定這地下的世界是通往撒旦的領地，又或者裡面有什麼狼人，吸血鬼，僵屍一類的，托馬斯雖然是位神父，而且信仰堅定，但是始終改不了面對黑暗時的恐懼感，他心裡也經常自責，認為大概還是自己的信仰不牢固，今天這次遭遇也許是上帝對自己的一次試煉，一定要想方設法戰勝自己畏懼的黑暗，然而這種與生俱來的心理是很難在短時期內克服的。

* * *

「鷓鴣哨」沒空去理會那美國神父此刻複雜的心情，仔細查看了一下古墓的玄門，知道這是一道流沙門，這種墓門的設計原理十分巧妙，墓門後有大量的沙子，安葬墓主之後，從外邊把石門關上，石門下有軌道，石門關閉的時候，帶動門後機關，就會有大量沙子流出，自動回填門後的墓道，用流沙的力量把石門頂死，整條墓道中也被流沙堆滿，這樣在回填墓道的同時，也給墓門加了道保險，石門雖然不厚，卻再也不可能從外邊推開。

不過隨即「鷓鴣哨」與了塵長老發現了一個小小的細節，這個細節很容易被忽視，就是石門下的縫隙，沒有散漏出來的沙子，因為玄門不管做得多巧妙精密，門下由於要留條滑軌，所以必定有一點縫隙，流沙門關閉的時候，總會有少量的細沙在縫隙裡被擠出來。

這個沒有細沙的情況，很明顯的說明門後的流沙機關沒有激活，如果說是按照死者入葬的情況，這就顯得有些不可思議，但是這墓裡沒有葬人，裡面全是西夏宮廷的奇珍異寶，西夏人準備將來復國之後，還將這些東西取出來，所以不能把墓門徹底封死。

這就省去了許多手腳，不用再打盜洞進去，直接推開石門就能從墓道進入墓室的藏寶洞，「鷓鴣哨」同了塵長老與美國神父三人，一齊用力推動玄門。

那玄門並沒有封死，而且門後的流沙機關被人為的關閉了，雖然石門沉重，但這石門並不是帝陵中那種千斤巨門，只不過是貴族墓中墓道口的一層屏障，也只不過幾百斤的力道，三人還未使出全力，就把石門推開了一道縫隙，其寬窄可以容得一人進出。

「鷓鴣哨」舉著金鋼傘當先進了玄門，隨即射出一隻火靈子，火光一閃，把整條墓道瞧了個清楚，之間兩側的蓄沙池中根本沒裝沙子，裡面空空如也，墓道地面上的墓磚鋪得平平整整，「鷓鴣哨」知道墓道越是這樣平整有序，越是暗藏危機，裡面很可能有暗箭、飛刀、毒煙一類機關埋伏。

了塵長老也在後邊囑咐「鷓鴣哨」要加倍提防，流沙門沒有封死，有可能因為西夏人急於奔命，匆忙中無暇顧及，反正這大佛寺已經被惡化的自然環境吞噬，地面沒有標記，不知道究竟的人根本找不到，也有可能是個陷阱，令進入玄門的盜墓賊產生鬆懈的情緒，俗話說玄門好進，玄道奪命，有些玄門雖然厚重巨大，後邊有石球流沙封堵，但那些都是笨功夫，只要有足夠的外力介入，就可以打開，真正的機關暗器第一是在墓室中，其次就是墓道，這兩處都是盜墓賊必經的地點。

「鷓鴣哨」自然是不敢大意，畢竟從沒進過西夏人的墓穴，凝神秉氣，踩著墓磚前行，墓道長度約有二十三丈，盡頭處又是一道大門。

這道門附近的情況非比尋常，那門又高又寬，造成像城門一樣的圓拱形，占據了整個墓道的截面，大門整體都是用白色美玉雕成，沒有任何花紋，上面刻著很多西夏文，「鷓鴣哨」等人雖然不認識這些字是什麼意思，但是推想應該是某種佛教經文，玉門上橫著一道銅樑，正中掛著一把巨鎖，沒有鑰匙，門後面一定就是作為藏寶洞的墓室了。

奇怪的是，正面的白玉門兩側，各有一個很深的拱形圓洞，看樣子很深，「鷓鴣哨」包括了塵長老從來沒見過墓道中有這種形式的洞穴，但是很明顯這兩個大小完全一樣，對稱的修在兩側的圓洞是人工的，修砌的十分堅固，四壁的石板平滑如鏡，高寬都是丈許，絕非匆忙所為，應該是當初設計整座陵墓之時便預先設計的，與陵墓是一個整體。

憑了塵長老的經驗判斷，這可能是道機關，同「鷓鴣哨」分析了一下，「鷓鴣哨」對了塵長老說道：「玉門上有把銅鎖，弟子善會拆鎖，只恐怕一旦銅鎖被破壞，會引發機關埋伏……」

了塵長老一擺手，說道：「老衲看來這鎖開不得，玉門上安裝一把銅鎖，未免有畫蛇添足之嫌，能進到墓室之前的人，又怎會被這區區一把銅鎖攔住，傳說北宋有連芯鎖，你且看看這鎖身是否同玉門連在一起，一動這把鎖肯定會有毒煙之類的機關啓動。」

「鷓鴣哨」沒敢去動鎖身，小心翼翼的反覆看了看，果然銅鎖與玉門上的銅樑連為一體，別說開鎖，一碰這鎖就會引發某種機括，被射在門前，「鷓鴣哨」看到此處不由得直冒冷汗，自己一向小心謹慎，今日不知為何心急似火，若不是了塵長老識破機關，此刻早已橫屍就地了。

了塵長老此刻已經看出端睨，對「鷓鴣哨」說道：「看來玉門就是個幌子，別看用料這麼精美，但是是一道假門，絕對不能破門而入，兩側的拱洞肯定也有機關，這座西夏古墓規模不大，卻佈置精奇，若想進墓室只有從墓道下邊進去了，西夏人再怎麼古靈精怪，也脫不開風水五行陰陽理論的影響，這條墓道的理論只不過是利用了四門四相，照貓畫虎，咱們頭腳上的石板肯定是活動的，可以從下邊進入墓室，如果不出所料，應該是唯一的入口。」

「鷓鴣哨」按照了塵長老的吩咐，將墓道下的墓磚一塊塊啓下來，果然露出好大一個洞口，直通玉門後的墓室，這西夏人的雕蟲小技，確實瞞不過了塵長老這位倒斗老元良的法眼。

仍然由「鷓鴣哨」撐著金鋼傘在前邊探路，三人從地道鑽進了墓室，地道中懸掛著一塊巨大的黑色石頭，像是個黑色的蜂巢，「鷓鴣哨」與了塵長老都不知道那是什麼，借著磷光筒瞧了瞧，似石似玉，不知道是個什麼東西，都覺得還是別碰為好，從側面慢慢的蹭了過去。

一進墓室三人都覺得眼前一亮，六丈寬的墓室中珠光寶氣，堆成小山一樣的各種珍寶，在磷筒的藍光中顯得異樣繽紛眩目，其中最顯眼的，是正中間一株嵌滿各種寶石的珊瑚樹，宮廷大內的祕寶，果真不是俗物，另有無數經卷典籍，大大小小的箱子，西夏皇宮裡那點好東西可能都在這呢。

美國神父托馬斯瞧得兩隻眼都直了，跟了塵長老商量，能否拿出一兩樣，隨便一件東西就可以在外邊建幾所教會學堂，給流浪的孩子們找個吃飯上學信教的去處。

了塵長老對美國神父說道：「如此善舉有何不可，不過這些東西都是國寶，驚動不得，老衲出家之前也頗有些家產，如果想建學堂，老衲可以傾囊相助，反正出家人四大皆空，留著那些黃白之物也沒有用處。」

「鷓鴣哨」只對「雲塵珠」掛心，別的奇珍異寶雖然精美，在他眼裡只如草紮紙糊的一般，踩踏著遍地珠寶向前走了幾步，忽然停下腳步，轉頭對身後的了塵長老說到：「糟了，這藏寶洞中有個死人。」

之前判斷這座空墓裡不會有死人，忽聽「鷓鴣哨」這麼說，了塵長老也吃了一驚，快步趕到前邊觀看，只見墓室角落中有一具白生生的人骨，那骨架比常人高大許多，白骨手中抓著一串鑰匙，身後擺著一尊漆黑的千手佛，非石非玉，磷光筒照在上面，一點光芒也沒有，與前邊的白骨相映，更是顯得黑白分明，令人不寒而慄。

了塵長老見了這等情形，心中一沉：「大事不好，今夜月逢大破，菩薩閉眼，所有的法器都會失去作用，如果這西夏藏寶洞中有陰魂未散，我等死無葬身之地了，更奇的是，這裡怎麼會有一尊千手千眼的……黑佛？」

第八七章　黑佛

「鷓鴣哨」見到那具死人白骨，便有種不詳的預感，聽了塵長老語氣沉重，知道非同小可，便問了塵長老甚麼是菩薩閉眼？

了塵長老說道：「月有七十二破，今夜適值大破，出凶償邪，傳說這種天時，地面上陽氣微弱，太陰星當頭，最是容易有怪事發生，倒斗的哪有人敢在這種時候入墓摸金，老衲初時以為這是座無主的空墓，想不到裡面竟然有具屍骨，更邪的是白骨後面的千眼黑佛，這尊黑佛不是尋常之物，墓中若有陰藏的邪靈，咱們的黑驢蹄子和糯米等物，在今晚都派不上用場，咱們快退。」

「鷓鴣哨」雖然不捨，但是也知其中厲害，當下便不多言，同了塵長老與美國神父一起，轉身要從玉門下的地道回去。

三身轉身向後撤退，後隊變做了前隊，美國神父托馬斯就走在了最前邊，托馬斯神父見那二人要出去，實在是求之不得，立馬找到地道口，點亮了「鷓鴣哨」先前給他的一支蠟燭照明，要跳進去跑路。

走在第二位的了塵長老大叫一聲：「不好。」伸手拉住托馬斯神父的衣領，把他扯了回來，只見地道中忽然噴出一團濃重的黑霧，要是了塵長老動作稍微慢上半拍，托馬斯神父必然被那黑霧碰到，只要晚一步，大概現在虔誠的神父，已經去見他的上帝了。

「鷓鴣哨」與了塵長老都知道這是古墓中的毒煙，唯一的通道都設置有如此歹毒的機關，可見西夏人之陰狠狡詐，不知道三人中是誰碰到了機括，這才激活了毒煙機關，多虧得了塵長老雖然老邁，但經驗極其豐富，這才救了托馬斯神父的命。

這種黑色毒煙可能是用千足蟲的毒汁熬製，濃而不散，就像凝固的黑色液體，黑霧從地道中越噴越多，「鷓鴣哨」等三人都服了克毒的祕藥，「摸金校尉」的祕藥多半是用來對付屍毒所製，對付這麼濃的毒煙，能不能有什麼效用，殊不可知。

眼見濃烈的黑色毒煙來得迅猛，三人不敢大意，只好退向墓室中有人骨的角落，但是這裡無遮無攔，退了幾步就到了盡頭，如何才能想辦法擋住毒煙，不讓其進入古墓後室。

「鷓鴣哨」與了塵長老對於沒有退路並不擔心，身上帶著旋風鏟，大不了可以反打盜洞出去，但是擋不住毒煙，一時片刻便會橫屍就地。

縱然是以「鷓鴣哨」的機智與了塵長老的經驗，也束手無策，若是普通的毒煙只需要閉住呼吸，借著「紅奩妙心丸」的藥力，硬衝出去即可，然而這黑色毒煙之濃前所未見，三人自從進了墓道便小心謹慎，不可能觸發什麼機關，誰也想不通這些黑煙究竟是怎麼冒出來的。

身後就是墓室的石壁，「鷓鴣哨」等三人後背貼住牆壁，任你有多大的本領，在這裡也無路可退，只好眼睜睜的看著黑色濃煙慢慢迫了過來。

托馬斯神父見了這等駭人的毒霧，驚得臉如死灰，一時間也忘了祈求上帝保佑，「鷓鴣哨」在旁邊推了推托馬斯神父的肩膀問道：「喂，拜上帝教的洋和尚，現在火燒眉毛，你主子怎麼不來救你？」

托馬斯神父這時候才想起來自己是個神職人員，強作鎮定的說道：「全能的天父大概正在忙其他的事情，顧不上來救我，不過我相信我死後必定會上天堂，活著並不重要，重要的是死後能上天堂，信上帝得永生。」

「鷓鴣哨」冷笑道：「哼哼，原來你家主子這麼忙，我看既然他忙不過來，說明他不太稱職，那還不如讓一隻猴子來做上帝，猴子的精力是很充沛的。」

托馬斯神父聽「鷓鴣哨」說上帝還不如猴子，立即勃然大怒，剛要出言相向，卻聽「鷓鴣哨」接著說道：「洋和尚，你要是現在肯歸依我佛，不再去信那狗屁上帝，我就有辦法讓你不死，如果你不答應，最多一分鐘，毒霧就會蔓延到這裡，除非你不是血肉之軀，否則最多一分鐘左右，你就會被毒煙薰得七竅流血而死。」

托馬斯神父說道：「現在死到臨頭，你還能如此鎮定，我對你表示敬佩，不過也請你尊重我的信仰……不過不過，信菩薩真的可以活下去嗎？你該不是在騙我？」

了塵長老也已經發現了毒煙的關鍵所在，聽「鷓鴣哨」言下之意，他應該也想出脫身之策了，了塵長老見在這種千鈞一髮的緊要關頭，「鷓鴣哨」還有心思和那美國神父開玩笑，也不由得佩服他的膽色。

原來「鷓鴣哨」眼看前邊已經完全被黑霧覆蓋，下意識的貼住牆壁，感覺身邊一涼，碰到一物，側頭一看，卻是墓室壁上的一個燈盞，這位置應該是在棺槨頂上，懸著的長明燈。

如今墓裡沒有棺槨，只是在壁上嵌著一盞空燈，「鷓鴣哨」和了塵長老的眼是幹什麼使的，一眼就看出來這燈的位置有問題，依照常規，長明燈都是在三尺三寸三的位置，而這盞燈的高度顯然低了一塊，也就是低了那麼半寸，燈檯的角度稍稍向下傾斜，這肯定是個暗牆的機關，只要把燈抬向上推動，整座墓牆就會翻轉，打開藏在後室中的祕室，祕室修得極為隱蔽，這地方又名「插閣」，那裡是用來放墓主最重要的陪葬品，即使古墓造到盜墓賊盜竊，這祕室中的明器也不容易被盜墓賊發現。

「鷓鴣哨」膽大包天，間不容髮之時，仍然出言嚇了嚇那洋神父，見他寧死不屈，不肯捨棄上帝改信佛祖，倒也佩服他的虔誠，心中頗有些過意不去，前邊墓室中的黑霧越來越濃，「鷓鴣哨」也不敢過與托大，抬手抓住長明燈，向上一推，那盞嵌在牆壁上的長明燈果然應手而動，耳隆中只聽硌噔一串悶響，三人背後貼住的牆壁向後轉了過去，石壁上的塵土飛揚，落得眾人頭上全是灰土。

牆後是一間僅有兩丈寬高的古墓「插閣子」，帶有機關的活動牆一轉，把那千手黑佛，與倒在牆邊的白骨都一併帶了進來，這間「插閣子」不像外邊墓室中有那麼多珍奇珠寶，只有一隻上了鎖的箱子。

「鷓鴣哨」顧不上細看，便把墓室地轉啓掉兩塊，把下面的泥土抹到機關牆的縫隙上，以防外邊的黑色毒煙從牆縫進來，而且發現這道「插閣子」地下的土質相對來講比較鬆軟，有把握一個時辰之內反打盜洞出去，這裡的空氣維持這麼短的時間應該不成問題。

了塵長老倒了一輩子斗，對於這種狹窄的墓室一點都不陌生，見「鷓鴣哨」一刻不停，馬上用旋風鏟開始反打盜洞，於是手拈佛珠，便盤膝作下靜思。

托馬斯神父見「鷓鴣哨」與了塵長老一靜一動正各行其事，誰也不說話，便忍不住問了塵長老：「你有沒有發現，外邊的黑色霧氣裡面有東西，我看好像不太像毒氣。」

了塵長老閉目不語，過了片刻才緩緩睜開眼睛，對托馬斯神父說道：「怎麼？你也看見了？」

托馬斯神父點頭道：「我最後被翻板門轉進了的那一刻，離黑煙很近了，看那黑煙裡面好像是有一個人形，特別像是尊佛像，那究竟是……」

「鷓鴣哨」正在埋頭反打盜洞，聽了托馬斯神父和了塵長老的話，也忍不住抬起頭來，在牆壁轉進插閣子的一瞬間，他也看到了黑霧中的那種異象。

了塵長老想了想，指著靠牆的那尊多手黑佛造像，說道：「那黑佛傳說是古?伎供奉的邪神，專司操控支配黑暗，信奉暗黑佛的邪教早在唐末，就已經被官府剿滅，想不到西夏宮廷中還藏了一尊暗黑佛造像，這尊黑佛的原料有可能是古波斯的腐玉，傳說這種腐玉是很罕見的一種怪石，有個玉名，卻並不是玉，任何人畜一旦觸碰到腐玉，頃刻間就會全身皮肉內臟都化為膿水，只剩下一幅骨架，死者的亡靈就會附到暗黑佛上，從而陰魂不散。」

「鷓鴣哨」看了看那副白森森的人骨，對了塵長老說道：「看來這具白骨，生前可能是個忠心的侍衛，自己選擇留在藏寶洞中，觸摸腐玉而死，守護著洞中的寶物，咱們三人遇到突如其來的黑色濃煙，也許根本不是毒煙，而是……」不說下去，大夥也都明白什麼意思。

了塵長老讓「鷓鴣哨」與托馬斯神父千萬不可讓自己的皮膚接觸到黑佛造像，趕緊打穿盜洞離開，若真有黑佛邪靈做祟，這區區一間插閣須擋它不住，了塵長老想起來那具人骨手中抓著一串鑰匙，便順手取下，插閣子裡有個箱子，說不定裡面就是「雲塵珠」，這串鑰匙是不是有一把是開這口箱子的？不防開個試試。

了塵長老點亮了蠟燭，在這「插閣子」裡也用不著尋什麼東南角落了，只要能有些許光亮便好，拿起鑰匙一試之下果不其然，其中一把鑰匙剛好可以打開箱子上的鎖頭，「鷓鴣哨」的盜洞已經反打出去一丈有餘，上來散土的時候見了塵長老把箱子打開了，也忍不住要看看裡面是否有「雲塵珠」，便停下手中的旋風鏟，與了塵長老一起揭開箱子，然而箱中只有一塊刻滿異文的龜甲。

「鷓鴣哨」滿心熱望，雖然心理上有所準備，仍然禁不住失落已極，似乎是被三九天當頭淋了一盆冰水，從頭到腳都寒透了，楞在當場，覺得嗓子眼一甜，哇的吐出一口鮮血，全噴在龜甲之上。

了塵長老大驚，知道「鷓鴣哨」這個人心太熱，事太繁，越是這樣的人越是對事物格外執著，心情大起大落就容易嘔血，擔心「鷓鴣哨」會暈倒在地，連忙與托馬斯神父一同伸手把他扶住。

卻在此時，了塵長老發現，牆邊上那尊黑佛，全身的眼睛不知什麼時候，竟然全都張了開來，黑佛身上的數百隻眼睛，在黑暗中注視著三個闖入藏寶洞的盜墓者，散發出邪惡怨毒的氣息。

第八八章　蟲玉

那黑佛說是千手千眼，實際上只是名目，並不是造像上當真有一千隻手，一千隻眼，腐玉製成的黑佛造像高如常人，背後有數十隻或持異型法器、或掐指訣的手臂，造像全身有百餘隻眼睛，原本都是閉合著的，這時突然睜了開來，那些眼睛沒有瞳仁，卻像有生命一般，紛紛不停地蠕動。

托馬斯神父被黑佛身上無數蛆蟲一樣的眼睛嚇得手足無措，忙問了塵長老：「這……這是什麼？這些眼睛什麼時候睜開的？這是是眼睛還是蟲子？」

了塵長老雖然見多識廣，但是那腐玉與黑佛從未親眼見過，只是聽前輩們提起過世間有這麼兩樣東西，而且絕跡已久，那些前輩也不知道其中究竟，所講述的內容十分有限，難道這黑佛中當真附有死者不散的亡靈嗎？否則黑佛怎麼像有生命一樣……

只見黑佛造像的數百隻怪眼中，冒出一股股濃得像要凝固的黑色霧氣，這些黑霧在「插閣子」中凝聚為一體，借著蠟燭閃爍的光芒，可以看到黑霧的輪廓，像是一尊模模糊糊的黑佛造像。

這時候剛吐過血的「鷓鴣哨」也回復了神智，見了這恐怖的黑霧，與了塵長老與托馬斯神父一樣，都是一般的吃驚，古墓中奇怪詭祕的事物一向不少，「鷓鴣哨」的盜墓生涯中見過很多，很難有什麼再讓他感到驚奇的事物，然而這黑霧實屬出人意料，要不是親眼見到，哪裡會相信世上有如此邪門的事情。

托馬斯神父覺得那就是惡靈，取出一瓶聖水，拔開瓶蓋抬手潑向黑霧，那股潑墨般的黑霧原本移動得十分緩慢，見有水潑來，黑霧突然迅捷無倫的由中間裂開一個大洞，托馬斯神父的聖水都潑了個空，穿過黑霧中的大洞，落在了墓室的地上，黑霧中裂開的大洞，剛好在佛像輪廓的中間，好像是黑佛張開了黑洞洞的猙獰大口，在無聲的對著三個人咆哮。

「鷓鴣哨」見黑霧好像懼怕托馬斯神父的聖水，便讓托馬斯神父再潑一些，托馬斯神父聳了聳肩說道：「沒了，就這麼半瓶。」

了塵長老手持佛珠說道：「洋和尚的手段倒也了得，原來這邪霧懼怕法器，看來大破之刻已過，歪魔邪道安能奈我何，且看老衲來收它。」說完把手中的佛珠串繩扯斷，將佛珠劈頭蓋臉的砸向黑霧。

沒想到這次那濃重異常的黑霧沒有任何反應，被佛珠砸中渾如不覺，繼續緩緩向前推進，了塵長老心中暗自納罕：「這當真怪了，難道我佛無邊法力，竟然不如西洋聖水？唉，這……這他媽的是什麼世道啊。」

「鷓鴣哨」見了塵長老發呆，連忙拉了他一把，三人被黑霧所迫，不得不向後退避，這種黑霧自腐玉中放出，碰上它有兩種可能，一種是像那具白骨架子一樣，全身皮肉內臟即刻腐爛，化為膿水，只剩一副骨架；另一種可能是那黑霧就是了塵長老所說，其中有陰魂作祟，一碰到生人即被惡靈所纏。

不管是哪一樣，都是慘不可言，身後已經退到了牆角，再無任何退路，望著緩緩逼近的黑霧，「鷓鴣哨」心知大限已到，對了塵長老說道：「弟子今日拖累恩師，百死莫贖。」

了塵長老剛要對「鷓鴣哨」說些精妙佛理，以表示自己對生死之事早已超然，卻發現面前不遠處像堵牆一樣的黑霧不是奔著自己三人來的，而是撲向了另一邊牆角的蠟燭而去，摸金校尉對蠟燭有種本能的反應，心中打了個突：「這些黑霧為什麼移向蠟燭……」

「鷓鴣哨」也發現了這一情況：「黑霧……」

＊　＊　＊

了塵長老、托馬斯神父與「鷓鴣哨」幾乎異口同聲的說道：「蠟燭！」

初進古墓之時，「鷓鴣哨」用的是金鋼傘上的磷光筒照明，磷光散發的是藍光，是一種冷光源，沒有任何溫度，所以自從進了古墓一直到見到黑佛與那副白骨，都沒發生什麼異常，只是想退回去的時候，原本走在最後的托馬斯神父就變成走在最前面的人，他當時點燃了「鷓鴣哨」給他的蠟燭照路，突然從玉門下的地道中冒出黑霧。

眾人被黑霧逼進「插閣子」躲避，直到了塵長老點了蠟燭照明打開箱子，那尊多手多目黑佛就突然出現變化，佛身上睜開眼睛，冒出一股股的黑煙。

沒錯，一定是溫度，雖然不知道什麼原理，但是這些黑霧便像是撲火的飛蛾一般，被蠟燭的溫度引了出來，一定是墓室中的空氣達到一定溫度它才會出現，而且必須是一個足夠高的溫度，如果不點蠟燭火把之類的，這種黑霧很可能根本不會出現，這些黑霧似乎是處於一種沉睡狀態，一旦被火焰的高溫喚醒，就會把墓室中所有超過物質溫度的目標都消滅才會平息。

黑霧果然是先以地面的蠟燭為目標，濃重的黑色霧氣看似無形，實則有質，頃刻間蠟燭的火苗就被黑霧吞沒，墓室中立即漆黑一團。

「鷓鴣哨」等人見此情景，知道黑佛中散出的黑霧在吞沒蠟燭之後，立刻就會尋找溫度次於蠟燭的目標，那肯定就是插閣子中的三個活人。

（書中代言：腐玉，又名蟦石，或名蟲玉，產自阿富汗某山谷，是種很奇怪的東西，這種蟲玉本身有很多種古怪的特性，一直是一種具有傳奇色彩的神祕物質，極為罕見。古代人認為這種有生命的奇石，是有某種邪惡的靈魂附在上面，只要在蟲玉附近燃燒火焰從中就會散發出大量濃重得如同凝固在一起的黑色霧氣，黑霧過後，附近所有超過一定溫度的物質，都被腐蝕成為膿水，並不是了塵長老聽說的那樣一觸摸腐玉，人體就會化為膿水，而必須先由高溫引出黑霧，黑霧才會對附近的物質產生腐蝕作用，蟲玉本身並沒有這種效果。

古代曾有一個邪教，利用蟲玉中散發出的黑霧，會形成一個模糊的多臂人形輪廓這一特點，將那個人頭的輪廓具像化，造成暗黑佛像，宣稱黑暗終將取代光明，吸納了大批信徒，後來此教遭到徹底剿滅，從那以後，本就十分罕見的蟲玉，也一度隨之從世間消失，直到近代一九八六年，才在一次聯合考古活動中，在土耳其卡曼卡雷霍尤克遺跡中重新發現了這種在古代文獻記錄中才存在的奇石，至於這尊黑佛為什麼會出現在卡曼卡雷霍尤克遺跡，已不可考證，只能判斷有可能是古代流傳到那裡的。

腐玉的祕密，在十九世紀末被美國科學家破解，其實這種神祕的窗戶紙一捅即破，就是類似於中國的冬蟲夏草，所謂冬蟲夏草，是真菌冬蟲夏草寄生於蝙蝠蛾幼蟲體上的子座與幼蟲屍體的複合物。正如其名，冬天為蟲，夏天為草。

而蟦石，則是常溫如石似玉，有火焰引發高溫就會變成蟲，一大團聚集在一起的黑色蟲子，極為細小，單個的「蟦」用肉眼勉強可以分辨，大批聚集在一起，就很像黑色的濃煙，平時處於一種僵死狀態，大批的蟦蟲死體疊壓在一起，就好像黑色的玉石，外殼內部的蟲屍在感應到附近空氣溫度的急劇變化，會有一個加速蛻變的過程，脫去白色的屍皮，聚集在一起飛出來，這些破繭而出的蟦蟲，會透過不斷死亡來分泌出大量具有腐蝕性的液體，吞噬附近所有高溫的物體，包括火焰都可以被蟲屍的液體熄滅。

在某種程度上講，蟲玉可以說是很犀利的陵墓守護者，從石中出現的無數蟦蟲，形成一張蟲帳，足可以覆蓋整個墓室的面積。

當然「鷓鴣哨」與了塵長老兩個人都是迷信思想十分嚴重的摸金校尉，第一次見到傳說得很邪的蟲玉，加上那個時代還從沒有破解蟲玉之謎，所以在他們看來，眼前這種現象一定就是有惡靈做祟。）

「鷓鴣哨」等三人已經識破了黑霧會優先攻擊溫度高的目標，為了引開這團黑霧，隨手點燃了幾隻蠟燭，那黑霧被蠟燭的熱量引到牆角，牆角與古墓插閣子中的翻板牆露出一大塊間隙。

了塵長老等人進古墓之前吃了「紅奩妙心丸」，這種祕藥可以降低人體體溫，和延緩人體呼吸節奏，所以黑霧在被蠟燭的溫度吸引之時，不會輕易察覺這三個活人，「鷓鴣哨」見眼下反打盜洞是來不及了，只好貼著牆壁避過黑霧，準備從插閣子中回到主墓室，引開那裡的黑色鬼霧，從玉門下的通道出去。

了塵長老臨出去的時候，順手把箱子裡的「異文龍骨」拿到手中，龍骨上刻了很多古怪符號，有不少符號形狀就像「雲塵珠」，說不定最後那枚鳳凰膽「雲塵珠」的下落，也許終會著落在這塊異文龍骨之上，這塊龍骨骨甲藏在插閣子裡如此隱蔽，一定有它的價值。

這時「鷓鴣哨」與托馬斯神父，已經推動翻牆上的長明燈機關，招呼了塵長老快走，了塵長老連忙趕上，機關牆啰啰一轉，卻在半截停住了，好像是哪裡卡死了，一時腹背受敵進退無路。

第八九章　黑霧

機關牆就這麼不當不正的停在半路，主室中那團正在打轉的黑霧，立刻有了目標，像一面長有五官的黑牆，壓向三人，「插閣子」中的黑霧也已經吞沒了蠟燭，尾隨而至，來去的道路都被堵死，前後兩大團黑霧對三人形成了前後夾擊的態勢，耳中只聽前後傳來一陣細密的躁動聲，了塵長老急道：「快點蠟燭引開黑佛的惡靈。」「鷓鴣哨」伸手一摸百寶囊，叫苦不迭，三人身上帶著的蠟燭全用光了。

這時兩邊濃重的黑霧，已經漸漸逼近，稍稍碰上一點，大概就會變成牆角那具骨架的樣子，「鷓鴣哨」忽然目露凶光，心裡起了殺機，想把美國神父托馬斯踢出去，然後踩在這洋和尚身上躍向玉門下的地道。

了塵長老見「鷓鴣哨」頂樑上青筋跳動，知道他起了殺心，想拿美國神父托馬斯墊路，連忙按住「鷓鴣哨」的手臂：「萬萬不可，難道你忘了老衲一再的勸告你了嗎？倒斗損陰德，手下須留情……」

「鷓鴣哨」本來心意似鐵，但是這些時日追隨在了塵長老之側，聽了塵長老灌輸禪機，對自己過往的所作所為也有所頓悟，這時見了塵長老勸解，心下立時軟了，再也狠不下心來殺人，說道：「罷了，此番真是折了。」

但是「鷓鴣哨」幾乎是他們族中剩下唯一一個能有所作為的人，實在不甘心就此死在墓室裡化為白骨，可是面臨的局面實屬絕境，前後都被鬼氣森森的黑霧包夾，如果點火引開其中一團黑霧，勢必被另一團吞噬，面前的墓室空間很高，黑霧高度在從地面起三尺左右，上面還有大片空隙，不過若想越過去，除非肋生雙翅。

有些人遇到危險，會下意識的進行自我保護，比如閉上雙眼，用手抱著頭什麼的，這樣做就和駝鳥遇到危險就把腦袋扎進地下一樣，根本起不了作用，但是另有些人越是到生死關頭，腦子轉得越比平時快數倍，「鷓鴣哨」與了塵長老就是這樣的人，他們仍然沒有放棄求生的希望。

「鷓鴣哨」想起墓室正中有一株高大的珊瑚寶樹，可以用飛虎爪抓住珊瑚樹的樹冠，從黑霧上邊蕩過去，飛虎爪的鏈子當然足夠結實，曼說是三人，便是有十個八個的成人，也墜不斷這條索鏈，不過最擔心那珊瑚寶樹沒有那麼結實，承受不住三個人的重量，倘若只有自己一個人，憑自己的身法，便是棵枯枝也足能拽著飛虎爪蕩過去，但是要再帶上了塵長了與托馬斯神父，實在是沒有半點把握，半路上珊瑚樹斷了可就得全軍盡沒了。

這當口也容不得再細想了，「鷓鴣哨」對準珊瑚寶樹擲出飛虎爪，爪頭掛在珊瑚寶樹最高的枝幹上，纏了幾匝，伸手一試，已經牢牢抓死，「鷓鴣哨」知道了塵長老早已看破生死關，若不帶上托馬斯神父，了塵長老便死也不會先行逃命，而且刻不容緩，也來不及一個一個的拽著飛虎爪蕩過去逃生，只有賭上性命，三個人同時過去。

「鷓鴣哨」拽緊飛虎爪，讓了塵長老同托馬斯神父也各伸一隻手抓住索鏈，另一隻手抱住「鷓鴣哨」的腰，「鷓鴣哨」讓他們儘量把腿抬高，別碰到下邊的黑霧，還未等了塵長老與托馬斯神父答話，便大喊一聲：「去也。」一手上使勁，藉著抓住珊瑚寶樹的飛虎爪繩索，躍離了卡在半路的機關門。

三人雙腳剛一離地，身後的兩團黑霧就已經在下面合攏在了一起，托馬斯神父嚇得閉起了眼睛，想念一句上帝保佑，但是牙齒打顫，半個字也吐不出來，拼了命的把雙腿抬高，避開下面的黑色鬼霧，心中只想要是這繩索在半路不斷，絕對是上帝的神跡。

「鷓鴣哨」身在半空，初時還擔心珊瑚寶樹不夠結實，但是憑飛虎爪上傳來的著力感，發現足能應付三個人的重量，但是這也幾乎就是極限了，再加上一點重量，非斷不可。

只要躍過腳下這一大片黑霧，前邊就是玉門下的地道，三人懸在半空，見即將擺脫黑色鬼霧的圍困，都不禁全身振奮，眼看就要拽著飛虎爪盪到一半的距離了，忽然三人都覺得身後一緊，似乎有什麼東西趴在大腿上，冷冰冰，陰颼颼，而且很硬，托馬斯神父不敢睜眼，了塵長老與「鷓鴣哨」二人知道腳下有東西，都在半空中回頭一望，只見原本在牆角邊的那具白骨，不知何時抱住了了塵長老的大腿，這一驚非同小可，連了塵長老這樣的高人也被這突如其來的白骨嚇了一跳，免不了倒吸了一口涼氣。

大概是剛才被黑霧逼得進退維谷，都擠在一起，拽著飛虎爪從機關門那裡蕩開的時候，了塵長老一腳踩中了白骨的胸腔，把它的肋骨踩斷，別住了腳踝，懸在半空把腿蜷起來，把那具人骨也帶到半空，這才感覺到不對。

「鷓鴣哨」的輕身功夫，是從還沒記事時就開始練的，師傅把他裝在一個抹滿油的大缸裡，讓他自己想方設法往外爬，隨著身體長大，油缸的大小也逐漸增加，了塵長老是老牌的摸金校尉，也是自幼便學輕功身法，他們這種輕功全仗著提住一口氣，這口氣一但提不住就完了。

「鷓鴣哨」此刻與了塵長老見了腿上掛著的白骨，胸腹間一震，這口氣說什麼再也提不住了，身體立即變得沉重，珊瑚寶樹的樹枝承受不住他們的重量，喀嚓一聲斷了開來。

「鷓鴣哨」等三人失去依憑，立刻與腳下的白骨一起落在地上，比較走運的是已經躲過了大部分黑霧，三人做一團滾在了黑色鬼霧的邊緣，「鷓鴣哨」剛一落地，馬上使出鯉魚打挺躍起身來，抓住了塵長老與托馬斯神父急向後邊躲避。

「鷓鴣哨」覺得自己左手上麻癢難當，左手已經被黑色鬼霧碰到，他不知道鬼霧中的「蟦蟲」原理，「蟦蟲」一旦接觸溫度高於常溫的物體，立刻會死亡，「蟦蟲」死亡後馬上就變成一種腐蝕液，蟲屍的腐蝕液與被其腐蝕的物體融合，立刻會再生出新的「蟦蟲」繼續侵蝕附近的高溫物體，數量永遠不會減少。

「鷓鴣哨」以為是中了惡鬼邪神的毒素，抬手一看，整隻左手都只剩白森森的指骨，手臂上的肌肉也在慢慢被熔化，疼得抓心撓肝，「鷓鴣哨」見再任由其蔓延下去，自己整個身體都要變成白骨了，而且一旦越過胳膊再想辦法也晚了，但是現在黑霧近在咫尺，如果不立刻離開，馬上就會再次落入黑色鬼霧的包圍圈中。

「鷓鴣哨」強忍著劇烈的疼痛，把托馬斯神父與了塵長老向後拖開，見了塵長老雙目緊閉，也不知道他是死是活，心中焦急，眼見那些黑色鬼霧又覓到他們的蹤影，重新凝聚在一起，慢慢迫近，也虧得這些鬼霧速度不快，否則即便是有九條命的貓此刻也玩完了。

托馬斯神父忽然大叫一聲，跳將起來，伸手在自己身上亂摸，他全身上下，竟然沒有任何地方接觸過鬼霧，托馬斯神父看到「鷓鴣哨」的左手已經化為了白骨，了塵長老倒在地上昏迷不醒，大概是從半空跌下來撞到了什麼地方，昏迷了過去，連忙幫「鷓鴣哨」抬著了塵長老往玉門下的地道退卻。

「鷓鴣哨」手臂上的傷勢很重，疼得額頭上全是黃豆大小的汗珠，手臂上的皮肉已經爛至肘關節，這時候只好用那毒蛇噬腕，壯士斷臂的辦法了，但是眼下即便想砍掉自己的胳膊也沒有足夠的時間，三個人這一折騰，動作激烈，身體的溫度明顯增高，眼瞅著黑霧快到眼前了，「鷓鴣哨」只好用右手取出德國二十響鏡面匣子，對準墓室角落的黑佛一個長射，五發槍彈都釘在了黑佛身上，然後立刻把剛剛射擊過的匣子槍扔向墓室角落。

濃重的黑色鬼霧都被槍口的溫度吸引，轉向撲了過去，「鷓鴣哨」已經疼得快昏迷過去了，對托馬斯神父說了一聲：「快走。」

二人抬起了塵長老跳下了地道，地道中有一塊懸在中間的黑石，進來的時候不知道這是什麼東西，現在明白了，地道裡冒出的那團鬼霧，就是從這塊腐玉的原石中冒出來的，肯定是托馬斯神父在地道口點蠟燭，使它感應到空氣燃燒才放出鬼霧。

「鷓鴣哨」與托馬斯神父拖著了塵長老，從腐玉旁蹭了過去，一出地道，「鷓鴣哨」立刻讓托馬斯神父把地道口封上，防止那些鬼霧追出來，然後在口中咬下一塊衣襟，緊緊扎在臂上血脈處，用旋風鏟的精鋼鏟葉，對著自己胳膊一旋，把那被鬼霧咬噬的半條胳膊全切了下去，雖然扎住血脈，鮮血仍向噴泉一樣從胳膊斷面冒了出來，還來不及止血，眼前一黑，便暈了過去。

托馬斯神父見「鷓鴣哨」流了這麼多血，昏死過去，了塵長老自從墓室中就昏迷不醒，只剩下自己一個人完好無損，果然信上帝是正途，不能見死不救，先想辦法把他們兩個中國人弄到外邊去再說，剛要動手拖拽「鷓鴣哨」，眼前卻出現了一幕恐怖的情形，「鷓鴣哨」自己割掉的那多半條手臂，上邊的皮肉已經全部化為膿水，只剩下白森森的骨頭，從那膿水中飛出很多密密麻麻的小小黑點，在墓道中盤旋。

第九〇章　歸西

托瑪神父被這些漂浮在半空的黑色顆粒嚇得靈魂都快出竅了，在磷光筒藍幽幽的光線下，這些黑色顆粒若隱若現，似乎想要慢慢聚集成一團，托馬斯神父知道，這大概就是聖經上所說的……魔鬼的呼吸。

怎麼樣才能對付「魔鬼的呼吸」？聖經上好像寫了，用聖水？聖餅？還是用十字架？糟糕，這時候一時半會兒想不起來，托馬斯神父暗自責怪自己沒用，被撒旦的使徒嚇破了膽，現在死了也沒臉去見天父，必須拿出點作為神父的勇氣來。

托馬斯神父想盡辦法讓自己冷靜下來，想到這狗娘養的「魔鬼呼息」喜歡溫度高的東西，但是現在身上沒有什麼火柴蠟燭之類的道具了，如何才能引開這些邪惡的黑霧。

上帝保佑，這些魔鬼的呼息並不太多，托馬斯神父猛然間想到，它們好像懼怕聖水之類的液體，可是身上沒有水壺，不知道吐口水管不管用，撒尿的話又恐怕尿液是有溫度的，一時間轉了七八個念頭，都沒有什麼用處。

面對著已經凝聚成一團的黑霧，托馬斯神父心急如焚，這時只聽身後有人輕哼了一聲，轉頭一看，卻是「鷓鴣哨」甦醒了過來，急忙去扶住他，指著那一小團黑霧，緊張得話也說不出來。

「鷓鴣哨」剛才是疼暈了過去，流了不少血，面色慘白，多虧自己提前扎住了血脈，胳膊上的血流光了之後就不再大量流血，要是等這托馬斯神父這個笨蛋幫忙，此刻早已死了多時了。

「鷓鴣哨」被托馬斯神父一扶住，神智就恢復了七八分，見白玉拱門前飛舞著一小團黑色的鬼霧，正尋著人血的溫度，要向自己逼近過來，連忙取出另一把槍，撥開機頭，對準玉門上的銅鎖就是一槍。

先前了塵長老與「鷓鴣哨」已經探得明白，玉門上的銅鎖是「連芯鎖」，一旦受到外力接觸，引發了裡面的機關，就會使玉門兩側的門洞中放出暗器，這種門洞形的機關，大敞四開，不會是小型暗器，以「鷓鴣哨」的經驗判斷，應該是滾石流沙一類的大型機關，目前只有借助外力賭上一把了，如果門洞中放出的是毒煙，那就大家同歸於盡，倘若是木檑流沙一類的，可以利用它們擋住在洞口的鬼霧，好不容易逃到這裡，終不能最後眼睜睜的，被這碰不得摸不得的鬼霧害死在這墓道裡。

子彈擊中銅鎖，觸動了連芯鎖中的機關，只聽兩側的門洞中轟隆隆巨響震耳欲聾，無數的流沙像潮水一樣傾洩了出來，沙子裡面明顯有很多紅色的顆粒，是毒沙。

說時遲，那時快，從「鷓鴣哨」開槍擊中銅鎖，到兩側的洞中噴湧出大量挨上就死沾著就亡的毒沙，總共還不到幾秒鐘的時間，那片鬼霧完全被毒沙埋住，毒沙越噴越多，如果這時候是站在玉門前開鎖的人，任你是三頭六臂，也必定閃躲不及，一瞬間就會被兩道毒沙沖倒，活活的埋在下邊。

「鷓鴣哨」與托馬斯神父拖曳著了塵長老，拚命往墓道外邊跑，也無暇去顧及身後的情況，只聽見流沙激烈的傾瀉，兩個門洞中間都堆滿了，還聽得隆隆之聲不絕於耳。

* * *

跑出了墓門，在豎井中站定，這才有機會喘口氣，「鷓鴣哨」把雲南白藥撒在斷臂處，多半截胳膊算是沒了，以後也別想再倒斗了，想到這裡覺得胸口發悶，又想要吐血，急忙又吞了兩粒「紅奩妙心丸」，延緩血流的速度。

「鷓鴣哨」最為掛心的便是了塵長老的傷勢，人家是為了自己才大老遠跑到賀蘭山下，這要是連累了老和尚的姓名，罪過可就大了，於是與托馬斯神父一起把了塵長老扶起來，查看他的傷勢。

托馬斯神父托著了塵長老的後背，誰想到用手一扶了塵長老的後背，見滿手都是血跡，驚叫一聲：「啊呀……是血……老和尚受傷了。」

從墓室到豎井，三人一路奔逃，「鷓鴣哨」與托馬斯神父誰也沒顧得上看了塵長老到底傷在哪裡，這時候才看明白，原來珊瑚寶樹折斷的時候，了塵長老跌在地上，他腳下掛著一具人骨，也一起跌得散了架，其中一根折斷的骨頭從了塵長老後背刺了進去，這下扎破了肝臟，傷得極深，九成九是救不得了。

「鷓鴣哨」把身上帶的雲南白藥全倒在了塵長老後背的傷口上，卻都被鮮血立刻沖掉，「鷓鴣哨」束手無策，心中難過，止不住垂下淚來，取出百寶囊中的「北地玄珠」，放在了塵長老的鼻前，用手指一搓，拈出一點硝石粉末，想把了塵長老救醒，聽他臨終的遺言。

＊　＊　＊

了塵長老的鼻腔被硝石一嗆，咳嗽兩聲，悠悠醒轉，見「鷓鴣哨」與托馬斯神父都雙目含淚，在身旁注視著自己，便自知命不久長，一把握住「鷓鴣哨」的右手，對「鷓鴣哨」

說道：「老衲馬上就要捨去這身臭皮囊了，你們也不用難過，只是……只是有些話你需記住。」

「鷓鴣哨」垂淚點頭，聽了塵長老繼續說道：「老衲早已金盆洗手多年，不再算是摸金校尉了，身上這枚摸金符，也一併交付於你，只可惜你我緣分不夠，這分金定穴祕術不能傳你了，你若有機會，可以去尋找老衲昔日的一位同行，他有個綽號，叫做金算盤，平時做商賈打扮，只在黃河兩岸做倒斗摸金的勾當，此人最擅星相風水數術天干地支那一類門道，近代能與他相提並論的只有晚清時期的陰陽風水撼龍高手，張三鏈子，不過那張三爺早已做古，到了如今，分金定穴之術，除老衲之外，天下再無人能出金算盤其右，你拿著老衲的摸金符去找金算盤，他一定能幫你，另外這塊龍骨上刻有鳳凰膽的標記，又藏在西夏藏寶洞最深處，裡面可能有極其重要的線索，說不能可以給尋找雲塵珠提供一些參考……」

「鷓鴣哨」心想自己左手都沒了，這輩子恐怕別想再倒斗了，就算知道了雲塵珠在哪恐怕也取不到了，眼見了塵長老呼吸越來越弱，想對他說幾句話，卻哽咽著張不開嘴，只是咬住嘴脣，全身顫抖。

了塵長老用盡最後的力氣說道：「你須謹記，絕不可以再隨便開殺戒，倒斗損陰德……手下須留情……老衲……老衲這便去了。」說完之後，一口氣倒不上來，就此撒手西去。

「鷓鴣哨」跪倒在地，不停的給了塵長老屍身磕頭，托馬斯神父死說活勸，才把「鷓鴣哨」拉了起來，這豎井中不是久留之地，二人攜帶著了塵長老的屍身，爬回通天大佛寺的寶殿之內，就於佛祖寶相面前，把了塵長老的屍身焚化了，這才揮淚離去。

從那以後的幾年中，「鷓鴣哨」按照了塵長老的遺囑，到處尋找那位出沒在黃河兩岸，山陝之地勾當的摸金校尉「鐵算盤」，然而踏遍了各地，全無此人的蹤跡，從西夏藏寶洞中帶出來的「異文龍骨」也請很多飽學之士看過，無人能夠識得其中寫的究竟是什麼內容。

當時的世界，恰逢亂世，空氣間正醞釀著一場席捲天下的巨大戰爭，「鷓鴣哨」受到美國神父托馬斯的幫助，把親眷都移居到了遙遠的美利堅合眾國，「鷓鴣哨」心灰意懶起來，就在美國田納西洲隱居，不理世事。

扎格拉瑪人本來在四十歲後，身體就會逐漸衰弱，血液中的鐵元素逐漸減少，十餘年後血液逐漸變成黃色凝為固態，才會受盡折磨而死，很多人承受不住這種痛苦，都在最後選擇了自殺，但是這種症狀離鬼洞越遠，發作得越慢，在地球另一端的美國，平均時間向後推遲了二十年。

隨後的中國戰火連結，再想找鳳凰膽「雲塵珠」就不容易了，而且「鷓鴣哨」一族，人口凋零，實在沒什麼能擔當大任之人，「鷓鴣哨」心也冷了，心想大概再過百餘年，這最後的幾條血脈都斷了，這個古老的部族也就完了。

這些事後來被Shirley楊的父親楊玄威知曉了，楊玄威不僅喜歡考古，更熱衷於冒險，為了想辦法救自己的妻子和女兒，他決定展開行動，由於龍骨上的謎文無法破解，想尋找「雲塵珠」是十分渺茫的，楊玄威年輕時就研究西域文化，不過他研究的範圍是漢唐時期，也就是西域繁榮達到最頂峰的這一個階段，西域早在四千五百年前就已經有若干次文明出現了，扎格拉瑪綠洲就是其中一支，後來發現的小河墓葬群也是有著四千年歷史的古老文明，所以楊玄威對扎格拉瑪山精絕國之前的事所知有限，他估計在精絕國的鬼洞中一定有某些重要線索，而且楊玄威是認定科學掌控一切的那種人，當時正趕上中國改革開放，興起了第二波沙漠科考熱潮。

借著這場東風，楊玄威順利的組成了一支職業探險隊，沒想到自從進入沙漠之後，就從此一去不返，隨後Shirley楊為了尋找下落不明的父親，參加了陳教授及他的助手學生所組成的考古隊，在黑沙漠，穿過黑色的扎格拉瑪山谷，在精絕古城的地下宮殿深處，終於見到了無底的鬼洞。

＊　＊　＊

陳教授以及他的助手學生為主組成的考古隊，進入沙漠尋找精絕遺跡，死在黑沙漠裡的，那就不說了，剩下口氣活著走出來的，也就那麼丁點了，最慘的人肯定是陳教授，受到太大的刺激，導致了他的精神崩潰，那是一場噩夢一樣，在當時Shirley楊還不知道自己與黑色的扎格拉瑪神山之間，有著如此多深深糾纏的羈絆。

第九一章 決意

從沙漠中回來後Shirley楊帶著陳教授去美國治療，沒過多久，兩人背後便都長出了眼球形狀的紅色瘀痕，而且陳教授的情況比較嚴重，患上了罕見的鐵缺乏症，各個醫療機構都對此病束手無策，Shirley楊在扎格拉瑪神山中的先知默示錄中，得知自己有可能是扎格拉瑪部族的後裔，於是對此展開了一系列的深入調查，對過去的宿命瞭解得越多，越明白無底鬼洞的事遠比想像中要複雜得多，目前對「無底鬼洞」的瞭解，甚至還不到冰山一角。

Shirley楊發現了最重要的一件東西，便是黑水城通天大佛寺中的「異文龍骨」，上面的異文無人能識，唯一能夠確認的是龍骨上刻了許多眼球符號，那種特殊的形狀，讓人一目了然，與在新疆打破的玉石眼球，還有長在背後的深紅色痕跡，都是一模一樣。

這塊「異文龍骨」，一定是記載有關「雲塵珠」的重要記錄，如果能破解其中的內容，說不定就可以找到「雲塵珠」，否則Shirley楊，胖子，還有我，將來臨死的時候，就免不了受那種血液凝固變黃的折磨，而精神崩潰了的陳教授身上，這種惡疾已經開始滋生，天曉得那老頭子能撐多久。

打從陝西回來以後，我始終寢食不安，就是因為不知道背後長的究竟是什麼東西，現在從Shirley楊口中得到了證實，果然是和那該死的「無底鬼洞」有關，心中反而踏實了，也並非我先前想像的那麼可怕，人生一世草木一秋，反正那種怪病要好多年後才會發作，那時候大不了我也移民去美國避難就好了，不過陳教授怎麼辦？難道就看著老頭子這麼死掉不成？

有些時候不得不相信，冥冥中自有宿命的牽引，恰好我在不久前，曾在古田縣得知，孫教授曾經破解過這種龍骨天書，天書中的內容絕對保密，孫教授一個字不肯洩露，而且目前掌握天書解讀方法的，全世界恐怕暫時只有孫教授一個人，因為這項研究成果還沒有對外公開。

我把這些事也詳詳細細的對Shirley楊講了一遍，孫教授雖然不通情面，守口如瓶，但是畢竟他也是凡人，如果跟他死磕，讓他開口應該不是問題，可是然後呢？按照線索去倒斗，把那顆大眼球一樣的「雲塵珠」倒出來，這可不是上嘴唇一碰下嘴唇說說那麼容易的，那些「搬山道人」找了這麼多年，都沒有找到，我們這些人去找，可以說也是半點把握沒有，而且古墓中的危險實在太多，搞不好還得搭上幾條性命，那可就有點得不償失了。

Shirley楊見我在走神，以為我心中對找「雲塵珠」有所顧慮，便問我道：「怎麼？你害怕了？我只想等有了線索之後，請你把我帶到地方，進去倒斗只有我一個人就可以了……」

我打斷了Shirley楊的話：「怎麼著？小看人是不是，真是笑話，妳也不打聽打聽，胡爺我還能有害怕的時候？那個，越南人妳知道吧？怎麼樣？別看又黑又瘦，跟小瘦雞似的，但是夠厲害的吧，把你們美國人都練跑了，結果還不是讓我給辦了，當年對越自衛反擊戰的時候，我可是大軍的前部正印急先鋒，要不是中央軍委攔著我，我就把河內都給占了，算了，反正跟妳說了妳也覺得我吹牛，我會用實際行動來證明自己不是那種貪生怕死的人，更何況這裡邊還有妳和陳教授的事，我絕沒有袖手旁觀的道理。」我說完拉著Shirley楊要離開公園的長椅。

Shirley楊問我要去哪？我對她說：「咱倆都扯一下午了，現在天色也不早了，胖子他們還在潘家園等著我呢，我回去讓他收拾收拾，咱們明天就去陝西找孫教授，不管他說不說，一定要把他的牙撬開，然後咱們就該幹什麼幹什麼。」

Shirley楊嘆了口氣，對我說道：「你就是太容易衝動，想什麼是什麼，這些事哪有這麼簡單，你說孫教授為什麼不肯說呢？是不是怕洩露天機給他自己帶來危險？」

我對Shirley楊說：「其實……怎麼跟妳這洋妞兒說呢，中國人有些為人處世的道理，很難解釋，別聽孫教授對我連嚇唬帶詐唬，沒那麼邪乎，以我察言觀色的經驗來判斷，姓孫的老棺材瓤子，一定是被上級領導辦了。」

Shirley楊搖頭不解：「什麼辦了？」

這些事要讓我對Shirley楊解釋清楚，還真不容易，我想了想對Shirley楊說道：「給妳舉個例子吧，比如在中國有某位權威人士，這位人士說1＋1＝3，後來孫教授求證出來一個結果，是1＋1應該=2，但是就由於先說1＋1＝3的那位爺是某個權威人士，所以他即使是錯的，也不允許有人提出異議，孫教授可能從龍骨天書中發現了某些顛覆性的內容，不符合現在的價值觀或者世界觀，所以被領導下了禁口令，不許對任何人說，因此他才會像現在這麼怪癖，我看多半是他娘被憋的有點憤世嫉俗了。」

我心中的打算是先找到孫教授問個明白，若是這龍骨天書中，沒有雲塵珠的線索那也就罷了，倘若真有，多半也是與扎格拉瑪先人們占卜的那樣，終歸是要著落在某個大墓裡埋著，我一直有個遠大的理想，就是要憑自己的本事倒個大斗，發一筆橫財，然後再金盆洗手，否則空有這一身分金定穴的本事，沒處施展，豈不付諸流水，白白可惜了。

眼前正是個合適的機會，救別人也順便救自己，正好還可以還了欠Shirley楊的人情債，其實就算不欠她的人情，憑我們之間一同患過難的交情，加上她救過我的命，衝著這些，我也不能不幫她和陳教授的忙。

等找到「雲塵珠」，我就不要了，那個物件不是俗物，不是凡人可以消受的，但是這次行動可不是考古了，是名副其實的倒斗，現在我用錢的地方很多，如果倒斗的過程中，遇到別的明器，到時候俺老胡可就再也不客氣了，好壞也要順上它兩樣。

我打定主意，對Shirley楊說道：「咱們現在先去找胖子，還有大金牙，這些事也少不了要他幫忙，正好我們請妳吃頓便飯，北京飯店怎麼樣？對了，妳有外匯嗎？先給我換點，在那吃飯人民幣不管用。」

我帶著Shirley楊回到潘家園的時候，胖子和大金牙剛做完一大單一槍打的洋莊，賣出去五六塊綠頭帶判眼，最近生意真是不錯，照這麼買賣下去，過不了幾天，我們又要奔陝西「鏟地皮」了。

我讓胖子和大金牙收拾收拾，大夥一道奔了建國飯店，席間我把Shirley楊的事說了一遍，說我打算跟她去找「雲塵珠」。

大金牙聽明白了之後，對我說道：「胡爺我說句不該說的，要依我看，不去找沒準還能多活幾年，現在咱們在潘家園的生意太火了，犯不上撇家捨業的再去倒斗，古墓裡可有粽子啊。」

胖子對大金牙說道：「老金啊，這個這個斗還是要倒的，咱得摸回幾樣能壓箱子底的明器來，這樣做起買賣來底氣才足，讓那些大主顧不敢小覷了咱們。你儘管放心老金，你身子骨不行，抗不住折騰，不會讓你去倒斗的，不過你也不用擔心我們，萬一要是真有粽子，老子就代表人民槍斃了它。」

我也學著鄧大人的四川口音對大金牙說道：「是啊老金，不要怕打破這些個罈罈罐罐，也不要去計較一城一地的得失，我們今天之所以放棄這個地方，正是因為我們要常久地保存這個地方嘛。」

大金牙聽罷，呲著金光閃閃的金牙一樂，對我們說道：「行，我算服了二位爺了，拿得起放得下，輕生死重情誼，真是漢子，其實也不光是我，現在在潘家園一提您二位，哪個不豎大姆指，都知道是潘家園有名的慣賣香油貨，不繳銀稅，許進不許出，有來無往的硬漢。」

胖子邊吃邊搓腳丫子，聽大金牙稱讚我們，連連點頭，聽到後來覺得不對勁兒，便問道：「老金，你是誇我們呢？還是罵我們呢？我怎麼聽著不對呢？」

大金牙急忙對胖子說道：「愚兄可沒這個意思……」

我見Shirley楊在一旁低頭不語，滿面愁容，容顏之間很是憔悴，我知道她是擔心陳教授的安危，覺得我和胖子大金牙湊一塊說不了正事兒，說著說著就扯遠了，於是趕緊對胖子大金牙說：「好了好了，咱們也該說些正經事了，我把咱們今後的任務佈置一下，我說這位王凱旋同志，這是高級飯店，請你在就餐的時候注意點禮貌，不要邊吃邊用手摳腳巴丫，成何體統。」

胖子漫不經心的對我說道：「搓腳氣搓得心裡頭舒服啊，再說我爹當年就喜歡一邊搓腳丫子一邊吃飯抽煙，這是革命時代養成的光榮傳統，今天改革開放了，我們更應該把他發揚光大，讓腳丫子徹底翻身得解放。」

我對胖子說：「你沒看在座的還有美國友人嗎，現在這可是外交場合，我他娘的真懶得管你了，你真是塊上不了台面的料。」

Shirley楊見我說了半天也說不到正題，秀眉微蹙，在桌子底下踢了我一腳，我這才想到又扯遠了，連忙讓胖子和大金牙安靜下來，同Shirley楊詳細的商議了一番，怎麼才能找到那顆真正的「雲塵珠」。

別看胖子平時渾不吝，什麼都不放在心上，這要說起找寶貝摸明器的勾當，他現在比我都來勁，當然也怪不得他，眼睜這是真來錢，既然是去倒斗，不管能不能找到「雲塵珠」，那古墓裡價值連城陪葬品是少不了的，所以現在胖子也認真起來了。

大金牙更是格外熱心，又不用他去倒斗，但是既然參與進來了，明器少不了分他一份，我之所以拉大金牙入夥，是因為大金牙人脈最廣，在黑市上手眼通天，幾乎沒有搞不到的東西，倒斗需要的器材裝備，都免不了要他去上貨。

四個人你一言我一語，商量了大半天，最後決定，要找「雲塵珠」，必定要先從刻滿天書的這塊異文龍骨入手，拿這拓片，到陝西去找孫教授，死活也要套出來這異文龍骨中究竟記載著什麼內容，然後與我們所掌握的情報相結合，以此為線索繼續追查，一旦有了確切的目標，就該開始行動了。

去陝西古田越快越好，由Shirley楊和我兩個人去，明天就立刻動身，把黑水城通天大佛寺中的這塊異文龍骨，查他個底兒掉，由於胖子有恐高症，坐不了飛機，所以就讓胖子留下來同大金牙採買各種裝備。

Shirley楊把了塵長老遺留下來的「摸金符」給了我，我喜出望外，這回倒起斗來心中更有底了，而且現在三個人，每人一枚正宗的「摸金符」，看來上天注定，要我們三人要同心合膽，結夥去倒斗了。

另外Shirley楊還把她外公留下的一些「摸金校尉」的器械，也都一併帶了來，包括金鋼傘、捆屍索、探陰爪、旋風鏟、尋龍煙、風雲裹、軟屍香、摸屍手套、北地玄珠、陰陽鏡、墨斗、桃木釘、黑摺子、水火鞋等等等、還有「摸金校尉」製造各種祕藥的配方。

這些「摸金校尉」們千百年中，依靠經驗與技術製成的器械，對我們來說都是寶貝中的寶貝，有很多我只是聽說過，從來沒親眼見過的傢伙。

有了這些傳統器物，再加上讓胖子與大金牙置辦我們慣用的一些裝備，工兵鏟、狼眼手電筒、戰術指北針，傘兵刀，潛水表，防毒面具，防水火柴，登山盔，頭戴射燈，冷煙火、照明信號彈、固體燃料、睡袋、過濾水壺、望遠鏡、溫度計、氣壓計、急救箱、各種繩索安全栓……應該說不管去哪，都差不多足夠應付了，如果環境特殊，需要一些特殊的器材，可以再進行補充。

工兵鏟，最好能買到我們最初用的那種二戰時期裝備德軍山地師的，如果買不到的話，美國陸軍的制式也可以。

傘兵刀只買蘇聯的，俄式的我們用著很順手，因為各種傘兵刀性能與造型都有差距，割東西或者近戰防身，還得是蘇聯106近衛空降師的傘兵刀用著最順手。

有了這些半工具半武器的裝備，不需要槍械也沒問題，不過以往的教訓告訴我們，我們的失敗常常是由於輕敵，倒斗這行當，經驗遠比裝備重要，沒有足夠的經驗和膽略，就算武裝到牙齒，也照樣得把小命送掉，從黑風口野人溝，到沙漠中的精絕迷城，再到龍嶺中的墓中墓，雖然野人溝的墓只是個落迫將軍，精絕古城那次有考古隊的人跟著，不能算是倒斗，龍嶺中是處空墳，但是這三次深入古墓的經歷，可以說都是極其難得的經驗。

不過大型古墓，都是古代某種特權階級的人生終止符，對於古人來講，意義非常，古墓裡面往往除了銅棺鐵槨，還要儲水積沙，處處都是機關，更有無數意想不到的艱險之處，所以事前的準備必須萬全，儘量把能想到的情況都考慮進去。

眾人商議已定，各自回去休息，第二天一早分頭行動，我跟Shirley楊一起專程趕到了西安，然後懷著迫切的心情，搭車前往孫教授帶領考古工作組駐紮的古田縣，卻沒想到在古田縣又發生了意外，孫教授已經離開了古田縣招待所。

孫教授常年駐扎在古田，負責回收各種有關古文字的出土文物，他要是不在縣城，肯定是下到農村去工作了，那想找他可就很難了，沒想到事先計畫好的第一步就不順利。

正當我左右為難之時，碰見了招待所食堂的老熟人，劉老頭，他告訴我們，在古田縣附近的石橋店，某間棺材鋪裡，發現了一些不得了的東西，還不到半天，這件事整個古田縣都轟傳遍了，孫教授現在帶著人去看現場了，你們可以去那裡找他，至於棺材鋪中是什麼不得了的東西，你們去了一看便知。

第九二章　石碑店

劉老頭說孫教授他們也就剛去了半天，石橋店裡古田縣城並不遠，但是那地方很背，沒去過的人不一定能找到，我找個人帶你們去吧，於是喊過來街上一個約有十歲大小的憨娃，那是他孫子，平時跟父母在河南，每年學校放暑假都到古田縣來玩，石碑店離縣城很近，這小子經常去那邊玩。

劉老頭招呼那小孩：「二小，別耍了，帶你叔和你姨去趟石碑店，他們要尋那位考古隊的孫教授。」

二小的腦袋剔了個瓜皮頭，可能剛跟別的小孩打完架，身上全都是土，拖著一行都快流過河的青鼻涕，見劉老頭讓他給我們帶路，就引著我和Shirley楊二人去石碑店。

到石碑店的路果然十分難行，儘是崎嶇不平的羊腸小道，二小告訴我們說離的不遠，就是路不好走，走過前邊最高的那個山坡就到了。

Shirley楊見這孩子身上太髒，看不過去，便掏出手帕給他擦了擦鼻涕，和顏悅色的問他道：「你叫二小？姓什麼？」

二小抹了抹鼻涕答道：「小名叫二小，姓個王，王二小。」

我一聽這小孩的名字有意思，便同他開玩笑說：「你這娃叫王二小？你小子該不會把我們當鬼子，引進伏擊圈吧？」

王二小傻呼呼的對我說：「叔啊，啥是伏擊圈？對咧，那女子是你啥人哩？咋長地恁好看？」

我偷眼一看Shirley楊走在了後邊，便悄聲告訴二小：「什麼好看不好看？你這小屁孩兒，小小年紀怎麼不學好？她是我老婆，脾氣不好，除了我誰都不讓看，你最好別惹她。」

Shirley楊走在後邊，雖然我說話聲音小，還是被她順風聽見了我的後半句話，問道：「老胡你剛說別惹誰？」

我趕緊拍了拍王二小的頭，對Shirley楊說：「我剛說這小鬼，很頑皮，這麼丁點小就知道花姑娘好看的幹活，現在的這幫小孩啊，別提了，沒幾個當初跟我小時候似的，從小就那麼胸懷大志，腹有良謀……」

我話音未落，突然從山坡後轉出一個頭紮白羊肚手巾的農村壯漢，腰裡紮了條皮帶，手裡拎著根棍子，對我們喝道：「站住，甚花姑娘的幹活？你們是不是日本人？」

我被他嚇了一跳，雖然這是山溝裡，但是這光天化日，難道還有攔路的強人不成？趕忙把二小與Shirley楊擋在身後，對那漢子說道：「老鄉，別誤會，都是自己人，我們不是日軍，我們是八路軍武工隊。」

頭紮白毛巾的老鄉對我們三人上上下下的打量一番：「啥八路軍嘛，我看你們不像絲好人。」然後說著就拿棍子趕我們，說這裡被民兵戒嚴了，不許進。

我心想這沒災沒戰的戒哪門子嚴，再說沒聽說民兵拿木頭棍子戒嚴這麼一說，這孫子瘋了是怎麼著，於是挽起袖子，打算把他手中的棍子搶下來，以免這莽撞的農夫傷了人。

我正要過去放對，卻想不到這位自稱是石碑店民兵排排長的鄉民，竟然認識我們三人中的二小，原來二小總跟他兒子一起玩，這樣一來雙方就不再動手，都站定了講話。

那民兵排長拙嘴笨腮，鄉音又重，跟我們說了半天，我才大概聽明白怎麼回事。

原來這石碑店的名字，得自於附近的一座不知名石碑，那石碑十分高大，頂天立地，也不知道是哪朝哪代遺留下來的，風吹雨打，碑上的字跡早已模糊不清了。

提起石碑店，最著名的不是那塊破石碑，而是村中的一間老字號棺材鋪，附近十裡八村，包括古田縣城，都只有這一間棺材鋪，因為其餘賣棺材的生意都不如他，傳說這間老棺材鋪，最早的時候，掌櫃的是個做木匠活的好手，剛開始經營的是間木工作坊。

有一次這位木匠師傅給一戶人家打了口棺材，這口棺材剛做完還沒上漆，按規矩還得給人家走十八道大漆，當時這口半成品的棺材，就在他的木匠鋪裡擺著。

晚上的時候，木匠師傅坐在中堂，喝了幾杯老酒，一想到生意不好做，半個多月就接了這一個活，心中免不了有些許憋悶，於是拍著棺材長嘘短嘆，酒意發作，不知不覺的就趴在棺材上睡著了。

當天晚上木匠師傅做了一個夢，夢見棺材裡有一團寒冰，凍得他全身打顫，如墜入冰窖一般，忽然一陣急促的敲門聲把他驚醒了，開門一看，原來是同村有戶人家，夜裡有人過世，趕來他這裡訂做一口棺木。

難得一個活沒完立刻又來個新活，木匠師傅心中大喜，但是又不好表露出來，畢竟是給人家操辦白事的打壽材，表面上也得表現得沉痛一點，為了對村鄰的故去，表示深切的同情，木匠師傅又順手拍了一下那口半成品的棺材，然後收了定金，開始忙活起來。

日頭剛升到頭頂，木匠師傅正在趕工打造壽材，忽然又有人來定棺木，這可真是奇怪，村裡一年也只不過死十來個人，這一會兒功夫連著死了兩個人。

木匠越想越不對，回憶起自己夜裡做的夢來，難道那些人死是因為自己用手拍棺材？於是又試著拍了拍那口半成品棺木，不到天黑，果然又有人死了。

木匠又驚又喜，驚的是不知道這究竟是怎麼回事，為什麼用手一拍棺木，附近就有人死掉，喜的是這回不愁沒生意做了，這位木工師傅，本就是個窮怕了的主兒，這時候哪還管得了別人死活，難道就因為那些互不相干的人，放著發財的道不走？當然不行，木匠一看活太多做不過來，連夜去別的棺材鋪買了幾口現成的壽材回來。

從那以後木匠師傅這間鋪面就徹底變成了棺材鋪，而且他還發現一個祕密，拍這口棺材的時候，越用力拍，死人的地方離這越遠，這死人錢是很好賺的，他越賺錢越多，心也就越黑，把附近所有的棺材鋪都吞併了，只要拍打兩下那口半成品的棺材就等著數錢了。

但是也不敢拍起來沒個完，誰知道這裡邊究竟是怎麼回事，這個祕密也從沒被他洩露過，但是沒有不透風的牆，這些事還是被大夥知道了，但是這種捕風捉影的事，很難說，也沒有證據，所以也沒辦法拿他見官，只是人人見了他都跟避瘟神似的，躲得遠遠的。

到老連個媳婦都沒娶上，前不久這位曾經的小木匠，現在的棺材鋪老掌櫃，死在了自己家裡，人們發現他屍體的時候，已經爛得臭氣薰天了，這附近只有他這一間棺材鋪，店中的壽材都賣光了，只有堂中擺放著的那口半成品棺木，村裡人想起那些風言風語，也都提心吊膽，但是村委會不能不管，總不能任由棺材鋪老掌櫃爛到家中，這天氣正熱，萬一起了屍瘟可不得了，雖然當時實行了火葬，但是早農村土葬的觀念仍然是根深蒂固，於是村長找了幾個膽大的民兵，用編織袋兜了屍體準備放進棺木中下葬。

沒想到剛把棺木挪開，就發現棺木下邊的地面上裂開一道細縫，這縫隙很深，把手擱上邊，感覺涼風颼颼的往外冒，下邊好像是個大洞，有那些好奇的人就把地面的磚石撬開，發現下邊果然是個洞穴，而且裡面寒氣逼人。

＊　＊　＊

民兵排長自告奮勇的下去一探究竟，讓人用筐把他吊下去，沒下去多久，就拚命搖繩讓人把他拉上來，這一趟嚇得差點尿了褲子，說下面都是長大青磚鋪就，下邊有一個石床，上邊擺著一個石頭匣匣，這石匣不大，又扁又平，上邊刻了很多奇怪的字，民兵排長順手把這石匣拿了上來。

大夥把石匣打開一看，裡面是殷紅似血的六尊不知名玉獸，據民兵排長說，那洞穴下邊好像還有一層，但是太黑太陰森，不敢再進去看了。

由於有村裡的幹部在場，村民們表現得覺悟都很高，立刻通知了古田縣的考古工作隊，孫教授聞訊後，知道次發現可能非常重大，一刻沒敢耽擱，立即帶人就趕了過來。

在這種鄉下地方，一年到頭都沒什麼大事發生，所以消息傳得很快，連縣城裡的人都趕去看熱鬧，為了維持秩序，孫教授讓村裡的民兵攔住村外的閒雜人等，不讓他們進去圍觀，因為這洞穴的範圍和規模，以及背景都還不清楚，一旦被破壞了，那損失是難以彌補的。

所以民兵排長就拿著雞毛當令箭，帶人在各個入口設了卡子，宣稱本村進入軍事戒嚴狀態，這才把我和Shirley楊攔住盤問。

我聽了民兵排長的話，知道對付他們這種勢力的小農，不能硬來，得說點好話，給他點好處，就能進去找孫教授了，於是對民兵排長說：「連長同志，我們都是孫教授的熟人，找他確實有急事，您給行個方便。」說著塞給民兵排長五塊錢。

民兵排長接過錢，還沒來得及看清楚面額，忽然村裡來人招呼他，說帶著考古隊來的那個老幹部，死了。

第九三章　瞎子算命

趕來通知民兵排長的村民說考古隊中老幹部死了，我和Shirley楊聞聽此言，腦中都是「嗡」了一聲，那老幹部怕不是別人，多半便是我們要找的孫教授，他要是死了，我們也要大勢去矣，怎麼早不死，晚不死，偏偏趕在這個緊關節要的時候。

聽那村民對民兵排長繼續彙報情況，原來是考古隊只來了兩個人，讓村民用筐把他們吊進棺材鋪的洞穴中看看下面究竟是什麼所在，下去一個多小時了，怎麼招呼也不見動靜，村長擔心他們出現意外，便想選幾個膽子壯的村民下去找他們，但是大夥都嚇壞了，聯想起棺材鋪的傳說，一時間人心惶惶，誰都不敢下去送死，說這洞八成是通著陰曹地府，下去就上不來了。

只有民兵排長這個壯漢曾經下去過一趟，所以村長無奈之下，就派人來找他回去幫忙。

民兵排長上次下到地洞之中，也是硬充好漢，回想起那個陰冷的洞窟，此時站在太陽底下都要全身抖上三抖，現在看村長派人來找自己，說不定是打算再讓他下去一回，一想到此處，民兵排長腿肚子轉筋，暗地裡叫得一聲命苦，想轉身回去，卻說什麼也邁不開腿了。

Shirley楊見這是個機會，便對我使了個眼色，我心中會意，既然孫教授生死不明落在地洞中，我們生要見人，死要見屍，必須冒險下去把他救上來，這裡窮鄉僻壤，等到別人來救，孫教授必定無幸。

於是我緊握住民兵排長的手，對他說道：「連長同志，原來首先下地道的英雄就是你啊，此等作為，非是等閒之輩，能和你握手我實在是太榮幸了。」

民兵排長雖是個粗漢，但是非常虛榮，否則他也不會搞出什麼民兵戒嚴的鬧劇，見我如此說話，心中大為受用。

我趁熱打鐵，接著對民兵排長說道：「我知道那種地洞，任你是鐵打的好漢，時間長了也抵禦不了洞中陰寒氣息，你既然已經下過一次地洞探險，我們同考古隊的孫教授，就是那個快禿頂的倔老頭，是老熟人，不如你帶我們過去，我替你走上一遭，當然我這種舉動，一是為了救我的老朋友，二來也是為了深入學習你的英雄事跡，不但我個人要向你學習，我還要號召全國人民，都持續開展一場轟轟烈烈的向你學習運動，所以你快快帶我們去村中的棺材鋪。」

民兵排長有些為難：「兄弟，你看這……非是我不肯放你進村，只是組織上對民兵們有過交代，今天不得令閒雜人等進去。」

我聽得心頭起火，五竅生煙，看來這孫子還他娘的吃軟不吃硬，給了錢說了好話還不讓進，那我可就跟你不客氣了，於是一把抓住民兵排長手中的棍棒，板起臉來對他說道：「你看見我身後那位小姐了嗎？她是美國特派員，實話告訴你，我們是中美合作所的，你要是再耽誤我們的大事，她就要照會咱們國家外交部，讓組織上把你這排長的職務給去了，我說你他娘的大小也是個國家幹部，怎麼就這麼瞧不出眉眼高低，你沒看出來她都不耐煩了嗎？這也就是她看在我的面子上，我若不敬佩你是條好漢，就不會對你說這些道理，你到底讓我不讓我們過去？」

民兵排長聽得稀里糊塗，也沒聽明白我說的話具體是什麼意思，但是聽說可以找什麼館，讓組織上處理他，心中立時虛了，當即答應帶我們進村。

我拿了兩塊錢給了劉老頭的外孫子，讓他買糖吃，告訴他回去的路上別貪玩，就打發他回家去了。

我與Shirley楊也不敢耽擱，匆匆跟著民兵排長進了山坡後的石碑店村，一轉過山坡，眼前豁然開朗，原來這石碑店位於一處丘陵環繞的小盆地，這裡得天獨厚，地理環境十分優越，冬暖夏涼，旱季的時候，像這種小盆地由於氣壓的關係，也不會缺少雨水，黃河泛濫之時，又四周密密匝匝的丘陵抵擋，形成了一道天然屏障，而且這石碑店的人口還著實不少，少說也有五六百戶，從山坡上俯瞰下去，村中整頓得頗為齊整有序。

前行不遠就看一處山坡上立著塊巨大的石碑，當年我看過泰山上的無字碑，就已經十分巨大了，這石碑店村口的石碑比起泰山無字碑也小不了多少，石碑上的字跡早就沒有了，在遠望去像塊兀禿的大石板，碑下有個無頭的大力石獸，看那樣子倒有幾分像負碑的贔屭（注），不過又似是而非。

我和Shirley楊趕著進村去救孫教授，途中見這石碑奇特，不由得多看了幾眼，卻又都瞧不出這石碑的來歷。

Shirley楊問我道：「這倒並不像是墓碑，你看這附近像是有古墓的樣子嗎？」

我邊走邊四處打量，這裡環境不錯，氣候宜人，適合居住，但是這四周儘是散亂丘陵，不成格局，排不上形勢理氣，不像是有古墓的樣子，即便有也不會是王侯貴族的陵寢，聽那民兵排長說在村中棺材鋪下發現的地洞，裡面陰氣逼人，第一層又有青磚鋪地，中間有石床，而且再下邊還另有洞天，那會是個什麼地方？

不管怎麼說，現在我們唯一的希望就寄托在孫教授身上，他在地洞中生死不明，管它下邊是什麼龍潭虎穴，我一定要想辦法把他救上來，當下和Shirley楊一起加快腳步前行。

民兵隊長在前邊引路，來到村東頭的一間棺材鋪前停下，這裡不僅賣壽材，還賣香錁紙馬，門前掛著塊老匾，門前圍著很多看熱鬧的村民，堂前有三五個膀大腰圓的民兵把持著，不讓眾人入內，其實就算讓進去看，現在也沒人敢進了，大夥都是心中疑神疑鬼，議論紛紛，有的說這個洞大概通著黃河底下的龍宮，這一驚動，可不得了，過幾天黃河龍王一怒，就要淹了這方圓千里；有的人說那洞裡是連著陰曹地府，如果拖到了晚間還不填死封好，陰間的餓鬼幽魂，便要從洞中跑出來禍害人了；還有個村裡的小學老師，說得更邪乎：「你們這些個驢入的懂個甚，就知道個迷信六四球的，那下邊陰冷冷的，一定是通著南極洲，過一會兒地球那一端的冰水就倒灌過來，淹死你們這幫迷信驢入的。」

村裡的幾個大大小小的頭腦，正急得團團亂轉，省裡派來的兩名考古人員，下了洞後就沒動靜，拉上來的大筐也是空的，又沒人敢下去探上一探，回頭上級怪罪下來，委實難以開脫。

村長等人正沒理會處，見民兵排長回轉了來，這位排長是全村有名的大膽，既然村民們都不敢下洞，只好再讓民兵排長給大夥帶個頭。

民兵排長不等村長發令，就把我和Shirley楊引見出來，說這二位是中美合作所的，也是

注　相傳是一種耐馱重物的龜類動物。

考古隊的，與下面生死不明的那兩個考古工作者都認識。

村長連忙把我緊緊抱住：「我的個同志啊，我們盼星星盼月亮似的，總算把組織上的人給盼來了。」隨後訴說了一大堆面臨的困難，不是村委會不想救人，但是村裡人都被這棺材鋪的傳說嚇怕了，本來有一個排的民兵，但是從七九年開始，編制就沒滿過，滿打滿算就七八個烏合之眾，都沒受過什麼正規的訓練，遇到這種突發情況，不知該如何應對，既然有上級派來的同志，那民兵就全歸你指揮。

我聽明白了村長的意思了，他是把責任都推到我身上，現在我也顧不上跟他掰扯這個，我進屋看了一眼地穴，棺材鋪堂中的地磚被撬開了很多，下邊露出一條巨大的縫隙，裡面黑洞洞的，也看不清究竟有多深，我什麼傢伙都沒帶，只憑我和Shirley楊下去救人十分困難，必須有人幫忙。

於是我先讓村長派一個腿腳快的村民，到縣城去搬救兵，不管是公安也好，武警也好，還有醫務人員，讓他們越快趕來越好，不過這種鄉下縣城的職能部分，一旦運轉起來需要層層請示，級級批覆，效率極低，不能完全指望著他們能及時趕來。

我知道孫教授等人已經下去時間不短了，真要是有危險，多半早就死了，只能祈求祖師爺保佑，他們只是被困在下邊，這樣我們下去救援還有一線機會，但是欲速則不達，這回不能再冒然行動了，而且這些民兵們都是烏合之眾，必須提前做好準備，要是再出意外，就麻煩大了。

隨後讓民兵排長集合全體民兵，算上那位民兵排長，一共有八個人，都拎著燒火棍和紅櫻槍站成橫向一列，我站在前邊對他們說道：「同志們，我們有兩位同志在下面遇難了，我現在要帶著你們去救他們，大夥都聽我指揮，不要有太多的顧慮，這下邊絕不是什麼陰曹地府，有可能是個古代的某種遺跡，我請你們去救人，也不會是義務勞動，你們每人有一百塊錢的勞務費，把人救上來，每人再多給一百，怎麼樣？同志們有沒有決心？敢不敢去？」

眾民兵剛開始都沒精打采的，不想去冒險，但是村長發了話，又不能不聽，有幾個人甚至打算裝肚子疼不去，但是聽到後來，說是一人給兩百塊錢勞務費，立刻精神百倍，一個個昂首挺胸，精神面貌上為之一變，齊聲答應。

我見金錢攻勢奏效，就讓大夥把村裡武裝部的幾把步槍帶上，又讓村長準備了蠟燭和手電筒，農村有那種用樹皮做的胡哨，一人發了一個。

Shirley楊提醒我說：「這地穴至少有兩層以上，孫教授他們可能想看看下面的一層受空氣侵蝕的受損程度，在那裡遇到了什麼，而且兩層之下，還不知更有多深，地下環境中鹽類、水分、氣體、細菌等化學、生物的作用，遇到空氣，有一個急劇的變化，對人體造成的傷害極大，咱們每人都應該再用溼毛巾蒙住口鼻，點上火把，火把熄滅就立即後退。」

我點頭稱是，讓大夥按照Shirley楊的話進行準備，留下三個民兵，在上邊專門負責升降吊筐，另外讓村長帶領村委會的人，把住大門，不要讓不相干的人進來。

看差不多準備就緒，我正要當先下去，忽然見門外一陣喧嘩，有個瞎子趁亂擠了進來，此人頭戴一副雙圓盲人鏡，留著山羊鬍子，一手拿著本線裝舊書，另一隻手握著竹棍，焦急地尋問棺材鋪裡一眾人等：「哪位是管事的？快請出來說話。」

我不耐煩的對村長喊道：「不是不讓閒雜人等入內嗎？怎麼把這瞎子放進來了，快把他趕出去，別耽誤了我們的要緊事。」

瞎子聽見我說話的方位，用棍棒了我一下：「小子無禮，量你也不知老夫是何許人，否則怎敢口出狂言，老夫是來救爾等性命的……」

村長也趕過來對我說：「胡同志，這位是縣裡有名的算命先生，去年我婆姨踩到狐仙中了邪，多虧這位先生指點，才保住性命，你們聽聽他的說話，必定沒錯。」

我心中焦躁異常，急於知道孫教授的生死下落，便破口對瞎子罵道：「去你大爺的，當年我們橫掃一切牛鬼蛇神的時候，怎麼沒把你給辦了，那時候你躲哪去了，現在冒出來裝大尾巴狼，我告訴你趕緊給我起開，別跟這礙事。」

瞎子把嘴一撇，冷哼一聲：「老夫昔日在江西給首長起過卦，有劫難時自有去處，那時候還沒你這不積口德的小輩，老夫不忍看這些無辜的性命都被你連累，一發斷送在此地，所以明示於你，這地穴非是尋常的去處可比，若說出來裡面的東西，怕把爾等生生嚇死。」

* * *

我忍無可忍，真想過去把瞎子扔進地穴裡，但是看這算命瞎子在村民們的眼中很有地位，真要嗆起來，免不了要得罪很多人，最可恨的是我好不容易用金錢糖衣炮彈，打消了民兵們的迷信思想，偏在此時，冒出個瞎子胡說一通，說得這些民兵一個個的又想打退堂鼓了。

我氣急敗壞的對瞎子說道：「這地穴中是什麼所在?你不妨說出來讓我們聽聽?要是嚇不死我，你趁早給我到一邊涼快去。」

算命的瞎子神色傲然，對我說道：「你看你看，意氣用事了是不是?嚇死了你這小輩，老夫還得給你償命，過來，讓老夫摸摸你的面相。」說罷也不管我是不是願意，伸手就在我臉上亂捏。

瞎子邊捏我的臉邊自言自語：「歷代家傳卦數，相術精奇匪誇，一個竹筒裝天機，數枚銅板蔔萬事，摸骨觀人不須言，便知高低貴賤……」

瞎子忽然奇道：「怪哉，凡人蛇鎖靈竅，必有諸侯之分，看來大人您還是個不小的朝廷命官……」

我被瞎子氣樂了，我現在屬於個體戶，在這冒充國家幹部，這消息不知怎麼被他知道了，就拿這話來唬我，我們家哪出過什麼諸侯，擱現在來算，夠諸侯級別的封疆大吏，在地方上是省長，在軍事上少說也得是大區的頭頭，我最多當過一連之長，真他媽的是無稽之談。

只聽瞎子繼續說道：「你如果不走仕途，注定沒有出頭之日啊，你們如果想下地穴，必須帶上老夫，沒了老夫的指點，爾等縱然是豎著進去，最後也會橫著出來。」

Shirley楊在旁聽了多時，走過來在瞎子旁邊說道：「您是不是覺得這下邊是個古墓，打算跟我們這些穿山甲下去沾點光，倒出兩件明器來？是就是，不是就不是，我們沒時間陪你再兜圈子了，你若再有半句虛言，立刻把你趕出去。」

瞎子被Shirley楊說的一怔，壓低聲音說道：「噓～小點聲，原來姑娘也是行裡的人？聽妳這話，莫是摸金校尉？老夫還當爾等是官面上的，看來你們摸金的最近可真是人才輩出啊，既然不是外人，也不瞞爾等了，嗨，老夫當年也是名揚兩湖之地的卸嶺力士，這不是年輕的時候，去雲南倒斗把這對罩子丟了嗎，流落到這窮鄉僻壤，借著給人算命糊口，又是孤老，所以……想進去分一杯羹，換得些許散碎銀兩，也好給老夫仙游之時，置辦套棺材板子。」

Shirley楊也被瞎子氣得哭笑不得，看了我一眼，我對她搖搖頭，堅決不同意，這老小子危言聳聽，說到最後原來也是個倒斗的，這地穴下不像古墓，再說就算有明器也不能便宜了他。

瞎子眼睛雖然看不見，但是心思活絡，對我和Shirley楊的意思知道得一清二楚，急忙對我說道：「老夫這裡有部《子宓地眼圖》，爾等若是肯見者有份，把倒出來明器給老夫一件，這部圖譜就歸你們了。」

我問瞎子道：「這圖我聽說過，是部地脈圖，由於製造工藝的原因，好像世間僅有一部，既然是本寶書，你怎麼不拿去賣了，非要拿來同我們打仗（交換物品）？多半是部下蛋的（假貨），老頭你當我們是傻子不成？」

瞎子對我說道：「怎麼說老夫也是前輩，你小子就不能尊重尊重老夫嗎，一口一個老頭，逞這口舌之快，豈不令旁人取笑你不懂長幼之序，咳，這部青烏神圖當年也是老夫拿性命換來的，不過自古風水祕術都是不傳之祕，除了懂尋龍訣的正宗摸金校尉，哪裡還有人看得懂這圖中的奧祕，落到俗人手中，祖師爺豈不要怪老夫暴殄天物，怎麼樣？成與不成，就看你等一言而決。」

我心想現在時間已經耽誤的太多了，再跟這瞎子磨菇下去對我們沒有好處，先穩住他，有什麼事等把孫教授救回來再做計較，便對瞎子說道：「咱們一言為定，就按你說的辦，下面就算沒有明器，我也可以出錢買你這部《子宓地眼圖》，不過你不能跟我們下去，另外你還得配合一下我，給民兵們說幾句壯膽的話，別讓他們提心吊膽的不敢下去，壞了我們的大事。」

瞎子非常配合，立即把那些民兵們招呼過來，對他們說道：「這地穴非同一般，當年秦始皇出遊，曾在此洞中見到仙人練丹，故次在山前立石碑以記此事，日後西楚霸王項羽，漢高祖劉邦，也都在洞中躲避過朝廷嚴打，那時候他二人皆是布衣，只因為進過這個仙人洞，日後才稱王圖霸，平定了天下大好基業，此乃先秦的出跡，往古便有的成規，諸位兄弟，王侯將相寧有種乎，老夫看爾等雖是一介民兵，卻個個虎背熊腰鷹視狼顧，皆有將軍之相，不妨下這地穴中一探究竟，日後免不了飛黃騰達，分疆裂土……」

我看差不多了，再由瞎子說下去，就不靠譜了，趕緊一揮手，讓先前指派的三個民兵備好吊筐，把我和民兵排長先放下去，後面的四個民兵與Shirley楊再陸續下來。

第九四章 水潭

我和排長點了一支火把，各持了一隻步槍，下到了棺材鋪下面，我舉起火把抬頭看了看，這地穴距離棺材鋪約摸有二十多米，那裂縫是自然產生，看不出人工的痕跡，下邊是非常寬大的一條通道，高七八米，寬十餘米，遍地用長方大石鋪成，壁上都滲出水珠，身處其間，覺得陰寒透骨。

古田這一代水土深厚，輕易見不到地下水，這裡才到地下二十幾米，滲水就比較嚴重，是同石碑店村的特殊地理環境有關係，盆地本就低窪，又時逢雨季，所以才會這樣，如果這裡真是古墓，那地宮裡面的器物怕也被水損壞的差不多了。

大地的斷層非常明顯，除了我們下來的裂縫之外，地道中還有很多斷裂，似乎這裡處於一條地震帶上，好在這條地道雖然構造簡單樸拙，卻非常堅固，沒有會塌方的跡象。

民兵排長指著不遠處告訴我，他第一次下來的時候，就在那裡看見有個石頭臺子，上面擺著個長方的石頭匣匣，有二十來斤的份量，拿出去一看裡面是六尊殷紅似血的古玉奇獸。

那套石匣玉獸我沒見過，現在正有村委會的人保管著，我問民兵排長：「再往裡是什麼樣子？」

民兵排長搖頭道：「石台是在一個石頭蓋的房子，再往前就沒有路了，但是石屋地面上還有個破洞，下面很深，用手電往裡照了一照，什麼也沒看見，就覺得裡面冒出來的風，吹得身上起了一身雞皮疙瘩，沒敢再看，就抱著石匣跑回來了，對了，下邊有水聲。」

這時後邊的人也都陸續下到地穴中，我看人都到齊了，清點了一遍人數，叮囑他們不要隨便開槍，一定要等我命令，先看清楚了，別誤傷了孫教授和另一位考古人員。

我和Shirley楊，外加民兵排長帶著的四名民兵，共有七人，帶著四條步槍，點了三隻火把，這人多又有槍，加上以兩百塊錢的勞務費為目標，眾人膽氣便壯了，跟著我向地道深處走去。

這條很宏偉，但是並不算長的地道很乾淨，沒有任何多餘的東西，甚至連老鼠都沒有一隻，我們邊走邊把手攏在口邊，呼喊孫教授，然而空寂的地道中，除了陣陣回聲和滲出的水滴聲，再沒有半點其它的動靜。

走到頭果然是像民兵排長說的那樣，有間石屋，與尋常的一間民房大小相差無幾，是用一塊塊的圓形石頭壘砌而成，門洞是半圓型，毫無遮攔，雖然一看便是人為修造的，卻有種渾然天成的感覺，歷史上很少看到這樣的建築物，難不成真讓那瞎子說著了，這是什麼神仙煉丹的地方。

我問Shirley楊能否看出來，這間石屋是做什麼用的？Shirley楊也從未見過這樣的屋子，於是我們從門洞中穿過，進到屋中，這裡出了有張石床之外，也是一無所有。

石床平整，光滑似鏡，不像古墓中的石床，看了半天，我們也瞧不出什麼名堂，石屋地面上，有個方方正正的缺口，是個四十五度傾斜地道的入口，下邊很深，我用手電往裡邊照了照，看不到盡頭，只見有條人工的緩坡可以走下去，孫教授很可能就從這下去了，我對裡面喊了幾聲，沒有人回應。

我只好當先帶著眾人下去，留下兩個民兵守著入口，以防萬一，沿著亂石填土墊成的坡道向下走了很久，聽見水聲流動，我擔心孫教授掉進水中淹死了，急忙緊走幾步，大夥到下邊一看，這裡是個人工開鑿的洞穴，中間地上有個不大的水潭，手電照射下，潭水是深黑色的，深不見底，不知是不是活水，上面有幾個大鐵環，吊著數條沉入深潭中的大鐵鏈，奇怪的是這鏈子黑沉沉的，不像是鐵的，但是一時看不出是什麼材質所打造，因為上面沒有生鏽的跡象。

巨鏈筆直，沉入潭中的一端，好像墜著什麼巨大的物體，我們欲待近前細看，那幾條粗大的鏈子突然猛烈的抖動了一下，把平靜的潭水激起串串漣漪。

第九五章　鐵鏈

進入到洞穴深處的，除了我和Shirley楊之外，還有民兵排長帶著的兩個民兵，我們忽然見垂直墜入水潭的鏈條一陣抖動，都不禁向後退了數步。

這洞中無風，潭中無波，如此粗重的鏈子怎會憑空抖動？難道被巨鏈吊在水潭下的東西是個活物？是什麼生物需要用如此粗的鏈條鎖住？

我望了Shirley楊一眼，她也是一臉茫然，對我搖了搖頭，我自問平生奇遇無數，也算見過些稀奇古怪的東西，但是面對這地道下的水潭，還有這粗大的鐵鏈，實在是找不到什麼頭緒，但是事關孫教授的下落，只有冒險把鐵鏈拉上來，看看下面究竟有些什麼。

這時候，民兵們開始緊張起來了，自古以來，三秦之地便是民風彪悍，對於這些當地農民出身的民兵，如果讓他們面對荷槍實彈的敵人，也未必會退縮，但是他們這些人，幾千年來的迷信思想根深蒂固。

再加上沒下地穴之前，村民們議論紛紛，說什麼的都有，我們身臨其境，這些民兵見了這怪異的情況，自然不免疑神疑鬼。

民兵排長對我說道：「錢首長……不不……胡……胡首長，這水窪窪裡怕不是鎖著甚怪物勒？這可是驚動不得，否則咱村就要遭殃勒。」

另外兩個民兵也說：「是啊是啊，怕是鎮鎖著黃河中的精怪，莫要輕舉妄動，免得招災惹禍。」

我耳朵裡聽著民兵們對我說話，眼睛始終沒閒著，必須找些理由把民兵們說服，否則他們都被嚇跑了，只剩下我和Shirley楊又做得了什麼事。

我四下打量周遭的情況，石碑店村是一個小形盆地，離黃河不遠，我看風水形勢從未走過眼，這裡絕對不會有什麼貴族的墓葬，雖然這裡環境很好，甚至可以說是處神仙洞府，但是這裡地下水太多，不可能有人傻到把墓修在這裡。

那條寬闊的地道，以及地道盡頭的石屋，也不像是墓室，我只是對古墓很熟，別的古代建築都不太懂，但是石屋中的石床又有幾分古怪了，古墓中的石床有兩種，一種是擺放墓主棺槨的，叫做「墓床」，另有一種是陳列明器的，叫做「神台」，石屋中的那具更像是個擺放東西的「神台」。

這有個小小潭口的洞穴，到了這裡就算是到頭了，已經沒有任何岔路暗道，孫教授和另一名考古隊員肯定是進了這個洞穴，這裡卻全無他們的蹤影，莫非他們遭到什麼不測，掉入水潭中了？

整個洞有明顯的人工開鑿拓展痕跡，規模也不是很大，數條粗大鐵鏈穿過洞頂，鏈接著角落裡的一個搖轆，明顯是可以升降的，看來潭中的鐵鏈可以被拉上來，我伸手摸了摸鏈條，裡面確實是鐵的，不過外層上塗了防鏽的塗料，顯得黑沉沉毫無光澤。

我再看沉入潭中的鐵鏈還在微微抖動，這樣的情況應該不會是被潭下暗湧所沖，肯定是有活的東西，難道被鐵鏈栓著的是什麼巨黿、老龍之類？這種事萬不能對那些民兵們講，我忽然想起算命瞎子的話來，那老兒信口開河，不過對這些村民卻有奇效，我不妨也照貓畫虎，以迷信思想對付迷信思想，反正當務之急是把潭中的東西拽上來，儘快找到孫教授。

於是我一臉堅毅的表情對民兵們說道：「同志們，現在祖國和人民考驗我們的時候到了，頭可斷，血可流，大無畏的革命精神不能丟，咱們一齊動手，把鐵鏈從潭中拽出來……」

民兵排長不等我把話說完，就搶著對我說：「胡首長，我的胡大首長，拽不得，萬萬拽不得呀，這鏈鏈栓著黃河裡的老怪，這等彌天大事，可不敢隨便做。」

說實話我心裡也沒底，不過表面上卻要裝得鎮定自若，拿出點首長的感覺來，我對民兵排長說道：「排長同志，你不記得那位有名的算命先生是怎麼說的嗎？你們村那位瞎子先生是古時姜太公，劉伯溫，諸葛亮轉世，前知八千年，後知五百載，他說這裡是個仙人洞，我看多半沒錯，因為我在研究古代資料的時候，看到過這種描述，這潭中墜的，一定是太上老君煉丹的香爐，裡面有吃了長生不老，百病不生的靈丹妙藥，咱們肯定是先發現這些仙丹的，按國際慣例，就應該……應該……」

國際上對於個人首先發現的東西，好像會讓發現者享有什麼權利，但是我一時想不起來了，趕緊問Shirley楊：「國際慣例是什麼來著？」

Shirley楊替我說道：「按國際管理，首先發現的人，享有命名權。」

我一聽光貫名哪行，於是接著對民並們講：「同志們，命名權你們懂嗎？」我一指其中一個民兵：「比如兄弟你叫李大壯，那只要你願意，咱們發現的仙丹就可以叫大壯丹，一旦咱們國家的科研工作者把這種仙丹批量生產，造福人民，咱們就算是對黨和人民立下了大功啊，另外最重要的是，先到先得，咱們五個人是先發現的，每個人都可以先嚐幾粒嘛，這事我做主拍板了。」

三個民兵讓我唬得都暈了，三人你看看我，我瞅瞅你，一者在上面的時候，瞎子說的話他們都十分相信，二者又愛慕這種建立功業的虛榮，三者那長生不老的仙丹誰不想吃上一把，但是還有一個顧慮沒有消除，既然鐵鏈下墜著的是太上老君丹爐，為何鐵鏈會不時的抖動？

我暗道不妙，夜長夢多，再由著這幫民兵瞎猜，我這謊就撒不圓了：「這個鐵鏈為什麼會動呢？對啊，它會動那是因為……因為這爐中仙丹的仙氣流動啊，這種吃了長生不老，萬病皆除的仙丹，你們以為跟那中藥丸子似的，又黑又臭嗎？這每一粒仙丹都有靈性，畢竟不是世間凡物。」

民兵們聽了我的話，都連連點頭，覺得是這麼個道理，看來這鏈子栓著的東西，不是什麼黃河中的精怪，肯定是太上老君的丹爐，紛紛捲起袖管準備動手。

民兵排長突然想到些什麼，走到我身邊，對著我的耳朵說了幾句悄悄話，我聽後笑著對他說道：「排長同志你儘管放心，仙丹神藥沒有治不好的病，就你這點事跟本不算什麼，這仙丹是專治陽而不舉舉而不堅堅而不久久而不射射而不稠稠而不多多而不……」

另外兩個民兵在旁聽了都哈哈大笑，弄得民兵排長有點臉紅，對那兩人大聲喝斥：「驢入的笑個甚？快幹活。」

Shirley楊覺得有些不太穩妥，低聲對我說道：「老胡，我看被鐵鏈栓在潭中的，像是些有生命的東西，就這麼冒冒失失的拽出來，是不是……」

* * *

我趁著民兵們過去準備轉動搖轆，便對Shirley楊說道：「難道還信不過我嗎？你儘管放心，我和你一樣，也只有一條性命，豈能拿咱們的安全開玩笑，我看過這麼多形勢理氣，從未走過眼，縱觀這裡的風水形勢，我敢以項上人頭擔保，絕不會有什麼古墓，所以不用擔心有粽子，而且這裡的自然環境得天獨厚，又不是什麼深山老林，料來也不會有什麼凶惡異獸，就算是有，也有鐵鏈栓著，咱們又有步槍防身，怕它什麼，萬一孫教授是在下面，咱們遲遲不動手，豈不是誤了他的性命，當然現在動手怕也晚了三秋了，就聽天由命吧。」

Shirley楊說道：「我不是對你不放心，是你從來就沒辦過讓我放心的事，你對那些鄉民們怎麼講不好，偏說什麼長生不死的仙丹妙藥，我看你比那算命的瞎子還不靠譜，等會兒萬一把鐵鏈提上來，沒有什麼仙丹，我看你怎麼跟他們交代。」

我對Shirley楊說道：「我可沒瞎子那兩下子，那老兒能掐會算，滿嘴的跑火車，現在我是沒辦法了，要不這麼說，那些民兵們不肯出死力，我看那絞盤非得有三人以上才轉得動，只有咱們兩個可玩不轉了，等會兒萬一沒有仙丹，你可得幫我打個圓場，別讓我一人做難。」

民兵排長準備完畢，在一邊招呼我，我和Shirley楊便不再談論，將火把插在潭邊，各端步槍，拉開槍栓，對民兵排長一揮手：「動手。」

民兵排長帶著另外兩個民兵，轉動搖轆，像在井中打水一樣，在絞盤上卷起一圈圈鐵鏈，沒想到這絞盤與搖轆鐵鏈之間的力學原理，設計的極是巧妙，根本不用三個人，便只一個人，使八成力氣，就可以把鐵鏈緩緩捲進絞盤。

隨著沉入水潭中的鐵鏈升起，我與Shirley楊等人的手心裡也都捏了把冷汗，潭下的東西是活的還是什麼別的，馬上就要見分曉了，心情也不由得跟著粗大的鐵鏈慢慢上升，提了起來。

鐵鏈卷起十餘米，只見潭中水花一分，有個黑沉沉的東西從潭水中露了出來。

民兵排長大叫道：「我的祖宗哎，真個被胡首長說著勒，恐怕真個是那太上老君燒丹的爐爐。」

第九六章　缸怪

民兵們用搖轆絞盤捲起鐵鏈，在鐵鏈的拖動下，一個巨大的黑色物品「嘩嘩」淌著水，被從水潭中吊了上來，因為火把的光源有限，那物體又黑，初時只看得到大概的輪廓，又圓又粗，跟個大水缸似的，但可以肯定一點，不是什麼水中的動物，是個巨大的物品。

我們誰也沒見過太上老君的丹爐，難道真被我言中了，這世上哪有如此湊巧的事，我為了看得清楚些，讓Shirley楊舉著手電照明，我自己舉起插在地上的火把，湊到近處細看。

這時整個黑色的巨大物體都被吊出了水面，民兵排長等人把絞盤固定住，也都走過來觀看，水潭的直徑不到三米，更像是一口大一些的井眼，我們站在潭邊，伸手就可以摸到吊上來的東西。

在火把手電筒的照射下，這回瞧得十分清楚了，只見這是一口「大缸」，至少外形十分像水缸，缸身上有無數小孔，刻了不少古怪的花紋，我和Shirley楊見過很多古物，這種奇特的東西尚屬首次目睹，實在搞不明白這是個什麼東西，年代歷史出處全看不出來，更不知道是什麼人，大費周折把它用數條鐵鏈吊在水潭裡，這口破缸值得這麼機密嗎？

缸口是封著的，蓋子是個尖頂，顯得十分厚重，邊上另有六道插栓扣死，想打開缸蓋，只要拆掉這六道插栓就可以。

「巨缸」四周全是小指大的孔洞，一沉入水潭中，「巨缸」就可以通過這孔洞注滿潭水，但是只要用搖轆絞盤把鐵鏈提拉上來，一超出水潭的水面，「巨缸」中儲滿的水就會漏光，天底下的水缸都是用來盛水的，但是這口「怪缸」的功能好像不是那麼簡單，是另有它用。

就連民兵排長那等粗人，也看出來這不是什麼太上老君的煉丹爐了，忍不住問道：「胡首長，這怎麼不像是太上老君裝丹藥的爐子，倒有幾分像是我家裡漏水的那口破缸。」

我對民兵排長說：「排長同志，這就是你不懂了，你家的水缸上面有這麼多花紋嗎？你看這許多花紋造型古樸奇特，一定是件古物，你就等著文物局來給你們村民兵發獎狀吧。」

Shirley楊看罷這口怪缸，也是心下疑惑：「這也不像是水缸，我看更像是折磨人的刑具。」

我對Shirley楊說道：「我知道妳的意思，妳是說把活著的囚犯裝進漏眼的缸裡，浸入水潭中，等他快淹死的時候，再把缸吊出水面，把裡面的水放光，那樣的刑具倒是有的，以前我在電影裡看過，反動派就經常用那種酷刑折磨我們英勇不屈的地下黨，不過我看這口怪缸不太像刑具，折磨人的刑具哪用得著這麼精雕細刻，這缸上的畫紋極盡精妙之能事，一看就是有些年頭的東西。咱們亂猜也沒用，上去把插栓拔掉，看看裡面究竟有什麼事物再說，搞不好就是仙丹。」

民兵排長攔住我說道：「胡首長，可不敢亂開，萬一要是缸裡封著甚妖魔，放出來如何是好？」

我對民兵排長說：「跟你說了多少遍了這種地方不可能有怪物，剛才咱們看到潭中的鐵鏈抖著，可能是水潭下連著地下湖，湖中的大魚大蝦撞到了這口缸，不要疑神疑鬼。你要是現在還這麼想，我也沒辦法，咱們讓事實說話，你們都向後退開掩護我就可以了，看我怎麼單槍匹馬上去把缸蓋拆掉，裡面便真有猛惡的妖怪，也是先咬我，我他娘的倒要看看誰敢咬我。」

他們攔我不住，只好搭起手磴，把我托到「怪缸」的頂上，這口奇特的「怪缸」與鐵鏈之間甚是堅固，我站在上面，雖然有些晃悠，但是鐵鏈卻沒有不堪重負斷掉的跡象。

我爬到「怪缸」的頂上，一摸才發現這口缸外邊，包著三層刷有生漆的鐵皮，非常結實，不是尋常的瓦缸，心中暗道：「他娘的，這麼結實的缸是裝什麼的？搞不好還真是封著什麼鬼怪，打開之後只看一眼，要有情況立刻把蓋子封上就是。」

Shirley楊和民兵們站在下面，仰起頭望著我，都替我捏了把汗，他們不住口的提醒我多加小心，我拆了兩個插栓，抬手向下邊的眾人揮手致意：「同志們好，同志們辛苦撩。」然後繼續低頭拆解下一個插栓，這些插栓在水中泡得久了，卻並沒有生鏽，用力一拔就可以拔掉。

我剛拆到第五個插栓，忽然腳下的「怪缸」一陣晃動，似乎缸中有什麼東西在大力掙扎，我站在上面，立足不穩，險些一頭掉下去，急忙用手抓住上邊的鐵鏈，把失去重心的身體牢牢固定住。

其實懸掛在半空的「怪缸」裡面有東西作動，這口缸畢竟沉重，搖擺的幅度不大，只是我沒有準備，倒被它嚇了一跳，我攀住鐵鏈，只聽缸中「辟裡啪啦」的亂響，真像是什麼東西在使勁掙扎。

難道孫教授被困在裡面了？在潭中泡了這麼久還沒淹死？下面的Shirley楊與三個民兵也聽見了聲音，都對著「怪缸」大喊孫教授的名字，讓他不要著急，我們馬上就會把他救出去。

缸中聲響不絕，但是卻無人回答，我救人心切，哪裡還管得了許多，立刻把最後的插拴拔掉，缸上迴旋的空間有限，我便用手攀緊鐵鏈，想用腳踢開缸蓋。

這時候我腦中突然出現一個念頭：「古時候有種缸棺，以缸為棺，把死人裝進裡頭掩埋，不過十分少見，我從來沒遇到過，難道這口奇特的漏眼大缸，就是一口缸棺，裡面有死而不滅的僵屍作祟？」

我與Shirley楊這次來陝西，也帶了兩隻手電筒，不過都在Shirley楊的包裡，我現在爬到缸頂，身上除了「摸金符」之外，什麼器械都沒有攜帶，連個黑驢也沒有，真有粽子倒也難纏，不過我隨即打消了這種念頭，我對我那半本《十六字陰陽風水祕術》非常信任，既然按書中記載，這種地方不會有僵屍，就肯定不會有，他娘的這裡要真有粽子，我回去就那那半本書撕了，當下一咬牙關，硬著頭皮把缸蓋踢開。

洞中本就黑暗，Shirley楊和三個民兵都舉著火把在下頭，我上來的時候沒帶手電，此刻人在半空，只見「怪缸」中黑古隆冬，再加上被下邊的火把將眼睛一晃，更是什麼也看不見，我俯下身去想讓下邊的人拋個手電筒上來，剛一彎腰，只聞得一股腥臭直沖鼻端，嗆得喘不過氣來。

我連忙捂住鼻子，拿眼睛像「怪缸」中掃了一眼，黑暗中只見有隻白色的人手從崗中伸了出來，我驚聲叫道：「孫教授？」連忙伸手去握那隻手，想把他拉上來。

可是我的手一碰到缸口的那隻手臂，就覺得不太對頭，又澀又硬，是手骨而不是活人的手，想到這一點的時候，已經晚了，因為太著急，已經拽著手骨把一具張著大口的骷髏人骨扯了上來。

雖然「怪缸」在半空，光源在更靠下的地方，缸中的事物看不見，但是骷髏被我扯了出來，看得卻是真切，白森森，水汪汪，這事情完全超出預料，心理落差太大，嚇得我大叫一聲，從缸上翻了下來，大頭朝下摔進了水潭。

那深潭中的水冰冷刺骨，陰氣極重，我頭朝下腳朝上摔了進去，被那潭水嗆得鼻腔疼痛難忍，好在我自小是從福建海邊長大，不管是軍區帶跳臺的游泳池，還是風高浪急的海邊，都是我小時候和胖子等人游泳的去處，水性就是那時候練出來的，因為小時候不知道什麼叫危險，多少次都差點淹死在水裡。

此時落入潭中，心中卻沒慌亂，在水中睜開眼睛，沒有光源，必須立刻游回潭口，否則就要活活嗆死在水裡，但是四周一片漆黑，摔下來的時候頭都暈了，完全失去了方向感，在水裡又聽不到聲音，真好像已經死了一樣，最多還能再堅持半分鐘，看來是回不去了。

正在我已經絕望了的時候，忽然眼前一亮，有人拿著防水手電筒朝我游了過來，不是旁人，正是Shirley楊見我落入潭中，這潭口上小下大，一旦掉下去，兩分鐘之內不游回來，就得淹死在下邊，不敢耽擱，從民兵身上抓起一根繩子，拿著手電筒躍入了水潭。

我知道這時候再也不能逞能了，趕緊握住Shirley楊的手，民兵們在上頭拉扯繩鎖把我們兩個人拽了上去。

Shirley楊臉色刷白：「你個老胡，這回真是危險，我再晚上幾秒鐘……沒法說你，簡直是不堪設想。」

我也是緩了半天才回過神來，對Shirley楊又是感激又是慚愧：「又他娘的差點去見馬克思，不過一回生二回熟，在鬼門關前轉悠的次數多了，也就不害怕了。再晚幾秒也沒關係，大不了你們把我拽上來，再給我做幾次人工呼吸……」

我正要再說幾句，那口懸在半空的「怪缸」又傳出一陣陣聲響，似乎有人在裡面敲大缸壁求救……

第九七章　細孔

眾人一齊抬頭，望向吊在半空的「怪缸」，心裡都有一個念頭：「活見鬼了。」

我對Shirley楊說道：「別擔心，我再上去一趟瞧瞧，倘若我再掉進水裡，妳記得趕緊給我做人工呼吸，晚了可就來不及了。」

Shirley楊白了我一眼，指著民兵排長對我說：「想什麼呢，要做人工呼吸，我也會請那些民兵給你做。」

我對Shirley楊說：「妳怎麼這麼見外呢？換做是妳掉到水裡閉住了氣，需要給妳做人工呼吸，那我絕對義不容辭啊我……」

Shirley楊打斷我的話，對我說道：「我發現一個是你，還有一個是那個死胖子，從來不拿死活當回事，什麼場合了還有心情開玩笑，對了，我問你，你在上邊看到什麼東西了？能把你嚇得掉進水中，孫教授在裡面嗎？」

我一向以胡大膽自居，這一問可揭到我的短處，怎麼說才能不丟面子呢？我看著懸在半空的「怪缸」告訴Shirley楊等人：「這個……我剛一揭開缸蓋，裡面就嗖嗖射出一串無形的連環奪命金針，真是好厲害的暗器，這也就是我的身手，一不慌二不忙，氣定神閒，一個鷂子翻身就避了過去，換做旁人，此刻哪裡還有命在。」

Shirley楊無奈的說：「算了我不聽你說了，你就吹吧你，我還是自己上去看看好了。」

說罷將自己溼漉漉的長髮擰了幾擰，隨手盤住，也同樣讓兩個民兵搭了手梯，把她托上缸頂。

「怪缸」中還在發出聲響，民兵們又開始變得緊張起來，懼怕缸中突然鑽出什麼怪物，我告誡他們，千萬別隨便開槍，接著在下面將手電筒給Shirley楊扔了上去，告訴她那口「怪缸」裡有個死人的骨頭架子，讓她也好有個心理準備，別跟我似的從上邊掉下來。

Shirley楊在上面看了半天，伸手拿了樣東西，便從怪缸上跳了下來，舉起一個玉鐲讓我們看，我和民兵排長接過玉鐲看了看，更是迷惑不解。

我在潘家園做了一段時間生意，眼力長了不少，我一眼就能看出這只玉鐲是假的，兩塊錢一個的地攤貨，根本不值錢，而且是近代的東西，難道那口「怪缸」中的白骨是個女子？而且還是沒死多久，那她究竟是怎麼給裝進這口「怪缸」的？是死後被裝進去的，還是活著裝進去淹死的？以「缸棺」安葬這一點可以排除，中國人講究入土為安，絕不會把死者泡在水裡，眼前這一團亂麻般複雜的情況，果然是一點頭緒都沒有。

Shirley楊對我說：「老胡，你猜猜那口缸裡是什麼東西發出的響聲？」

我說：「這難道是骨頭架子成精？中國古代倒是有白骨精這麼一說，不過那白骨精在很多年前已被孫悟空消滅了呀，難道這裡又有個新出道的？想讓咱老百姓重吃二遍苦，再受二茬兒罪？」

Shirley楊笑道：「你真會聯想，不是什麼白骨精，剛才我看得清楚，缸中共有三具人骨，都是成年人，底下還有二十多條圓形怪魚，雖只有兩三尺長，但是這種魚力氣大得超乎尋常，缸中的潭水被放光了，那些怪魚就在裡面撲騰個不停，所以才有響聲傳來，沒把這口怪缸吊起來之前，咱們看見鐵鏈在水潭中抖動，可能也是這些魚在缸中打架游動造成的。」

我對Shirley楊說：「這就怪了，那些魚是什麼魚？它們是怎麼跑進封閉的缸裡的？它們吃死人嗎？」

Shirley楊搖頭道：「這我就不知道了，我從來都沒有見過這樣的怪魚，我想這種魚不是事先裝進去的，有可能……有可能這些魚本身就生長在這地下洞穴的水潭裡，有人故意把死屍裝進全是細孔的缸中，沉入水潭，沒長成的小魚，可以從缸身的細孔游進去……」

我聽了Shirley楊的話，吃驚不小：「你的意思我懂了，你是說這是用死人肉養魚？等人肉被啃光了，魚也養肥了，大魚不可能再從缸壁的孔洞中游出去，不過這樣養魚有什麼用呢？這也太……太他媽噁心了。」

民兵排長突然插口道：「一號二號兩位首長，我看了半天，這只鐲子，我好像在哪裡見過，頗像是村裡的一個女子戴的，她嫁出去好多年了，也從不同家裡來往，前幾個月才第一次回娘家，當時她戴著這只鐲子讓我們看，還跟我們說這是她在廣東買的，值個上千塊，村裡的婆姨們個個看著眼紅，回去都抱怨自家的漢子沒本事，買不起上千塊的首飾。」

我一聽這裡可就蹊蹺了，忙問民兵排長後來怎麼樣？

民兵排長說：「後來就沒後來了，那女子就不聲不響的走了，村裡人還以為她又和家裡鬧了彆扭，跑回外地去了，現在看這只鐲子，莫不是那女子被歹人給弄死了。」

我們商議著，忽聽地穴的坡道上腳步聲響起，我以為是外邊守候的兩個民兵見我們半天也沒回去，不太放心，就下來找我們，誰想到回頭一看，下來的幾個人中，為首的正是孫教授。

我又驚又喜，忙走過去對孫教授說：「教授，您可把我嚇壞了，我為了一件大事千里迢沼來找您，還以為您讓食人魚給啃了，您去哪玩了？怎麼突然從後邊冒出來？」

孫教授看見我也是一楞，沒想到我又來找他，而且會在此相見，聽我把前因後果簡略的說了一遍，才明白是怎麼回事。

孫教授仔細看了看這洞穴中的情景，對我們說道：「這缸是害人的邪術啊，我以前在雲南見到過，看來這件事已經不屬於考古工作的範疇了，得找公安局了，此地非是講話之所，大夥不要破壞現場了，咱們有什麼話都上去再詳細的說。」

於是一眾人等，都按原路返回，村長等人看所有的人都安然無恙自是十分歡喜，我把事先許給民兵們的勞務費付了，民兵們雖然沒吃到仙丹，但是得了酬勞，也是個個高興。

孫教授請村委會的人通知警察，然後帶著我與Shirley楊到村長家吃晚飯，我心中很多疑問，便問孫教授這地穴究竟是怎麼回事？

孫教授對我與Shirley楊講了事情的經過，原來他先前帶著助手下到地穴裡，也看到了沉入潭中的鐵鏈，當時他們沒有動絞盤，上來的時候，在第一層地道的盡頭，又發現了一條暗道，裡面有不少石碑。

地道的構造是「工」這種地形，一共有兩條道，一條明道配一條暗道，高低落差為兩米，雙線是明道，單線是暗道，中間有一條橫向的明道相聯，石碑都在暗道中，所謂的「暗道」就是比明道低一截，有個落差，不走到跟前看，不太容易發現，明道與暗道的盡頭各有一間石屋。

孫教授帶著助手進了單線標注的下面一層暗道，查看裡面的古代石碑保存程度，沒想到由於這裡地勢更低，滲水比上面還要嚴重許多，連接兩條地道中間的部分，突然出現了塌方，孫教授二人被困在了裡面。

下去救援的人們，沒發現這兩條平行的地道，好在塌方的面積不大，孫教授二人費了不少力氣才搬開塌落封住通道的石頭出來，一出來便剛好遇到留守的民兵，知道有人下到石屋地穴裡去救他們，半天沒回來，便跟著兩個留守的民兵一起下去查看。

經過勘察，石碑店地下的地道，屬於秦代的遺址，這種地方在附近還有幾處，都是秦始皇當年派方士煉藥引的地方，後來大概廢棄了，除了裡面還殘存著一些石碑外，再沒有其餘的收穫了，不過這些石碑還是有很重大的研究價值的。

我問孫教授：「那個石匣中的六尊玉獸，以及地穴水潭中懸吊的怪缸，又是用來做什麼的？難道也是秦代的遺物？」

孫教授搖頭道：「不是，石匣玉獸，還有石屋下的地洞，包括鐵鏈吊缸，與先秦的地道遺跡是兩回事，都是後來的人放進去的，我在古田縣就聽說，這些年隔三差五的就有人口失蹤，很可能與這件事就有關係，我不是做刑偵的，但是我可以根據我看到現場這些東西，作出的推斷給你們講講，當然這不是什麼國家機密了，所以對你們說說也沒關係。」

孫教授是這麼分析的：這套石匣玉獸價值連城，極有可能是出自雲南古滇國，古滇國是一個神祕的王國，史學家稱之為失落的國度，史書上的記載不多，據傳國中人多會邪術，《槖獻飲異考》有過對獻王六妖玉獸的記載，這是一種古代祭祀儀式用的器物，石碑店村棺材鋪的老掌櫃，是村中少數的外來戶之一，是從哪一代搬來的已經查不出來了，他現在已經去世了，所以這套寶貝他是如何得到的，我們也無法得知了。

第九八章　線索

滇國的滅亡於漢代，中期的時候，國內發生了很大的矛盾，有一部分人從滇國中分裂了出來，這些人進入崇山峻嶺中，過著與世隔絕的生活，從那以後，這些人就慢慢在歷史上消失了，後世對他們的瞭解也僅僅是來自於《櫜獻引異考》中零星的記載。

這批從古滇國中分離出來的人，自然而然形成了一個部落集團，他們有一種很古怪的儀式，就用那種懸掉在水中的怪缸，將活人淹死在裡面，以死人養魚，天天吃人肉的魚，力氣比普通的魚要大數倍，等魚長成後，要在正好是圓月的那天晚上，把缸從水中取出，將裡面的人骨焚毀，用來祭祀六尊玉獸，然後再把缸中的魚，燒湯吃掉，據說吃這種用死人餵養的魚，可以延年益壽。

石碑店棺材鋪的老掌櫃，不知怎麼得到這些東西，是祖傳的，還是自己尋來的，暫時還都不知道，很可能他掌握著這套邪惡的儀式，又在棺材鋪地下發現了先秦的遺址，這就等於找到了一個非常隱蔽的場所，為了更好的隱藏而不暴露，便利用一拍棺就死人的傳說，使附近的村民對他的店鋪產生一種畏懼感，輕易不敢接近，直到他死後，這些祕密才得以浮現出來，不過這位棺材鋪的老掌櫃，究竟是不是殺人魔王，這些還要等公安局的人來了之後，再做詳細的調查取證。

聽了孫教授的話，剛好飯菜中也有一尾紅燒魚，我噁心得連飯都快吃不下去了，越想越噁心，乾脆就不吃了，我對孫教授道：「您簡直就是東方的福爾摩斯，我在下邊研究了半天，楞是沒看出個所以然來，高啊，您實在是高。」

孫教授這次的態度比上次對我好了許多，當下對我說道：「其實我以前在雲南親眼看到過有人收藏了一口這樣的怪缸，是多年前從南洋那邊買回來的，想不到這種邪術，在東南亞的某些地方流毒至今，你還記得我上次說過，老陳救過我的命嗎，那也是在雲南的事。」

這種噁心凶殘的邪術雖然古怪，但是畢竟與我們沒有直接關係，我們能找到孫教授就已經達成目的了，所以剛才孫教授說的那些話，我們也就是隨便聽聽，我與Shirley楊正要為了陳教授的事有求與他，一時還沒想到該如何開口，這時聽孫教授提到陳教授，便請他細說。

孫教授嘆道：「唉，有什麼可說的，說起來慚愧啊，不過反正也過去這麼多年了，當時我和老陳我們倆，被發到雲南接受改造，老陳比我大個十幾歲，對我很照顧，我那時候出了點作風問題，和當地的一個寡婦相好了，我不說你們也應該知道，這件事在當時影響有多壞。」

我表面上裝得一本正經的聽著，心中暗笑：「孫老頭長得跟在地裡幹活的農民似的，一點都不像個教授，想不到過去還有這種風流段子，連這段羅曼史都交代出來了，從這點上可以看出來，他是個心裡裝不住事的人，想套他的話並不太難，關鍵是找好突破口。」

只聽孫教授繼續說：「當時我頂不住壓力，在牛棚裡上了吊，把腳下的?子踢開才覺得難受，又不想死了，特別後悔，對生活又開始特別留戀，但是後悔也晚了，舌頭都伸出來一半了，眼看就要完了，這時候老陳趕了過來，把我給救了，要是沒有老陳，哪裡還會有現在的我。」

我知道機會來了，孫教授回憶起當年的事，觸著心懷，話多了起來，趁此機會我趕緊把陳教授現在的病情說得加重了十倍，並讓Shirley楊取出異文龍骨的拓片，給孫教授觀看，對他說了我們為什麼來求他，就算看在陳教授的面子上，給我們破例洩點密。

孫教授臉色立刻變了，咬了咬嘴唇，躊躇了半天，終於對我們說：「這塊拓片我可以拿回去幫你看看，分析一下這上面寫的究竟是什麼內容，不過這件事你們千萬別對任何人吐露，在這裡不方便多說，等咱們明天回到古田縣招待所之後，你們再來找我。」

我擔心他轉過天去又變卦，就把異文龍骨的拓片要了回來，跟孫教授約定，回縣招待所之後再給他看。

當天吃完飯後，我與Shirley楊要取路先回古田縣城，還沒等出村，就被那個滿嘴跑火車的算命瞎子攔住，瞎子問我還想不想買他那部《子惢地眼圖》，貨賣識家，至於價錢嘛，好商量。

我要不是看見瞎子，都快把這事給忘到九霄雲外去了，我知道他那本《子惢地眼圖》，其實就是本風水地圖，沒什麼大用，真本的材料比較特殊，所以值錢，圖中本身的內容，和山海經差不多，並無太大的意義，況且瞎子這本一看就是下蛋的西貝貨，根本不是真品。

我對瞎子說：「老頭，你這部圖還想賣給識貨的？」

瞎子說道：「那是自然，識貨者隨意開個價錢，老夫便肯割愛，不識貨者，縱然許以千金也是枉然，此神物斷不能落入俗輩之手，老夫那日為閣下摸骨斷相，發現閣下蛇鎖七竅，生就堂堂一副威風八面的諸侯之像，放眼當世，能配得上這部《子惢地眼圖》者，舍閣下其誰。」

我對瞎子說道：「話要這麼說，那你這部圖譜恐怕是賣不出去了，因為這根本就是仿造的，識貨的不願意買，不識貨的你又不賣，您還是趁早自己留著吧，還有別再拿諸侯說事了行嗎，我們家以前可能出過屬豬的，也可能出過屬猴的，可就是沒出過什麼豬猴，我要是豬猴我就該進動物園了。」

瞎子見被我識破了這部假圖，便求我念在都是同行的情份上，把他也帶到北京去，在京城給人算個命摸個骨，倒賣些下蛋的明器什麼的，也好響應朝廷的號召，奔個小康。

我看瞎子也真是有幾分可憐，動了惻隱之心，與Shirley楊商量了一下，就答應了瞎子的請求，答應回到北京給他在潘家園附近找個住處，讓大金牙照顧照顧他，而且瞎子這張嘴能跑得開航空母艦，可以給我們將來做生意當個好托。

但是我囑咐瞎子，首都可不比別處，你要是再給誰算命，都撿大的，說對方將來能做什麼諸侯王爺元首，那就行不通了，搞不好再給你扣個煽動群眾起義的帽子辦了。

瞎子連連點頭：「這些道理，不須你說，老夫也自然理會得，那個罪名可是萬萬擔當不起，一旦朝廷上追究下來，少說也問老夫個斬監候，到了京城之中，老夫專撿那見面發財的話說也就罷了。」

於是我帶著瞎子一起回到了古田招待所，有話便長，無事即短，且說轉天下午，好不容易盼到孫教授回來，立刻讓瞎子在招待所裡等候，與Shirley楊約了孫教授到縣城的一個飯館中碰面。

在飯館中，孫教授對我們說：「關於龍骨異文的事，我上次之所以沒告訴你，是因為當時顧慮比較多，但是昨天我想了一夜，就算為了老陳，我也不能不說了，但是我希望你們一定要慎重行事，不要惹出太大的亂子。」

我問孫教授：「我不太明白，您究竟有什麼可顧慮的呢？這幾千年前的東西，為什麼到了今天還不能公開？」

孫教授搖頭道：「不是不能說，只是沒到說的時機，我所掌握的資料十分有限，這些異文龍骨都是古代的機密文件，裡面記錄了一些鮮為人知，甚至沒有載入史冊的事情，破解天書的方法雖然已經掌握了，但是由於相隔的年代太遠了，對於這些破解出來的內容，怎樣去理解，怎樣去考證，都是非常艱難複雜的，而且這些龍骨異文有不少殘缺，很難見到保存完好的，一旦破解的內容與原文產生了歧義，哪怕只有一字不準，那誤差可就大了去了……」

我對孫教授說：「這些業務上的事，您跟我們說了，我們也不明白，我們不遠萬里來找您，就是想知道雲塵珠的事，還有Shirley楊帶著的龍骨異文拓片，希望您幫我們解讀出來，看看有沒有雲塵珠具體著落在哪裡的線索。」

孫教授接過拓片，看了多時，才對我說道：「按規定這些都是不允許對外說的，上次嚇唬你也是出於這個原因，因為這些資料還不成熟，公布出去是對歷史不負責任，不過這次為了老陳，我也顧不上什麼規定，今天豁出去了，你們想問雲塵珠，對於雲塵珠的事我知道的很少，我覺得它可能是某種象徵性的禮器，形狀酷似眼球，最早出現於商周時期，在出土的西周時期龍骨密文中，至於雲塵珠是什麼時期，由什麼人製作，又是從哪裡得來的材料，都沒有明確的信息，像你們所拿來的這塊拓片，也和我以前看過的大同小異，我不敢肯定龍骨上的符號就是雲塵珠，但是我可以肯定的告訴你們，這個又像眼球，又像漩渦的符號，在周代密文中代表的意思是鳳凰，這拓片上記載的信息，是西周人對鳳鳴歧山的描述。」

我滿腦子疑問，於是出言問孫教授道：「鳳凰？那不是古人虛構出來的一種動物嗎？在這世上當真有過不成？」

孫教授回答說：「這個不太好說，由於這種龍骨天書記錄的都是是古代統治階級非常重要的資料檔案，尋常人根本無法得知其中的內容，所以我個人十分相信龍骨祕文中記錄的內容，不過話說回來，我卻不認為世界上存在著鳳凰，也許這是一種密文中的密文，暗示中的暗示。」

我追問孫教授：「您是說這內容看似描寫的是鳳凰，實際上是對某個事件或者物品的替代，就像咱們看的一些打仗電影裡，有些國軍私下裡管委員長叫老頭子，一提老頭子，大夥就都知道是老蔣。」

孫教授說：「你的比喻很不恰當，但是意思上有幾分接近了，古時鳳鳴歧山，預示著有道伐無道，興起的周朝，才取代了衰落的商紂，鳳凰這種虛構的靈獸，可以說是吉祥富貴的象徵，它在各種歷史時期，不同的宗教背景下，都有特定的意義，但是至於在龍骨天書裡，代表了什麼含意，可就不好說了，我推斷這個眼球形狀的符號代表鳳凰，也是根據龍骨上同篇中的其餘文字來推斷的，這點應該不會搞錯。」

我點頭道：「這是沒錯，因為雲塵珠本身便另有個別名，喚做鳳凰膽，這個名字也不知是從哪開始流傳出來的，看來這眼球形狀的古玉，與那種虛構的生物鳳凰之間存在著某種聯繫。教授，這快拓片的密文中，有沒有提到什麼關於古墓，或者地點之類的線索？」

孫教授說：「非是我不肯告訴你們，確實是半點沒有，我幫你們把譯文寫在紙上，一看便知，這只是一篇古人描述鳳鳴歧山的祭天之文，這種東西一向被帝王十分看重，可以祈求得到鳳鳴的預示，便可授命於天，成就大業，就像咱們現在飯館開業，放鞭炮，掛紅幅，討個吉利彩頭。」

我與Shirley楊如墜五里霧中，滿以為這塊珍貴的拓片中，會有雲塵珠的下落，到頭來卻只有這種內容，我讓孫教授把拓片中的譯文寫了下來，反覆看了數遍，確實沒有提到任何地點，看來這條擱置了數十年的線索，到今天為止，又斷掉了。

如果再重新找尋新的線索，那不亞於大海撈針，我想到氣惱處不禁咬牙切齒，腦門子的青筋都跳了起來，一旁的Shirley楊也咬著嘴唇，全身輕輕顫抖，眼淚在眼眶裡打轉。

孫教授見我們兩人垂頭喪氣，便取出一張照片放在桌子上：「你們先別這麼沮喪，來看看我昨天拍的這張照片，也許你們去趟雲南的深山老林，會在那裡有一些收穫。」

* * *

我接過孫教授手中的照片，同Shirley楊看了一眼，照片上是六尊拳頭大小的血紅色玉獸，造型怪異，似獅又似虎，身上還長著羽毛，都只有一隻眼睛，面目猙獰，玉獸身上有很多水銀癍，雖然做工精美，卻給人一種十分邪惡陰冷的觀感。

不知為什麼，我一想起這是棺材鋪掌櫃的物品，就說不出的厭惡，不想多看，一看就想起用死人養魚的事情，噁心得胃裡翻騰，我問孫教授道：「教授，這張照片是昨天在石碑店拍的嗎？照片上莫非就是在棺材鋪下找到的石匣玉獸？」

孫教授點頭道：「是啊，我想你們會用得到這張照片，所以連夜讓我的助手回到縣城，把底片洗了出來，你們再仔細看看照片上有什麼特別的地方。」

Shirley楊本也不願多看這些邪獸，聽孫教授此言，似乎照片中有某些與「雲塵珠」有關的線索，於是又拿起照片仔細端詳，終於找到了其中的特徵：「教授，六尊紅玉邪獸都只有一隻獨眼，而且大得出奇，不符合正常的比例，而且……而且最特別的是玉獸的獨目，都與雲塵珠完全相同。」

孫教授對我們說道：「沒錯，正是如此，所以我剛才勸你們不要沮喪，柳暗花明又一村。」

我與Shirley楊驚喜交加，但是卻想不通，古滇國地處南疆一隅，怎麼會和「雲塵珠」產生聯繫？難道這麼多年以來下落不明的「雲塵珠」一直藏在某代滇王的墓穴裡？

第九九章　獻王墓

孫教授雖然對鳳凰膽「雲塵珠」瞭解的不多，但是畢竟掌握了很多古代的加密信息，而且對歷史檔案有極深的研究，孫教授認為：「雲塵珠」肯定是存在的，這件神器對古代君主有著非凡的意義，象徵著權利與興盛，而且不同的文化背景與地緣關係，使得對「雲塵珠」的理解也各不相同。

在棺材鋪中發現的石匣玉獸，可以肯定的說出自雲南古滇國，滇國曾是秦時下設的三個郡，秦末時天下動蕩，這一地區就實行了閉關鎖國，自立為王，從中央政權中脫離了出來，直到漢武帝時期，才重新被平定。

據記載，古滇國有一部分人信奉巫神邪術，由於宇宙觀價值觀的差異，國中產生了不小的矛盾，這些信奉邪神的人，為了僻亂，離開了滇國，遷移到瀾滄江畔的深山中生活，這部分人的領袖自稱為「獻王」，像這種草頭天子，在中國歷史上數不勝數，史書上對於這位「獻王」的記載不過隻言片語，這些玉獸就是「獻王」用來舉行巫術的祭器。

六尊紅色玉獸分別代表：東、南、西、北、天、地六個方向，每一尊都有其名稱與作用，「獻王」在舉行祭祀活動的時候，需要服用一些制幻的藥物，使其精神達到某種無意識的境界，同時六玉獸固定在六處祭壇上產生某種磁場，這樣就可以達到與邪神圖騰之間，在精神意識層面進行的溝通。

「獻王」祭禮時使用的玉獸，要遠比棺材鋪下面的這套大許多，咱們在棺材鋪下面發現的這套，應該是國中地位比較高的巫師所用的，至於它是如何落入棺材鋪老掌櫃手中的，而老掌櫃又是怎麼會掌握這些邪法，就不好說了，可能性很多，也許他是個盜墓賊，也許他是「獻王」手下巫師的後裔。

至於這六尊紅色玉獸，有可能是「獻王」根據他們自己的理解，將「雲塵珠」實體化了，或者是做了某種程度上的延伸，而且這位「獻王」很可能見過真正的「雲塵珠」，甚至有可能他就是「雲塵珠」最後的一任主人，不過沒有更多的資料，只能暫時做出這種推斷。

我聽了孫教授的分析，覺得十分有道理，只要還有一分的機會，我們就要做十分的努力，但是再詢問孫教授「獻王」的墓大概葬在哪裡，孫教授就半點都不知道了，「獻王墓」本就地處偏遠，加上獻王本身精通異術，選的陵址必定十分隱祕，隔了這麼多年，能找到的機率十分渺茫。

另外孫教授還囑咐我們，不要去盜墓，儘量想點別的辦法，解決問題的途徑很多，現在醫學很發達，能以科技手段解決是最好的，不要對「雲塵珠」過於執著，畢竟古人的價值觀不完善，對大自然理解得不深，風雨雷電都會被古人當做是神仙顯靈，其中有很多憑空想像出來的成分，並承諾只要他發現什麼新的線索，立刻會通知我們，我滿口答應，對孫教授說：「這您儘管放心，我們怎麼會去盜墓呢，再說就算想去不是也找不著嗎？」

孫教授點頭道：「這就好，我這輩子最恨盜墓的，雖然考古與盜墓有相通的地方，但是盜墓對文物的毀壞程度太嚴重，國家與民族……」

我最怕孫教授說教，他讓我想起了小學時的政教處主任，動不動就上綱上線，動不動就把簡單的事件複雜化，動不動就上升到某種只能仰望的高度，我一聽這種板起面孔的大道理，就全身不自在，我見孫教授能告訴我們的情報，基本上已經都說了，剩下再說就全是廢話了，便對孫教授再三表示感謝，與Shirley楊起身告辭，臨走的時候把那張玉獸的照片要了過來，孫教授由於要趕回石碑店繼續開展工作，就沒有回縣招待所，於我們告別之後，自行去了。

我跟Shirley楊回了縣招待所，見瞎子正在門口給人算命，對方是個當地的婦女，瞎子對那女子說道：「不得了呀，這位奶奶原是天上的王母娘娘，只因為在天上住得膩了，這才轉世下凡，到人間閒玩一回，現在該回天庭了，所以才得上了這不治之症，不出三月，但聽得天上仙樂響動，便是妳起駕回宮的時辰……」

那女子哭喪著臉問道：「老神仙啊，你說我這病就沒個治了?可是我捨不得我家的漢子，不願意去和玉皇大帝過日子，我跟他沒感情啊，再說我家裡還有兩個娃。」

瞎子顯得很為難，對那女子說道：「娘娘您要是不想回宮，倒也不是沒有辦法，只是老夫……」

那女子不住催促瞎子，往瞎子手裡塞了張十元的鈔票，求瞎子給自己想個辦法，再多活上個五六十年。

瞎子用手掂了掂鈔票，知道是十塊錢的，立刻正色道：「也罷，老夫就豁出去了，替你與玉皇大帝通融一下，反正天上一日，地下一年，就讓玉帝多等你三兩個月，你就再凡間多住上幾十年，不過這就苦了玉皇大帝了，你是有所不知啊，他想你想得也是茶飯不思，上次我看見他的時候，發現足足瘦了三圈，都沒心思處理國家大事了，天天盼星星盼月亮似的，盼著你回去呢。」

我擔心瞎子扯得沒譜，回頭這女子的漢子再來找麻煩，告他個挑撥夫妻感情都是輕的，便在旁邊招呼瞎子到食堂吃飯，瞎子見我們回來了，就匆匆把錢揣了，把那女子打發走了，我牽著他的竹棍把他引進食堂。

我們準備吃了午飯就返回西安，然後回北京，我與Shirley楊和瞎子三人做了一桌，Shirley楊心事很重，吃不下什麼東西，我邊吃邊看那張玉獸的照片。

目前全部的線索都斷了，只剩下這些眼球酷似「雲塵珠」的紅色玉獸，看來下一步只有去雲南找找「獻王墓」，運氣好的話，能把鳳凰膽倒出來，說不定也能找到一二相關的線索。

不過最難的是如何找這座「獻王墓」，只知道大概在雲南境內，瀾滄江畔，那瀾滄江長了，總不能翻著地皮，一公里一公里的挨處找吧。

Shirley楊問我道：「你不是經常自吹自擂，說自己精通分金定穴嗎？這種小情況哪裡難得到你，到了江邊抬頭看看天上的星星就能找到了，這話可是你經常說的。」

我苦笑道：「我的姑奶奶，哪有那麼簡單，分金定穴只有在一馬平川，沒有地脈起伏的地區才能用，那雲南我在前線打仗的時候是去過的，山地高原占了整個雲南面積的百分之九十以上，雲南有三大水系，除了金沙江，怒江之外，就是瀾滄江，從北到南，貫穿全省，而且地形地貌複雜多變，自北發於橫斷山脈，山脈支幹多得數不清，咱們要是沒有具體的目標，就算有風水祕術，恐怕找上一百年也找不到。」

Shirley楊對我說道：「可真少見，怎麼連你也開始說這種洩氣的話，看來這次真是難了。」

我對Shirley楊說：「我並沒有洩氣，我覺得可以給咱們現在的狀況概括一下，有信心沒把握，信心永遠都是足夠的，但是現在把握可是一點都沒有，大海撈針的事沒法幹，咱們可以先回北京，找大夥合計合計，再盡可能多的找些情報，哪怕有三成把握，都比一成沒有強。」

瞎子忽然插口道：「二位，聽這話，難道你們想去雲南倒斗不成？老夫勸你們還是趁早死了這條心吧，想當年老夫等一眾卸嶺力士，為了圖謀這一筆天大的富貴，便想去雲南倒獻王的斗，結果沒料到那地方凶險重重，平白折了六條性命，只有老夫憑著一身的真功夫，才僥倖得脫，這對罩子就算留在雲南了，現在回想起來，還兀自心有餘悸。」

瞎子平平常常的幾句話，聽在我耳中，如同六月裡一聲炸雷，我把吃在嘴裡的飯菜噴了瞎子一臉：「你剛說什麼？你去雲南找過獻王墓？你倘若信口雌黃，有半句虛言，我們就把你扔下，不帶你進京了。」

瞎子擦了把臉說道：「老夫是何等樣人，豈能口出虛言，老夫曾在雲南李家山，倒過滇王的斗，不過去得晚了些，斗裡的明器都被前人順沒了，那墓裡除了一段人的大腿骨，只剩下半張人皮造的古滇國地圖，但是字跡也已經模糊不清，老夫一貫賊不走空，此等不義之財，焉有不取之理，當下便順手牽羊捎了出來，後來在蘇州，請了當地一位修補古字畫的巧手匠人，用冰醋擦了一十六遍，終於把這張人皮地圖得完好如初，誰知不看則已，原來這圖中竟是獻王墓穴的位置。」

Shirley楊對瞎子說道：「獻王帶著一批國民，從滇國中分離了出來，遠遠的遷移到深山裡避世而居，滇王墓中又怎麼會有獻王墓的地圖？你可不要騙我們。」

瞎子說道：「老夫自是言之有物，這兩國原本就是一家，據說獻王選的是處風水寶地，死後葬在那裡，那地方有很特殊的環境，永遠不可能被人倒了斗，想那唐宗漢武，都是何等英雄，生前震懾四方，死後也免不了被人倒了斗，屍骸慘遭踐踏，自古王家對死後之事極為看重，最怕被人倒斗。獻王死後，他手下的人就分崩離析，有人想重新回歸故國，便把獻王墓的位置畫了圖，呈給滇王，聲稱也可以為滇王選到這種佳穴，這些事情就記載在這張人皮地圖的背面，不過想必後來沒選到那種寶穴，要不然老夫又怎能把這張人皮地圖倒出來。」

瞎子從懷中取出一包東西，打開來赫然便是一張皮製古代地圖，雖然經過修復，但是仍然十分模糊，圖中山川河流依稀可辨。

瞎子說道：「非是老夫唬你二人，這圖老夫隨身帶了多年，平日裡從不示人，今日見爾等不信，才取出來令爾等觀之，不過老夫有一言相勸，你看這圖中的蟲谷，有一塊空白的地方，那裡多有古怪之處，直如龍潭虎穴一般，任你三頭六臂，金鋼羅漢轉世，進了蟲谷，也教有去無回。」

第一〇〇章　人皮地圖

「獻王墓」在瞎子口中，是個很邪的地方，說著話瞎子將自己的雙圓盲人鏡摘了下來，我與Shirley楊往他臉上一看，心裡都是「隔噔」一下，只見瞎子的眼眶深深凹陷，從內而外，全是暗紅色的疤痕，像是老樹枯萎的筋脈從眼窩裡長了出來，原來瞎子這對眼睛，是被人把眼球剜了出去，連眼皮都被剝掉了一部分。

瞎子把盲人鏡戴上，長嘆了一口氣，對我和Shirley楊說道：「過去了這麼多年，往事雖如過眼雲煙，卻仍歷歷在目，那最後一次去倒斗，老夫還記得清清楚楚，什麼叫怵目驚心啊，那便是怵目驚心。」

我知道雖然瞎子平時說話著三不著兩，以嘴皮子騙吃騙喝，但是他說當年去盜「獻王墓」的經歷，多半不會有假，畢竟這些事情不是誰都知道的，不過在蟲谷深處的「獻王墓」究竟有沒有瞎子說的那麼厲害，還有值推敲的地方，我可從來沒聽說過有什麼永遠不可能被倒了斗的風水寶穴。

但是想起孫教授告訴我們的一些信息，獻王行事詭祕，崇敬邪神，又會異術，料來不是一般的人物。那棺材鋪掌櫃的用人屍養魚，以求延年益壽，這法門便是從幾千年前獻王那裡傳下來的，由此可見當年獻王行事之陰邪凶惡，不是常人所能想像得到的。

Shirley楊想從側面多瞭解一些「獻王墓」的情況，對瞎子約略講了一些我們在棺材鋪下，發現漏缸裝人屍養魚的事，並把孫教授的推斷說了，很可能是從雲南獻王那裡遺流下來

的古老邪術。（注）

瞎子聽罷冷哼一聲，拈著山羊鬍子說道：「那孫教授是個什麼東西，教授教授，越教越瘦，把秀才們都教成瘦子了，想必也是老匹夫一個，那知道個什麼，不知者本不為過，然而不知又冒充知道，就是誤人子弟。」

我問瞎子道：「你這話是什麼意思？難道孫教授說的不對嗎？」

瞎子說道：「據老夫所知，獻王的邪術得自於藏地，最早發源於現在的公明山，是最古老的痋術，痋術與蠱毒、降頭、並列為滇南三大邪法，現在痋術失傳已久，蠱毒降頭等在雲南山區，南洋泰國寮國等地，仍有人會用，不過早已勢微，只餘下些小門小法。」

我對瞎子問道：「依你這樣講，原來棺材鋪老掌櫃用鐵鏈吊住鐵缸，在裡面用死屍把魚餵大，是痋術的一種？他這樣做有什麼意義呢？當真能延年益壽？現在說起來那掌櫃的已經死了，他的來歷好像很模糊，說不定他就是古滇國的遺民，活了幾千年了。」

瞎子笑道：「世上哪裡有那種活了幾千年的妖人，老夫現在都快成你的顧問了，也罷，索性一併告訴爾等知道，當年老夫與六個同行，到雲南深山裡去倒斗，為了安全起見，事先多方走訪，從一些寨子中的老人口中，多多少少的瞭解了一些，你們所講的怪缸，的確是痋術的一種，將活人淹死在缸中，這個務必是要活人，進水前死了便沒有用了，缸上的花

注　以缸棺盛屍餵魚放痋最毒，此法在緬甸真實存在，現代有人誤將其稱為蠱的一種，其實並非同理，中國境內也沒有這種習俗，中國漢代古滇國只有類似的邪術，但是並不是痋術或蠱毒，在此引用其名稱為情節需要，而且做了很大的變化，因為古老的痋術本身非常神祕，代代祕傳，外人難以窺其究竟，所以僅在故事中對其加以初級程度的解釋。

紋叫做戳魂符，傳說可以讓人死後，靈魂留在血肉中，不得解脫，端的是狠毒無比，水中的小魚從缸體孔洞中游進去，吃被水泡爛的死人肉，死者的怨魂也就被魚分食了，用不了多久，就被啃成了乾乾淨淨一架白骨，而那些吃了死人肉的魚兒，長得飛快，二十幾天就可以長到三尺，用這種魚吊湯，滋味鮮美無比，天下再沒有比這種魚湯更美味的美食了……」

我正在邊吃飯，邊聽瞎子說話，越聽覺得越是噁心，只好放下筷子不吃，我對瞎子說：「這鮮魚湯味道如此超群絕倫，你肯定是親口喝過的，否則怎麼會知道得如此清楚。」

瞎子咧了咧嘴：「老夫可沒那個福份，喝了那神仙湯，哪裡還活得過三日，缸中的魚養成之後，就已經不是魚了，而叫痋，這痋就是把冤死的亡靈作為毒藥，殺人於無形之中，喝了魚湯被害死的人，全身沒有任何中毒的跡象，臨死時面孔甚至還保持著一絲笑容，像是正在回味鮮魚湯的美味，害死的人越多，他的邪術就越厲害，至於最後能厲害到什麼程度，這就不得而知了，老夫縱然淵博，畢竟也有見識不到之處。」

Shirley楊也在一旁聽得直皺眉頭：「原來棺材鋪的傳說原來著落在這邪術之上，那位黑心掌櫃有了這害人的陰毒伎倆，用痋術害人性命，想必發明這套邪術的獻王也不是什麼善類。」

瞎子說道：「這棺材鋪掌櫃一介村夫，雖然會這套痋術，他的手段只是皮毛而已，又怎麼能夠與獻王相提並論，所以老夫勸你二人儘早打消了去雲南倒斗的念頭，老夫就是前車之鑒，爾等不可不查。」

Shirley楊如何肯信瞎子危言聳聽，繼續追問瞎子：「能否給我們講一講，當年你去雲南找獻王墓的經過，如果你的話有價值，我可以考慮讓老胡送你件明器。」

瞎子聞言立刻正色道：「老夫豈是貪圖明器之人，不過也難得爾等有此孝心，老夫自是不能拒人於千里之外，這說起當年的恨事，唉，那當真是煩惱不尋人，人自尋煩惱啊……」

當年瞎子在蘇州城中，使匠人修復了人皮地圖，經過仔細驗證，得知這是記錄「獻王墓」位置的地圖，心中不勝歡喜，先前瞎子連倒了幾個斗，都沒什麼收穫，這獻王畢竟是曾是古滇國一代國君，雖是南疆小國，他墓中的明器也應該少不了。

於是瞎子召集了幾名相熟的「卸嶺力士」，這批盜墓賊遇到大墓都是集體行動，盜大墓的手段，不論是「摸金髮丘」還是「搬山卸嶺」，也無外乎就是這麼幾種，喇叭爆破式，用大鏟大鋤，或者用炸藥破壞封土堆和墓牆，直接把地宮挖出來，這是最笨的一種辦法。

再不然就是「切虛位」，從墓室下面打盜洞進去，這要求盜墓者下手比較準，角度如果稍有偏離，也挖不進去。

瞎子早年間就是專挖南方的墓，他們這批人不懂風水祕術，只能找有縣志記載的地方，或者找那些有石碑，封土堆殘跡的古墓，這次有了人皮地圖作為線索，這批人經過商量，覺得這活做得，說定就是樁天大的富貴，便決定傾巢出動，去挖「獻王墓」。

據這批人中最有經驗的老盜墓賊分析，「獻王墓」規模不會太大，因為畢竟他們的國力有限，按人皮地圖中所繪，應該是在一條山谷中，以自然形成的形勢為依托，在洞穴中建造的陵墓，當時的滇國仿漢制，王葬於墓中，必有銅車馬儀仗，護軍百戲陶俑，玄宮中兩槨三棺盛殮，上設天門，下置神道，六四為目，懸有百單八珠，四周又列六玉三鼎，瘦死的駱駝比馬大，絕對可以斷定，「獻王墓」中肯定有不少好東西。

人皮地圖雖然年深日久，有些地方模糊不清了，但是仍然可以辨認出「獻王墓」的位置，瀾滄江一條叫做「蛇河」的支流，由於其形狀彎曲似蛇，故此得名，「蛇河」繞過大雪山，這座雪山當地人稱為「哀騰」，正式的名稱叫做「遮龍山」，海拔三千三百多米。

蛇河輾轉流入崇山峻嶺之中，形成一條溪谷，地勢低窪，由於這條溪谷終年妖霧不散，谷中有多生昆蟲，所以溪谷被當地人稱為「蟲谷」。

「蟲谷」地處深山之中，人跡罕至，過了大雪山，前邊一段山青水秀風景如畫，經常可以見到成群結隊色彩艷麗的大蝴蝶，然而中間一段開始就經常出現白色瘴氣，終年不散，中者即死，人莫能進，有傳說這些白色的瘴氣妖霧，是獻王所設鎮守陵墓的「痋雲」，環繞在王墓周圍，除非有大雨山嵐，使妖雲離散，否則沒有人和動物能夠進去，人皮地圖上這片空白的白圈，就代表了這些妖霧。

再往深處，便是一個巨大的瀑布，風水中所說的水龍就是指瀑布，「獻王墓」的墓道入口，就在水龍的龍眼處。人皮地圖背面有詳細的記載，說這處穴眼是獻王手下大巫所選，名為「水龍暈」，纏繞穴前的迷濛水氣所形成的微茫隱溼的圓環，以其朦朧如日、月之暈環，故名曰龍暈，又做「龍目」，隱隱微微，彷彷彿彿，粗看有形，細看無形，乃生氣凝聚靈光現露之處，蓋因其為善勢之首，葬於其中，生氣不泄，水蟻具不得侵。

「獻王墓」的風水形勢，更有一個厲害之處，就是永遠不可能被人倒了斗，沒人能進去，這種自信恐怕天下再無第二人了，那裡的情況具體是怎麼一個樣子，瞎子就說不出來了。

因為瞎子根本沒進去過，他們那夥人當時財迷心竅，雖然知道「獻王墓」極不好倒，仍然決定幹上一票，雇了一位當地的白族嚮導，冒險越過雪山進了溪谷，在「蟲谷」邊守候了十多天，終於趕上一次陰雲翻滾，大雨冰雹的時機。

四周的白色「妖雲」都被山風吹散，瞎子等人大喜，可等到這機會了，為了趕在風雨過後衝過這條死亡地帶，便玩了命的往前跑，沒想到剛走了一半，風雨忽歇，陰雲被風吹散，風住的時候，太陽光灑下來，四周立刻緩緩升出淡淡的白霧。

這幫人往前跑也不是，往後跑也不是，當時便亂了陣腳，紛紛四散逃命，溪谷中的瘴氣生得極快，一旦吸入人體，立刻會致人死命。

瞎子仗著年輕時練過幾年輕功，閉住了呼吸，撒開兩條腿就往外跑，總算跑了回來，眼睛卻被毒瘴毀了，多虧在谷口等候他們的白族嚮導，發現了昏迷倒地的瞎子，當即立斷，把瞎子的兩隻眼球生生摳了出來，才沒讓毒氣進入心脈，使得他僥倖活了下來。

我和Shirley楊聽了瞎子的敘述，覺得瞎子那夥人失手在「蟲谷」，是因為他們這些人缺少必要的準備，只要有相應的預防措施，突破這片毒氣並不算難，說什麼進去之後有來無回，未免誇大其詞。

Shirley楊說道：「這麼濃的瘴氣倒是十分罕見，有可能是特殊的地理環境，使得溪谷中生長著某種特殊植物，谷中環境閉塞，與空氣產生了某種中和作用，戴著防毒面具，或者用相應的藥物，就可以不受其影響了，不見得就是什麼巫蠱邪術。」

瞎子說道：「非也，切不可小覷蟲谷中的獻王墓，這只是在外圍，裡面都多少年沒有活人進去過了，那瘴氣裡面的世界是什麼樣的，你們可以瞧瞧這人皮地圖背面是怎麼描述的。」

Shirley楊展開人皮地圖，與我一同觀看，之間地圖背後有不少文字與圖畫，在王墓四周，另設有四處陪葬坑，還有幾位近臣的陪陵，想不到這小小的一個南疆草頭天子，排場還當真不小。

其中有一段記載著獻王生前引用天乩對自己墓穴的形容，王殪，殯於「水龍暈」中，屍解升仙，龍暈無形，若非天崩，殊難為外人所破。

我自言自語道：「要是天空不掉落下來，就永遠不會有人進入王墓？天空崩塌？是不是在說有天上流星墜落下來？還是另有所指？難道說只有等到某一個特定的時機，才有可能進入王墓？」

瞎子搖頭道：「都不是，憑老夫如此大智大慧，這麼多年來，也沒搞明白這天崩是指的什麼啞謎，料想那位獻王在生前不尊王道，信奉邪神，荼害了多少生靈，他的墓早晚會被人盜了，不過可能天時不到，難以成事。恐怕獻王生前也知道自己的王墓雖然隱蔽，但早晚還是會被倒斗的盯上，所以選了這麼塊絕地，不僅谷中險惡異常，可能在墓室中另有厲害之處，說不定有妖獸拱衛，當年老夫年輕氣盛，只奔著這樁天大的富貴下手，當事者迷，現在回想起來，那時真是入了魔障，只想著發財，最後卻吃了大虧，所以良言相勸，獻王墓不盜也罷。」

怎奈我們主意已定，這趟雲南是去定了的，而且這其中的詳情，還要到了蛇河蟲谷中，親眼看看才有分曉，只聽瞎子上嘴脣一碰下嘴脣說出來，實在難以服人。

Shirley楊把瞎子的人皮地圖買了下來，然後我們收拾東西上路返回北京，擬定會合了胖子，便一同南下雲南，把那座傳得神乎其神，建在龍暈之中的「獻王墓」倒了。

第一〇一章 車禍

回到北京之後，我們在北京的老字號「美味齋」中，勝利召開了第二屆彼得堡黨員代表大會，會議在胖子吃掉了三盤老上海油爆蝦之後，順利通過了去雲南倒斗的決議。

胖子抹了抹嘴上的油對我說道：「我說老胡，雲南可是好地方啊，我當年就被天邊飛來金絲鳥那段刺激得不輕，早就想過去會會那批燃燒著熱烈愛情火焰的少數民族少女了。」

我對胖子說道：「雲南沒你想像的那麼好，少數民族少女也並非個個都是花孔雀，反正以前我去雲南沒見過幾個像樣的，那時候我們部隊是部署在離邊境不遠的老君山，在那進行了一個月的實戰演練，那地方是哈尼族、彝族、壯族自治洲的交彙點，有好多少數民族，我看跟越南人長得也都差不多，什麼五朵金花阿詩瑪什麼的，那都是屬於影視劇裡的藝術加工，做不得真的，你還是別抱太大的幻想，否則你會很失望的。」

大金牙說：「怎麼呢？胡爺，你去的那地方大概是山溝，當年我去雲南插隊，正經見過不少漂亮的傣族景頗族妞兒，個頂個的苗條，那小腰兒，嘖嘖，簡直……這要娶回來一個，這輩子就算知足了。」

瞎子吃得差不多了，聽了我們的話，一拍桌子說道：「諸位好漢，那雲南的夷女，有甚稀罕，更兼苗人中隱有蠱婆，她們所驅使的情蠱歹毒陰險，防不勝防，爾等還是少去招惹那些婆娘為好。」

大金牙點頭到：「老先生這話倒也有理，我當年去雲南插隊，聽說這眾多的少數民族之中，就單是苗人最會用蠱，而且這苗人又分為花苗，青苗，黑苗等等，青苗人精通藥草蟲性，黑苗人則擅長養蠱施毒，這兩撥人本身也是勢成水火，現在黑苗已經快絕跡了，不過萬一要是招上了苗女中的蠱婆，可真教人頭疼。」

胖子笑道：「老金，你也太小瞧咱哥們兒的魅力了，苗女中沒有颯的就算完了，只要有，我非給你嗅回來幾個不可，到時候咱們還是還是這地點，一人發你們一個苗蜜。」

我喝得有點多了，舌頭開始發短，勾住胖子的肩膀笑話他：「讓那七老八十的老蠱婆，看中了胖爺您這一身膀子肉，非他娘的把你的臭皮剝下來綳鼓不可，咱們這次去的那地方是白族最多，白族姑娘可好啊，長得白。」

Shirley楊今天的食欲也不錯，從她祖上半截算的話，她老家應該在江浙一帶，所以這家飯店中的淮楊菜式很合她的口味，只是見我和胖子與大金牙等人在一起，再加上個瞎子，說來說去，話題始終離不開雲南的少數民族少女，跟這些人在一起也沒辦法，只好順其自然，最後實在忍無可忍了，輕咳了一聲。

經過Shirley楊一提醒，我這才想起來，還有正經事要說，酒意減了三分，便舉起酒杯對眾人說道：「同志們，明天我跟胖子、Shirley楊就要啓程開拔，前往雲南，這一去山高路遠，這一去槍如林彈如雨，這一去革命重擔挑肩頭，也不知幾時才能回來，不過男子漢大丈夫，理應志在四方，騎馬挎槍走天下，高爾基說，愚蠢的海鴨是不配享受戰鬥的樂趣的，毛主席說一萬年太久，只爭朝夕，此刻良宵美酒當前，咱們現在能歡聚在一起，就應該珍惜這每一分每一秒，等我們凱旋歸來之時，咱們再重擺宴席，舉杯贊英雄。」

眾人也都同時舉起酒杯，為了祝我們一路順利碰杯，大金牙飲盡了杯中酒，一把握住我的手說道：「胡爺，老哥真想跟你們去雲南，可是這身子骨勁不起折騰，去了也給你們添累贅，你剛才那一番話，說得我直想掉眼淚，要不我給你們唱段十送紅軍怎麼樣？」

我心中也很是感動，對大金牙說：「金爺說這話，可就顯得咱們兄弟之間生份了，我們去雲南，多虧了你在後方置辦裝備，這就是我們成功的保障啊，你儘管放心，倒出來的明器，有我的一半，也有你的一半。」

大金牙把買到的與沒買到的裝備跟我說了一下，我跟大金牙還有Shirley楊三人，商量著都需要帶什麼東西，一邊的胖子與瞎子也沒閑著，不斷騷擾著飯店中一個漂亮女服務員，非要給人家算命，出發前的一夜，就在喧鬧之中度過。

第二天大金牙與瞎子把我們送到火車站，雙方各道保重，隨著火車的隆隆開動，就此做別。

我和Shirley楊胖子三人，乘火車南下，抵達昆明，現在昆明住了三天，這三天之中有很多事要做，我按照大金牙給的聯繫地址，找到了潭華寺附近的迎溪村，這裡住著一個大金牙插隊時的革命戰友，他與大金牙始終保持著生意上的聯繫，在他的協助下，我買到了三隻精仿六四式手槍，槍身上還有著正式的編號，是緬甸兵工場仿中國制式手槍造的，然後又流入中國境內，從製造工藝上看，算得上是出口轉內銷了。

不過這種槍殺傷力有限，適合警務人員使用，也就能起到點防身的作用，我想問那人再買兩把雲南偷獵者常用的來福槍，卻被告之沒有貨，我也只得做罷，看看進蟲谷之前，能否再找當地人買幾把口徑大的快槍，那溪谷深處，杳無人踪，要是有什麼傷人的野獸，沒有槍械防身，頗為不便。

與此同時，Shirley楊同胖子買了兩支捕蟲網，和三頂米黃色荷葉遮陽帽，按照事先的計畫，我們要裝扮成自然博物館的工作人員，進森林中捉蝴蝶標本，瀾滄江畔多產異種蝴蝶，所以借這種捕蟲者的身份作為掩護，到「蟲谷」裡去倒斗，在這一路上就不至於被人察覺。

其餘的裝備我們儘量從簡，這雲南的山區中不像沙漠戈壁，水和食物不用太多，把背包中空出來的部分，盡可能多的裝了各種藥品，以便用來應付林中的毒蟲。

我把三支六四式手槍分給胖子二人，胖子覺得不太滿意，這種破槍有個蛋用，連老鼠都打不死，一怒之下，自己找東西做了個彈弓，當年我們在內蒙大興安嶺插隊，經常用彈弓打鳥和野兔，材料好的話，確實比六四手槍的威力大。

在一切都準備妥當之後，我們乘車沿320國道，從哀牢山無量山與大理點蒼山餌海之間穿越，來到了美麗的瀾滄江畔，我們的目的地是雲南省境內山脈河流最密集的地方，那裡距中緬邊境尚有一段距離。

最後這一段路坡陡路窄，長途車只在懸崖上行進，司機是個老手，開得漫不經心，路面狀況很差，高低起伏，又有很多碎石和坑窪，一個急彎接著一個急彎，車身上下起伏，屢屢化險為夷，驚得我和胖子出了一身身的冷汗，只恐那司機一不留神，連人帶車都翻進崖下的瀾滄江中。

車中其餘的乘客們，大概都是平日裡坐慣了這種車的，絲毫不以為意，有的說說笑笑，有的呼呼大睡，加之車中有不少人帶著成筐的家禽，老婆哭孩子叫，各種氣味混雜，刺鼻難聞，我不是什麼嬌生慣養之人，卻也受不了這種環境，實在不堪忍受，只好把車窗打開，呼吸外邊的新鮮空氣。

我探出頭去之見得山崖下就是湍急的瀾滄江，兩岸石壁聳立，直如天險一般，江面並不算寬，居高臨下看去，江水是暗紅色的，彎彎曲曲的向南流淌。

胖子空高症犯了，全身發抖，也不敢向車窗外看上半眼，只是連聲咒罵：「這操蛋司機也真敢做耍，這是……開車還是他媽耍雜技呢？這回真是想要去了胖爺啊，老胡咱們再不下車，哥們兒就要歸位了。」

Shirley楊也坐不習慣這樣的過山車，乾脆緊閉著眼睛，也不去看外邊，這樣多少還能放心一些。

我對胖子說：「革命尚未成功，咱們還要努力，你再堅持堅持，現在下了車，還要走上好遠，你想想紅軍過雪山爬草地時候，是怎麼堅持的，你眼下這點困難算得了什麼，實話告訴你，我他媽的也快讓這破車顛散了架了。」

旁邊一個當地販茶葉的人告訴我們：「看你們嚇得，搞點暈車藥片來吃，多坐個幾趟就覺得覺得板扎嘍，你們要克哪點噶？」

雲南當地的方言繁雜，並不好懂，我們這次又不想與當地人過多的接觸，所以茶葉販子說的什麼，我根本沒聽明白，也不知道該怎麼回答。

那賣茶葉的見我不懂他的話，就用生硬的普通話對我說：「我是說看你們難受的樣，還坐不習慣這種車，習慣就好嘍，你們是要到哪個地方去？」

我看這人是當地土生土長的，正好可以找他打聽一下路程，便對茶葉販子說：「我們是倒……倒……倒博物館的，不不，我們是自然博物館的，想去蛇河捉大蝴蝶，跟您打聽一下，這裡到遮龍山還有多遠？我們再哪裡下車比較好？」

茶葉販子一指遠處江畔的一座高山：「不遠了，轉過了那個山彎下車，就是遮龍山下的蛇爬子河，我也要到那裡去收茶葉，你們跟著我下車就行。」

我順著他手指的方向看去，灰濛濛的巨鉢形山體聳立在道路的盡頭，山頂雲封霧鎖，在車裡看過去，真有種高山仰止的感覺，雖然已經在望，但是望山跑死馬，公路又曲折蜿蜒，這段路程還著實不近，看來我們還要在這輛破車上多遭一個小時的罪。

我們都是坐在車的最後邊，正當我跟茶葉販子說話的時候，車身突然猛烈的搖晃，好像是壓到了什麼東西，司機猛地剎住車，車上的乘客前仰後倒，登時一陣大亂，混亂中就聽有人喊壓死人了，胖子咒罵著說這神經病司機這麼開車，他媽的不壓死人才怪，同我和Shirley楊一起從後邊的窗戶往來路上張望。

我只望後一張，便覺得頭皮發麻，趕緊把視線移開，再看下去非吐出來不可，他娘的，被壓死的這究竟是什麼鬼東西。

＊　　＊　　＊

這時司機也從車上跳下來，去查看車後的狀況，後邊路上有兩道醒目的綠色痕跡，痕跡的盡頭卻不是什麼人，而是一被車撞斷的石人俑，跟真人一般的大小，石俑並不結實，只有外邊一層石殼，中間全是空的，被撞得碎成了若干殘片，裡面爬出來的，都是密密麻麻的白色？蟲，無數的？蟲被車輪碾得稀爛，地上有很多死蟲身體裡流出的綠汁，那種噁心的情景，教人看得想要嘔吐。

司機在下邊看了一遍，抬腳踩死幾隻，大罵晦氣，從哪裡冒出來這麼個裡面生滿蛆的爛石頭，把車都撞扁了一大塊。

Shirley楊從車窗中指著地上的一塊石片，對我說道：「老胡，你看這石俑是仿漢制的造型，會不會是獻王時期的產物？」

我點頭道：「確實有些像，不過石俑怎麼只有層殼？裡面裝了這麼多蟲子，又被車碾碎了，單從外形上來看，已經不太容易辨認出來，所以也不能就此斷定是漢代的東西。」

我抬頭從車窗中向上看了看，萬丈高崖，雲霧環繞，也瞧不出是從哪處山崖掉落下來的，也許這附近的山上，有什麼古跡，看來咱們已經進入當年獻王的勢力範圍了，不過這俑人裡怎麼長了這麼多的蛆蟲？」

我心中越想越覺得不安穩，就問茶葉販子以前有沒有遇見過這種情況。茶葉販子說：「這樣的石俑，在遮龍山附近更多，都埋在土裡，有時候趕上山體滑坡，偶爾會顯露出來，裡面都長滿了肥蛆，有人說這是種古代人形棺材，但都是風傳，也不知道確切是做什麼用途的，當地人都很厭惡這種東西，認為是不吉的徵兆，預示著疾病和死亡，今天乘車遇到了，算咱們倒楣，過些天要去玉皇閣請個保平安的銀符才行。」

我擔心太過熱切的關注這些事，會被人看出破綻，便不再多問，只同茶葉販子談些當地的風土人情，遮龍山已經是白族自治洲的邊緣，有白族，漢族，也有極少一些景頗族同傣族，最熱鬧的節日在三月份，屆時所有的男女老少都聚集到點蒼山下，有各種山歌對唱廟會節目，十分熱鬧。

我對這些半點不感興趣，跟他聊了幾句，把話峰一轉，又說到遮龍山，我借著抓蝴蝶的名義問茶葉販子那裡的地形。

茶葉販子說他雖然是當地人，但是「遮龍山」的山脈，就像是這裡一個界碑，很少有人翻過山去對面，那邊毒蟲毒霧很多，蚊蟲滋生，山谷中潮溼悶熱，障氣常年不散，已經在那裡失蹤過很多人了，當地人沒有人願意去那裡，另外一個就是「遮龍山」太高，上面又有雪線，天氣變化多端，冰雹、大雨、狂風等等，說來就來，剛剛還晌晴白日，轉瞬間就會出現惡劣的天氣，如果沒有大隊人馬，想爬「遮龍山」是十分冒險的。

司機自從撞碎了裡面全是蛆蟲的石俑之後，車速就慢了下來，想必他也是擔心撞到那種東西不吉，所以儘量把車開得平穩一些，加之已經漸漸離開了那段山崖上的險路，我們總算鬆了口氣，胖子也活了過來，正好聽見茶葉販子那幾句話，忍不住問道：「哎，這什麼山，聽上去有幾分像是當年紅軍爬的雪山？不知是不是同一座？」

我對胖子說：「紅軍爬的是夾金山，跟這遮龍山不是一回事，還要往北很遠，不過你剛才看見瀾滄江的懸崖激流，與不遠處的金沙江差不多，你要是想加強傳統思想學習，可以跳下去游一圈，體會一下主席詩詞中金沙水拍雲崖暖的意境，然後再攀越遮龍山，就只當是重走一回長征路，爬雪山過草地了。」

胖子說道：「戰士的雙腳走天下，四渡赤水出奇兵，烏江天塹重飛渡，兵臨貴陽抵昆明，這都是在折的，要走長征路，就得實心實意的從頭開始走，從半截走哪成？你這明顯的是投機主義傾向。」

第一〇二章　彩雲客棧

我們閑談之間，汽車停了下來，茶葉販子趕緊招呼我們下車，要去遮龍山，從這裡下車最近，除了我們三人與茶葉販子，同時在這裡下車的，還有另有兩個當地的婦女，一個三十多歲，背著個小孩，另一個十六七歲，都是頭戴包巾，身穿鏽花圍裙，她們身上的服飾都是白底，當地人以白為貴，應該都是白族，不過這些少數民族並不是我們想像中，整天穿得花枝招展的樣子，不是節日的話，並不著盛裝，加之這裡各種少數民族都有，有時也不易分辨。

我本不想和這些人同行，但是熱心的茶葉販子告訴我們，在人煙稀少的地區，要結伴而行，互相幫扶照顧，這是當地的習俗。

Shirley楊以前工作的時候經常和美洲土著人打交道，知道這些當地的習慣，外來的最好遵守，否則容易發生不必要的衝突，於是便與這三人同行。

這一地區，全是高山深谷，人煙寂寞，山林重重，走遍了崎嶇山徑，盤旋曲折，原來從下車的地方，距離「遮龍山」還有好遠的路程，我這才暗中慶幸，虧得沒跟這些當地人分道揚鑣，否則還真不容易找對路徑。

在山裡走了有兩個多鐘頭，終於到了「遮龍山」下，這裡並沒有什麼民居村寨，便有些採石頭的工人也都住在稍微遠一些的地方，山下只有一處為來此地做茶葉生意的商人，提供食宿的客棧，與我們同行的兩名白族女人，便是這間「彩雲客棧」的主人，是外出買東西回來，這裡出山一趟十分不容易，所以要一次性買很多東西，大包小裹又帶著個孩子，我和胖子學了雷鋒，不僅背著自己的幾十斤裝備，還幫著她們拎米和辣椒，到地方的時候，已經累得腰酸腿疼。

客棧裡除了我們六人，再沒有其餘的人，當地人很淳樸，外出從不鎖門，有過路的客人經過，可以自己住在裡面，缸裡有水，鍋中有餌餅和米，吃飽喝足睡到天亮，臨走的時候把錢放在米缸裡，已經成為了約定俗稱的一種行為，從沒有人吃住之後不給錢。

帶小孩的白族女人是「彩雲客棧」的主人，是個年輕寡婦，十六七歲的女孩是她丈夫的妹妹，是漢族，小名叫孔雀，一雙大眼睛，十分活潑可愛，穿上民族服飾，比當地的子女好看得多，「遮龍山」下只有她們這裡可以歇腳住宿，從這裡向南走一天的路程，那裡產一種「霧頂金線香茶」，經常有客商去那邊收購茶葉，每次路過，都免不了要在「彩雲客棧」落腳。

老闆娘對我們幫她搬東西極是感激，一進門就帶著孔雀為我們生火煮茶做飯，沒多久孔雀就把茶端了出來，胖子接過來一聞，贊道：「真香啊，小阿妹這是什麼茶？是不是就是雲南特產的普洱？」

孔雀對胖子說道：「不是的，這是我們本地山上產的霧頂金線香茶，用雪線上流淌下來的水沖泡了，每一片茶葉都像是黃金做的，你嚐嚐看，是不是很好。」

胖子說道：「不喝就知道好，也不看是誰泡的茶。」說著話掏出煙來，分給我和茶葉販子，一邊喝茶一邊抽菸，等著老闆娘給我們開飯。

胖子有意要在孔雀面前賣弄自己的學識，又摸出另一包紅塔山來，對茶葉販子說道：

「兄弟你知不知道，抽菸也講究搭配，咱們剛才抽的是雲菸，現在再換紅塔山，這可別有一番味道，如此在京城中有個名目，喚做塔山不倒雲常在。」

孔雀對胖子的香煙理論不感興趣，卻對我們帶的捕蟲網很好奇，問Shirley楊：「是不是要去遮龍牆那邊去捉蝴蝶。」

Shirley楊不願意騙小姑娘，只好又讓胖子出面解釋，我擔心胖子說話沒譜，露了馬腳，這種煽動革命群眾的工作，還是由我這個有做政委潛質的人來做比較合適。

於是我告訴孔雀說我們這三個人，都是首都來的，在自然博物館工作，專門收集世界上的珍稀蝴蝶，這次就是專門來這裡捉蝴蝶的，然後要製作成標本，帶回北京展覽，讓那些來咱們偉大祖國的外國人開開眼，見識見識雲南的蝴蝶是什麼樣的，不僅可以填補我國在蝴蝶標本等研究領域的空白，還可以為國增光，給國家創收，爭取早日實現四個現代化，在改革開放的新長征路上創造一個又一個的輝煌，從所有角度來講，這件工作於國於民，都是千秋偉業，是一項具有戰略性高度的尖端科研工作，其現實意義不亞於人類的登月計畫。

想不到我這一番話，不僅讓孔雀聽得很激動，連胖子和茶葉販子都聽傻了，茶葉販子問道：「買買撒撒，這樣事硬是整得噶……我是說胡師啊，這蝴蝶兒還有這麼大的價值了？那我也別販茶葉了，和你們一併去捉好不好？」

一旁的Shirley楊戴著太陽鏡，聽了我對孔雀胡謅，強行忍住不讓自己笑出來，看她的樣子真有幾分像是國民黨的女特務，好像正在嘲笑我，看我怎麼收場。

我暗道不妙，這回把話說過頭了，急忙對茶葉販子說：「這個嘛，革命工作沒有高低貴賤之分，只有革命分工不同，倒騰茶葉也好，捉蝴蝶也罷，都是為了四化建設添磚加瓦，少了誰都不行，咱們都是社會主義的螺絲釘，要是連老兄你放下本職工作去捉蝴蝶，那咱們全國人民也不能光看蝴蝶不喝茶了是不是？其實外國人也喜歡飲茶，茶文化源遠流長，在全世界都有廣泛的茶文化愛好者，中國人民的老朋友，西哈努克親王就很喜歡品茗，所以說倒騰茶葉同樣是很重要，很有意義的工作。」

這時候孔雀的嫂子招呼孔雀去幫著開飯，我也就趁機打住不再說了，胡亂吃了一些，便獨自到客棧外用望遠鏡觀看「遮龍山」的形勢，只見那最高的山峰直入雲霄，兩邊全是陡峭的山崖，綿延起伏，沒有盡頭，也分辨不出山頂聚集的是白雲還是積雪，這裡的雲霧果然很多，而且是層次分明，山腰處就開始有絲絲縷縷的青煙薄霧，越往高處雲團越厚，都被高山攔住，凝聚在一起，山體是淺綠色的花崗岩，整個遮龍山的主峰，像是位白冠綠甲的武士，矗立在林海之中。

山下林海茫茫，瀑布土林千姿百態，一派美麗的原生自然風光，這附近的山川河流，與人皮地圖上所繪大抵相同，就在這大山林海後面的山谷深處，就是我們要找的「獻王墓」，至於墓裡面究竟有沒有「雲塵珠」，實在沒有任何的把握。

想起那種邪惡的「痋術」，還有路上所見石俑中痲痲蠅蠅的蛆蟲，心中對「獻王墓」不免產生了一點畏懼的心理，不過既來之則安之，已經到達「遮龍山」前了，那便有進無退，後面的事就只有祈求摸金祖師爺的保佑了。

茶葉販子明天一早要出發去收購茶葉，飯後就直接進里間去，抓緊時間睡覺歇息，胖子與Shirley楊吃完飯，也出來散步，同我一起抬頭往著前方的大山，在倒「獻王墓」之前，如何翻越這座高聳入雲的「遮龍山」，就是一大難題，見了這險峻巍峨的山勢，三人都是愁眉緊鎖。

當初瞎子等人是找了位當地的嚮導，經過艱險跋涉才越過雪山，如果沒有嚮導上山，是十分危險的，但是我們剛才問了彩雲客棧的老闆娘，上過這座「遮龍山」的當地人，都早已經死光了，這些年，傳說山上鬧鬼，根本沒人再敢上去過。

正在我們苦無對策之時，卻聽孔雀說：「想去遮龍山那邊的山谷捉蝴蝶，遮龍山下有條隧道，可以放排順流從山中穿過，用不著翻山，不過那邊有好多死人，經常鬧鬼。」

＊　＊　＊

如何進入「蟲谷」，在「人皮地圖」上標注的路線共有兩條，一是從「遮龍山」上的風口翻越；其二是沿著「蛇河」繞過遮龍山，那條路線要穿越一片存在於「瀾滄江」與「怒江」之間，危機四伏的原始森林，雖然在地圖上直線距離不算遠，但是進過原始森林的人都應該知道，實際上走起來，要比預計的行程長十倍、或二十倍以上，而且其中有些地方存在著沼澤。

這兩條路線都不好走，相比之下只有翻越海拔三千米以上的「遮龍山」比較可行，但是在沒有嚮導的情況下冒險翻越雪山，也不是鬧著玩的，搞不好就出師未捷，全部折在山上。

這時聽孔雀說還有條近路，便忙追問詳情，孔雀只知道個大概，我們只好又去找老闆娘打聽，老闆娘告訴我們，「遮龍山」（當地人稱為哀騰，是無尾龍的意思）的底部，有很多密如蛛網的山洞，傳說都是古時先民開鑿的，以前有判亂的土匪占據其內，對抗官兵，官兵對山內複雜的地形束手無策，只好把所有的洞口都用石頭砌死，把裡面都人都活活困死在了裡面，以後每當耍海會的時候，把耳朵貼在「遮龍山」的岩石上，就會聽見山體中陣陣絕望的哭嚎聲。

當然這只是當地民間流傳的一個傳說，至於山洞修建於哪朝哪代，是誰建造的，有什麼用途，裡面的匪徒是什麼人？是否是當地少數民族反抗壓迫剝削，揭竿而起，還是究竟怎麼樣，到今天已經沒人能說的清楚了。

但是直到近幾年，有人採石頭，發現了一個山洞，裡面有融解的石灰岩，還有條地下水，這條水一直穿山而過，流入「遮龍山」另一端的「蛇河」，水深足可以行使竹排，而且有這條水路，就不用擔心在縱橫交錯的山洞中迷失了路徑，由於地形平緩，水流並不急，去的時候可以放排順流而下，十分省力，回來的時候，需要費些力氣撐著竿子回來，總之比從山上翻過去要方便很多。

最後老闆娘囑咐我們，從那裡過去雖然是條捷徑，但是那條山洞的兩側，有很多奇形怪狀的屍骸，沒人曉得那是什麼時候死在裡面的，膽小的人是會被嚇出毛病的，到是有幾次有人放排從山洞中穿過，但是一來那邊的蟲谷有很多瘴氣，二來那邊沒有人煙，去到那邊也沒什麼意義，最近已經有一段時間沒人過去了，你們如果想抄近路，還需要多加小心才是。

我對老闆娘說：「這倒不用擔心，我們去那邊的山谷捉蝴蝶做標本，是為人民服務，我們都是共產唯物主義者，怎麼會怕死人，既然有近路，放著不走是傻子，更何況曾經有人成功的穿過去了，說明裡面沒鬼，有可能只是古時候先民墓葬之類的遺跡。」

我想起剛才在門口，見到門上有軍烈屬的標誌，就再向老闆娘打聽，原來孔雀的哥哥是犧牲在前線的烈士，我這才想到，南疆戰火至今依然未熄，這次來雲南，有機會的話應該去看看戰友們的陵園，可不能總想著發財，就忘本了啊。

另外我還跟老闆娘商量，附近有沒有什麼人有獵槍，我們想租幾把防身，老闆娘讓孔雀從裡屋翻出來一把「劍威」氣步槍，是一支打鋼珠的氣槍，當年孔雀她哥哥活著的時候，就經常背著這枝氣槍，進山打鳥，老闆娘心腸很好，由於我們幫過她的忙，願意免費把槍借給我們，也不用押金，回來的時候還給她就可以。

我略有些失望，本來覺得最起碼也得弄把雙筒獵槍，這種打鳥的槍跟玩具差不多，但是接過一看，發覺真是把好槍，保養得非常好，而且不是普通的小口徑，可以打中號鋼珠，射程遠槍身也夠沉夠穩，別說打鳥了，打狼都沒問題，唯一的缺點是單發，在每次擊發之後，都需要重新裝填。

現在有勝於無，一時在附近也弄不到更好的槍械，於是我把槍扔給胖子，讓胖子熟悉一下這把槍，「劍威」暫時就歸他使用了。

我謝過老闆娘，當天晚上三人就在「彩雲客棧」中過夜，這一晚我和胖子睡得很實，什麼都沒想，把一路上的奔波勞苦徹底丟開，真是一覺放開天地寬，直到轉天日上三竿，Shirley楊揪著耳朵把我們叫起來，才極不情願的起床。

第一〇三章 蝴蝶行動

那位茶葉販子，已經在一早就趕路做生意去了，我們洗漱之後，發現老闆娘已經給我們準備了不少乾糧，還有防蟲的草藥，又讓孔雀給我們帶路，引領我們前往「遮龍山」下的洞口，那裡有片不小的竹林，可以伐幾根大竹扎個竹排。

我們再三感謝老闆娘，帶著傢伙進了「彩雲客棧」後邊的林子，這附近的樹林主要樹種以毛葉坡壘居多，其次是香果樹和大杜鵑，也有少量銀葉桂，只有一塊比平地低窪的凹坑，生長了一片翠色染人的大竹，進入遮龍山的水路也離這裡不遠。

我看明瞭地點，就把孔雀打發回家，免得她嫂子在家等得著急，胖子問我說：「老胡，不如讓這小阿妹給咱們做嚮導如何，她又能歌善舞，咱們這一路上也不寂寞。」

我對胖子說還是算了吧，咱們這又不是去觀光旅游的，我有種預感，這次不會太順利，總覺得那蟲谷中的「獻王墓」裡隱藏著什麼巨大的危險，免不了要有些大的動作，別說這小女孩，就是換做別的嚮導，咱們也一概不需要，有人皮地圖參考就足夠了，人去多了反而麻煩。

胖子點頭道：「言之有理，別讓獻王那個老粽子嚇到了小阿妹，而且有外人在場，這拿起明器來也不方便，只有咱們三人，那就敞開了折騰吧，趁早了卻了這件大事，然後咱們再好好重新來雲南玩上一回。」

Shirley楊對我和胖子說道：「天上的雲越來越厚，怕是要變天了，咱們快動手吧，爭取趕在下雨前進山。」

當下我們再不多耽，我和胖子拎著砍刀，各去撿肥大的竹子砍伐，Shirley楊則負責用刀把竹子的枝幹削掉，三人分工合作，進展得極快。

以前在內蒙大興安嶺上山下鄉插隊的時候，我和胖子都在林場幫過工，在那裡沒有公路和汽車可以運輸原木，都是一根根放進河裡順流送到下游，在福建有些水路縱橫，交通不便的地方，也有放排的，所以這些活對我們來講，並不陌生。

如果竹排需要長年累月的使用，做起來回相當麻煩，需要把竹子用熱油先燙過才可以作為原料，另外還有一些別的附加工藝，而我們只需要臨時使用一兩次，所以完全免去了那些不必要的麻煩。

Shirley楊到山洞中探了一下水路的深淺和流量，估計運載我們三人加上所有裝備，只需要六根人腿粗細的大竹子就夠。

經過這一番忙碌，終於扎成了一個不大的竹排，用繩索拖進山洞，前腳進去，後腳外邊就雷聲隆隆下起了陣雨。

這是個石灰岩山洞，一進洞往斜下方走上十幾步，就可以看到腳下是條河流，不過與其說是河，不如說是「深溪」更合適，比地面低了將近一米，水深約有三米多，水流很緩，可能是「瀾滄江」的一條支流，前一半隱於地下，直到山洞中地形偏低，才顯露出來。

這裡洞穴很寬，我用狼眼向黑暗的山洞深處照了一下，裡面的高低落差很大，寬闊處可以開坦克，低矮處僅有一米多高，有很多形成千年以上的溶解岩，都是千奇百怪，這還只是進洞不遠的山洞入口處，裡面的環境還會更加複雜，看來如果想放排從洞中穿過，在有些地段，需要趴著才能通過，除了水流潺潺的聲響，整個山洞異常安靜，外邊陣雨的雷聲，在這裡一點也聽不到，像是個完全與世隔絕的地下世界。

我們把竹排推入水中，我立刻跳了上去，用竹竿從竹排前插進水裡，固定住竹排，防止它被水流沖遠，Shirley楊隨後也一躍而上，我看她上來，便向前走了幾步，Shirley楊同時退到竹排末端，保持住平衡。

然後胖子把我們的三個裝滿裝備的大登山包和兩支捕蟲網，一個接一個扔了上來，自己也隨後跳到中間，他這一上來，整個竹排都跟著往下一沉，Shirley楊趕緊把三個登山包中的兩個拽到她所在的竹筏末端，我把另一個包拽到了自己腳下，這樣一來，暫時平衡了重量，不至於翻船。

在竹排上我們做了最後的準備工作，由於山洞裡有很多倒懸的鐘乳石和石筍，為了避免撞破了頭，我們都把登山頭盔戴上，頭盔上有戰術射燈，可以開六到八個小時。

最後我把強光探照燈，在竹排前端支了起來，這種強光探照燈消耗能源很大，不能長時間使用，每隔一兩分鐘打開一次，以便確認前邊山洞的狀況。

胖子橫端一根竹竿，坐在中間保持平衡，見我在前邊安裝探照燈，裝了半天也沒裝完，忍不住問道：「怎麼著老胡？咱們今天還走不走了？我都等不急要去掏那獻王老兒的明器了。」

我還差兩個固定栓沒裝完，回頭對胖子說道：「催什麼催，那獻王墓就在蟲谷裡面，晚去個幾分鐘，它還能長腿跑了不成？」

＊　＊　＊

在後端的Shirley楊，對我和胖子說道：「我說你們兩個人，別吵了，我有個提議，美國人習慣給每次軍事行動，都安上一個行動代號，咱們這次去倒獻王的斗，不如也取個行動代號，當然這樣做並非沒什麼意義，可以顯得咱們更加有計畫性和目的性。」

胖子對Shirley楊說道：「這可是在我們中國人的地盤，你們老美那套就不靈了，不過既然美國顧問團的長官提出來了，那我看不如就叫摸明器行動，這顯得直截了當，一點也不虛僞，就奔著明器去的。」

我已經把強光探照燈的最後一個固定栓安裝完畢，轉頭對胖子說道：「你這也太直接點了吧，顯得庸俗，不過這個提議很好，當年盟軍的霸王行動，打破了第三帝國的大西洋壁壘，從而縮短了二戰的進程，咱們也可以想個好聽一點的行動代號，圖個好彩頭，爭取能夠旗開得勝，馬到成功，這次咱們是打著進蟲谷捉蝴蝶的幌子，來僞裝行動的，我看就叫蝴蝶行動，我宣布，現在蝴蝶行動，開始。」

說罷也不管Shirley楊與胖子是否同意，我便當先打開強光探照燈，看明瞭前邊的地形，伸手拔出插在水裡的竹竿，在緩緩水流的推動下，竹排順勢前行，就慢慢駛進入了「遮龍山」的深處。

遇到狹窄的地方，胖子就立起橫竿，與我一同用竹竿撐住水底的石頭，平衡竹筏，一葉小小竹排曲曲折折的漂流在洞中，只可惜四周都是漆黑一團，不開探照燈，就看不到遠處，沒有什麼秀麗景致，否則真可以吼上兩句山歌了。

與山外溼熱的天氣不同，在山洞裡順流而行，越往深處越覺得涼風襲人，不時會見到有成群磷火在遠處忽明忽暗的閃爍，這說明有動物的屍骸，看來這裡並不是沒有生命的世界。

坐在竹筏上還能感覺到，有一些有水蛇和一些小型魚類在游動，我把手伸進水中試了試，這裡的水冷得甚至有點刺骨，在這四季如一的雲南，這麼冰冷的水溫可真夠罕見的，也許這座「遮龍山」的頂端，有雪水直接流淌下來，所以才導致這裡溫度很低。

Shirley楊說不是雪水冰水的原因，因為山洞和外邊溫差比較大，人體會產生錯覺，適應之後，就不會覺得這麼冷了，另外這裡的洞穴看不出人工修建開鑿的痕跡，似乎完全都是天然形成的。

說話間水流的速度產生了變化，忽然比剛才明顯加快了不少，這麼一來我們都開始緊張起來，一個大意這小竹排就可能隨時會翻掉，Shirley楊也抄起短竿，與我們一起勉強維持著平衡，河道也比剛才更加曲折，不時出現大的轉彎。

我已經騰不出手來開關探照燈了，只好任由它一直開著，想不到這一來，遠處都看得清清楚楚，那洞穴深處的景色之奇，難以想像，加之強光探照燈的光柱一掃即過，那些磷旬怪異的鐘乳石只一閃現，便又隱入黑暗之中，這更加讓我們覺得進入了一個光怪陸離的夢幻迷宮。

有些奇石雖然只是看了匆匆一瞥，卻給人留下了極深刻的印像，有的像是觀音佛像，有的像是憨睡的孩童，有的像是悠閑的仙鶴，又有些像是牛頭馬面，面目猙獰凶猛的怪獸，大自然的鬼斧神工在這洞中數不勝數，這些獨特的景像，如果不用照射距離超遠的強光探照燈，恐怕永遠都不會被世人見到，無數魔幻般的場景，走馬燈似的從眼前掠過，令人目不暇接，這一段奇境美得怵目驚心。

這時忽然河道變寬，有幾條更細的支流彙入其中，水流的速度慢了下來，前邊的探照燈也不像剛才晃得那麼厲害了。

只見燈光照射下，前面兩側洞壁上，全是一排排全是天然形成光滑的融解岩梯形田，層層疊疊的如同大海揚波，真像是一片凝固了的銀色海洋，一個巨大的朱紅色天然石珠，倒懸在河道正中，在石珠後邊，河水流進了一個巨大獸頭的口中，那巨大的石獸似虎似獅，好像正在張開血噴大口，瘋狂的咆哮，露出滿口的鋒利獠牙，想要吞咬那顆石珠，而時間就凝固在了這一瞬，它的姿勢被定了格，恐怕在這裡已經保持了幾千幾萬年。

河道就剛好從它的大口中通過，我們面對的就像是一道通往地獄的大門，不禁心跳都有些加速，呼吸變得粗重，把手中掌握平衡的竹竿握得更緊了些。

特徵這麼明顯的地方怎麼沒聽彩雲客棧的老闆娘提起過，難道是河流改道走岔了路不成，而通過強光探照燈的光柱，可以看到獸門後懸吊著無數的古代人俑，就是坐長途汽車時，看見被汽車碾碎，石殼裡面裝滿蛆蟲的那種，每次回想起來，胃裡都不免覺得有些噁心，想不到又在這裡遇到。

竹排上的三人相顧無言，不知道Shirley楊與胖子看見這般景像是怎麼想的，反正我突然產生了一種很不安的預感，我感覺只要穿過這裡，在這漆黑幽深的山洞中，我們的手，將會觸碰到一層遠古時代的厚厚迷霧。

第一〇四章 倒懸

容不得我們多想，水流已經把竹筏沖向了山洞中的獸門，懸在半空的天然石珠位置極低，距離河面僅有半米多高，剛好攔住了去了，我們趕緊俯下身，緊緊貼在竹筏上躲過中間的石珠。

就在竹筏即將漂入裡面的時候，設置在竹筏前端的強光探照燈閃了兩閃，就再也亮不起來了，大概是由於水流加速後就一直沒關，連續使用的時間過長，電池中的電力用光了。

我心道：「糟糕，偏趕在這時候耗盡了電池，那前邊的山洞顯得十分詭異，在這裡大意不得，必須先換了電池再說，免得進去之後撞到石頭上翻船。」

我對後面的胖子與Shirley楊舉起拳頭，做了個停止的手勢，讓他們二人協助我把竹筏停在洞口，然後將手中的竹竿當做剎車插進水裡，將竹筏停了下來，好在這裡水流緩慢，否則只憑一根竹竿還真撐不住這整個竹筏的重量。

由於我們在之後的行動中，不可能再獲得任何額外的補給，所以電池這種消耗能源，必須盡最大的可能保留，不過這個山洞中的石人俑，似乎和「獻王墓」之間，存在著某種聯繫，有必要仔細調查一下，看能否獲得一些有關於「獻王墓」主墓的線索，畢竟我們對主墓的情報掌握得還是太少了。

我給強光探照燈更換了電池，使它重新亮了起來，在探照燈桔黃色強光的光柱照射下，只見那融解岩形成的天然獸頭，宛如一隻奇形怪狀的龍頭，但是經過積灰岩千年來的溶解，其形狀已經模糊，完全無法看出是否有人為加工過的痕跡。

胖子在後邊拍了拍我的肩膀，示意他們已經取掉了平衡竿，於是我也把前端的竹竿從水中抽出，竹筏跟隨著水流，從這模樣古怪醜惡的龍口中駛進了山洞。

這段河道極窄，卻很深，筆直向前，距離也十分長，我們進去之後，用竹竿戳打洞壁的石頭，使竹筏速度減慢，仔細觀察頭上腳下，倒吊在洞中的石人俑。

這些石人俑全部倒背著雙手，擺出一個被捆綁的姿態，由於地下環境的潮溼陰冷，石俑表面已經呈現灰褐色，五官輪廓完全模糊，似乎是在表面上長滿了一層「燜」（岩石在特殊環境下產生的一種黴變物質，無毒）。

從外形上，基本上辨不出人石人俑的男女相貌，僅從身材上看，有高有矮，胖瘦不等，似乎除了壯年人之外，其中還有一些尚未長成的少年，而且並非按制式統一標準，完全不同於秦漢時期陪葬的人俑，都是軍士和百戲俑，

洞穴頂上，有綠跡斑斕的銅鏈，把這些石人傭懸吊在兩邊，有些鏈條已經脫落，還有些是空的，可能年深日久，石人俑已經掉進了水裡，一具具石俑就如同吊死鬼一樣，懸掛在距離水面不到一尺的地方，在這漆黑幽暗的山洞裡，突然見到這些傢伙，如何不讓人心驚。

Shirley楊在後邊讓我們先把竹筏停下，水道邊，有一具從銅鏈上脫落掉在地上的石人俑，Shirley楊指著那石人俑說：「這些石俑雖然外形模糊，但是從衣服輪廓上看，有一點像是漢代的，我覺得有些不對勁兒，我下去看看。」說著把自己登山盔的頭燈光圈調節了一下，讓光線更加聚集，便跳下竹筏，蹲下身去觀看地上那具石人俑。

我提醒Shirley楊道：「戴上手套，小心這上面有細菌，被細菌感染了，即便是做上一萬

次人工呼吸也沒救了。」

Shirley楊擺了擺手，讓我和胖子不要分散她的注意力，她好像在石人俑上找到了什麼東西，當下帶上膠皮手套，用傘兵刀在石人俑身上刮了兩刮，然後倒轉傘兵刀舉到眼前看了一眼，用鼻子輕輕一嗅，轉頭對我們說道：「這人形俑好像並不是石頭造的。」

胖子奇道：「不是石頭的？那難道還是泥捏的不成？」

我想到在「瀾滄江」邊公路上的一幕，坐在竹筏上對Shirley楊說：「該不會是活人做的？你用刀切開一部分，看看人俑裡面是什麼，那張人皮地圖中記載的很明確，獻王墓附近有若干處殉葬坑，但是沒有標注具體位置是在哪裡，說不定這個龍口洞，正是其中的一處殉葬坑。」

Shirley楊用傘兵刀，把人俑腿上割下來一小塊，果然和在公路上看到的一樣，人俑外皮雖然堅韌，但是只有一層薄薄的殼，裡面全是腐爛了的死蛆，Shirley楊見了那些幹蛆，不禁皺起眉頭，又用傘兵刀在人俑胸前扎了兩個窟窿，裡面也是一樣，滿滿的儘是死蛆和蟲卵。

Shirley楊對我和胖子說道：「看來也不是殉葬坑，但是可以肯定這些人俑都是用活人做的，而且一定和獻王有關，這應該就是獻王時期，在滇南古老邪惡，而又臭名昭著的痋術。」

這裡除了百餘具人俑與鎖鏈之外，就全是洞中嶙峋兀突的異形山岩，沒有再發現多餘的東西，於是Shirley楊回到竹筏上，我們繼續順著山洞中的河道慢慢前進。

我邊控制竹筏行駛，邊問Shirley楊從什麼地方可以看出來這些人俑是用活人做的？又怎麼能確定和獻王的痋術有關？

在來雲南的路上，為了多掌握一些情報，Shirley楊沒少下功夫，出發前在北京，把凡是能找到的歷史資料都找了個遍，一路上不停的在看，希望能增加幾分倒獻王墓的把握，歐洲有位學者曾經說過，每一個墓碑下都是一部長篇小說，而在一些歷史上重要的人物墓中，更是包含了大量當時的歷史信息，王墓可以說是當時社會經濟，文化，宗教等方面的結晶綜合體，對這些歷史資料瞭解得越多，倒起鬥來便越是得心應手，所以歷史上最出類拔萃的盜墓賊，都無一例外，全部是博古通今的人。

「獻王」，在中國歷史上有很多位，不過並不是同一時代，除了滇國的獻王之外，其餘的幾位獻王都不在雲南，甚至連太平天國的農民起義軍在天京建國後，也曾封過一個獻王，在戰國以及五代等時期，都有過獻王的稱號，就像歷史上的中山稱號，也曾在歷史上作為國號和王號分別出現過，而那些獻王，都只不過是取「獻」字的義，並非這些獻王相互之間有什麼聯繫。

我們準備下手的目標，這位獻王，是古滇時期的一代巫王，他的「痋術」，是用死者的亡靈為媒介，而且冤魂的數量越多，這種「痋術」的威力也就相應越大，用死者制「痋」的過程和手段非常繁多，山洞中的這些活人俑，從詭異的死亡方式，和已經爛變的程度，都與獻王的手段相吻合，這說明，這裡應該是古代一處行使「痋術」的祕密場所。

Shirley楊判斷這條穿山而過的河道，應該是獻王修陵時所築，利用原本天然形成的融解洞。再加以人力整修疏通河道，以便為王陵的修建運送資材，從這裡利用水路運輸，應該是最適當的捷徑。

* * *

洞中這些被製造成人俑模樣的死者，很有可能都是修造王陵的奴隸和工匠，為了保守「獻王墓」的祕密，這些人在工程完畢，或者是「獻王」的屍體入斂後，便被「獻王」忠心的手下，按照「痋術」，給他們全身捆綁結實，強迫吞服一種「痋引」，並封死人體七竅，再用大鏈懸吊在洞中，活活憋死，一來可以保守王墓內的祕密，二來可以利用他們，在這祕密水路中嚇退誤入其中的外來者。

所謂「痋引」，是施行某一種「痋術」必須的藥丸，被活人吞下後，就會寄生於體內產卵，只需要大約三到五天的時間，卵越產越多，人體中的血肉內臟全成了蚴蟲的養分，取而代之填充了進去，由於是在短時間內快速失去水份，人皮則會迅速乾枯，硬如樹皮石殼，在人屍形成的外殼中，當蟲卵吸盡人體中所有的汁液和骨髓後，就會形成一個真空的環境，蟲卵不見空氣就不會變成蚴蟲，始終保持著冬眠狀態，在陰涼的環境中，可以維持千年以上，所以直到今日，切破人皮，裡面仍然會有可能立刻出現無數像肥蛆一樣的活「痋引」蚴蟲，但是根據保存程度的不同，也有可能裡面都是早已乾枯的蟲卵。

「痋術」由於在各種典籍，包括野史中的記載都比較少，所以Shirley楊這些天也只查到了這些信息，至於將活人當做蟲蛹是為了什麼，人皮中像肥蛆一樣的蟲子，有什麼用途，這一切都無從得知。

不僅在遮龍山裡有大量的人俑，在附近的山區，也應該還有幾處，我們在江畔的崖路上，遇到的那具人俑，就是由於雨水沖刷，使山岩蹋落，掉落到公路上的，雖說獻王統轄不過是南疆一隅，卻從這大批被製成人俑的奴隸身上，窺見到古時滇西地區在獻王統治下的殘忍無情。

聽了Shirley楊的分析，我和胖子都覺得身上長了一層雞皮疙瘩，初時還道是兵馬俑一樣的泥陶造像，卻原來是真人做的，忍不住回頭望了兩眼，那些吊死鬼一樣的人俑卻早已消失在身後漆黑的山洞中，再也看不到了。

我越想越覺得太過殘暴，不禁罵道：「他娘的這些古代王爺們，真是不拿人當人，在貴族眼中，那些奴隸甚至連牛馬般的畜牲都不如，胖子像你這身子板兒的，要是當了奴隸，在古代肯定能混個祭頭，一個頂仨。」

在竹筏中間的胖子正在擺弄頭盔上滅了的射燈，拍了兩下，總算是又恢復正常了，聽我說到他，就對我說：「去你大爺的老胡，你這話就充分暴露了你不學無術的真面目，據我所知在古代，人們都以能被選為殉葬者或祭品為榮，那是一種無上的榮幸，對殉葬者的選拔極為嚴格，得查祖宗三代，政治面目有一丁點兒問題都不成，好多人寫血書申請都排不上隊，最適合你這種假裝積極的傢伙，你在那時候肯定勁兒勁兒的，蹦著腳喊，拿我祭天吧，我最適合點天燈，讓祖國人民等著我的好消息吧，為了勝利，拿我點燈……」

我聽得大怒，胖子這孫子嘴也太缺德了：「我又沒你那麼多膘兒，怎麼會適合點天燈，你……」

Shirley楊打斷了我和胖子的話：「你們倆有完沒完，怎麼說著說著又拌上嘴了，你們有沒有發現有什麼不對的地方?這條水路完全不像彩雲客棧老闆娘所描述的……」

胖子說道：「那老闆娘也沒親自進來過，她不也是聽採石頭的工人們講的嗎，難免有點誤差，咱們用不著疑神疑鬼的。」

我對Shirley楊和胖子說：「不見得是老闆娘說錯了，咱們先前經過的一段河道，水流很急，可能是和這幾天，連降大雨有關，水流急的那段河道很寬，也許把兩條河道連在了一起，咱們只顧著掌握竹筏的平衡，強光探照燈的照射光柱角度很小，視野上也有局限性，有可能行入了岔路。」

胖子急道：「那可麻煩了，不如掉頭回去找路，別跟上回咱們在蜘蛛窩似的，鑽進了迷宮，到最後走不出去了，咱們帶的乾糧可不太多。」

我對胖子說：「如果真的只是河道的岔口倒不用擔心，這些水流都是朝著一個方向流淌，最後都會穿過遮龍山，彙入蛇河的溪谷，所以絕對不會存在迷路的問題，而且這條河道很直，顯然是人工加工過的，就像Shirley楊所說，有可能是修造王墓時運送資材的運輸水路，從這下去，肯定沒錯。」

Shirley楊說道：「老胡說的對，古時修建大型陵墓，都會利用河流來運送石料，當年修秦陵工匠們在工作時就會唱：取石甘泉口，讙水為不流。從這簡短的兩句中，便可想像當年始皇陵工程的龐大，由於運送石料，把讙水都堵住了。」

胖子說：「讙河我們上次去陝西是見過的，比起那條大河，這裡頂多是條下水道，那獻王比起秦始皇，大概就算個小門小戶的窮人，咱去倒他的鬥，也算給他臉了……唉呦……怎麼著？」

緩緩順流而下的竹筏忽然像是掛到了河中的什麼東西，猛烈的顛簸了一下，隨後就恢復正常，卻聽河中有一陣「噶啦噶啦」沉重而又發鏽的厚重金屬攪動聲傳了上來，我和胖子Shirley楊三人，心中同時生出一陣不詳的感覺，不好，怕是竹筏撞上埋伏在河道中的機關陷阱了……

第一〇五章　水深十三米

河道下面傳來的聲音尚未止歇，忽聽身後「噗通噗通噗通……」傳來一個接一個的落水聲，聲音的密集程度之高，到最後幾乎聽不到落水聲之間的空隙，好像是先前看到懸吊在河道上空的人俑，全部被鎖鏈放進了水中。

胖子自言自語的罵道：「操他奶奶的大事不好，怕是那些傢伙要變水鬼來翻咱們的船了。」說完把「劍威」從背上摘了下來，推開彈倉裝填鋼珠。

我也覺得後邊肯定是有異常狀況，便轉回頭去看，然而竹筏早已經駛離了懸掛人俑的那段河道，竹筏後又沒有設置強光探照燈，後方的山洞一片漆黑，登山頭盔上的戰術射燈在這種地方，根本發揮不出太大的作用，理論上十五米的照射距離，在把光圈聚到極限之後，頂多能照到六米之內。

因為在絕對黑暗的場所，單人用戰術電筒的光線是很難有所作為的，坐在竹筏最後的Shirley楊回頭望了兩眼，也看不清究竟，急聲對我和胖子說：「別管後邊是什麼了，使出全力儘快划動竹筏，爭取再被追上之前沖出這段河道。」

我答應一聲：「好，全速前進。」打開了前端的探照燈，抄起竹竿，準備用竹竿撐著岩壁，給竹筏增加最大的前進輔力。

不料想強光探照燈凝固般的光柱一射出去，把前方筆直的河道照個通明，前邊百余米遠的地方，也有一段用鎖鏈懸掛著百餘具人俑的地方，探照燈的光線太強太亮，照在那灰褐色的人皮上有種非常恐怖的效果，更顯得那些人俑像無數吊死鬼一樣，在河道狹窄的半空中晃晃悠悠，又離得遠了，益發使人覺得毛骨悚然。

河道中的機關聲再次響起，在空曠的山洞中激起一串回聲，只見前邊懸掉人俑的鎖鏈紛紛脫落，一具具人俑像是從轟炸機中投出的炸彈，「噗嗵噗嗵」接二連三的落進河水之中，頃刻之間，強光探照燈光柱的前方，就只剩下數百條空蕩蕩的鎖鏈。

這回幾乎可以肯定了，這條修建「獻王墓」時運輸資材的河道，在安葬完獻王后，一定在河中設置了機關，只是暫時還不能確定把那些被做為「痋殼」的人俑放進水中，是有什麼名堂。

這回來雲南「遮龍山」，真是出師不利，還沒進蛇河的溪谷，就先誤入了歧途，這條河道恐怕從漢代之後就沒人走過，偏趕上這些天降水量大，把我們的竹筏沖了進來，那條相對來說比較安全的路線反而失之交臂。

我心中不停的咒罵，然而竹筏還在繼續前進，前方的河水靜悄悄的，甚至沒有半點波瀾，就好像那些人俑掉到水中，就沉到了底，再沒有任何動靜，就連有物體墜入水中產生的漣漪似乎也都並不存在。

我以前參加戰爭的經驗告訴我，越是這樣平靜，其中越是醞釀著巨大的危險與風波，我下意識的把工兵鏟抽了出來，這把工兵鏟是大金牙在北京淘換來的寶貝，是當年志願軍在抗美援朝時期繳獲的美國海軍陸戰隊一師的裝備，被完好的收藏至今，絕對是頂級工具中的極品，上面還有紀念瓜島戰役的標誌，它的價格之高，以至於我都有點捨不得用它，但是這時候也顧不得許多了，心中打定主意，不管一會兒從水中冒出來什麼，先拍它一鏟子再說。

Shirley楊也取出了手槍，打開保險，把子彈頂上了膛，我們做好了準備，便任由竹筏緩慢的向前飄流，現在落入了前後夾擊的態勢之中，只好沉著應對，待摸清了情況之後，爭取能後發制人，沒有必要再盲目的向前衝過去。

然而我們拉開架式準備了半天，前方的河水依然平靜如初，這時竹筏已經漂到半空都是鎖鏈的一段河道中，頭上綠跡斑駁的粗大鏈條，冷冷的垂在半空，我咬了咬牙，他娘的，太平靜了，這種平靜的背後，肯定有問題，究竟是什麼呢？看來革命鬥爭的形式越來越複雜了呀。

這時河水下出現了答案，那河水突然跟開了鍋一樣，冒出一串串的氣泡，我急忙把強光探照燈的角度壓低，往河水中照去，光柱透過了水面，剛好照射到一具半沉在水底的人俑。人俑乾枯的表皮被河水一泡，灰褐色的人皮上，出現了一條條裂紋，原本模糊的人臉，經過河水浸泡，也清晰了起來，原來這些人俑的臉上，在生前都被糊滿了泥，吃下「痋引」之後，是用泥來堵住眼耳鼻口肛等七竅活活憋死，所以顯得面部輪廓模糊不清，死者還保持著臨死死痛苦掙扎的慘烈表情，這時用燈光照到，加上河水的流動和阻隔，使光線產生了變化，好像那無數具人俑正又在河水中，重新復活了過來，當真是可怖至極，我控制強光探照燈的手甚至都有些發抖了，從沒見過如此恐怖的情形。

那些出現在人俑身體上的裂紋正逐漸擴大腫脹，變成了裂縫，從人俑的眼、口、鼻、耳，還有身體開裂的地方，不斷冒出汽泡，很多乾枯的蟲卵從中冒了出來。

那些蟲卵見水就活，就像是乾海綿吸收了水份一樣，迅速膨脹，身體變成白色手指肚大小的「水蝵」，兩側長出小指蓋一樣的鰭狀物，游動的速度極快，全部飛速向著竹筏游了過來。

我們大驚失色，這是在雲南令人談虎變色的「水彘蜂」，這種淺水生蟲類，十分喜歡附著在漂浮的物體上產卵，有時候在雲南、廣西、越南等地的水田中，正在耕作的水牛，忽然瘋了似的跳起來狂奔，那就是被「水蜂子」給咬了。

胖子沒見過這種江西等地才有的「水彘蜂」，見這些奇形怪狀的白色小東西，飛也似的衝向竹排，便用手中的竹竿去拍打，激起大片大片的水花。

我怕胖子驚慌過度把竹筏搞翻，忙對他說道：「沒事，不用太緊張，這些水彘蜂咬起人來雖然厲害，但是飛不出水，只要咱們在竹筏上，不落入水中，就不用擔心。」

眼瞅著那些白花花的「水彘蜂」越聚越多，層層疊疊的貼在竹筏底下，數量多得根本樹不清楚，遠處還不停的有更多「水彘蜂」加入進來，雖然數量多，卻暫時對竹筏上的人形不成什麼威脅。

胖子罵道：「我操，怎麼這麼多，這都是那些人皮裡鑽出來的嗎？這是蟲子還是魚啊？」

我告訴胖子這是種水生蟲子，胖子稍覺安心：「那還好，我尋常只聽人說水中的食人魚厲害得緊，要只是蟲子倒不算什麼，蟲子再厲害，也吃不了人。」

Shirley楊對胖子說：「其實昆蟲是世界上最厲害的物種，只不過是體型限制了它們的威力，昆蟲的力量和生命力都是地球上最強的，蟲子多了一樣可以咬死人，甚至有些帶有巨毒的蟲子，一隻就可以解決掉一頭大象。」

我們不斷用工兵鏟打落附在竹排前端的「水彘蜂」，怎奈何「水彘蜂」實在太多，而且只能打掉竹筏側面的，在底部的那些我們就束手無策，我安慰胖子和Shirley楊說：「咱們只要保持住竹筏的平衡就行，這種水彘蜂沒什麼大不了的，當年我在越南還吃過一鍋呢，蛋白質含量很高，比蠶蛹要好吃得多，跟皮皮蝦一個味道，等竹筏駛出了這片河道，咱們就把這些「水彘蜂」煮來吃了，也好祭祭五臟廟。」

胖子說道：「要吃你自己吃，這都是從死人皮裡爬出來的，就是跟他媽龍蝦一個味我也一口不吃。」

Shirley楊對我說：「還是先別太樂觀了，如此眾多的水彘蜂，既然是用痋術大費周折寄生在死屍中的，恐怕沒這麼簡單，經過最近一段時間接觸到各種痋術的資料，我發現痋術有一個最大的共同點。」

我手中不停，一邊拍打靠進竹筏的「水彘蜂」，一邊把竹筏向前划動，想儘快駛出「遮龍山」，這時聽了Shirley楊的話，忽然心中一動，回想起石碑店棺材鋪中的情形，忍不住問道：「你所說的特點，難道是……轉換？」

Shirley楊說道：「正是，痋術好像就是以死者的靈魂作為媒介，把怨魂轉嫁到其餘的生物身上，使無毒無害的生物，變成至人死命的武器或毒藥，當然這只是咱們接觸過的冰山一角，這些用古痋術養在人屍中的水彘蜂，絕不會是普通的水彘蜂這麼簡單，只是咱們掌握的資料有限，還搞不清楚獻王痋術的真正奧祕，不知道這葫蘆裡賣的究竟是什麼藥。」

胖子聽我們如此說，免不了焦躁起來：「看來獻王這老粽子就喜歡玩陰的，做事喜歡繞彎子，害起人來也不肯爽爽快快，放著刀子不用，卻用什麼痋術，他媽的還真難纏。」

說話間，竹筏已經載著我們穿過了這段筆直的河道，進入了一片更大的山洞，這裡已經儲滿了水，我用強光探照燈四下一掃，這空曠的大山洞竟有兩個足球場那麼大，對面僅有一個出口，水流從那裡繼續流淌，我看了看指南針，那邊是西南方，也就是說方向沒有問題，讓竹筏往那邊漂過去，最後一定可以從遮龍山下巨大的洞窟穿過，匯流入蟲谷的蛇河。

竹筏下邊此時已經不知附著上了多少「水彘蜂」，竹筏被墜得往水中沉了一截，再增加重量的話，有可能河水就會沒過腳面，那就慘了，我們之所以不怕「水彘蜂」，全仰仗有竹筏可以漂浮在水面上，不過倘若說這裡這麼多用痋術養的「水彘蜂」，就是想通過增加重量，把船筏之類的水上交通工具墜沉，那未免有些太笨，就算再增加一倍的「水彘蜂」，都貼到竹筏下面，也不會使竹筏完全沉沒，獻王的痋術厲害之處，就是讓人永遠預想不到，其中隱藏的後招究竟是什麼。

從我們進入河道乘坐竹筏開始漂流的時間開始估算，在「遮龍山」下的路程已經過了三分之二，只要再堅持堅持，出了山，一上岸就不用擔心這水中的東西了，剛才拼盡全力，用竹竿划了半天，手酸腿麻，再也施展不動，只好慢了下來，Shirley楊把一個帶氣壓計的浮標扔進水中，測了一下水的深度，水很深，大約十三米，一個不太吉祥的深度。

眼見這巨大的山洞是處與遠古白雲岩地層，屬於冰河期第四季形成的崟生觝變岩石層，四周儘是一簇簇巨大蘑菇形的壘石，也有些地方像是從水中翻起的一團一團大珊瑚，其景色之奇絕，難以言宣，我們三人都被這些罕見的太古靈武傘?狀岩層景觀所震懾，貪婪的觀看著每一片夢幻般的蘑菇傘形岩，任由竹筏向著出口飄流，一時也忘了繼續動手驅趕水中蜂擁而來的「水彘蜂」。

前方的出口又是和先前一樣，是條經人力加工過的直行水道，從那裡順流而下，不用太長時間，應該就可以順利的從遮龍山內部出去。

然而就在竹筏載著我們三人，堪堪在這巨大的蘑菇岩山洞中行進了一半的時候，就聽見山洞角落中一陣碎石聲響起，黑暗中好像有某個龐然大物，在山洞邊緣的蘑菇岩中快速移動。

Shirley楊提醒我道：「老胡，快把探照燈轉過去。」

我這才想起來還有強光探照燈，忙把強光探照燈掉轉角度，照了過去，探照燈強烈的光柱一掃到那裡，稀裡嘩啦的碎石滾動聲嘎然而止，只見在蘑菇岩中，有一條青鱗巨蟒，昂首盤身的對著我們，這條蟒也太大了，比那大號水缸還粗上三圈，簡直就是一條沒有爪子的青色巨龍，身上的鱗片在探照燈下閃爍著不詳的光芒，想必它是生長於蟲谷的森林之中，由於大蟒貪戀陰涼的環境，才把這個大山洞當做了老窩，平時除了外出去捕食，就躲在這裡睡覺，卻不知怎地被我們驚動了。

那青鱗巨蟒稍稍做了一個停頓，驀地裡刮起一股膻腥的旋風，蛇行游下了蘑菇岩，巨大而又充滿野性力量的軀體，把經過處的白色蘑菇岩撞出無數細碎的粉末，更加像是白色塵霧中裹著一條巨龍，攜迅風而馳，以極快的速度游進水中，青鱗巨蟒入水後，被它捲起的蘑菇岩粉塵，兀自未曾完全落下，然而它早已經從水深處，如疾風般游向我們的竹筏。

第一〇六章 刀鋒

在太古白雲蘑菇鶯生岩山洞中，竟然棲息著如此一條巨大的青鱗怪蟒，實在是出人意料，更糟的是它已經潛入水中向我們的竹筏游了過來，由於事出突然，胖子也沒顧得上開槍，不過以「劍威」的口徑，就算是變成機關槍，恐怕也不會給軀體這麼大的蟒蛇造成致命傷害。

事到如今，自然不能在這束手待斃，我和胖子Shirley楊三人同時發一聲喊，掄起了胳膊，用手中的竹竿和槍托，拚命划動竹筏，不料這只竹筏下面掛了無數「水彘蜂」，怕不下百十斤重，竹筏吃水太深，根本快不起來。

只要那條全身青鱗密布的怪蟒，用身體捲碎竹筏，我們落入河中就沒有任何回旋的餘地了，三人瘋了一樣用竹竿划水，然而由於太過慌亂，使用的力量既不平衡均勻，也不協調，那個竹筏原本還是緩緩向前飄流，這時候卻被加上三道互相抵消的動力，竟然在水面上原地打起了轉。

我忽然想起來在越南打仗的時候，聽人說一個人如果連吃十頭大蒜，老虎巨蟒都不會再來咬他，忙動手在行李袋裡亂摸，明明記得帶著兩口防蚊蟲的大蒜，這時候卻說什麼也找不到了。

說時遲，那時快，還不等我們有所動作，忽然間腳下一震，整個竹筏從水面上淩空飛了起來，原來那條青鱗巨蟒用它米鬥般大小的三角腦袋，把竹筏頂了起來。

竹筏被蟒頭頂得向前竄出十余米，又重重得落在水面上，要不是胖子死死把住中間，這竹筏早已翻了過去，饒是如此，也在水中劇烈的來回擺動，我全身都溼頭了，也不知是被水淋的，還是出了一身冷汗，這時候也忘了害怕，心中只想：「雲南的竹子，真他媽結實。」

那條青鱗閃動的巨蟒，頂了竹筏一下後，弓起軀體又一次扎入深水處，一看那姿態便知道，它是要發動第二次進攻。

我記得在越南作戰時，部隊在嶺深林密處行軍，沒少遇到過大蟒毒蛇，卻從沒見過蟒蛇作出這種古怪的攻擊方式，為什麼單是用蟒頭頂我們的竹筏底部，它只需用蟒身捲住竹筏，我們又哪裡還有命在。

這時候Shirley楊醒悟了過來，叫道：「這條蟒是想吞吃船下的水蜂子，是奔著它們來的。」那些像肥蛆一樣的「水彘蜂」，營養價值極高，是水蛇水蟒最喜歡的零食，不過吃過了零食，肯定也會拿我們三人當做正餐的主食，這隻怪蟒如此碩大，恐怕我和Shirley楊，再加上胖子，也就剛好夠他吃上一頓。

水下幽暗無比，根本看不清楚有些什麼狀況，只見水花分處，竹筏第二次被頂得飛了起來，我們這次吸取了經驗，使出吃奶的力氣，牢牢的把持住竹筏的平衡，縱然如此，等再次落到水面上的時候，仍然險些翻了過去。

我腦中突然閃過一個念頭，也許河道中的那些人俑，本不是什麼機關埋伏，而是被獻王用來餵養這種巨蟒的奴隸，否則只吃普通的動物，這蟒蛇又怎麼會長得如此巨大，不過已經隔了將近兩千年了，蟒蛇不可能有那麼長的壽命，也許現在這條只是獻王當年所飼養怪蟒的後代而已，它的祖先還不知要大上多少倍，這回真是進了龍潭虎穴了。

這竹筏就如同風擺荷葉一般，隨時都可能散架，我們只能緊緊抓住筏子，連騰出手來划船逃命的餘地都沒有，竹筏下的「水彘蜂」被那青鱗巨蟒連吞了兩口，已經所剩無已，而青鱗巨蟒顯然意猶未盡，怪軀一翻，蟒頭張開血盆大口，徑直朝在竹筏後端的Shirley楊吞咬了過來。

我和胖子想去救她卻根本來不及了，只見Shirley楊應變奇快，不知何時，早把背後的金鋼傘拿在手中，見那青鱗巨蟒的大口，正以流行閃電般的速度從左側欺近，便撐開金鋼傘，盡力一擋。

青鱗巨蟒的大口被圓弧形的金鋼傘頂一擋，巨大的咬頜力完全施展不出，只把Shirley楊像斷線風箏一樣，從竹筏上撞進了遠處的水中。

我回頭一看，Shirley楊登山頭盔上的戰術射燈，在水中一閃，就此消失，好像她已經沉了下去，那邊太過黑暗，究竟是什麼樣的情況，完全看不到了。

竹筏上除了固定著我們的裝備器材，就完全靠三人的重量保持著平衡，Shirley楊一掉進水裡，整個竹筏急向前傾斜，緩緩的敲了起來。

眼看竹筏就要翻倒的時候，胖子平時雖然毛毛燥燥，但畢竟也是大風大浪曆練過的，危機關頭急忙向後一倒，平躺在竹筏中後部，後面還栓著登山包，加上他向後一倒的重量，原本向前傾斜翹起的竹筏，又向後落了回去。

胖子躺在竹筏上，百忙當中不僅沒忘了破口大罵，竟然還對準水中的青鱗大蟒開了一槍，「劍威」汽槍的穿透力很強，打的又是中號鋼珠，這一槍正中巨蟒左眼，直打得鮮血迸流。

青鱗巨蟒的鮮血流進水中，遠遠的都可以聞到一股腥呼呼的膻臭，那蟒幾時吃過這種暴虧，不由得暴怒如雷，一陣狂抖，捲起無數水花，整個蟒身打橫，大力甩向我們的竹筏。Shirley楊落進了水中的黑暗處，在這巨大的洞穴之中，除了竹筏前端的強光探照燈，就只有我們頭盔上的戰術射燈，根本看不到她究竟落在了哪裡，四周黑沉沉的一片，我甚至連她是死是活都已經無法確認了。

安裝在竹筏前的「鎳箔強光探照燈」已經被撞滅了，四周更加黑暗，我見那巨蟒咬牙切齒的朝我們席捲而來，只好做困獸鬥，這時划水用的竹竿早已經不知去向，便用工兵鏟撥水轉向，讓竹筏盡可能的遠離巨蟒的這次攻擊範圍，胖子手忙腳亂的給「劍威」重新裝填鋼球。

然而那條青鱗巨蟒的軀體何等龐大，便是給竹筏裝個馬達，也逃不出去了，它這次是打算一舉得手，用蟒身卷碎這微不足道的竹筏。

我對胖子大喊道：「小胖你他媽的磨磨蹭蹭，再不開槍，咱倆就要在這壯烈犧牲了。」

胖子咬著牙瞪著眼，這才剛把鋼珠裝進「劍威」的彈倉，這種槍的理論射速其實不低，在受過嚴格訓練的人手中，每分鐘可以射出二十二顆鋼珠，不過在這種千鈞一髮，狂風掃敗葉的混亂場面中，能第二次重新裝填，就已經非是常人所能做到的了。

胖子不管三七二十一，舉槍便打，然而竹筏晃動得太劇烈，這一槍失了準頭，這時候顧不得再次裝彈，順手套出插在腰間的六四式手槍，推保險擼槍栓瞄準擊發的一串動作，幾乎在不到一秒中之內同時完成，「啪啪啪啪啪」把子彈全對準蟒頭射了出去。

黑暗中也分辨不出有沒有擊中目標，子彈打光了輪起胳膊，就想把空槍扔出去，但是轉念一想，又有點捨不得花錢買來的手槍，正待要找別的傢伙，繼續死鬥，卻見那條青鱗大蟒，蟒身一翻，掉頭游向遠處。

這一來，真是大出我和胖子所料，我們倆已經走投無路，都準備跳進水裡肉搏了，怎麼這時候占有壓倒性優勢的巨蟒反倒轉身要溜？難道是怕了我二人這滿身的英雄氣概了不成？

忽聽東邊水面中有無數鐵葉子的磨擦聲傳來，這種鏽鐵磨擦的聲音聽得人後脖子冒涼氣，與用兩塊泡沫塑料相互磨擦一樣，是一種最刺激人腦神經的響動。

忽然竹筏邊的水花一分，一個戰術射燈的亮光冒了出來，原來卻是Shirley楊游了回來，只見她抹了一抹臉上的水，已被陰冷的潭水凍得嘴唇發青，Shirley楊沒等上竹筏就說：「你們倆是不是想把我扔在水裡不管了？」

我跟胖子見她死裡逃生，也是長出了一口氣，剛才太過緊張，根本顧不上多想，連忙對Shirley楊說道：「怎麼會呢？組織上剛要派同志去營救你，想不到你就自己游回來了，根本沒來得及給同志們表現的機會。」說完伸手把Shirley楊拽上了竹筏，剛才一番混戰，Shirley楊外公傳下來的那把金鋼傘，竟然沒失落在水中，仍然在她手裡拿著。

只聽遠出鐵片摩擦的聲音越來越大，越來越密集，青鱗巨蟒游開的方向上，水就如同煮沸了一般，似乎是什麼水中的動物在那裡拚命搏鬥。

由於探照燈被撞滅了，遠處什麼也看不見，但是用登山頭盔上的戰術射燈，可以看見附近的河水變成了暗紅色，完全被大量的鮮血染紅了。

我們不敢再多耽擱一秒，急忙用工兵鏟划水，把竹筏掉轉，向蘑菇岩山洞的出口沖去，身後的鐵葉子摩擦聲，益發激烈。

倘若不看明白了，終究是不能放心，Shirley楊用信號槍對準方向，打出一枚照明彈，遠處的水面被白燈籠般的照明彈，照得雪地般通明，只見得無數手掌大小的金鱗魚群，正把那條青鱗巨蟒團團裹住，那些魚都長著兩排刀鋸般參差的鋒利牙齒，一口便把蟒身上連皮帶肉撕下一條。

魚群數量非常龐大，足以數千計，翻翻滾滾的捲住青鱗大蟒嘶咬，血流得越多，那些魚就顯得越興奮，像瘋了一樣亂咬，可憐好一條青鱗巨蟒，好虎難抵群狼，被那些魚圍得水泄不通，還不到半分鐘，就被惡鬼一樣的魚群啃了個精光，連骨頭渣都沒剩下。

那些鐵葉子摩擦的聲音，就是魚群牙齒所發出的，Shirley楊臉上驟然變色，不住口的讓我和胖子快划：「快划啊，這是刀齒蝰魚，刀齒蝰魚！它們見了血就發瘋！」

就是不用Shirley楊說，我們也不敢稍歇，那青龍般的巨大蟒蛇，好像在這群「刀齒蝰魚」眼中就只不過是一盤火雞大餐，連點反抗的餘地都沒有，而且這群魚數量如此龐大，萬萬難以抵擋，只有玩了命把竹筏划到出口，畢竟這些「刀齒蝰魚」沒有腳。

恐怕這些見了血液就眼紅的「刀齒蝰魚」，聚集在附近的某條地下河道中，由於我們對巨蟒開槍，使得它流出鮮血，這才引來大批的「刀齒蝰魚」，自然界一物降一物，相生相剋的道理在這蘑菇岩洞中生動的上演了，不知道什麼生物是「刀齒蝰魚」的天敵，反正不是我們這樣的人類，我們在水中只有逃命的份。

被那血肉模糊的場景所懾，胖子的臉都嚇綠了，輪圓了膀子用工兵鏟划水：「快跑，快跑，我他媽最怕就是食人魚，今天出門沒看黃曆，怎麼怕什麼來什麼。」

我和Shirley楊也使出渾身解術，盡一切可能給竹筏增加速度，我邊用工兵鏟划水，邊對胖子說道：「我和你一樣，也最怕這種魚，要是今天能逃出去，咱們就對佛祖發個大願，這輩子從今往後再也不吃一口魚了。」

胖子說：「沒錯，沒錯，我第一怕吃魚，第二怕見血，尤其是他媽不能看見我自己的血……」

話音還未落地，只聽鐵葉子摩擦聲，由遠而進，已經趕到了我們這個竹筏的周圍，竹筏下傳來一片「砌吃喀嚓」的牙齒啃咬聲，這無比刺耳的牙齒磨擦聲，使我的每一根頭髮都豎了起來。

看來竹筏下被青鱗巨蟒吃剩下的幾隻水蜂子，現下都便宜了這群「刀齒蝰魚」，然而那些條捆綁竹筏的繩索，也在「刀齒蝰魚」像刀鋸般鋒利的牙齒下被咬爛了……

第一〇七章　穿過高山，越過河流

大群「刀齒蝰魚」，來得很快，鐵葉子的磨擦聲像一波接一波的潮水，不斷從遠處傳來，當先的幾尾已經到了我們腳下的竹筏邊，那竹筏雖然綁得結實，卻也架不住這群餓鬼脫生的「刀齒蝰魚」來啃。

我們情急之下，只好拿起工兵鏟去剁游近的魚群，我一鏟揮進水中，工兵鏟就被瘋狗一樣的「刀齒蝰魚」咬住，我急忙抬手把咬住工兵鏟的那兩條「刀齒蝰魚」甩脫，低頭一看不由得冷汗直流，登山頭盔射燈的照射下，工兵鏟精鋼的鏟刃上，竟然被咬出了幾排交錯的牙印。

然而這只是當先游過來的數尾「刀齒蝰魚」，更多的魚群正以在後邊洶湧而來，如果不採取有效措施，我們的竹排在幾十秒鐘之內，就會被大批「刀齒蝰魚」咬成碎片。

但是竹筏的位置距離蘑菇岩大山洞的出口，尚有十幾米的距離，現在已經被「刀齒蝰魚」完全包圍，根本沒法用器械划水，這最後的十幾米，真如同地獄般漫長遙遠，恐怕我們永遠也不可能抵達了。

胖子焦急的喊道：「這回咱們真要玩完了，我他媽的可不想當魚食，老胡你手槍裡還有子彈嗎，快給我心窩子來上一槍，我寧可被槍打死，也好過被這食人魚活活啃死。」

我這時也有點麻爪了，咬著牙對胖子說道：「好，就這麼辦了，我先一槍打死你，然後我再開槍自殺，咱們絕不能活著落在敵人手裡。」

就在這生死繫於一線的關頭，Shirley楊忽然鎮定自若的對我們說：「看你們兩個傢伙沒出息的樣子，平日裡口若懸河，千般的凶惡，萬種的強橫，普天之下都沒有能被你們放在眼裡的事物，如今還沒過遮龍山，遇到這麼點困境就想自殺，看你們回去之後，還有何面目同天下人說常道短，現在你們全部聽我指揮。」

說罷Shirley楊舉起手槍，對準水中「刀齒蝰魚」密集處，連開數槍，河水瞬間被魚血染紅，四周的「刀齒蝰魚」見到鮮血，根本不管是同類的還是什麼的，狂撲過去撕咬受傷的「刀齒蝰魚」，竹筏即將被咬碎的危機稍稍得以緩解。

Shirley楊顧不得再把手槍放回去，直接鬆手，任由那支六四式落入水中，這時早把那「飛虎爪」遠遠的對準山洞出口的白雲蘑菇岩擲了出去，「飛虎爪」的鋼索，在蘑菇岩的岩柱上纏了三圈，爪頭緊緊扣住岩石。

Shirley楊讓我和胖子拽著「飛虎爪」的鋼索，把竹筏快速扯向洞口處的岸邊，在三人的拉扯下，竹筏的速度比剛才用工兵鏟亂划快了數倍，再距離尚有五六米的地方，胖子就開始把放滿裝備的地質登山包，連那兩柄捕蟲網一個接一個的先扔到岸邊，每個包都有四五十斤的份量，減少一個竹筏就輕一大塊，速度也隨之越來越快。

這時鐵葉子的磨擦聲大作，大群「刀齒蝰魚」已經如附骨之蛆般的蜂擁趕來，我們再也不敢繼續留在竹筏上，立刻躍上太古白雲岩堆積成的岸邊，甫一落腳，身後綁縛竹筏的繩索即告斷裂，整個竹筏散了架，一根根的飄在水中，損壞了的強光探照燈，也隨之沉沒。

「刀齒蝰魚」的魚群，啃淨了附著在竹子上的「水彘蜂」，仍舊在附近游蕩徘徊不肯離去，我看著在水中翻翻滾滾的魚群，不禁長出一口氣，總算沒變成魚食，否則還沒見到「獻王墓」就先屈死在這全是水的山洞裡了。

身邊的胖子忽然大叫一聲：「哎呦，不好，背包掉進河裡去了。」

我順勢一看，也是一驚，剛才把三個大背囊都扔在岸邊，還沒來得及拿上來，第一個扔過去的背包，由於距離遠了，落在水邊，背包裡的東西沉重，岸邊的碎石支撐不住，掉進了河水中，那裡無處立足，想把背包撈回來，就必須下水，眼看著那大背包就要被水流沖走，而河中的大群「刀齒蝰魚」就伺侯在左近。

我們出發時曾把所有的裝備器械歸類，這個背包裡面裝的是「丙烷噴射瓶」，可以配合打火機，發射三到兩次火焰，由於不太容易買到，所以只搞來這一瓶，本來是準備倒斗的時候才裝備上，以防不測，而且包中還有六瓶水壺大小的可充填式氧氣瓶，還有標尺潛水鏡和呼吸器，這些都是盜那座建在湖中的「獻王墓」，所不可缺少的水下裝備，除此之外，還有不少其它重要的物品，就是由於背包裡有不少充滿各種氣體的設備，所以一時還未沉入水底。

這個背包如果失落了，我們就可以趁早夾著尾巴鳴金收兵，打道回府了，Shirley楊見此情景，也是心急如焚，想用「飛虎爪」把背包勾回來，而那「飛虎爪」還死死纏在蘑菇岩上，急切間無法解脫。

我知道若再延遲，這些裝備就會被水沖得不知去向，手中只有工兵鏟，見岸邊岩石的反斜面上，有條裂縫，也不多想就把工兵鏟當做岩楔，將整個鏟刃豎起來插進岩縫，再橫向一用力，工兵鏟就卡在了岩石的裂縫中，伸手一試，覺得甚為牢固，便把整個身體懸掛在河面上，一手抓住工兵鏟的三角把手，另一隻手伸進水中去抓住剛好從下面漂過來的背包。

背包被實實在在的抓到手中，這顆心才放下，沒想到突然從水中竄出一條「刀齒蛙魚」，張開它那鋸齒尖刀般的大口，在半空中給我的手背狠狠來了一口。

我手背上的肉立刻被撕掉一塊，疼得我全身一抖，險些掉落進河中，我拼著吃了一疼，也沒把那背包撒手，又有數尾「刀齒蛙魚」使出它們那鯉魚躍龍門的手段，紛紛從水中跳出來想要咬我，我身體懸空，又因那背包太沉，根本無法躲閃。

多虧胖子與Shirley楊從後邊把我扯了回來，才僥倖未被群魚亂牙分屍，我抹了抹額頭上的冷汗，看左手的傷勢，還好並不嚴重，只被咬掉一塊皮肉，雖然血流不止，終歸是沒傷到筋骨。

Shirley楊急忙取出藥品給我包紮：「你也太冒失了，人命要緊還是裝備要緊，裝備沒了，大不了就讓雲塵珠在獻王墓中多存幾日，性命丟了可不是兒戲。」

我對Shirley楊和胖子說道：「這點小傷算什麼，我今天要是再不表現表現胡某人的手段，那美國顧問團可又要說我們無能了，對不對小胖？」

胖子笑道：「老胡你這兩下子算得什麼本事，偷雞不成反丟把米，自己讓魚給啃了一大口，咱們大將壓後陣，等會兒到了獻王墓裡，你就全看胖爺的本領，讓你們開開眼，知道什麼是山外有山。」

Shirley楊先用雲南白藥給我的手背止住了血，又用止血膠在外邊糊了一層，然後再用防水膠帶包住傷口，以免進水感染發炎，最後還要給我打一針青黴素。

我連忙擺手：「不行不行，我輕傷不下火線，而且還有點暈針，這種抗生素咱們本來就沒帶多少，還是先留著吧。」

Shirley楊不由分說，讓胖子把我按倒在地，強行打了一針才算罷休，由於這山洞中環境複雜，不知還有些什麼危險，就沒進行休整，測定了一下方位，見河道邊上勉強可以通行，便背上裝備，準備開11號，沿著這條地下運河，從河道中走出去。

我們沿河道邊緣而行，眼見這條為修建王墓開鑿的水路規模不凡，原以為獻王是從「古滇國」中分離出來的一代草頭天子，他的陵墓規模也不會太大，但是僅從穿山而過的運河來看，那位擅長巫毒「痋術」的獻王，當真是權勢薰天，勢力絕對小不了，那座修在「水龍暈」中的王墓規模，也應該遠遠超乎我們的想像。

在漆黑的山洞中越走越深，又步行了將近有一個小時的路程，河道邊突然出現了一段坍塌，碎石一踩便紛紛滑進水中，根本不能立足，看來這條路無法再繼續前進了。

只得找到另一個天然的山洞，從中穿過，走不多時，便聽山壁對面水聲隆隆，但是明明聽見水流聲響，卻是無路可繞，我們便舉了「狼眼」，四下裡尋路，這地方是山體中的天然融解岩群地貌，大塊的山岩上，有很多大大小小的窟窿。

好不容易找到一個能容一人鑽過去的石孔，便用登山繩把背包拖在身後，順序鑽了過去，終於見到了山中的一個巨大瀑布，我們從石窟中鑽出來的位置，正好在瀑布下方，另有一條水流，從對面匯進瀑布下的河道，順著水流方向看去，遠遠的有些光亮，好像出口就在那邊。

Shirley楊對我說：「這條匯進瀑布的水系，大概才是當地人採石過程中發現的水路，看這附近的河床地貌，不會超過幾十年，看這樣子應該是近期才形成的，否則有這條水路，修獻王墓時也不用在遮龍山中加工運河了。」

我對Shirley楊說道：「此類積灰融解岩群地貌，就是常年被水沖刷形成的，我以前做工程兵的時候，多少瞭解一些，像這樣的地方，整個山底下早都被瀾滄江的無數條支流沖成篩子了，有些地方積水深度甚至超過數百米，河水在山洞中改道是常有的事，反正是越流越低，把岩石沖倒了一塊，就多出來一條支流，照這麼下去，這座遮龍山早晚得蹋。」

三人邊說邊行，尋著那片有光亮的地方走過去，半路看到高處山壁上有些岩洞，排列得頗為有序，很像是人工開鑿的，山壁下方有明顯的石階，地面上不時可以見到一具具朽爛的人類枯骨，還有些兵器凱甲，都已經爛得不成樣子。

這裡的場景非常符合先前在彩雲客棧中老闆娘的描述，應該是當年的一些亂民，以此為據點，對抗官軍，雲南大理乃至瀾滄江一代，自元代起就經常發生這種事情，由於物品在潮溼的環境中難以保存，幾乎都已經腐朽不堪，也不太容易去辨認究竟是哪朝哪代的，看那些屍骨腐爛的程度，還有兵器盔甲的造型，只能判斷有可能是清初時期。

我們進山倒斗，向來是步行，不嫌跋涉，更兼可以行止自如，雖然在「遮龍山」下棄船步行，每人背負著許多沉重的裝備，卻並未覺得艱苦，但是這一路多曆險惡，都想早些鑽出這山洞，於是便不再去理會那些遺跡，匆匆趕路。

順著水流走到盡頭處，那河水仍然向前流淌，但卻是流入了地下，這山洞裡要比山外的地平面低窪一塊，所以在外邊見不到這條山中的大河，我們又往上爬了一段山岩堆積的斜坡，這裡都有被水浸泡過的痕跡，看來前一段時間全國範圍內的大規模降水，對「遮龍山」裡的大小山洞影響很大，在碎石坡的中間，眼前一亮，有一個明顯是曾經被水沖塌的洞口顯露了出來，現在水已經退了，在白天，借著外邊的陽光，很容易就可以找到這個出口，這裡的石頭很明顯是被人為封堵的，如果不是山中出現洪水，憑人力很難打開。

我們戴上太陽鏡，從山洞中鑽出來，終於算是成功的穿過了「遮龍山」，來到外邊，回首觀看，正是身處「遮龍山」的峻壁危峰之下，頭頂最高處，雲層厚重，「遮龍山」的外殼則儘是綠跡斑斑的暗綠色花崗岩，崖身上又生長了無數藤蔓類闊葉植物，放眼皆綠，如果從外邊找這個小小的缺口，倒是十分不容易尋到。

再看前面，四周全是群山，中間的地形則越來越低，全是大片的原始森林，林木莽莽蒼蒼，各種植物茂密異常，老樹的樹冠遮天避日，有很多根本叫不出名目的奇花異木，其中更散布著無數溝壑深谷，溪流險潭，有些深谷在陽光下清晰的能看見裡面的一草一花，然而越看越覺得深不可測，幽深欲絕使人目為之眩，而有些地方則是雲封霧鎖，一派朦朧而又神祕的景色。

這是一片處於「怒江」與「瀾滄江」之間，被雪山大河阻斷，完全與世隔絕的原始之地，我取出人皮地圖，確認進入「蟲谷」的路徑。

胖子舉起望遠鏡觀看下面的叢林，看著看著突然一把拉住我的胳膊，把望遠鏡塞到我手中：「甭翻地圖了，你瞅那邊有許多金色大蝴蝶，那條山谷肯定就在那裡。」

第一〇八章　密林

聽到胖子說發現了「蟲谷」的入口，我和Shirley楊也舉起掛在胸前的望遠鏡，順著胖子所說的方向看過去，在調整了焦距之後，看見遠處山坡下有一大片黃白相間的野生花樹，花叢中有成群的金色鳳尾蝶穿梭其中，這些蝴蝶個頭都不小，成群結隊的飛來轉去，始終不離開那片花樹。

Shirley楊贊嘆道：「那些花應該是蝴蝶蘭，想不到吸引了這麼多黃金鳳尾蝶……還有金帶鳳蝶……竟然還有罕見的金線大彩蝶，簡直像是古希臘神話傳說中，在愛琴海眾神花園裡，那些被海風吹起的黃金樹樹葉。」

我對蝴蝶一竅不通，用望遠鏡看了半天，除了蝴蝶和野花樹之外，卻並沒見到什麼山谷、溪谷之類的地形，這裡的植物層實在是太厚了，所有的地形地貌都被遮蔽得嚴嚴實實，根本無法辨認哪裡是山谷，哪裡是溪流，從上面看去，只見起起浮浮，皆是北回歸線附近特有的濃密植物，高出來的也未必就是地形高，那是因為植物生長不均衡，這裡的原始森林，與我們熟悉的大興安嶺原始森林，有很大程度的不同。

常言道：木秀於林，風必摧之，大興安嶺中樹木的樹冠高度都差不多，樹與樹互相之間，可以協力抵禦大風，而這裡地處兩江三山環繞交加之地，中間的盆地山谷地勢低窪，另外還由於雲南四季如一，沒有季風時節，地勢越低的地方，越是潮氣滋生嚴重，全年氣溫維持在25～30℃左右，一年到頭都不見得刮上一次風，所以各種植物都盡情的生長，地下的水資源又豐富，空氣溼度極大，植物們可以毫無顧及的想怎麼長就怎麼長，這導致了森林中厚莖藤本、木質和草質附生植物根據本身特性的不同，長得高低有別，參差錯落，最高的是雲南有名的望天樹，原本這種大樹是北回歸線以南才有，但是這山凹裡環境獨特，竟然也長了不少頂天立地的望天樹。

只有少數幾處面積比較大的水潭上面才沒有植物遮蓋，深幽處，更有不少地方都是雲霧繚繞，在遠處難以窺其究竟，總不能憑幾群金色大蝴蝶就冒然從那裡進入森林，這裡環境之複雜，難以用常理揣摩。

人皮地圖繪製於漢代，傳到今日時隔兩千年，地圖中標注的地形地貌特徵，與如今已經產生了極大的改變，除了一些特定的標識物和地點之外，無法再用人皮地圖與「遮龍山」下的森林，進行更加精確的參照。

據瞎子所說，幾十年前，他們那一批「卸嶺力士」，帶著土質炸藥進入「蟲谷」，在「蟲谷」，也就是「蛇河」形成的溪谷前邊一段，見到了大群的蝴蝶。

但是誰能保證「蟲谷」外的其餘地方不會出現蝴蝶，所以暫時還不能斷定「蟲谷」的入口是在那邊，必須找到瞎子所說的另一個地點，「蟲谷」中有一段殘牆，那是一處以人力在蛇河上修築的古牆，好像是個堤壩，用來在湖中修造「獻王墓」時，截斷水流，獻王入斂後，就被拆掉，重新恢復了「獻王墓」前的「水龍暈」。

只有找到那道殘牆，才可以做為確認「蟲谷」位置的依據，最穩妥的辦法就是同當年那夥「卸嶺力士」一樣，出了遮龍山，先不進森林，而是沿著山脈的走向，向北尋找「瀾滄江」的支流「蛇河」，然後順著「蛇河」摸進山谷，就可以確保不會誤入歧途，在方位上萬無一失了。

胖子提出還有一個方法，就是要重新找到「遮龍山」中的那條人工運河，沿著古河道，尋找「蛇河」，不過遮龍山裡的水路，由於「瀾滄江」上游大雨的原因，各條大小水路相互連通，已經變得錯綜複雜，甚至有可能改道流入地下，舊河道早已被植物泥土徹底遮蓋，所以胖子所說的方法並不可行。

三人稍做商議，看了看時間，下午三點三十分，我們從上午九點左右乘坐竹筏進入「遮龍山」，到現在為止一直沒有休息，所以決定就地作為「中繼點」，先休息二十分鐘，然後向北，爭取在日落前找到「蟲谷」的入口，然後在那裡扎營，明天一早進谷。

我們找了塊稍微平整的山坡坐下，取出些餌餅牛肉稍稍充饑，結果胖子說起那些食人魚，想起那山中水潭，滿是鮮紅的血液，跟傳說地獄中的血池差不多，搞得我也沒了胃口，我突然心中一凜，萬一那些牙齒比刀鋸還快的魚群，也順路游進了蛇河卻如何是好？有那些傢伙在水裡，我們不可能從水中鑽進「獻王墓」。

Shirley楊說：「關於這方面完全不用擔心，我以前在地理雜志做攝影記者，曾看過許多關於野獸動物植物的相關資料，刀齒蝰魚在亞洲的印度、密支那、老撾以及美洲靠近北回歸線附近20度地區內的水域都有存在。」

其中古印度最多，佛經中記載印度阿育王時期，曾有一年，「刀齒蝰魚」釀成大災，當時正值百年不遇的恆河大洪水，東高止山脈中的一條地下河，倒灌進了附近的一座城市，城中無數人畜葬身魚腹。

這「刀齒蝰魚」的祖先，可以追述到後冰河時期的水中「虎齒獂魚」，那種魚生活在海洋中，身體上有個發光器，大群的「虎齒鱷魚」可以在瞬間咬死海洋中的霸主「龍王鯨」，後來由於次冰河時期的巨大洪荒，這些生物就逐漸被大自然殘酷的淘汰，其後代「刀齒蛙魚」也演變成了淡水魚類。

「刀齒蛙魚」雖然十分厲害，但是它們有一個巨大的弱點，這些魚只能生活在溫度比較低的水中，北回歸線附近只有融解岩洞中陰冷的水域適合它們生存，那些水中產有一種沒有眼睛的硬殼蝦，數量很大，但是仍然不夠他們食用，所以經常會發生自相殘殺的狀況，數量龐大的「刀齒蛙魚」在每年的九月之後，僅僅會有百分之一的倖存下來，活到最後的產卵期。

每年中秋月圓的時候，是「刀齒蛙魚」產卵期，它們本身無法在太熱的地區生存，卻之所以生活在偏熱的北回歸線附近，就是為了最後到水溫高的地區大量產卵，產卵之後「刀齒蛙魚」就會立刻死亡，魚卵在溫度較高的水流中生長一段時間，變為魚苗，便又會游回陰冷的水域繼續生存，現在是六月底，也是「刀齒蛙魚」最活躍的時期，平時很難見到數量如此多的「刀齒蛙魚」。

另外由於「刀齒蛙魚」對生存的環境要求比較高，還有對事物的需求量也非常大，最近幾十年，已經出現將會逐漸滅絕的徵兆了。

最重要的是這個季節不到產卵期，所以完全不用擔心它們回游出山洞，不過回去的時候需要小心謹慎了，「遮龍山」中的水路最近已經由於大量降雨的原因，全部變成相互貫通的水網，如果回去時按原路返回，指不定在山洞的某段河道中，還會碰上它們。

聽了Shirley楊對「刀齒蛙魚」的詳盡解釋，我和胖子才略微放心，回去的事，那就留到回去的時候再考慮，胖子覺得自己剛才有點露怯，希望把面子找回來，於是對我和Shirley楊說：「這些臭魚爛蝦能搞出多大動靜，我只所以覺得它們有點……那個什麼，是因為主席他老人家曾經教導過我們說，在戰術上要重視敵人。」

Shirley楊說：「這些魚到不足為慮，我只是反覆在想，河道中倒懸著的人俑，他們的作用好像不會是用來餵蟒那麼簡單……但是痋術十分詭異，實在是猜想不透，好在有群誤打誤撞冒出來的刀齒蝰魚，否則會發生什麼事，還真不好說，未進蟲谷就已經遇到這麼多麻煩，咱們一定要步步為營，小心謹慎。」

我點點頭，說道：「這個鬥是出了名的不容易倒，咱們既然來了，就要使出平生所學，跟它較量較量。」我拍了拍自己脖子的後邊說道：「就算是為了這個，也不得不壓上性命玩上這一把大的。」

Shirley楊與胖子也都面色凝重，這回倒斗是一次關係到生死存亡的舉動，懸崖上跑馬沒有退路可言，只能成功不能失敗。

我們休息了一段，取出有「遮龍山」等高線的地圖，這地圖極其簡單，誤差非常大，將指北針清零，重新確定了海拔和方位，對地圖進行了修正，標記好出口的方位，三人便繼續動身，出發尋找蛇河。

「瀾滄江」流域極廣，從北至南，貫穿雲南全境，直流入越南，不過在越南流域，被稱為「湄公河」，這些內容自是不在話下，單說在雲南境內，「瀾滄江」最小的一條分支，就是我們所要尋找的「蛇河」，這條河繞過「遮龍山」的一段，奔流湍急，落差非常大，有些流段穿過地下或者叢林中的泥沼，又有些河段順著山勢極轉直下，一個瀑布接一個瀑布，河中全是巨大的旋渦，各種舟船均無法通過，又由於其極盡曲折蜿蜒，故名「蛇河」，而當地白族稱其為：「結拉羅濫」，意為「被大雪山鎮壓住的惡龍」。

第一〇九章 鬼信號

按常理找這條「蛇河」並不算難，但是計畫趕不上變化，這山下植被太厚，根本看不到河道，只好順著「遮龍山」的邊緣，摸索著慢慢前進。

我這才發現，在這種鬼地方，《十六字陰陽風水祕術》完全用不上了，要辨形勢理氣，需要看清楚山川河流的構成，而在這一地區，山頂全是雲霧，山下全是各種樹木藤蔓，就如同在山川河流的表面糊滿了一層厚厚的綠泥，上面又用棉花套子罩住，根本無處著手。

絕壁下的叢林更是難以行走，走進去之後，一隻蝴蝶也沒見到，儘是大小蚊蟲毒蟻，而且沒有路，在高處看著一片綠，進去一走才發現藤蘿蔓條長得太過茂密，幾乎找不到立足的地方，只好用工兵鏟和砍刀硬生生開出一條道路，同時還要小心迴避那些毒蛇毒蟲，其中艱苦，真是不堪忍受。

眼看太陽已經落到了山後，大地逐漸被黑暗吞沒，原始森林蒙上了一層漆黑的面紗，而我們從休息點出發到現在，並沒有走出去多遠，看來想在天黑前找到「蛇河」已經不可能了，只好先暫時找個相對安全的地方過夜，森林中的夜晚是充滿危險的，而且這裡由於處於大山大川之間，氣壓變化很大，森林邊緣晝熱夜冷，到了晚上，雖然這裡也不會太冷，但是身上潮溼，容易生病，進入密林深處，反而倒不必擔心這一節了，所以我們必須找到一塊沒有太多蚊蟲而有稍微乾燥的地方，點燃營火才可以過夜。

最後在兩棵大樹下找到一塊十分平整的大青石，用手電照了照，附近沒有什麼蛇蠍之屬，三人累得狠了，便匆匆取出燃料升了個火堆，四周用小石頭圍住，由於空氣過於潮溼，必須取一點火在青石上進行烘乾，把石頭縫隙裡的苔蘚和溼氣烤幹，然後再把睡袋鋪上，免得睡覺時溼氣入骨，落下病根。

Shirley楊去到附近的泉水邊打了些水回來，經過過濾就可以飲用，我支起小型野營鍋，燒了些開水，把從彩雲客棧中買的掛麵用野營鍋煮了，什麼調料也沒放，免得讓事物的香氣招來什麼動物，在煮熟掛麵中，胡亂泡上幾塊雲南的餌餅，就當做晚飯的，因為還不知道要在山谷裡走上多久，所以沒捨得把罐頭拿出來吃。

胖子不住抱怨伙食質量太差，嘴裡都快淡出鳥了，說起鳥，就順手抓起那柄「劍威」，準備打點野味，可是天色已經全黑，只好做罷，重又做下來就餐，一邊怪我煮的東西不好吃，沒滋味，一邊吃了三大盆。

吃完飯後，我們決定輪流睡覺，留下人來放哨，畢竟這原始森林危機四伏，誰知道晚上跑出來什麼毒蟲猛獸。

頭一班崗由我來值，我抱著「劍威」，把六四式的子彈壓滿，把火堆壓成暗火，然後坐在離火堆不遠的地方，一邊哼哼著時下流行的小曲減輕困意，一邊警惕著四周黑暗的叢林。

我對面這兩株大榕樹生得頗為壯觀，是典型的混合生植物，樹身如同石柱般粗大，樹冠低垂，沉沉如蓋，兩隻粗大的樹身長得如同麻花一般，互相擰在一起，繞了有四五道，形成了罕見的夫妻樹，樹身上還生長了許多叫不出名稱的巨大花朵和其餘植物，這些附著在「夫妻老榕樹」樹身上的植物，都是被森林中的動物，無意中把種子帶進樹皮，或者樹身的裂縫，從中發芽生長，開花結果的，這種混合了多種花木的老榕樹，在一棵樹上竟然生長了五十種以上的植物，就像是森林中色彩絢爛繽紛的大型花藍。

我正看得入神，卻聽躺在睡袋中的Shirley楊忽然開口對我說道：「這兩棵樹活不久了，寄生在兩株榕樹身體上的植物太多，老榕樹吸收的養分入不敷出，現在這樹的最中間部分多半已經空了，最多再過三五年，這樹便要枯死了，有些事物到了最美麗的階段，反而就距離毀滅不遠了。」

我聽她話裡有話，表面上說樹，好像是在說我們背上從鬼洞中得到的詛咒，我不想提這些掃興的事，便對Shirley楊說道：「夜已經深了，你怎麼還不睡覺？是不是一閉眼就想到我偉岸的身影，所以輾轉反側，睡不著了？」

Shirley楊說道：「要是我閉上眼睛想到你就好了，現在我一合眼，腦子裡就是遮龍山山洞中的人俑，越想越覺得噁心，連飯都不想吃了，到現在也睡不著。」

我打個哈欠，對Shirley楊說：「既然你睡不著，你就發揚發揚國際主義精神，把我的崗替換了，等你困了再把我叫起來。」

Shirley楊笑道：「想得挺美，你跟胖子一睡起覺來，打雷都叫不醒，我睡不著，也不和你輪換，免得後半夜你裝死不肯起來放哨。」

我搖頭嘆息道：「你可太讓我失望了，我以為你不遠萬里的，從美國趕來支援我們國家的四個現代化建設，本來都拿你當做白求恩一樣來崇拜了，從內心深，也就是說發自內心的處認為你是一個有道德的人，是一個高尚的人，是一個有益於人民的人，是一個放棄了低級趣味的人，沒想到你竟然這麼自私自利，一點都不關心戰友的感受，平時那種平易近人的表現都是僞裝出來的。」

Shirley楊對我說：「你口才不錯，只不過太喜歡說些大話，總吹牛可不好，反正也睡不著，不如你陪我說說話，但是你可不許再跟我說什麼語錄上的內容。」

森林裡靜悄悄的，一絲風都沒有，所有的動物植物彷彿都睡著了，只偶爾從遠處傳來幾聲怪異的鳥叫，我困得倆眼皮直打架，看了看睡在一旁的胖子，這傢伙把腦袋全鑽進睡袋裡，呼呼憨睡，睡的就別提多香了，但是Shirley楊又偏偏不肯替我值勤，我只好有一句沒一句的強打著精神跟她瞎聊。

也不知怎麼，聊著聊著就說起這森林中的大蟒大蛇，我說起以前在北京，遇到過以前一個連隊的戰友，聽他說了一些在前線頓貓耳洞的傳聞，那時候中越雙方的戰爭，暫時進入了相峙階段，在雙方的戰線上，都密布著貓耳洞，其實就是步兵反衝擊掩體，挖貓耳洞的時候，經常就挖出來那山裡的大蟒，他們告訴我最大的蟒跟傳說中的龍一樣粗，我那時候還不相信，如今在遮龍山裡遇到才知道不是亂蓋的。

不過大多數蟒蛇並不主動攻擊人，它們很懶，成天睡覺，有些士兵在貓耳洞裡熱得受不了，光著腚還覺得熱，只好找條在樹上睡覺的大蟒拖進洞裡，幾個人趴在涼爽的大蟒身上睡覺，還別說，比裝個冷氣機都管用。

後來那條蟒乾脆就住在貓耳洞裡，在這安家了，天天有人餵它紅燒肉罐頭，吃飽了就睡，後來有一天戰事突然轉為激烈，不停的炮擊封鎖了我軍軍工運送給養的通道，那炮打的，有時候掩體修的位置不好，一個炮群蓋上，裡面整個一個班就沒了，打了整整一個星期的炮，陣地周圍連螞蟻都沒有了，貓耳洞中的紅燒肉罐頭沒了，短時間內，人還能堅持，但是大蟒餓起來就忍不住了，它在貓耳洞裡住習慣了，天天聞著士兵們抽菸的味道，也染上了煙癮，怎麼趕也不走，餓得紅了眼，就想吞人，最後只好開槍把它打死了，把蟒皮剝下來放在貓耳洞裡，蚊蟲老鼠都不敢進洞，結果有一天越南特工趁天黑來掏洞子，放哨的戰士當時打磕睡，沒發現敵人，那越南特工打算往洞裡扔炸藥包，結果忽然覺得身上被蟒纏住一樣，動彈不得，骨頭都快被那巨大的力量勒碎了，但是身體上明明空空如也，什麼都沒有，第二天貓耳洞裡的士兵們發現那張蟒皮……

我跟Shirley楊扯到後來，連自己也不知道說的是什麼了，倦意上湧再也無法支持，不知不覺就抱著「劍威」睡了過去。

也不知過了多久，忽然被人輕輕推醒，自從離開部隊之後，我經常發噩夢，整晚整晚的失眠，在北京做起古玩生意之後，精神上有了寄托，這才慢慢好轉，一倒下就著，不睡夠了雷打不動。

但是這個在森林中寂靜的夜晚，我雖然困乏，心中卻隱隱覺得有一絲不安，所以此刻被人一推，立刻醒了過來，這時天空上厚重的雲層已經移開，清冷的月光撒將下來，借著月光見到推著我的胳膊，把我喚醒的人正是Shirley楊，Shirley楊見我睜開眼，立刻把手指放在自己脣邊，做了個禁聲的手勢，示意我不要大聲說話。

我看了看四周，胖子仍然在睡袋裡睡得跟死豬一樣，我身上不知什麼時候多了一張薄毯，可能是Shirley楊見我說著半截話就睡著了，所以給我蓋上的，這時我的大腦才剛剛從深度睡眠中醒過來，還有點不大好使，但是隨即明白了，有情況。

只見Shirley楊已經把六四式手槍握在了手中，用另一隻手指了指那兩株纏在一起的「夫妻樹」，又指了指自己的耳朵，讓我仔細聽那樹中的聲音。

我立刻翻身坐起，側耳去聽，雖然我沒有「鷓鴣哨」那種犬守夜的順風耳功夫，但是在這寂靜無比的森林中，離那大樹又近，清楚的聽到樹內穿來緊一陣，慢一陣的輕輕敲擊聲。

那聲音不大，卻在黑夜中顯得甚是詭異，完全不成節奏，是什麼東西發出來的？絕對不是琢木鳥，像這種森林中沒有那種鳥類，而且那聲音是從上邊的樹幹中傳來的，難道樹裡有什麼東西？

想到這我不免有些許緊張，傳說「獻王墓」周邊，設有陪陵，以及殉葬坑，還有那些倒懸著做「痋引」的人俑，都給這片森林增加了許多恐怖色彩，天知道這片老林子裡還有什麼邪性的東西。

我沒敢出聲，慢慢把「劍威」步槍的槍栓向後拉開，又把行李袋掛在身上，行李袋中有僻邪鎮屍的黑驢蹄子，還有「捆屍索」、「糯米」等物，不論是什麼情況，有這些東西，都可以同它鬥上一鬥。

這時那沉悶的敲擊聲又一次響起，像是水滴，又像是用手指點擊鐵板，時快時慢，我像那聲音的來源處看去，視線都被樹上的花朵枝葉遮擋住了，看不清楚上面的情況，月光夾雜在枝岔葉子間閃爍不定的照下來，更顯得上面鬼氣逼人。

Shirley楊在我耳邊低聲說道：「剛才你睡著了，我靜下心來才聽到這聲音，好像樹中有什麼人……」

我也低聲問道：「人？你怎麼肯定就不是動物？」

Shirley楊說：「這聲音微小怪異，而且沒有規則，我開始也以為是動物發出的，但是剛剛仔細一聽，從中聽出了一小段摩斯通訊碼的信號，然而這個信號只在剛剛出現了一遍，後邊就開始變得不太規律了，也許是因為信號聲比較小，我極有可能漏聽了一部分。」

我一頭霧水，但是心中不安的預感更加強烈了，我小聲對Shirley楊說：「摩斯碼？就是那個只有長短兩個信號的國際電碼？你聽到的是什麼內容？」

Shirley楊說：「三短三長三短，也就是嘀嘀嘀、噠噠噠、嘀嘀嘀，翻譯出來便是國際通用的求救信號……SOS。」

我對Shirley楊說：「你別再是自己嚇自己吧，這摩斯碼雖然在世界上普及得最廣，但是畢竟是用英文壓碼的密電碼，這片林子除了民國那陣子瞎子等人來過，再就是有幾個採石頭的工人來過，他們也只是處於好奇心，穿過山洞，進來在森林邊轉了轉就回去了，當地人非常迷信，是不敢來這「遮龍山」後的森林的，因為他們怕撞到鬼，……鬼。」

我說到最後一個字，自己也覺得不太吉利，急忙淬了一口，心中默念道：「百無禁忌。」

Shirley楊對我一擺手，讓我不要說話，再仔細聽，那聲音又從樹中傳了出來，這回聽得真切，有短有長，果真是三短三長再加三短，短的急促，長得沉重。

那兩株榕樹由於枝葉茂盛，加之天黑，月光是在正上方，所以上面的情況完全看不到半點，但是這令人頭皮發麻的求救信號明明就是在上面傳來的，最奇怪的是聲音來源於上端的樹幹內部，而不是樹頂，好像是有什麼人被困在樹裡，無法脫身，又不能開口呼喊，便用手指敲打信號向我們求救，Shirley楊已經把狼眼從包中取了出來：「我到樹上去看看。」

我一把拉住她說：「去不得，你看空中的月色泛紅，林中妖霧漸濃，樹裡必定是有死人，這聲音就是傳說中的鬼信號。」

第一一〇章 5x1?1XX1XX2

Shirley楊問道：「什麼是鬼信號？我怎麼從來沒聽說過。」

我對Shirley楊說道：「你有所不知，部隊裡一直都有這種傳說，有些在邊遠山區駐防的部隊，經常在電臺裡收都莫名其妙的信號，這些信號斷斷續續，有求救的，還有警告的，總之內容千奇百怪，部隊接到這樣的電波，會以為是有遇難者在求援，多半都會派人去電波信號來源的地方進行搜索，但是去了的人就再也回不來了，如同人間蒸發了一樣，那些鬼魅般的信號，也就隨即消失不見，所以這就是傳說中的勾魂信號。」

Shirley楊為了準備上樹，已經把登山頭盔戴到了頭上，對我說道：「這種捕風捉影的謠傳，又怎做得準，這聲音就是從咱們對面的樹上發出來，這裡已經進入了獻王墓的範圍，所以每一件不尋常的狀況，都可能會與獻王墓有關，我們必須查個水落石出，再說萬一真是有被困住的人在求救，總不能見死不救。」

Shirley楊說完就用登山鎬掛住樹幹上的粗大藤蔓，攀援而上，動作非常輕快，幾下就爬到了一半的地方，那兩棵糾纏在一起的夫妻老樹，高有二十來米，直徑十余米的樹冠遮住了月光，再加上樹上枝葉花蕾太過茂密，在樹下用「狼眼」手電筒最多能看到樹幹十米之內的高度。

我們的探照燈已經毀了，現在剩餘的最強力照明設備，就是用信號槍發射的照明彈，此地尚未進入「蟲谷」，途中又不會再有多餘的補給，所以不能在這裡盡情使用，我見Shirley

楊在樹上越爬越高，非常擔心她的安全，急忙把睡袋裡的胖子弄醒，讓胖子在樹下接應，然後也戴上登山頭盔，打開頭頂的戰術射燈，抓住藤蔓，跟著爬上了樹。

胖子剛剛被我叫醒，還沒搞清楚狀況，舉著「劍威」在樹下不停的問我是怎麼回事，我剛爬到三分之一的高度，見胖子在樹下跟沒頭蒼蠅似的舉著槍亂轉，便用登山鎬掛住樹縫，停下來低頭對胖子說道：「你別把槍口朝上，當心走了火把我崩了，這樹裡好像有東西，我們爬上去瞧瞧究竟是怎麼回事，你在下邊警戒，不要大意。」

這時已經爬至「老榕樹」高處的Shirley楊突然叫道：「樹頂上插著半截飛機殘骸，好像是美國空軍的飛機。」

我聽到她的話，急忙手足並用，尋著Shirley楊登山盔上的燈光爬了上去，穿過一層層厚大的各種植物花草，見Shirley楊在樹冠中間的部分，正用手撫摸著一塊深色的東西，我離得遠了，也瞧不清那是植物，還是什麼飛機的殘骸。

我攀到Shirley楊身邊，這才看得清楚，幽靜如霜的月光下，有一段巨大飛機的機艙倒插在兩樹之間，機翼與尾翼都不知去像，機體損壞的程度非常之高，機身上破了數個大洞，破洞裡面被零亂的物品擋住，無法看見裡面有些什麼，艙門已經與機身脫離，撞得完全變了形，到處都是鏽跡斑駁，長滿了厚厚的苔蘚和藤蔓類植物，幾乎已經同樹幹長為了一體，起落架卡在了樹縫之中，如果不爬到樹頂在近處觀看，根本想不到這裡會有一段飛機的殘骸。

我轉頭看了看另一端高大蒼茫的「遮龍山」，心想這飛機八成是撞到了山上，碎成了數段，就這一截機艙剛好落到樹冠上，這麼大的衝擊力，附近的樹木，也就這兩棵罕見的巨大夫妻樹可以承受。

Shirley楊指著用傘兵刀刮開一大片覆蓋住機身的綠色植物泥，讓我觀看，那裡赫然露出一串編號？5X—？1XXX—XX2，（X為模糊無法辨認）有幾個字母已經難以辨認了，我不太懂美國空軍的規矩，便問Shirley楊：「美國空軍的轟炸機？抗戰時期援華的飛虎隊？」

Shirley楊道：「我還沒發現機身上有飛虎隊的標記，應該是一架美國空軍的C型運輸機殘骸，可能是二戰期間從印度加爾各達基地起飛，給在緬甸密支那作戰的中國遠征軍輸送物資的，如果是支援中國戰區的飛虎隊，機身上應該還另有青天白日的標記。」

我點頭道：「這裡距離緬甸不遠，看新聞上說怒江大峽谷一帶，還有離這很近的高黎貢山，已經先後發現了幾十架美軍運輸機的殘骸，四二年到四五年這三年之中，美軍在中緬邊境和後期的駝峰航線上，墜毀在中國西南境內的飛機不下六七百架，想不到也有一架墜毀在這裡了。」

胖子在樹下等得心焦，大聲叫道：「老胡，你們倆在樹上幹什麼投機倒把的勾當呢？還讓我在底下給你們倆站崗，樹上面到底有什麼東西？」

我順手折了樹枝，從上邊投向樹下的胖子：「你瞎嚷嚷什麼，我們在樹上找到一架美軍運輸機，等我探查明白了就下去……」

這時我突然想起剛才從樹中發出的求救信號敲擊聲，看了看這運輸機的殘骸，撞成這樣，怎麼還可能有人倖存下來，那信號究竟是怎麼回事？難道是機組飛行員的亡靈，陰魂不散，還在不停的求救……

這時天空中雲層忽然把月亮遮住，樹林中立刻暗了下來，我放慢呼吸的節奏，秉住氣息，對Shirley楊打個手勢，與她一起把耳朵貼在機艙上，探聽裡面是否還有那個詭異的摩斯碼求救信號。

這一聽不要緊，我剛把耳朵貼在機艙上，就聽裡面「叩叩叩」三聲急促的敲擊聲，這聲音來得十分突然，我吃了一驚，若不是左手用「登山鎬」牢牢掛住，就險些從樹冠上翻滾著掉下去。

我們自始至終沒敢發出太大的動靜，除了我對樹下的胖子喊了兩句之外，都是低聲說話，從上樹開始，就沒再聽到那個「鬼信號」，這時那聲響突然從機艙裡傳了出來，因為離得太近，顯得聲音異常清晰，怎能不教人心驚。

我和Shirley楊對望了一眼，見她也滿臉儘是疑惑的神情：「真見鬼，莫非裡面真有什麼東西，我剛才看到機艙最上面有塊破鐵板，咱們把它啓開，看看裡面的情況。」

Shirley楊不怕，我自然也不能表現出恐懼的一面，便點頭同意：「好，裡面如果還有美軍飛行員的屍骨，咱們就設法把他們暫時埋葬了，再把身份牌帶回去，剩下的事就是通知給美國領事館了，讓他們來取回遺骨，美國人不講究青山處處埋忠骨那一套，肯定是要把他們蓋上國旗帶回老家去的。」

Shirley楊說：「我也是這樣打算的，咱們動手吧，機艙裡萬一要是……有些什麼東西，便用摸金校尉的黑驢蹄子對付它。」

我故做鎮定的笑道：「有什麼什麼東西，有什麼咱們也不用怵它，這是一架軍用運輸機，說不定裡面有軍用物資，最好有炸藥之類的，倒獻王的斗也許會派上用場。」

我看準了一片可以落腳，承受住一定重量的樹幹，踩到那裡支撐住身體，又在樹縫中裝了個利用張力固定的岩釘，再用登山繩把自己和岩釘固定上，以登山鎬去撬機艙頂上那塊邊了形的爛鐵板。

Shirley楊在旁邊用散兵刀割斷纏在鐵板上的植物藤蔓，協助我把那塊鐵板打開，由於隔了四十多年，這飛機毀壞又比較嚴重，被不斷生長的老榕樹擠壓，這鐵板被我一撬之下，只掉了半塊，另一半死死卡住，樹上難以使出全力，無法再撬動了。

我趴在機艙的破洞中，想瞧瞧究竟是什麼東西在不停的發送信號，Shirley楊則拿著六四式手槍和黑驢蹄子在我身旁掩護，登山頭盔的戰術射燈在夜晚的叢林中，遠遠比在深手不見五指的地洞裡好用，二十三米的有效照射距離，用來看清楚機艙中的情況那是足夠用了。

我往裡面看也是提了一口氣，把心懸到嗓子眼兒了，慢慢的把頭靠過去，這時森林中異常安靜，機艙裡面「騰騰騰」的敲擊聲，一下一下的傳來，每響一聲，我的心都跟著懸高一截。

頭燈的光柱射入漆黑一團的機艙內部，首先看到的就是一個駕駛員頭盔，好像這具飛行員的屍骨，就剛好掛在被我撬開的鐵板下，不過他低著頭，可能是飛機墜毀的時候徑椎摔折了，腦袋懸掛在胸前，機體變形比較嚴重，那缺口又狹窄，我一時看不清那頭盔下屍體的保留程度，但是可以肯定，腦袋和身體呈現的角度，根本不可能是活人能做出來的姿勢。

待要伸手去把那頭盔抬起來，誰想到那原本低垂著的飛行員頭盔，突然輕輕動了兩下，似乎想用力把頭抬起來，他每動一下，就傳來「叩」的一聲，撞擊鐵皮的響聲。

我此刻已經出了一身的白毛汗，暗叫一聲：「苦也。」這回絕對是碰上僵屍了，自我倒斗以來，從未遇到過真正的粽子，只碰上過一次被下了邪符的屍煞，那東西和僵屍雖然很像，但其實完全是兩碼事，自幼聽我祖父講古，沒少提過僵屍，我小時候最怕聽的就是僵屍在棺材裡敲棺材板那個故事，今天真碰到了，卻不知摸金校尉自古用以克制僵屍的黑驢蹄子是否管用。

我硬著頭皮用登山鎬揭掉那只殘破的飛行員頭盔，另一隻手舉起黑驢蹄子就塞了過去，然而那頭盔下忽然射出一片金色的強光……

第一一一章　打字機

頭盔下出現的是一雙金色巨眼，這雙眼睛發出兩道冷冰冰的淩利金光，似乎我登山頭盔上的戰術射燈，即便把光圈調到最為集中的程度，也沒有這兩道目光刺眼。

那如電一般的目光和我對視了一下，我心中正自駭異，這雙眼真是讓人三魂滿天飛，七魄著地滾，不過絕不是美國飛行員變的僵屍。

就在這一瞬間，時間彷彿突然變慢了，黑暗中燈光閃爍不定，我雖然並未看清那究竟是什麼生物的眼睛，卻瞧出來這是一隻罕見的巨大猛禽，它彎鉤似的嘴中叼著半隻綠色的樹蜥，腳下還有血淋淋的另外半隻，可能是它正從機艙另一端的破洞飛進來，躲在裡面享受它的大餐，卻被我驚擾了，那奇怪的敲擊信號，應該就是它正在啄食樹蜥發出的。

還未等我回過神來細看，那雙金色巨眼的主人，從機艙裡騰空衝出，直撲我的面門，Shirley楊在旁邊雖然也沒看清楚究竟是怎麼一回事，突見一團黑色的事物從機艙中衝出，察覺到我根本來不及躲避，急忙順勢用力推了我一把。

我此刻也反應過來，借這一推之力向後躍開，想不到沒看清腳下，踩了個空，便從樹上筆直的掉落下去，被先前預設的保險繩懸掛在樹腰。

一大團褐色布片一樣的事物，裹夾著兩道金光，像一陣風似的從我頭頂掠過，那隻巨大的猛禽撲了個空，展開雙翅，無聲無息的飛入了夜色之中。

我見那大鳥飛走，一顆心才又重心落地，用登山鎬掛住老榕樹上的藤蔓，重新爬回樹冠，Shirley楊伸手把我拉了上去，對我說：「上帝保佑，還好你沒出什麼意外，你有看清那是什麼凶禽嗎？這麼巨大，也當真罕見。」

我爬回樹冠喘了口氣，對Shirley楊說：「沒看清楚，只看那眼睛倒像是雕鴞，這種林子裡到了晚上還活動的，也就屬這種雕鴞厲害了，嘴尖爪利，我在東北見過，一爪子下去，能把黑瞎子皮抓掉一大塊，我要是被它撲上，就該光榮了。」

Shirley楊道：「原來是那種大型的貓頭鷹，它們喜歡把窩設在懸崖絕壁上，怎麼跑到這機艙裡來了，你確定你沒受傷嗎？」

我對Shirley楊說：「真是沒受傷，汗毛都沒碰倒一根，我可不想再打針了，那機艙後面可能還有個大洞，咱們沒看到，雕鴞可能是從那裡進去抓小樹蜥來吃的，野鼠、野兔、刺猬、蛇、沒有它不吃的，這一晚上要吃好幾十隻才夠，咱們聽到的那些敲擊信號，是雕鴞啄食樹蜥發出的響動，偏你自作聰明，把簡單的問題複雜化，卻說是什麼摩斯通訊碼，害得咱們多受了一番驚嚇。」

Shirley楊對我說：「當時真的像是密電碼的信號聲……OK，就算是我的失誤，你也別得理不饒人了，等我再到機艙裡看看還有什麼東西。」

我知道以Shirley楊的性格，既然在這裡，見到了美國空軍飛機的殘骸，必定要把裡面翻個乾淨，把遇難飛行員的遺體妥善掩埋了，再拿著她那本聖經念上一通，才肯罷休，攔也攔不住她，我對此倒是持肯定的態度，畢竟這些大老美是二戰時來幫著打日本的，雖然在戰略上肯定有他們美國自身利益的目的，但不管怎麼說也算是犧牲在中國境內了，把他們的遺體埋葬好，回去後再通知他們的政府，這樣做是理所當然的。

胖子在樹上聽上邊亂糟糟的，忍不住又扯開嗓門大聲問道：「你們找到什麼值錢的東西了嗎？要不要我上去幫忙啊？」說著話，也不等我答應，就捲起袖子，背著步槍爬了上來。

我滿臉驚奇的問胖子：「你他媽不是有恐高症嗎？怎麼又突然敢爬樹了？莫不是有哪根筋搭錯了？」

胖子說：「狗屁症，大晚上黑燈瞎火的根本看不出高低，再說撿洋落的勾當怎麼能少了我，那飛機在哪呢？」

我對胖子說：「你還是小心點吧，你笨手笨腳跟狗熊似的，在這麼高的樹上可不是鬧著玩的，有什麼事先用保險帶固定住了再說，還有你離我遠點，你這麼重再把樹杈壓斷了，剛才我就差不點摔下去。」

我囑咐完胖子，回頭看Shirley楊已經上到機艙破洞的上方，正準備下去，我急忙過去打算替她下去找飛行員的屍體，卻發現那個破口空間有限，只有她才勉強進得去。

Shirley楊為了能鑽進機艙，把身上的便攜袋和多餘的東西都取了下來，包括和她形影不離的那柄「金鋼傘」，都交到我手裡，然後用「狼眼」電筒仔細照了照機艙深處，確定再沒有什麼動物，便用雙手撐住缺口，下到了機艙殘骸裡面。

我和胖子在外邊看著，我問她：「裡面有美國人的屍骨嗎？有的話你就用繩子栓住，我們把他扯上來。」

只聽Shirley楊在裡面答道：「沒有，機頭都被撞扁了，駕駛室裡面沒有屍體，只有兩個飛行頭盔，也許機組成員都在飛機墜毀前跳傘逃生了。」

我對Shirley楊說：「要是沒有你就趕緊上來吧，我感覺這兩株老樹直顫，怕是受不住這許多重量，隨時都可能會倒的。」

Shirley楊卻沒立刻回答，只見她在機艙裡翻這一團東西，隔了好一會兒才說道：「我想這有幾個箱子裝的是武器彈藥，我看看還有沒有能用的……咱們很走運，有一小部分還很完整，想不到隔了四十多年……」

我和胖子聽說裡面有軍火，都很興奮，還沒進「蟲谷」就碰見了這麼多猛獸，只恨進山前沒搞到更犀利的武器，那種打鋼珠的氣槍，在林子裡真是沒什麼大用處，無法形成持續火力的槍械用起來能把人活活急死，那運輸機機艙裡的美式裝備雖然都是舊式的，總比拿著鳥槍進山要強上百倍了。

我剛想問都有什麼槍支？卻忽然覺得身後不大對勁兒，這片林子從上到下，從來沒感覺到有風，這時候卻有一絲陰風掠過，那風雖然無聲無息，畢竟還是被我發覺了，我出於本能立刻按動「金鋼傘」傘柄的繃簧，把那「金鋼傘」向後撐了開來，遮擋住身後的空檔。

這柄「金鋼傘」是數百年前的古物，用百煉精鋼混以稀有金屬打造，就算拿把電鋸切上，也不過微微一個白印，在歷代摸金校尉的手中，不知抵擋了多少古墓中的機關暗器，可以說這是摸金校尉們穿下來的傳統器械中，最具有實用價值的傢伙。

我感覺到後面有一陣陰風掠至，百忙中把「金鋼傘」撐在身後，只聽「噌嚓噌嚓」數聲，像是有幾把鋼刀在傘神上划了一下，對面的胖子指著我背後大叫：「我操，這麼大一隻夜貓子。」舉起汽槍就要瞄準射擊。

我這才知道，剛才那隻雕鴞的爪子抓到了「金鋼傘」上，它又回來偷襲了，想不到這畜牲如此記愁，倘若不是我反應得快，又有「金鋼傘」護身，被它抓上一下，免不了皮開肉綻。

胖子的槍聲於此同時也響了，想不到那雕鴞身體雖然大，在空中的動作，卻像是森林中的幽靈一樣飄忽不定，加上天黑，胖子這一槍竟然沒打到它。

胖子很少開槍失手，不由得焦躁起來，用手在身上亂划拉，大叫糟糕，忘了在身上帶作為子彈的鋼珠了，六四式也沒帶在身上，只好倒轉了「劍威」，當做燒火棍子舉了起來，以防那只暫時飛入在黑夜中的雕鴞又殺個回馬槍。

我們倆正用登山頭盔上的戰術射燈亂照，烏雲遮月，只有我們這兩道光柱四下掃動，怎奈雕鴞可以在漆黑的叢林中任意飛翔，它的攻擊範圍十分之廣，可能會從任何角度冒出來。

這時只見胖子身後忽然現出兩道金光，一雙巨大的金眼睜開，我急忙對胖子大叫：

「快趴下，它在你身後。」

胖子慌亂中向前一撲，卻忘了身在樹上，「噭」的一聲慘叫，從老榕樹上掉了下去，多虧我先前讓他掛了保險繩，才沒摔到樹下的石頭上，也和我剛才一樣，懸在半空，不過以他的份量，很難說樹幹和繩子能掛住他多久，胖子驚得兩腳亂蹬，他越是亂動，這樹身晃得越是厲害，樹葉和一些根莖淺的植物紛紛被他晃得落在地上，整個老榕樹都跟著作響，隨時可能會倒下。

我還沒等來得及想辦法把胖子扯上來，免得它把樹杈墜斷，忽然間眼前一黑，頭盔上的燈光被東西遮住，那鬼魅一樣的雕鴞像幽靈一樣從我頭頂撲擊了下來。

這次我來不及再撐開「金鋼傘」去擋，由於一隻手還要抓著樹上的藤條保持平衡，也騰不出手來開槍射擊，只好用合在一起的「金鋼傘」去架雕鴞從半空下來的利爪，想不到那雕鴞猛惡無邊，竟然用爪子抓牢了我手中的「金鋼傘」，想要奪去，它力量奇大，我一隻手根本拿捏不住，整個人竟然都快被雕鴞從樹上拽將起來。

正當這相持不下的局面，忽然一陣衝鋒槍射擊聲傳來，黑暗中出現了一串子彈拽光，那雕鴞被子彈打成了一團破布，直線從空中掉到了樹下，再也一動不動，黑夜中在森林裡橫行的凶惡獵手，這時候反成了別人的獵物。

原來是Shirley楊端著枝槍從機艙殘骸裡鑽了出來，開槍射殺了那隻雕鴞，黑暗中看不見她拿的是什麼武器，我和懸在半空的胖子，都忍不住齊聲贊嘆：「好猛的火力，這是什麼槍？」

Shirley楊拍了拍手中的衝鋒槍，答道：「是湯普森衝鋒槍，美國的黑手黨更喜歡叫它做芝加哥打字機，這槍就是太沉了。」

由於這架運輸機是給部隊輸送軍火的，裡面的物資都是經過嚴格的封存，加上M1A1這種槍怕水，所以和子彈袋一起成套的都用塑膠袋包住，新槍上面還有潤滑油，飛機墜毀後竟然還有極少一小部分，在森林中如此惡劣的條件下保存了下來，這全要仰仗於「遮龍山」後的森林中，雖然地下河道縱橫，天空中卻很少降雨，否則這幾十年中，下幾場大雨，衝鋒槍在樹頂上封裝得再嚴密，那些子彈卻也別想使用了。

我這時候也顧不上看那些美式裝備，趕忙讓Shirley楊幫手，把掛在樹腰的胖子從樹上放下去，這一通折騰，足足一個通宵已經過去了，再過差不多半個小時，天就該亮了，不過黎明前的黑暗是最黑暗的，這話在這裡十分合適，此時的森林黑得已經伸手不見五指了。

就在這無邊的黑暗中，忽然從我們所在的老榕樹中傳來一串清晰的「滴噠」聲，這一來我與Shirley楊毫無心理準備，剛才以為是那隻扁毛畜牲在機艙裡搞得鬼，現在已經把它解決掉了，怎麼突然這信號聲又響了起來。

不對，這才是我們最初在樹下聽到的那個聲音，現在一對照，顯然與雕鴞所發出啄食的聲音不同，只不過剛才沒有察覺到，誤以為是同一種聲音，現在在樹上，才清楚的聽到這串聲音來自機艙殘骸下面的那段樹幹裡面。

我不僅罵道：「他奶奶的，卻又是什麼作怪，這聲音當真邪了門了。」

Shirley楊讓我安靜下來仔細傾聽，邊聽邊在心中壓碼，鎮定的神色間不經意流露出一抹恐懼的陰影：「這回你也聽的清楚了，反反復複，只有一段重復的摩斯碼信號，不過這次信號的內容已經變了……」

我支起耳朵聽了良久，這回卻不是什麼三短三長了，比先前那段信號複雜了一些，但是可以聽出來，是重復的，我不懂摩斯密碼，此時見Shirley楊如此鄭重，知道這回情況非同小可，但是不知是這信號是什麼內容，以至於讓她如此恐慌。

Shirley楊凝視著那聲音來源的方向緩緩復述了一遍：「噠嘀嘀……嘀……嘀噠……噠嘀嘀……這確實是鬼信號，亡魂發出的死亡信號。」